Vir

댈러웨이 부인

댈러웨이 부인

Mrs. Dalloway

버지니아 울프   이태동 옮김

시공사

일러두기
1 이 책은 1925년 영국 호가스 출판사에서 출간된 버지니아 울프의《댈러웨이 부인Mrs. Dalloway》을 우리말로 옮긴 것이다.
2 번역은 하코트판《댈러웨이 부인Mrs. Dalloway》(Harcourt, 1953)을 대본으로 삼았으며, 맥밀런판《버지니아 울프 소설 선집Collected Novels of Virginia Woolf》(Macmillan, 1992)과 펭귄북스 모던클래식 시리즈의《댈러웨이 부인Mrs. Dalloway》(Penguin Books, 2000)을 참고했다.
3 본문 하단의 주는 모두 옮긴이의 주이다.

차례

댈러웨이 부인　7

작품 해설　405

버지니아 울프 연보　440

댈러웨이 부인

댈러웨이 부인은 자기가 직접 가서 꽃을 사 오겠다고 했다.

루시는 루시대로 준비해야 할 일이 있었기 때문이다. 문들도 돌쩌귀에서 떼어내야 했고, 럼플메이어 목공소에서 사람도 오게 되어 있었다. 그런데, 얼마나 상쾌한 아침인가. 마치 어린이들이 해변에서 맞는 아침처럼 맑고 신선하다고, 클라리사 댈러웨이는 생각했다.

어쩜 이렇게 화창하지! 바깥으로 뛰어들고 싶어! 부어턴[1]에서 살던 시절에도 지금처럼 삐꺽대는 돌쩌귀 소리가 나는 프랑스식 창문을 활짝 열어젖히고 바깥 공기 속으로 뛰어들면, 항상 그렇게 상쾌한 기분을 느꼈었다. 얼마나 상쾌하고 고요했나. 지금보다 더 조용했던 그때의 아침 공기는 철썩이는 파도처럼, 파도가 입 맞추는 물결처럼 서늘하고 차가웠지만 (열여덟 청춘이던 그녀에게는) 엄숙하게 느껴졌었다. 그 열린 창가에 서 있으면 무언가 대단한 일이 일어날 것만 같았다. 꽃들이며, 나무를 휘감고 조용히 피어오르는 연기, 하늘 높이 솟아올랐다가 뛰어내리는 까마귀를 보고 서 있는데, 피터 월시가 이렇게 말했었지. "채소밭에서 명상 중인가요?" 아니, "나는 꽃양배추보다 사람을 더 좋아해요"라고 했던가? 어느 날 그녀가 테라스로 나가 아침 식사를 하고 있을 때, 그는 틀림없이 그렇게 말했었다. 피터 월시. 그는 머지않아 인도에서 돌아온다고 했다. 그의 편지가 너무나 재미없어서, 그가 돌아온다고 한 게 6월인지 7월인지도 잊어버렸다. 기억나는 건 옛날에 했던 그 말뿐이었다.

---

1   영국 잉글랜드 남서부와 중서부에 펼쳐져 있는 구릉지대 코츠월드에 있는 부어턴온더워터Bourton-on-the-Water 지역을 가리킨다. 이 소설에서는 클라리사의 고향집을 가리키는 말로도 쓰인다.

그의 눈, 주머니칼, 미소, 화난 모습, 그 밖의 많은 것들은 완전히 잊어버렸는데, 이상하기도 하지! 양배추 운운하던 그 말은 생각이 나다니.

댈러웨이 부인은 도로변 갓돌 위에서 몸을 약간 곧추세우고 서서, 더트널 회사의 화물자동차가 앞을 지나가기를 기다리고 있었다. 스크로프 퍼비스는 그런 그녀를 바라보며, 참 매력적인 여인이라 생각했다(하지만 그녀에 대해서는 웨스트민스터에 사는 이웃 정도로만 알고 있었다). 그녀는 나이가 50이 넘었고 병을 앓고 난 뒤 더욱 창백해졌지만, 어딘지 모르게 경쾌하고 생기 넘치는 청록색 어치새 같았다. 클라리사 댈러웨이 부인은 횃대에 앉은 새처럼 꼿꼿하게 서서, 퍼비스는 보지도 않고 길을 건너기만을 기다리고 있었다.

클라리사는 웨스트민스터에서 오래 살다 보니—얼마나 오래 살았던가, 20년이 넘었다—자동차가 지나다니는 길 한가운데서나 한밤중에 잠에서 깼을 때도, 빅벤[2] 종이 치기 직전에는 특별한 고요함이나 엄숙함을 느꼈다. 뭐라 표현할 수 없는 정지 상태에서의 불안한 긴

장감을(사람들은 독감을 앓은 후 심장이 약해져서 그런 거라고 하지만) 느꼈다. 아, 마침 빅벤 종이 울렸다! 처음에는 음악적인 예고음이었고, 그다음은 돌이킬 수 없는 시간을 알리는 종소리였다. 둔중한 종소리가 공중에서 수많은 원을 그리며 부서져 내렸다. 그녀는 빅토리아 거리를 가로질러 건너며 인간이 너무도 어리석은 바보처럼 느껴졌다. 무엇 때문에 인생을 그렇게 사랑하고, 어떻게 그런 관점으로 인생을 보고, 여전히 꿈을 꾸는 걸까. 인생을 쌓아 올렸다가 허물어뜨리면서도 매 순간 왜 또다시 지으려는 걸까. 이유는 오직 하늘만이 알 것이다. 더할 나위 없이 누추한 여인들, (자신들의 몰락을 마시며) 문 앞 계단에 주저앉아 있는 가장 비참하고 절망적인 사람들도 마찬가지로 인생을 사랑한다. 그건 의회의 법령으로도 다스릴 수 없을 거라고 클라리사는 확신했다. 사람들의 저 눈빛 속에, 활기찬 몸놀림 속에, 터벅터벅 걷는 무거운 발걸음 속에, 고함과 아우성치는 소리

2   영국 런던에 있는 국회의사당 하원 시계탑의 대형 시계.

속에, 마차들, 자동차들, 버스들, 화물차들, 발을 끌고 몸을 흔들며 지나가는 샌드위치맨들[3], 취주 악대들, 손풍금 소리, 승리에 넘친 환호, 머리 위를 지나는 비행기가 내는 기이하고도 높은 소음 속에 그녀가 사랑하는 것이 있었다. 인생이, 런던이, 6월의 이 순간이 있었다.

6월 중순이었다. 전쟁은 끝이 났다. 몇몇 사람에게는 아직 끝나지 않았지만. 가령 가장 사랑하는 아들이 전사해서 장원과 오래된 저택이 사촌에게 귀속되게 된 폭스크로프트 부인은 어젯밤 대사관에서 슬픔에 잠겨 있었고, 벡스버러 부인은 사랑하는 아들 존의 전사 통보 전보를 쥐고 바자회를 열었었다. 하지만 나머지 사람에게는 전쟁은 끝났다. 고맙게도 끝이 났다. 왕과 왕비는 버킹엄 궁전에 머물고 있었다. 아직 이른 아침이지만 말 채찍 소리, 말 달리는 소리, 크리켓 공을 치는 배트 소리가 여기저기서 들려왔다. 로즈, 애스콧, 래닐러[4] 그리고 그 밖의 모든 것이 부드러운 망사와 같은 청회색 아침 공

---

3   몸 앞뒤로 광고판을 붙이고 돌아다니는 사람.

기에 싸여 있었다. 한낮이 되면 망사는 걷힐 것이다. 그러면 잔디밭과 경기장에서 앞발로 땅을 박차고 일어나는 조랑말들이 뚜렷이 보일 것이다. 차를 타고 질주하는 젊은이들과, 속이 훤히 들여다보이는 모슬린 옷을 입고 밤새 춤을 추고 난 뒤에도 달리기를 하려고 털이 긴 우스꽝스럽게 생긴 개를 데리고 나와 소리 내어 웃는 소녀들이 보일 것이다. 지금 이 시간엔 신중한 늙은 미망인들이 알 수 없는 일로 자동차를 타고 빠른 속도로 지나갔다. 그리고 상점 주인들은 진열장 안에 있는 인조 보석이며 다이아몬드며, 미국인들을 유혹하려고 옛 18세기 풍으로 만든 아름다운 청록색 브로치들을 초조한 마음으로 만지작거리고 있었다(하지만 절약해야지. 딸 엘리자베스를 위해서라도 물건을 함부로 구입하지 말아야 한다). 조지 왕조 시대의 조신朝臣들을 선조로 둔 그녀는 그런 화려한 세계를 터무니없는 열정으로 사랑했다. 바

---

4   각각 로즈 크리켓 경기장, 애스콧 경마장, 래닐러 폴로 경기장을 가리킨다. 래닐러 폴로 경기장은 헐링엄 경기장이라고도 한다.

로 오늘 밤에도, 저녁 촛불을 밝히고 파티를 열려고 하시 잃는기! 그런 생각을 하면서 공원으로 들어서자, 이상한 정적이 흘렀다. 바깥의 소음은 나지막한 웅얼거림으로 가라앉고 안개와, 천천히 헤엄치는 행복한 오리들과, 뒤뚱거리며 걷는 부리에 주머니가 달린 새들이 보였다. 그런데 정부 청사를 등지고 왕실 문장紋章이 찍힌 공문서함을 들고 오는 저 사람은 누구인가. 휴 횟브레드가 아닌가. 그녀의 옛 친구, 존경스러운 친구!

"안녕하세요, 클라리사!" 휴는 어린 시절부터 알아 온 사이치고는 지나치게 과장된 투로 말했다. "어디로 가십니까?"

"그냥 런던 거리를 걷는 게 좋아요." 댈러웨이 부인이 말했다. "시골길을 걷는 것보다 훨씬 좋아요."

횟브레드 부부는 불행히도 의사를 보기 위해 시골에서 올라와 있었다. 다른 사람들은 그림을 보거나 오페라를 보려고, 또는 딸들을 구경시키려고 런던으로 오는데, 그들은 '의사를 보기 위해' 이곳으로 온 것이다. 클라리사는 전에도 여러 번 시립병원 요양원에 있는 에벌린 횟브레드를 방문했었다. 에벌린이 또 아픈 건가? 역시나 휴는, 에벌린이 많이 불편하다고 말했다. 대단히 건장하고 남성적이고 잘생긴 그는, 모자까지 갖춘 완벽한 차림새였다(항상 옷을 지나치게 잘 입었는데, 아마도 궁중에서 맡은 작은 직무 때문에 그래야 하는 것 같다). 그는 약간 뿌루퉁하고 뚱한 태도로, 심각하지는 않지만 아내가 정신 질환을 앓고 있음을 넌지시 암시했다. 당신은 오랜 친구니까 더 자세히 설명하지 않아도 알 거라는 눈치를 보이며. 물론 그녀는 무슨 뜻인지 잘 이해했다. 얼마나 고생이 많을까. 클라리사 댈러웨이는 그에게 누이 같은 정을 느끼면서도 이상하게도 자꾸 그가 쓴 모자에 신경이 쓰였다. 이른 아침에 어울리지 않는 모자라서 그런가? 아니, 휴 앞에서는 늘 뭔가 신경이 쓰였다. 그가 정중히 모자를 벗어 들고 그녀에게 열여덟 소녀 같아 보인다고, 오늘 저녁 파티에는 물론 참석할 것이며 에벌린도 그러라고 했다고, 하지만 궁전에서 열릴 파티에 짐의 아이 하나를 데려가야 하기에 약간 늦을지도 모른다고 야단법석을 떨고 가버렸을 때도, 그런 느낌이 들었다.

그녀는 휴 앞에서는 언제나 뭔가 부족한 느낌, 여학생이 된 느낌이었다. 그래도 그가 좋았다. 어느 정도는 그를 알고 있었고 나름대로 좋은 사람이라 생각했다. 비록 남편 리처드는 휴 때문에 역정을 냈었고, 피터 월시는 오늘날까지도 그녀가 휴를 좋아한 것을 용서하지 않지만.

고향 부어턴의 장면들이 하나하나 떠올랐다. 피터는 펄펄 뛰며 화를 냈는데, 물론 휴는 어느 면으로 봐도 피터보다 모자랐지만, 그렇다고 피터의 말처럼 완전히 바보는 아니었다. 늙으신 어머니가 사냥을 그만하라고 하거나 배스⁵로 데려다달라고 하면 그는 두말없이 그렇게 했다. 정말이지 이기적인 사람은 아니었다. 피터가 휴는 감정도 두뇌도 없으며 가진 것은 영국 신사의 매너와 교양밖에 없다고 한 것은, 홧김에 한 말이었다. 휴가 정말로 참을 수 없을 정도로 구제불능이라 해도, 이런 아침에 함께 걷기에는 딱 좋은 멋진 사람이었다.

(6월은 나무의 모든 잎들을 남김없이 돋아나게 했다.

---

5   잉글랜드 남서부 서머싯에 있는 온천 도시.

핌리코[6]에 사는 어머니들은 어린애들에게 젖을 물렸고, 함대에서는 해군 본부로 메시지를 보내고 있었다. 알링턴 거리와 피커딜리 거리에서 공원 안으로 세찬 바람이 불어와, 나뭇잎들이 찬란하게 빛을 발하며 일어서는 것 같았다. 그녀는 이런 신성한 생명력의 흐름을 좋아했다. 춤추는 것도 말 타는 것도 그래서 좋아했다.)

그녀와 피터, 그들은 몇백 년 동안이나 헤어져 있는 듯했다. 그녀는 피터에게 편지 한 장 쓰지 않았고, 피터가 보낸 편지는 메마른 막대처럼 무미건조했다. 그러나 갑자기 이런 생각이 들었다. 만일 그가 지금 나와 함께 있다면 무슨 말을 할까? 지나간 날들, 지나간 풍경들이 조용히 떠올랐다. 그 옛날에 느꼈던 쓰라림은 사라졌지만. 그런 쓰라림은 아마 사람을 사랑한 대가일 것이다. 날씨 좋은 어느 아침, 그들이 세인트제임스 공원 한가운데로 다시 온다고 치자. 그러나 피터는 아무리 날씨가 좋아도, 나무들과 풀과 핑크색 옷을 입은 어린 소녀가

6 웨스트민스터 서쪽의 빈민가.

아무리 아름다워도, 어느 하나 보지 않을 것이다. 그녀가 좀 보라고 하면 안경을 쓰고 바라보기는 할 것이다. 하지만 그가 정말로 관심을 갖는 것은 딴것들일 것이다. 바그너, 포프의 시, 변함없는 인성人性, 그리고 그녀의 정신적인 결함들에만 관심이 있겠지. 그는 그녀를 얼마나 나무랐던가! 얼마나 많이 싸웠던가! 그는 그녀가 수상과 결혼해 대저택의 계단 꼭대기에 서 있게 될 거라며, '완벽한 안주인'이 될 소질이 다분하다고 놀렸었다(그녀는 그 말 때문에 침실에서 울었다).

그녀는 세인트제임스 공원에서 여전히 자문자답을 하며, 피터와 결혼 안 한 것은 잘한 일이라고, 정말로 잘한 일이라고 생각했다. 결혼해서 매일 같은 집에 사는 사람들은 서로에게 약간의 자유와 독립을 허용해야 한다. 리처드는 그녀에게 그것을 허용했고, 그녀 역시 그랬다(예를 들면, 오늘 아침에 그는 어떤 위원회에 참석하고 있을 것이다. 하지만 그녀는 그게 무슨 위원회인지 결코 묻지 않았다). 그러나 피터와는 모든 것을 함께 해야만 했다. 무엇이든 자세히 말해야만 했다. 그걸 참을 수가 없었다. 분수 옆 작은 정원에서 그가 또 뭔가를 꼬치꼬치 물었을 때, 그녀는 피터와 헤어질 결심을 해야만 했다. 그렇지 않았더라면 분명 둘 다 파멸했을 것이다. 비록 그 뒤로 몇 년을 가슴에 화살이 꽂힌 듯 슬픔과 괴로움을 안고 지내야 했지만. 그러던 중 음악회에서 만난 누군가가, 그가 인도로 가는 배에서 만난 어떤 여자와 결혼했다고 말했다. 그 순간 그녀는 정말로 끔찍한 충격을 받았다! 결코 그 순간을 잊을 수 없을 것이다! 그는 그녀를 차갑고 냉혹하고 숙녀인 체하는 여자라고 말했었다. 그녀는 자신을 그렇게 생각한 그가 어떻게 자신을 사랑했는지 이해할 수가 없었다. 그러나 그 인도 여자들은, 어리석고 예쁘고 경박한 그 멍청이들은 아마 그를 이해했겠지. 그때까지 그녀는 그를 쓸데없이 동정한 것이었다. 그는 자기가 대단히 행복하다고 했다. 비록 둘이 함께 꿈꾸던 것은 하나도 성취하지 못했지만, 완전히 행복하다고. 하지만 그의 인생은 완전히 실패작이었다. 그 사실이 아직까지 그녀를 화나게 했다.

　그녀는 공원 출입구에 도착했다. 잠깐 동안 걸음을

멈추고 서서, 피커딜리 거리를 지나는 버스를 바라봤다.

그녀는 이제 어떤 사람에 대해 이렇다 저렇다 말하고 싶지 않았다. 또한 자신이 대단히 젊고, 동시에 말할 수 없이 늙었다고 느꼈다. 자신이 모든 것을 칼처럼 조각조각 얇게 베어내는 것 같기도 했고, 동시에 밖에 서서 방관하고 있는 것 같기도 했다. 지나가는 택시를 바라보고 있으면 자기 혼자 멀리, 바다 멀리 나와 있는 느낌이었다. 하루를 살아내는 것도 대단히, 대단히 위험한 모험 같았다. 그녀는 자신이 영리하다거나 보통 사람과 크게 다르다고 생각한 적이 없다. 가정교사 대니얼스 양이 가르쳐준 몇 가지 지식에 의존해서 어떻게 지금까지 살아왔는지 신기할 따름이다. 그녀는 아무것도 몰랐다. 외국어도, 역사도. 지금은 침대에서 읽는 회고록을 제외하고는 책도 거의 읽지 않는다. 하지만 눈앞에 있는 모든 것은, 지나가는 택시들마저 대단히 흥미진진해 보였다. 그러니 피터에 대해서는, 그녀 자신에 대해서는 이렇다 저렇다 말하지 않으리라.

그녀는 길을 걸으면서, 자신의 유일한 재능은 본능

적으로 사람을 알아보는 것이라고 생각했다. 만일 누가 그녀를 어떤 사람과 한방에 있게 한다면, 그녀는 고양이처럼 등을 세우며 경계하거나 아니면 다정하게 가르랑거릴 것이다. 그녀는 한때 데번셔 하우스[7], 배스 하우스, 도자기 앵무새가 있는 집에 모두 불이 환하게 켜져 있는 것을 보았었다. 실비아, 프레드, 샐리 시턴, 그 많은 사람들이 떠올랐다. 그들과 밤새 춤을 추고, 덜커덩거리며 장터로 굴러가는 마차들을 지켜보고, 공원을 가로질러 차를 타고 집으로 돌아오던 일이 떠올랐다. 또한 하이드 공원의 서펀타인 연못에 1실링을 던졌던 일도 떠올랐다. 그러나 기억은 누구에게나 다 있다. 그녀가 사랑하는 것은 지금 여기, 그녀 앞에 있는 것들이다. 가령 택시를 타고 있는 저 뚱뚱한 숙녀다. 본드 거리를 향해 걸어가면서, 그녀는 자문해보았다. 그렇다면, 나도 어쩔 수 없이 죽어야 한다는 것이 문제인가? 이 모든 것은 분명 나 없이도 계속될 것이다. 그게 화가 나는가? 죽으면 모든 게

---

7   18~19세기, 데번셔 공작이 거주하던 런던 피커딜리에 있는 저택.

다 끝난다고 믿으면 위안이 될까? 그러나 사물의 밀물과 썰물이 일어나는 런던 거리 여기저기에서 그녀는 여전히 살아 있고, 피터도 살아 있다. 서로가 서로 안에서 살고 있었다. 자신이 고향에 있는 나무들의 일부이듯이, 저기 추하고 짜임새 없이 늘어선 집들의 일부이듯이, 만나본 적 없는 사람들의 일부이듯이, 그녀의 존재는 절친하게 지내는 사람들 사이에 안개처럼 퍼져 있었다. 언젠가 본, 안개를 떠받치고 있는 나무처럼, 그들도 자신들의 나뭇가지로 그녀를 떠받치고 있었다. 하지만 그녀의 삶, 그녀 자신은 그 나뭇가지보다 더 멀리 퍼져나가 있었다. 그런데 해처드 서점 진열장을 들여다보고 있는 지금, 그녀는 무엇을 꿈꾸는 것일까? 무엇을 되찾으려 하는 걸까? 펼쳐진 책 속에서 본 것과 같은, 시골의 하얀 새벽과도 같은 그 무엇일까?

　　더 이상 두려워 마라, 태양의 뜨거움을,
　　광폭한 겨울의 사나움을.[8]

최근에 세상에서 일어난 일들은 남녀 모두에게 눈물의 샘을 파놓았다. 그래서 모두가 눈물과 슬픔, 용기와 인내, 더없이 곧고 금욕적인 태도를 갖게 되었다. 이를테면 그녀가 가장 존경하는 여인, 바자회를 열고 있는 백스버러 부인을 생각해보라.

조록스의 《여행과 즐거움》, 그리고 《부드러운 스펀지 씨의 스포츠 여행》과 애스퀴스 부인의 《회고록》, 《나이지리아에서의 큰 사냥》 등이 모두 펼쳐져 놓여 있었다. 너무나 많은 책들이 있었다. 그러나 그 어떤 책도 요양원에 있는 에벌린 휫브레드에게 가져가기엔 적합해 보이지 않았다. 그 작고 메마른 여인을 기쁘게 할 책, 늘 그랬듯이 부인병들에 관한 얘기를 늘어놓기 전에, 그녀의 표정을 잠시라도 따뜻하게 만들 만한 책은 전혀 없었다. 클라리사는 자신이 들어섰을 때 사람들이 기쁜 표정으로 맞아주는 것을 간절히 원하고 있었다. 그런 생각을 하며 돌아서서 초조한 마음으로 다시 본드 거리 쪽으로 걸어

---

8   셰익스피어의 《심벨린》 4막 2장에 나오는 구절.

갔다. 애가 탔다. 무슨 일을 하는 데 다른 이유를 붙이려
는 것은 얼마나 어리석은가. 차라리 일 자체를 즐기는 리
처드 같은 사람이 되고 싶었다. 그녀는 길을 건너려고 기
다리며 생각했다. 자신이 한 일의 반쯤은 그 자체를 위
한 것이 아니었다. 사람들에게 이것저것을 생각하게 하
기 위해서였다. 순전히 바보짓이었던 게(이제 순경이 손
을 들어 올렸다), 아무도 단 한순간도 그런 그녀의 의도
에 속지 않았던 것이다. 그녀는 인도로 올라서면서 생각
했다. 아, 딱 한 번만 더 살 수 있다면! 그럼 내 모습도 아
주 달라질 수 있을 텐데!

　우선 클라리사는 벡스버러 부인처럼 주름진 가죽
같은 피부와 아름다운 눈을 가진 검은 머리의 여인이
되고 싶었다. 벡스버러 부인처럼 신중하고 당당하며 몸
집이 좀 크고, 남자처럼 정치에 관심이 있고, 시골집을
가지고 있고, 위엄 있고 진실했으면 좋겠다. 하지만 자신
은 완두콩 줄기처럼 가느다란 몸매에, 새의 부리처럼 뾰
족한 우스꽝스러운 작은 얼굴을 하고 있었다. 사실 몸매
를 잘 가꾸어왔고, 손과 발도 고왔다. 돈을 많이 쓰지 않

고도 옷을 잘 입었다. 그러나 요즘 종종 자신이 가지고 있는 이 육체가(그녀는 네덜란드풍의 그림을 보기 위해 잠시 발걸음을 멈췄다), 그것이 갖춘 모든 기능에도 불구하고 무가치해 보였다. 전혀 아무것도 아닌 것 같았다. 그녀는 자신이 사람들 눈에 보이지 않는다는 이상한 느낌을 가지고 있었다. 가려져 있는, 알려지지 않은 존재. 한 번 더 결혼할 것도 아니고 더 이상 아이를 가질 것도 아닌, 다만 다른 사람들과 이렇게 본드 거리를 따라 놀랍고도 다소 엄숙한 행진을 하고 있는 것이, 바로 댈러웨이 부인이다. 더 이상 클라리사도 아니었다. 리처드 댈러웨이의 부인이었다.

이 계절, 이른 아침 본드 거리는 매혹적이었다. 거리에는 깃발이 나부끼고 있었다. 가게들은 요란하게 휘황찬란하지도 않았다. 그녀의 아버지가 50년 동안 양복을 해 입었던 양복점에는 트위드 천 한 뭉치가 놓여 있었다. 더 가자 몇 알의 진주, 얼음덩이 위에 놓인 연어가 보였다.

"그게 전부야." 그녀는 생선 가게를 들여다보며 말했

다. "그게 전부라고." 그녀는 장갑 가게 진열장에 잠깐 멈춰 서서 "그게 전부야"라고 되풀이해 말했다. 전쟁 전에는 그 가게에서 최상품의 장갑을 살 수 있었다. 그녀의 늙은 삼촌 윌리엄은, 구두와 장갑을 보면 누가 귀부인인지 알 수 있다고 말하곤 했다. 그는 전쟁 중이던 어느 아침, 침대에서 돌아가셨다. "나는 충분히 살았어"라고 말한 뒤였다. 장갑과 구두. 그녀는 장갑을 무척 좋아했다. 하지만 그녀의 딸 엘리자베스는 그런 것들에는 조금도 관심이 없었다.

조금도 관심이 없지. 파티를 열 때 꽃을 사는 꽃집을 향해 본드 거리를 올라가면서 그녀는 생각했다. 엘리자베스는 무엇보다 개를 사랑했다. 오늘 아침엔 온 집 안이 타르 냄새로 가득했었다. 그래도 킬먼 양보다는 불쌍한 개 그리즐을 좋아하는 게 더 낫지. 갑갑한 방에 갇혀 기도서를 들고 앉아 있는 것보다는, 홍역에 걸린 개에게 타르를 발라주는 게 나아! 그러나 리처드가 말했듯, 모든 소녀들이 한 번은 거치는 사랑일지도 모른다. 하지만 왜 하필이면 킬먼을 사랑하는 걸까? 물론 킬먼 양은 천대를 받으며 살아왔다. 그것은 참작해야만 했다. 그리고 리처드는 그녀가 대단히 능력 있고, 역사의식도 가지고 있다고 말했다. 어쨌든 킬먼과 엘리자베스는 서로 떼어 놓을 수 없는 사이가 됐다. 엘리자베스는 성찬식에까지 갔다. 킬먼 양은 옷을 어떻게 입을지에 대해선, 점심 식사를 하러 온 사람들을 어떻게 대접할지에 대해선 전혀 관심이 없었다. 물론 클라리사는 종교적인 황홀감이 사람을 무디고 무감각하게 만드는 걸 익히 보아왔다(무슨 주의나 주장들에 빠져도 그랬다). 킬먼 양은 러시아인들을 위해서라면 어떤 일이라도 하기를 원했고, 오스트리아인들을 위해 단식을 하기도 했다. 하지만 사적인 일에는 너무도 무감각해서 1년 내내 초록색 방수 코트만 입고 다니며 땀을 뻘뻘 흘렸다. 그녀와 같이 방 안에 5분만 있으면, 누구든 그녀는 우월하고 나는 열등하다는 감정을 느끼게 된다. 그녀가 가난한 것에 비하면 나는 얼마나 부자인지 모른다고 생각하게 된다. 그녀는 빈민가에서 쿠션도 침대도 깔개도 없이 살고 있다고 한다. 그녀의 모든 영혼은 그런 불만에 박혀 녹슬어 있었다. 전쟁 중

28

에 학교에서 쫓겨나기까지 했다고 한다. 원한으로 가득한, 딱하고 불행한 사람이었다! 사실 싫은 것은 킬먼 양 자체가 아니라, 상당 부분 클라리사 자신이 만들어낸 그녀라는 관념이었다. 그 관념이 유령이 되어 밤이면 싸움을 걸고, 자신을 올라타서 생명의 피를 반씩이나 빨아먹는 독재자, 폭군이 되었다. 주사위를 다시 던져 백이 아니고 흑이 나온다면, 그녀는 킬먼 양을 좋아할 수도 있었다! 그러나 그런 일은 현세에서는 일어나지 않을 것이다. 절대로.

마음속을 휘젓고 다니는 그 잔혹한 괴물이 그녀를 초조하게 했다! 나무가 우거진 깊은 숲과도 같은 그녀의 영혼 속을 그 괴물이 가지를 부러뜨리며 짓밟는 것 같았다. 그 어느 때도 만족스럽다는, 완전히 안전하다는 느낌이 들지 않았다. 언제라도 괴물이, 그 혐오스러운 괴물이 움직일 수 있기 때문이다. 특히 아픈 뒤로 그 증오심이라는 괴물은 실제로 척추를 잡아 긁는 듯이 그녀를 아프게 했다. 그렇게 몸에 고통을 주어 아름다움이나 우정, 건강, 사랑받는 것, 그리고 그녀가 집을 기쁨 가득한 반석으로 만드는 데서 느끼는 모든 즐거움을 뒤흔들고 꺾어버렸다. 그 괴물은 마치 근원까지 파헤쳐, 모든 만족감은 자기애에 지나지 않는다고 말하는 것 같았다! 이런 증오심이라니!

정말 어리석은 일이야! 그녀는 자신에게 소리치면서 멀버리 꽃집의 문을 밀고 들어갔다.

큰 키의 그녀가 몸을 똑바로 세우고 가볍게 들어서자, 단추처럼 작고 둥근 얼굴을 한 핌 양이 즉시 반겼다. 핌 양의 손은 마치 꽃들과 함께 찬물 속에 담겨 있던 것처럼 언제나 새빨갰다.

꽃들이 많았다. 제비고깔, 스위트피, 라일락 꽃다발, 수많은 카네이션. 장미도 붓꽃도 있었다. 아, 이거야. 그녀는 핌 양과 이야기하면서 흙내 나는 정원의 꽃향기를 마셨다. 핌 양은 그녀의 도움을 받은 적이 있었다. 벌써 오래전 일이지만, 그 일로 핌 양은 그녀가 친절하다고, 대단히 친절하다고 생각했다. 그러나 올해 들어 무척 늙어 보인다고 여겼다. 클라리사는 장미와 붓꽃과 흔들거리는 라일락 덤불들 사이에서 이리저리 머리를 돌리며,

눈을 반쯤 감고, 소란한 거리를 지나온 뒤의 이 달콤한 향기를, 더할 나위 없이 서늘한 향기를 들이마시고 있었다. 눈을 떴을 때, 장미는 방금 깨끗이 세탁해서 등바구니에 접어놓은 주름 장식의 리넨 시트처럼 신선해 보였다. 머리를 바짝 치켜든 붉은 카네이션들은 진하고 기품 있어 보였다. 그리고 화병에 꽂힌 스위트피들은 눈처럼 창백한 흰색과 보라색을 띠고 있었다. 마치 모슬린 드레스를 입고 스위트피와 장미를 따러 나왔다가, 짙은 쪽빛으로 저물어가는 멋진 여름날의 끝에 제비고깔과 카네이션과 칼라를 발견한 소녀가 된 기분이었다. 저녁 6시와 7시 사이, 그때 안개 자욱한 곳에 있으면 장미, 카네이션, 붓꽃, 라일락 등 모든 꽃들이 하얀색, 보라색, 빨간색, 진한 오렌지색으로 부드럽고 순결하게 타오르는 순간이 있었다. 그때 페루향수초와 달맞이꽃을 안팎으로 맴돌던 은빛 나방들을 얼마나 사랑했던가!

핌 양과 함께 꽃을 고르러 이 항아리에서 저 항아리로 옮겨 다니며 자신이 얼마나 어리석은지, 얼마나 바보 같은지 되뇌었다. 이 아름다운 꽃의 향기와 색깔, 핌 양의 호의와 신뢰가 자신 위로 흐르는 한 줄기 물결이 되어, 증오심이라는 괴물을 휩쓸고 가버리는 것 같았다. 또한 그 물결은 그녀를 위로, 위로 들어 올렸다. 바로 그때, 창밖 거리에서 총성 같은 게 울렸다!

"저런, 저 자동차들." 핌 양은 밖을 내다보려고 창가로 갔다가 한 아름의 스위트피를 들고 와서는 사과하듯 미소를 지으며 말했다. 마치 그 자동차들, 그 자동차들의 타이어가 모두 자신의 잘못이기라도 한 것처럼.

댈러웨이 부인을 놀라게 하고 핌 양을 창가로 가게 하고 사과하게 했던 그 강렬한 폭음은, 멀버리 꽃집 진열장에서 정확히 반대편 인도 옆에 서 있는 자동차에서 들려온 소리였다. 행인들은 물론 걸음을 멈추고 그쪽을 바라봤다. 차 안에는 비둘기색 쿠션 의자에 기대어 있는 한 사람이 보였다. 대단히 중요한 인물 같았다. 하지만 곧 한 남자의 손이 블라인드를 내려, 비둘기색 의자의 측면 외에는 아무것도 보이지 않았다.

그러나 소문은 즉시 퍼졌다. 본드 거리 중간부터 옥

스퍼드 거리에 이르기까지, 다른 한편으로는 앳킨슨 향수 가게에까지, 빠르게, 보이지도 들리지도 않게 전해져, 직전까지만 해도 완전히 무질서했던 사람들의 얼굴 위로 소문이 한순간에 내려앉았다. 마치 언덕을 덮는 구름처럼, 갑자기 소리 없이 끼어든 컴컴한 구름처럼, 소문의 신비한 날개가 그들 얼굴 위로 스치고 지나갔다. 위엄 있는 목소리가 들렸다. 눈은 단단히 가리고 입은 크게 벌린, 신과도 같은 존재가 그 차에 타고 있었다. 그러나 그 누구도 그 얼굴이 누구인지는 몰랐다. 웨일스 왕자[9]일까, 왕비일까, 아니면 수상일까? 누구의 얼굴일까? 아무도 알지 못했다.

한쪽 팔에 납으로 된 파이프 실린더를 끼고 있던 배관공 에드거 J. 왓키스가, 다 들으라는 듯 큰 소리로 익살맞게 말했다. "수상 촤야."[10] 길이 막혀 지나가지 못하

---

9   당시 영국의 왕인 조지 5세와 메리 왕비의 아들로, 후에 에드워드 8세가 된다.
10   'car'를 'kyar'라고 익살맞게 발음한 것.

고 있던 셉티머스 워렌 스미스가 그 말을 들었다.

셉티머스 워렌 스미스는 서른 살쯤 되어 보였고 창백한 얼굴에 매부리코였다. 갈색 구두를 신고, 낡은 외투를 입고 있었다. 그의 엷은 갈색 눈에는 불안한 빛이 돌아, 그를 모르는 사람들마저 불안하게 만들었다. 세상이 채찍을 들었다. 어디를 내리칠까?

모든 것이 정지된 상태였다. 자동차 엔진 소리가 불규칙적으로 온몸으로 퍼져나가는 맥박 소리처럼 들려왔다. 차들은 멀버리 꽃집 진열장 밖에 멈춰 서 있었고, 햇살은 엄청나게 뜨거웠다. 버스 2층에 타고 있던 나이든 부인들이 까만 양산을 펴 들었다. 그러자 초록, 빨강 양산들이 여기저기서 약하게 펑 소리를 내며 펴졌다. 댈러웨이 부인은 팔에 스위트피를 한 아름 안고 창가로 와서, 질문하듯 찌푸린 작은 핑크색 얼굴로 밖을 내다봤다. 모두들 폭음을 낸 그 자동차를 바라봤다. 셉티머스도 바라봤다. 자전거를 탄 소년들은 자전거에서 뛰어내렸다. 그 뒤로 차들이 점점 더 밀리고 있었다. 그 와중에도 문제의 자동차는 블라인드를 내린 채 그냥 서 있었다. 셉티머스는, 그 자동차 블라인드의 무늬가 특이하다고, 나무처럼 보인다고 생각했다. 그리고 모든 것이 자기 눈앞에 있는 하나의 중심을 향해 서서히 모이는 것 같았다. 마치 어떤 무서운 것이 거의 표면에까지 떠올라 확 타오르려는 것 같아서, 그는 공포를 느꼈다. 세상이 흔들거리고 진동하면서 확 타오르겠다는 듯 위협하고 있었다. 바로 그때 그는 생각했다. 길을 막고 있는 것은 나로구나. 모두가 날 쳐다보며 손가락질하고 있잖아. 자신이 어떤 목적의 무게에 눌려, 인도에 뿌리박힌 듯 서 있는 것 같았다. 하지만 그 목적이란 게 뭘까?

"자, 어서 가요, 셉티머스." 그의 아내가 말했다. 그녀는 키가 작고 여윈 뾰족한 얼굴에 눈이 컸다. 이탈리아 태생이었다.

그러나 루크레치아 자신도 자동차와 블라인드 위에 그려진 나무 무늬를 쳐다보지 않을 수 없었다. 저 안에 있는 사람은 왕비, 쇼핑하러 가는 왕비일까?

운전기사는 무언가를 열고, 무언가를 돌리고, 또 무언가를 닫은 후 다시 운전석에 올랐다.

"여보, 어서 가요." 루크레치아가 재촉했다.

하지만 그녀의 남편은—그들이 결혼한 지도 만 4년, 5년째로 접어들었다—움찔하고 놀라며, "알았소!" 하고 화를 냈다. 마치 그녀가 그를 방해라도 한 것처럼.

그녀는 그 자동차를 쳐다보는 사람들을 보며 생각했다. 저들은 우리를 봐야 해! 우리에게 어떤 일이 벌어질지 알아채야 한다고! 그녀는 아이들과 말을 갖고 있는, 옷 잘 입는 영국인들을 얼마간은 부러워했다. 하지만 지금 저들은 그저 '사람들'에 불과했다. 셉티머스가 "난 자살할 거요"라고 한 마당이기 때문이다. 사람들이 그 말을 들었다면 얼마나 끔찍해했을까. 그녀는 사람들을 쳐다봤다. 도와주세요, 도와주세요! 푸줏간집 아들이건, 여자건, 그저 붙잡고 소리치고 싶었다. 도와줘요! 바로 지난가을만 해도 그녀와 셉티머스는 같은 망토를 몸에 두르고 빅토리아 둑[11]에 서 있었다. 말은 않고 신문만 읽는 그에게서 신문을 잡아채며 그녀는 마구 웃었었다. 그

11　웨스트민스터 다리와 스트랜드 사이에 템스강을 따라 나 있는 산책길.

36

들을 바라보고 있는 노인이 앞에 있는데도 그랬다! 하지만 실패는 감추어야 한다. 공원 같은 데로 그를 데려가야만 한다.

"이제 길을 건너요." 그녀가 말했다.

그녀에겐 그의 팔짱을 낄 권리가 있었다, 아무런 느낌도 전해지지 않는 팔이었지만. 그는 뼈만 남은 팔을 그녀에게 내밀었다. 그녀는 너무도 간단히, 너무도 충동적으로, 스물네 살밖에 안 된 나이에 단지 그를 위해 이탈리아를 떠나 친구 한 명 없는 영국으로 건너온 여자였다.

블라인드를 내린 자동차는 알 수 없는 비밀을 숨긴 듯한 분위기를 풍기며 피커딜리 거리 쪽으로 나아갔다. 그 차가 왕비를 태웠는지 왕자나 수상을 태웠는지는 아무도 몰랐지만, 양쪽 인도에 늘어선 사람들은 여전히 존경심을 담은 표정으로 그 차를 주목했다. 차 속에 탄 얼굴을 몇 초라도 본 사람은 단 세 사람뿐이었다. 이제는 성별조차도 논란이 되었다. 그러나 대단히 높은 사람이 탔다는 것만은 의심의 여지가 없었다. 그 높은 사람은 손만 내밀면 닿을 듯한 거리에서, 블라인드 뒤에 모습을 감춘 채 본드 거리를 지나가고 있었다. 군중은 처음이자 마지막으로, 영원한 국가의 상징인 국왕과 말을 할 수 있는 거리에 있었다. 그 존재가 누군지는, 후에 시간의 잔해들을 면밀히 조사하는 호기심 많은 골동품 연구가들만이 알 수 있으리라. 그때 런던은 풀이 웃자란 오솔길일 것이고, 이 수요일 아침 인도를 따라 질주하는 모든 사람들은 결혼반지를 낀 뼈다귀와 금니밖에 남지 않은 채 먼지에 덮여 있으리라. 그때서야 자동차 속의 얼굴이 누구인지 알려지게 되리라.

아마도 왕비일 거야. 댈러웨이 부인은 꽃을 들고 멀버리 가게에서 나오며 생각했다. 그녀는 왕비, 라고 말하며 햇살이 밝게 비치는 꽃가게 옆에서 한순간 매우 위엄 있는 표정을 지었다. 블라인드를 내린 자동차는 도보 속도로 천천히 지나갔다. 병원이나, 바자회에 가는 길이겠지.

이른 시간인데도 교통이 혼잡했다. 로즈나 애스콧이나 헐링엄에서 경기라도 열리는 걸까? 너무나도 길이 막혔다. 버스 2층 칸에는 영국 중산층들이 짐 꾸러미와 우산을 들고 비스듬히 앉아 있었다, 이런 날씨에 모피까지 두르고서. 누가 저렇게 힐 상상이나 했겠는가? 클라리사의 눈에 그들은 우스꽝스럽기 짝이 없었다. 그런데 왕비도 길이 막혀 지나가지 못하고 있었다. 꼼짝도 못 하는 그 자동차를 사이에 두고 브루크 거리 한쪽에선 클라리사가, 다른 쪽에선 늙은 판사 존 벅허스트 경이 서 있었다(그는 수년 동안 법을 잘 집행해왔고, 옷 잘 입는 여자를 좋아했다). 급기야 그 차의 운전사가 약간 몸을 내밀더니 순경에게 무슨 말을 했다. 무언가를 보여주는 것 같기도 했다. 순경은 경례를 하고는 팔을 높이 쳐든 뒤, 고갯짓으로 버스에게 길 한쪽으로 비키라는 신호를 했다. 버스가 비키는 사이, 그 차는 빠져나갔다. 그러고는 천천히, 아주 조용히 갈 길을 갔다.

클라리사는 추측해봤다. 아니 클라리사는 알고 있었다. 수행원의 손에 들린 희고, 신비한 힘을 가진 둥근 물건, 이름이 새겨진 원반을 보았기 때문이다. 왕비일까 웨일스 왕자일까 아니면 수상일까. 그 윤기 있는 것은 그 자체의 힘으로 길을 뚫고 지나갔다(클라리사는 그 차가

39

점점 작아지며 사라져가는 것을 지켜봤다). 오늘 밤 그
것은 버킹엄 궁전의 가지 모양 촛대와, 가슴에 자랑스럽
게 청동 무공훈장을 단 장성들과, 휴 휫브레드와 그의
동료들 같은 영국 신사들 사이에서 찬란하게 빛나리라.
그리고 클라리사 또한 파티를 열 것이다. 그녀는 몸을
좀 뻣뻣하게 세웠다. 그런 자세로 그녀는 자기 계단 맨
꼭대기에 서게 될 것이다.

그 차는 떠나버렸지만 작은 파문을 일으켰다. 본드
거리 양쪽의 장갑 가게와 모자 가게, 그리고 양복점에
까지 파문이 퍼져나갔다. 그 가게들에 있던 모두가 30초
간 똑같이 창문 쪽으로 머리를 돌렸다. 장갑을 고르던—
팔목까지 올라오는 걸로 할까 아니면 그 위까지 올라오
는 걸로 할까, 레몬색으로 할까 연회색으로 할까?—부
인들은 말을 멈췄고, 그사이 어떤 변화가 일어났다. 개
개인의 변화는 너무도 사소해서, 중국에서 일어난 지진
의 파장을 잴 수 있는 기계조차 그것을 감지할 순 없었
지만 그래도 전체적으로 보면 엄청난 감정적 변화였다.
모자 가게와 양복점에 있던 모두가 서로를 쳐다보며 전

사자들과 국기와 대영제국을 떠올렸다. 뒷골목 선술집에 있던 대령이 윈저 왕가[12]를 모욕하자 맥주잔이 깨지며 난장판이 벌어졌다. 그 소리는 묘하게도 길 건너에서 결혼식 때 입을, 리본 달린 하얀 속옷을 사고 있던 숙녀들의 귀에까지 들렸다. 떠나버린 자동차가 일으킨 동요가 아래로 가라앉으면서 마음속 깊은 무언가를 건드린 것이다.

차는 피커딜리 거리를 미끄러지듯 가로질러, 세인트제임스 거리로 돌아 내려갔다. 키 큰 연미복 차림 남자들은 화이트 클럽[13]의 내닫이창에서 뒷짐을 진 채 밖을 내다보고 있었다. 무슨 이유인지 몰라도, 그들은 본능적으로 차에 탄 사람이 높은 사람임을 알 수 있었다. 불멸의 존재와도 같은 그 높은 사람의 창백한 빛이 클라리사 댈러웨이에게는 물론 그들에게도 떨어졌다. 곧 그들

---

12   조지 5세는, 제1차 세계대전이 일어나자 모든 독일계 작위 칭호를 버리고 자신의 가명家名을 윈저 왕가로 변경한다.

13   런던에서 가장 오래되고 규모가 큰 신사들의 클럽.

은 뒷짐 진 손을 풀고 몸을 더 곧게 세우더니, 그들의 조상들이 그랬듯 필요하다면 군주를 위해 대포 아가리에라도 뛰어들 자세를 취했다. 《태틀러》 잡지와 탄산수 병들이 놓여 있는 작은 테이블과 하얀 흉상들이 그들 뒤에서 그들의 충성심에 동의하고 있는 것 같았다. 그 남자들은 마치 물결치는 들판과 영주의 저택을 배경으로 서 있는 듯했다. 그 자동차의 희미한 바퀴 소리는, 마치 '속삭임의 회랑'[14] 벽에 부딪혀 대성당 전체로 울려 퍼지는 낭랑한 목소리 같았다. 숄을 두르고 길가에서 꽃을 팔고 있던 몰 프랫은, 그 사랑스러운 소년(그녀는 차에 탄 이가 웨일스 왕자라고 확신했다)의 건강을 빌었다. 그 늙은 아일랜드 여성은 순경의 눈과 마주치지만 않았더라면, 기분이 좋아 가난 따윈 잊어버리고 맥주 한 잔 가격인 장미 한 다발을 세인트제임스 거리로 던졌을 것이다. 차를 향해 세인트제임스 궁전 보초병들이 경례를

---

14 세인트폴 대성당에 있는 32미터가량의 회랑. 작은 소리도 회랑 끝까지 들리는 데서 생긴 이름.

했다. 알렉산드라 대비[15] 담당 경관이 차가 들어가는 것을 허락했다.

그러는 동안 작은 무리의 사람들이 버킹엄 궁전 문 앞에 모여들었다. 다 가난하고 무기력한 사람들이었지만 확신을 가지고 기다리고 있었다. 그들은 국기가 휘날리고 있는 궁전을, 대리석 받침대 위에 솟아 있는 빅토리아 여왕의 동상을 바라봤다. 물이 흘러내리는 선반 모양의 암석과 제라늄 꽃밭의 아름다움에 감탄했다. 맬[16]을 지나는 자동차들을 처음에는 이 차, 다음에는 저 차 하는 식으로 지목하며, 그저 드라이브 나온 허영심 많은 평민들에게 감정을 쏟았다. 그러고는 다시금 가정을 유지하려 했다. 하지만 그러는 동안 왕족이 자기들을 보고 있다는 생각에 넓적다리가 다 떨렸다. 왕비는 그들에게 고개를 숙여 인사했고, 왕자는 경례를 했다. 그러자 그들은 자기 혈관에 축적되어 있던 소문을 퍼뜨렸다. 왕들

---

15   에드워드 7세의 미망인이자, 조지 5세의 어머니.

16   버킹엄 궁으로 이르는 산책로.

에게 신성하게 주어진 천국과도 같은 삶에 대해, 시종무
관들과 궁중식 절에 대해, 왕비가 어린 시절 선물로 받
은 인형의 집에 대해, 메리 공주가 어느 영국 평민과 결
혼했다는 것에 대해, 그리고 왕자가 놀라울 정도로 에드
워드 노왕을 닮았지만 훨씬 늘씬하다는 것에 대해. 왕자
는 세인트제임스 궁전에 살고 있지만, 아침마다 어머니
에게 문안을 드리러 오는지도 몰라.

그렇게 말한 세라 블레츨리는 아기를 팔에 안고서,
마치 핌리코의 자기 집 난로 철망 옆에서 하듯 발을 들
었다 내렸다 하며, 맬 산책로를 바라다보고 있었다. 한편
에밀리 코츠는 궁전의 창들을 바라보며, 그곳에 있는 수
많은 하녀들과 침실들, 그 헤아릴 수 없이 많은 침실들
을 생각했다. 애버딘테리어를 데리고 나온 나이 든 신사
들과 실입자들까지 합류하면서 군중의 수가 불어났다.
올버니에서 하숙을 하는 키 작은 볼리 씨는 생명의 깊
은 원천을 밀랍으로 봉해버리고 살아가는 사람이었다.
그러나 이 일로 인해 갑자기 당치도 않게 감상적인 인간
이 되어 그 봉인이 열렸다. 왕비가 지나가는 것을 보려

고 기다리고 있는 가난한 여인네들과 착한 어린애들, 그리고 과부들과 고아들을 보며 생각했다. 다 전쟁 때문에 저렇게 된 거야, 쯧쯧. 그의 눈에 눈물이 고였다. 맬 산책로의 앙상한 가로수 사이로 부는 따뜻한 미풍이 영국 영웅들의 동상들을 스치고 지나자, 볼리 씨의 가슴속에 어떤 감동의 깃발이 휘날렸다. 차가 광장으로 돌아 들어오자 그는 모자를 들어 올렸고, 더 가까이 다가오자 모자를 더 높이 쳐들었다. 핌리코 구역의 가난한 어머니들이 그를 밀치고 앞으로 나와도, 그는 계속 그렇게 팔을 쳐들고 있었다. 차는 계속 다가왔다.

코츠 부인이 갑자기 하늘을 쳐다봤다. 불길한 비행기 소리가 군중의 귀에 들려왔다. 비행기 한 대가 하얀 연기를 뿜으면서 나무 위로 날아오고 있었다. 굽이치고 꼬인 연기는 무슨 글자 모양을 하고 있었다. 비행기는 나선 모양으로 회전하면서 정말로 무언가를 쓰고 있었다! 하늘에 글자를 만들고 있었다! 모두가 하늘을 쳐다보고 있었다.

비행기는 급강하하다가 다시 똑바로 솟아올랐다. 둥

근 원을 그리다가 질주하듯 날아가고, 밑으로 가라앉았다가 솟아올랐다. 비행기가 뭘 하든, 어디로 가든 비행기 꽁무니로는 엉클어진 하얀 연기 줄기가 쏟아져 나왔다. 한데 무슨 글자들이지? C인가 E인가? 그다음은 L? 아주 잠시 동안 그 글자들은 가만히 머물고 있었다. 그러고는 흩어지며 지워져버렸다. 비행기는 더 멀리 날아가서는 다시 새로운 공간에 글자를 쓰기 시작했다. K, E, Y 같았다.

"글락소Glaxo[17]라고 쓰는 거야." 코츠 부인은 긴장되고 두려움에 질린 목소리로 똑바로 위를 올려다보며 말했다. 그녀의 팔 안에서 하얗게 질려 누워 있는 아기도 똑바로 위를 올려다보았다.

"크리모Kreemo야." 블레츨리 부인은 몽유병 환자처럼 중얼거렸나. 뽈리 씨도 손에 쥐고 있는 모자를 조용히 앞으로 내밀면서 위를 바라봤다. 맬 산책로 어디서나 사람들이 하늘을 올려다보고 있었다. 그렇게 바라보고 있

---

17   분유 상표 이름.

는 동안 세상은 완전히 조용해졌고, 하늘에는 갈매기 떼가 날아가고 있었다. 한 마리가 앞서 날고 다른 갈매기들이 그 뒤를 이어. 이 보기 드문 정적과 평화 속에서, 이 창백함, 이 순수함 속에서 종이 열한 번을 울렸다. 종소리는 하늘을 나는 갈매기 떼 속으로 여운을 남기며 사라져갔다.

비행기는 방향을 바꾸어 질주하다가 정확한 목표 지점을 향해 빠르고 자유롭게, 마치 스케이트를 타는 사람처럼 급강하했다.

"저건 E야." 블레츨리 부인이 말했다.

비행기는 마치 춤추는 무희 같았다.

"토피Toffee라고 쓰는 거야." 볼리 씨가 중얼거렸다.

(그러는 동안 차가 궁전 정문 안으로 들어가는 바람에 아무도 그 모습을 보지 못했다.) 비행기는 더 이상 연기를 뿜지 않고 멀리멀리 빠르게 날아갔다. 연기는 엷게 흩어지며 넓고 하얀 구름송이 주위로 몰려갔다.

비행기는 사라졌다. 구름 뒤로 들어가버렸다. 아무런 소리도 들리지 않았다. E자, G자, 또는 L자 모양의 구름들이 유유히 움직이며 흘러갔다, 아주 중요한 임무를 띠고 서쪽에서 동쪽으로 날아가는 것처럼. 결코 밝힐 수는 없지만 매우 중요한 임무임이 틀림없었다. 그때 갑자기 기차가 터널을 빠져나오듯, 비행기가 구름을 뚫고 다시 나타났다. 비행기 소리가 맬 산책로, 그린 공원, 피커딜리, 리젠트 거리, 리젠트 공원에 있는 모든 사람들의 귀에 들어왔다. 그리고 한 가닥 연기가 비행기 뒤에서 곡선을 그렸다. 비행기는 급강하했다가 다시 솟아오르며 한 자 한 자 글씨를 썼다. 어떤 낱말을 쓰고 있는 거지?

루크레치아 워렌 스미스는 남편과 함께 리젠트 공원 의자에 앉아 있다가 하늘을 쳐다봤다.

"저것 봐요, 저것 봐요, 셉티머스!" 그녀가 소리 질렀다. 홈스 의사가, 남편이 바깥세상에 관심을 갖게 하라고 말했기 때문이다(남편은 무슨 심각한 문제가 있는 게 아니라 단지 약간 기분이 언짢을 뿐이라면서).

셉티머스는 하늘을 쳐다보며, 그래, 저것들이 내게 신호를 보내고 있어, 라고 생각했다. 현실의 말로 신호를 보내는 건 아니었고, 아직은 그 언어를 이해할 수 없었지만, 저 아름다움, 저 절묘한 아름다움이 나타내는 바는 분명했다. 그래서 연기로 만들어진 글자들이 하늘에서 이울고 녹아내리는 것을 보며 그의 눈엔 눈물이 고였다. 그 글자들은 무한한 자비와 선량함으로, 상상하기도 어려운 아름다움을 하나씩 하나씩 아무 대가도 없이 보여 주겠다는 신호를 보낸 것이다!

토피, 토피 사탕을 광고하고 있는 거예요, 한 유모가 레치아에게 말했다. 그들은 함께 T, O, F, 하며 철자를 더듬었다.

"K…… R……" 셉티머스 귀 가까이에서 이렇게 발음하는 유모의 목소리는 감미로운 풍금 소리처럼 깊고 부드러웠지만, 한편으로는 메뚜기처럼 깔끄러운 소리이기도 해서 그의 등줄기를 시원하게 문지르며 뇌 속으로 파고들어 음파를 일으켰다. 실로 엄청난 발견이었다. 인간의 목소리가 어떤 대기적인 상황에서는(과학적이어야 한다고, 우선 과학적이어야 한다고 그는 생각했다) 나무에 생명을 불어넣을 수 있다니! 다행스럽게도 레치아가 손으로 그의 무릎을 꽉 누르고 있어 그는 꼼짝도 못 하고 자리에 계속 앉아 있었다. 그렇지 않았다면 빛을 발하며 위로 솟구쳤다가 떨어지는 나뭇잎들, 푸른색에서 텅 빈 파도 같은 녹색으로 엷어지는 느티나무들의 동요 때문에 미쳐버리고 말았을 것이다. 모든 나무 잎사귀들이 마치 말 머리에 꽂힌 깃털 장식처럼, 숙녀들의 머리에 꽂힌 깃털 장식처럼 너무나도 자랑스럽게 솟구쳤다가 아주 위엄 있게 떨어졌다. 하지만 그는 미치고 싶지는 않았다. 눈을 감고 싶었다. 더 이상 보고 싶지 않았다.

그러나 그것들은 손짓하고 있었다. 나뭇잎들은 살아 있었다. 나무들은 살아 있었다. 나뭇잎들은 의자에 앉아 있는 셉티머스의 육체와 수백만 개의 섬유질로 연결되어 있는 듯했다. 나뭇가지가 쭉 뻗으면, 셉티머스 자신도 함께 쭉 뻗는 것 같았다. 참새들이 퍼덕이며 솟구쳐 올랐다가 분수로 떨어져 내리며 그리는 톱니 모양도 그 패턴의 일부였다. 흰 구름과 푸른 하늘을 가로지르는 검은 나뭇가지들의 줄무늬도 그 패턴의 일부였다. 소리들도 미리 계획된 패턴들과 조화롭게 어우러졌다. 소리들 사이의 간격은 소리만큼이나 의미심장했다. 한 아이가 울었다. 바로 그때 멀리서 경적 소리가 들렸다. 그 모든 것이 합쳐져, 새로운 종교의 탄생을 의미하고 있었다.

"셉티머스!" 레치아가 부르자 그는 난폭하게 반응했다. 레치아는 사람들이 이걸 봐야 한다고 생각했다.

"저기 분수까지 갔다 올게요." 그녀가 말했다.

이럴 때면 그녀는 더 이상 견딜 수가 없었다. 홈스 의사는 아무 문제가 없다고 할지 모르나, 이럴 때면 차라리 그가 죽었으면 싶었다! 그가 그녀는 보지도 않고 뭔가를 뚫어지게 바라보고 있으면, 모든 게 너무 끔찍하게 느껴져 그의 곁에 앉아 있을 수가 없었다. 하늘도, 나무도, 놀고 있는 아이들도, 짐차들도, 호루라기 소리도, 넘어지는 아이들도 모두 다 끔찍했다. 그래도 그가 진짜 자살하지는 않을 거야. 하지만 그녀에겐 이런 말을 털어놓을 사람이 없었다. "셉티머스는 그동안 너무나 혹사당했어요." 그녀는 자신의 어머니에게도 그 말밖에 할 수 없었다. 사랑은 사람을 고독하게 만든다. 그녀의 말을 들어줄 사람은 아무도 없었다. 이젠 셉티머스에게조차 자신의 심정을 털어놓을 수가 없다. 뒤를 돌아다보자, 낡은 코트를 입은 그는 여전히 구부정하게 앉아 뚫어지게 앞만 바라보고 있었다. 남자가 자살을 하겠다니, 비겁하다. 하지만 셉티머스는 전쟁터에서 용감하게 싸웠다. 지금의 그는 셉티머스가 아니었다. 그녀가 레이스 깃을 달고 새 모자를 써도, 그는 전혀 쳐다봐주지 않았다. 그는 그녀 없이도 행복했다. 하지만 그녀는 그 없이는 행복하지 않았다. 그 어떤 것도 그녀를 행복하게 해줄 수가 없었다! 그래, 그는 너무나도 이기적이야. 남자들이 다 그렇지. 그는 아픈 게 아니야. 홈스 의사도 아무 이상 없다고 말했잖아. 그녀는 눈앞에서 손을 펴보았다. 이것 봐, 결혼반지가 헐렁거리잖아! 그녀는 말라가고 있었다. 고통을 겪고 있는 사람은 바로 그녀였다. 그래도 그녀에게는 말할 사람이 아무도 없었다.

이탈리아는 저 먼 곳에 있다. 하얀 집들, 언니와 함께 모자를 만들던 방, 매일 저녁 큰 소리로 웃으며 어슬렁거리는 사람들로 붐비는 거리는 저 멀리에 있다. 그곳 사람들은 휠체어에 웅크리고 앉아 화병에 꽂혀 있는 못생긴 꽃 몇 송이나 들여다보고 있는 여기 사람들처럼 반쯤 죽어 있지 않다!

"당신은 밀라노의 정원을 봐야 해요." 그녀는 큰 소리로 말했다. 그러나 누구에게 말하고 있는 걸까?

듣는 사람은 아무도 없었다. 그녀의 말은 사라져버렸다, 로켓의 불꽃이 사라지듯이. 로켓의 불꽃이 어두운 밤하늘을 깊숙이 스치며 날아가고 나면, 어둠이 집들과 빌딩들의 윤곽을 덮는다. 황량한 산허리마저 희미해지며 어둠 속으로 가라앉는다. 하지만 비록 보이지 않는다 해도 밤은 가득 차 있다. 모든 것들이 색을 잃어 창문 하나 보이지 않는다 해도, 어둠은 훨씬 더 묵직한 존재감으로 대낮의 빛이 나타내지 못하는 것들을 드러내준다. 여러 가지 걱정과 불안들을. 그것들은 새벽이 가져다주는 안도감을 빼앗긴 채 어둠 속에 엉켜 있다. 새벽이 오면 벽들은 희게 혹은 잿빛으로 나타나고, 창문 하나하나에 빛이 비치고, 들에는 안개가 걷히며 적갈색 소들이 평화롭게 풀을 뜯는 모습이 보인다. 모든 것들이 또 한 번 치장을 하고 나타나는 것이다. 나는 외로워, 외롭다고! 리젠트 공원 분수 옆에서 그녀는 (어느 인도인과

53

그가 가진 십자가를 뚫어지게 쳐다보며) 외쳤다. 아마도 자정쯤, 모든 경계가 없어질 때, 이 땅은 그 옛날의 모습으로 돌아갈 것이다. 로마인들이 처음 이 땅에 상륙했을 때처럼, 이름 없는 산들과 어디로 흘러가는지 모르는 강물만 있는 곳이 될 것이다. 레치아의 어둠이 바로 그와 같았다. 그때 갑자기, 그녀가 서 있는 땅바닥이 위로 쑥 올라오는 것 같았다. 그녀는 몇 해 전 자신이 셉티머스와 결혼했다는 것을, 그의 아내라는 것을 상기하며, 그가 미쳤다고는 절대로, 절대로 말하지 않으리라 결심했다! 그러면서 몸을 돌리는데, 땅바닥이 다시 아래로 아래로 가라앉다가 자신을 떨어뜨린 기분이었다. 그녀는 그가 가버렸다고 생각했다. 경고한 대로 자살하러, 짐차에 몸을 던지러 가버렸다고! 그러나 아니었다. 그는 여전히 홀로 거기 있었다. 낡은 코트를 입고 다리를 꼰 채, 여전히 뚫어지게 앞을 바라보며 큰 소리로 혼잣말을 하고 있었다.

사람들은 나무를 자르지 말아야 한다, 신은 존재한다(그는 이런 계시들을 봉투 뒷면에다 적었다), 세상을 변화시켜라, 증오심으로 살인하는 사람은 없다, 그것을 알려라(그는 계속 받아 적었다)…… 그는 기다렸다. 귀를 기울였다. 한 마리 참새가 건너편 난간에 걸터앉아 네 번인가 다섯 번인가 반복해서 셉티머스, 셉티머스 하고 부르더니, 아주 생생하고 날카로운 그리스어로, 어떻게 하면 죄악이 없어질 수 있는지를 노래했다. 또 다른 참새가 그 참새와 함께 길게 늘어지고 찢어지는 목소리로, 죽은 자들이 거니는 강 너머 초원에 있는 나무를, 그곳에 죽음이 없는 이유를 노래했다.

그의 손이 있었고, 거기 죽은 자들이 있었다. 허연 것들이 건너편 난간 뒤에 모이고 있었다. 그러나 그는 감히 쳐다볼 수가 없었다. 에번스가 난간 뒤에 있었다!

"무슨 말을 하는 거예요?" 레치아가 갑자기 그의 곁에 앉으며 말했다.

또 방해를 하는군! 그녀는 언제나 방해만 해.

사람들에게서 떠나야 해. 당장 저 멀리로 떠나야 해. 그가 (벌떡 일어서며) 그렇게 말했다. 하지만 그는 다시 아내가 앉아 있는 나무 아래 의자에 앉았다. 공원의 긴

55

비탈은 기다랗게 펼쳐진 초록색 양탄자 같았고, 푸른 하늘에는 분홍색 연기가 떠 있었다. 앞에 보이는 불규칙적인 집들은 엷은 연기 속에서 성벽처럼 보였고, 혼잡한 자동차들의 소음은 원을 그리며 윙윙거렸다. 오른쪽으로는 암갈색 동물들이 동물원 우리 위로 목을 길게 빼고 으르렁거리고 있었다. 그들은 거기 나무 아래 앉아 있었다.

"봐요." 그녀는 크리켓 막대를 들고 가는 한 무리의 작은 소년들을 가리키며 그에게 간청했다. 그중 한 명이 발을 끌며 빠른 스텝으로 춤을 추다가 뒤꿈치로 뱅그르르 돌고는 다시 발을 끄는 듯한 스텝을 밟았다. 마치 뮤직홀에서 광대 역할을 맡은 것 같았다.

"봐요." 그녀는 다시 간청했다. 홈스 의사는 그가 현실을 인식하게 만들라고 했다. 뮤직홀에 데려가든지 크리켓을 하게 하라고 했다. 크리켓은 밖에서 즐길 수 있는 좋은 운동이라면서.

"봐요." 그녀가 되풀이해 말했다.

그때 보아라, 하고 보이지 않는 어떤 존재가 그에게

명하였다. 그 목소리와 소통한 그는, 인류 가운데 가장 위대한 자, 최근에 삶의 세계에서 죽음의 세계로 옮겨 간 셉티머스다. 그는 사회를 새롭게 만들기 위해 온 자, 태양만이 녹일 수 있는 눈으로 된 담요처럼 바닥에 누워 있는 구세주다. 영원히 소모되지 않으며 영원히 고통받는 희생양이다. 그러나 그는 그런 역할을 원하지 않았다. 그는 신음하며, 손을 내저으며 그 영원한 고통을, 그 영원한 외로움을 밀어내고 있었다.

"봐요." 그녀는 되풀이해 말했다. 그가 이 바깥에서 큰 소리로 혼잣말하는 것을 막고 싶었다.

"제발 봐요." 그녀가 애원했다. 하지만 볼 게 뭐가 있담? 몇 마리의 양, 그게 전부였다.

그때 메이지 존슨이 레치아에게 리젠트 공원 전철역으로 가는 길을 물었다. 메이지 존슨은 이틀 전에 에든버러에서 올라온 소녀였다.

"이 길이 아니에요. 저쪽으로 가요!" 레치아가 소리쳐 말했다. 셉티머스를 못 보게 하려고 손으로 메이지 존슨을 밀치면서.

메이지 존슨의 눈엔 둘 다 이상해 보였다. 사실 그녀의 눈엔 모든 게 낯설었다. 런던이 처음이었기 때문이다. 레든홀 거리에 있는 숙부 집으로 가서 일자리를 얻으려고 이 아침에 리젠트 공원을 통과하던 중이었는데, 의자에 앉아 있는 이 부부가 그녀를 놀라게 했다. 여자는 외국인 같고, 남자는 이상해 보였다. 그래서 50년 후에 아주 나이가 들어서도 이 아름다운 여름날 아침 리젠트 공원을 지났던 것을 기억할 수 있을 것 같다. 그녀는 겨우 열아홉이었고, 마침내 자기 뜻대로 런던에 왔다. 지금 길을 물은 부부는 너무나도 이상해 보였다. 여자는 깜짝 놀라며 손사래를 쳤고, 남자는 정신이 나간 것 같았다. 말다툼을 하고 있거나, 둘이 영원히 헤어지려는 것 같았다. 그리고 이제 이 모두가(그녀는 이제 공원 중앙 산책로로 돌아와 있었다), 돌로 된 분수대가, 새치름한 꽃들이, 나이 든 남자들과 여자들이, 휠체어에 앉은 환자들이, 에든버러에서 갓 올라온 그녀에겐 너무도 낯설어 보였다. 메이지 존슨은 스치고 지나가는 한 무리의 사람들 속에, 미풍처럼 조심스럽게 끼어들었다. 다람쥐들은 나뭇가지에 앉아 단장을 하고 있었고, 참새들은 빵 부스러기를 주우러 분수를 넘나들었으며, 개들은 난간들 사이로 서로를 쫓느라 바빴다. 문득 부드러운 바람이 그 모든 존재들 위를 스치며, 날 때부터 변함없었던 그들의 심드렁한 눈빛을 변하게 하고 한편으론 위로했다. 아! 메이지 존슨은 울컥했다. (의자에 앉아 있던 그 젊은 남자가 그녀의 가슴을 내려앉게 했기 때문이다. 분명히 무슨 일이 일어나고 있었다.)

무서워! 무서워! 그녀는 이렇게 외치고 싶었다. (떠나는 그녀에게, 가족들은 이미 무슨 일이 일어날지 모른다고 경고했었다.)

그냥 집에 있을걸. 그녀는 철제 난간 손잡이를 비틀면서 울었다.

그녀를 바라보던 (가끔 이 리젠트 공원에서 점심을 먹고 다람쥐를 위해 빵 부스러기를 남겨두기도 하는) 뎀스터 부인이 생각했다. 너는 아직 아무것도 몰라. 좀 뚱뚱해지고 살이 처지면 더 편해진다는 걸. 술로 세월을 보내는 퍼시도 아들이 있어 마음 편하게 살잖아. 뎀스터 부인도 젊었을 때 마음고생을 많이 했기에, 저런 소녀를 보면 웃음이 나왔다. 너는 그만하면 예쁘니까 곧 결혼하겠지. 결혼해봐, 그러면 알게 될 거야. 요리사와 하인을 부리는 방법도 알게 되겠지만 남자들은 모두 제멋대로라는 것도 알게 돼. 그러다가 문득 이런 생각이 들었다. 그 모든 걸 미리 알았더라면, 과연 자신은 결혼을 했을까? 그러자 메이지 존슨에게 한마디 속삭여주고 싶어 참을 수가 없었다. 자신의 시든 얼굴, 축 늘어진 주름살 위에 연민의 키스를 받고 싶었다. 힘든 삶이었어. 모든 걸 희생했지. 장밋빛 살결, 아름다운 몸매, 그리고 발까지. (그녀는 마디에 옹이가 진 두 발을 치마 아래로 감췄다.)

장밋빛 살결, 그거 다 소용없어. 그녀는 냉소했다. 먹고, 마시고, 싹짓다 보면 좋은 날도 있고 나쁜 날도 있어. 인생은 장밋빛만은 아니야. 물론 그래도 나 캐리 뎀스터는 켄티시 타운[18]에 사는 그 어떤 여자하고도 운명을 바

---

18   런던 북서쪽에 있는 서민 마을.

꿀 생각은 없지! 하지만, 그녀는 연민을 갈구하고 있었다. 히아신스 화단 곁에 서 있는 메이지 존슨이, 장밋빛을 잃어버린 자신의 심정을 알아주기를 바랐다.

아, 그런데 저기 비행기가 보이네! 뎀스터 부인은 언제나 외국에 가보고 싶었다. 그녀에게는 선교사 조카가 있었다. 비행기는 하늘 높이 솟아올랐다 쏜살같이 날아갔다. 마게이트[19]에서는 언제나 바다로 나가곤 했다. 육지가 보이지 않는 곳까지 나가진 못했지만. 그녀는 물을 무서워하는 여자들은 참을 수가 없었다. 그때 갑자기 비행기가 하강했다. 너무 놀라 숨이 막혔다. 비행기는 다시 위로 치솟았다. 저 비행기에는 잘생긴 젊은 청년이 타고 있을 거야. 비행기는 멀리, 멀리 날아가 빠르게 사라져갔다. 그러다가 그리니치와 배의 돛대들 위로 모습을 드러내더니, 세인트폴 성당을 비롯해 회색빛 교회들이 가득한 이 런던이라는 섬을 가로지르며 들판과 거무스름한 갈색 숲으로 넘어갔다. 그 숲에 사는 모험심 가득한 지

19   템스강 하구에 있는 휴양 도시.

빠귀는 대담하게 팔딱팔딱 뛰어다니다가, 재빨리 달팽이를 잡아채어 돌에다 한 번, 두 번, 세 번 내리쳤다.

비행기는 멀리멀리 날아가더니, 마침내 빛나는 한 점으로만 보였다. 하나의 열망, 한 점으로의 집중, 그것은 인간 영혼을 나타내는 하나의 상징 같았다(그리니치에서 잔디를 깎고 있던 벤틀리 씨에게는 그렇게 보였다). 히말라야삼목 주변을 돌면서 벤틀리 씨는, 집을 벗어나고자 하는 결심을 되새기면서 아인슈타인을, 철학을, 수학을, 멘델 이론을 생각했다. 비행기는 멀리 지나가버렸다.

그때, 기분이 언짢아 보이는 정체 모를 한 남자가 가죽 가방을 들고 세인트폴 성당 계단에서 머뭇거리고 있었다. 그러면서 생각했다. 저 성당 안에는 향기 있는 위안과, 극진한 환영과, 수많은 깃발이 펄럭이는 무덤들이 있을 거야. 그 깃발은 군대들과 싸워 이긴 승리의 표적이 아니라 인간의 영적 부분을 정복한 승리의 표적일 거야. 나도 그런 승리를 추구하다가 실업자가 되었지. 하지만 성당은 내 친구가 되어 나를 사회의 한 구성원으로 이끌어줄 거야. 위대한 사람들이, 순교자들이 이 성당을 위해 죽어갔어. 그런데 나는 왜 저기 들어가서 팸플릿으로 기 둑 찬 이 가죽 가방을 제단 앞에, 십자가 앞에 내려 놓지 못할까? 찾고 탐색하고 말로 논박하는 인간을 초월하여 높이 솟아 있는, 육체의 옷을 벗은 영혼의 상징 안으로, 왜 들어가지 못하는 거지? 그가 망설이고 있는 동안 비행기가 러드게이트 서커스[20] 위로 날아갔다.

이상했다. 고요했다. 차 소리 외에는 아무 소리도 들리지 않았다. 통제하는 사람이 없는지, 차들이 마음대로 속력을 내는 것 같았다. 그리고 이제 비행기는 하늘 높이 곡선을 그리며 곧바로 올라가 환희와 순수한 기쁨의 절정에 이른 듯 꼬리에서 하얀 연기를 뿜어냈고, 그 연기는 둥글게 고리 모양을 만들며 T자, O자, F자를 썼다.

"저 사람들은 뭘 저렇게들 보는 거지?" 클라리사 댈러웨이가 문을 열어주는 하녀에게 말했다.

현관은 지하 납골당처럼 서늘했다. 댈러웨이 부인은

20   세인트폴 성당 앞에 있는 광장.

손을 눈가로 가져갔다. 하녀 루시가 문을 닫을 때 루시의 치마가 휙 스치는 소리가 들렸다. 그러자 클라리사는 마치 속세를 떠나 익숙한 베일을 쓰고 다시 옛날식 예배에 참석하게 된 수녀가 된 기분이었다. 부엌에서는 요리사의 휘파람 소리가 들렸다. 타자기 치는 소리도 들렸다. 이것이 그녀의 삶이었다. 그녀는 자신의 삶에 감화된 듯 머리를 현관 탁자 위로 숙였다. 축복받고 정화된 느낌이었다. 그녀는 전화 메시지가 적힌 메모지를 집어 들며, 바로 지금 같은 순간이 생명의 나무에 돋아난 새순이자 어둠 속에 핀 꽃이라고 생각했다(마치 어떤 아름다운 장미가 그녀만 볼 수 있게 피어난 것 같았다). 사실 그녀는 단 한순간도 신을 믿어본 적이 없다. 하지만 메모지를 집어 들면서, 더욱더 매일의 삶 속에서 하인들에게, 개들과 카나리아에게, 무엇보다 남편 리처드에게 보답해야겠다고 생각했다. 이 모든 것을 준 것은 남편이기 때문이다. 즐거운 소리들과 녹색 불빛, 휘파람을 불어주는 요리사까지도. 요리사 워커 부인은 아일랜드 사람이라 하루 종일 휘파람을 불어댔다. 이런 황홀한 순간들을 은밀히 간직했다가 되갚아야 한다고, 메모지를 집어 들며 생각했다. 그새 루시가 무언가를 설명하려 그녀 곁에 섰다.

"주인어른께서……"

클라리사는 메모를 읽었다. '브루턴 부인이 댈러웨이 씨가 오늘 자기와 점심을 같이할 수 있는지 물으심.'

"댈러웨이 어른께서 점심 식사는 밖에서 한다고 말씀드리라고 하셨습니다."

"그렇군!" 루시는 클라리사의 그 말 속에 담긴 실망 감을 (아픔까지는 미처 알아채지 못했지만) 감지할 수 있었다. 클라리사의 그런 심정을 눈치채고 공유했다. 상류층의 사랑은 이런 거구나, 하며 자신의 미래를 조용히 그려도 봤다. 그러고는 댈러웨이 부인의 양산을 접어, 그 것이 영예롭게 전쟁터를 떠나는 여신이 버린 신성한 무기라도 되는 양 정중하게 우산대에 꽂았다.

"더 이상 두려워 말라."[21] 클라리사가 읊조렸다. 더 이상 여름의 태양을 두려워 말라. 브루턴 부인이 자신은

---

21   셰익스피어 《심벨린》의 한 구절.

빼놓고 리처드만 점심에 초대했다는 사실에, 그녀는 마치 지나가는 노에 맞은 강바닥 식물처럼 충격을 받아 흔들리고 있었다.

특별히 재미있다고 소문난 밀리선트 브루턴의 오찬 파티에, 자신은 초대받지 못한 것이다. 이런 천박한 질투심이 리처드와 자신을 멀어지게 하지는 않을 것이다. 하지만 흐르는 시간이 두려웠다. 브루턴 부인의 얼굴, 그 무표정한 돌 같은 얼굴 위에서 시곗바늘이 움직이고 있었다. 한 해 한 해 베여 나간 그녀의 인생은 이제 얼마 남지 않았고, 그 남은 시간도 젊은 시절처럼 삶의 색과 맛과 분위기를 만끽하며 보낼 순 없으리라. 젊었을 땐 어느 방에 들어가면 그 방이 자신으로 온통 가득 차는 듯했다. 그래서 들어가기 전 문턱에서 잠시 머뭇거릴 때면, 종종 황홀한 전율을 느끼곤 했다. 발아래 어두워졌다 밝아졌다 하는 바다로 뛰어들 준비를 하는 잠수부처럼, 무언가를 부술 듯 위협하다 부드럽게 표면 위로 솟구치는, 진주빛 수초를 뒤집었다 덮었다 하는 파도를 내다보는 심정으로.

그녀는 메모지를 현관 탁자에 다시 놓고는, 난간에 손을 얹고 서서히 2층으로 올라갔다. 마치 자신의 얼굴과 목소리에 반응해주던 친구들을 두고 파티를 떠나는 기분이었다. 문을 닫고 밖으로 나가 홀로 무시무시한 밤과 대항하며 서 있는 것 같았다. 실제로는, 평범한 6월 아침의 시선과 홀로 맞서고 있었다. 어떤 이에게는 이 아침이 장미 꽃잎처럼 빛나는 관대한 아침이겠지. 블라인드가 펄럭이는 소리, 개 짖는 소리가 들려오는 층계참의 열린 창문가에 멈춰 섰을 때, 갑자기 늙고 오그라들어 가슴마저 없어진 듯했다. 삐걱거리며 부풀어 오르다가 활짝 핀 낮이 문밖으로, 창문 밖으로, 약해진 그녀의 몸과 뇌 밖으로 빠져나가는 듯했다. 단지 브루턴 부인이 오찬에 자신을 초대하지 않았다는 이유로.

속세를 떠나는 수녀처럼, 탑을 찾는 어린아이처럼 그녀는 2층으로 올라가 창문가에 멈추었다가, 욕실에 이르렀다. 초록빛 리놀륨이 깔려 있는 그곳엔 물이 똑똑 떨어지고 있었다. 그녀 삶의 중심은 한가운데가 텅 빈, 다락방에 놓여 있었다. 여인들은 화려한 의상을 벗어야 한다. 한낮에도 벗어야 한다. 그녀는 모자를 고정시켰던 핀을 바늘방석에 꽂고, 깃털 달린 노란 모자는 침대 위에 놓았다. 이 끝에서 저 끝까지 팽팽하게 펼쳐져 있는 깨끗한 시트는, 넓고 하얀 띠처럼 보였다. 그녀의 침대는 점점 더 좁아질 것이다. 침대 곁에는 반쯤 타다 남은 양초와, 꽤 많이 읽은 마르보 남작의 회고록이 놓여 있었다. 지난밤에는 늦게까지 모스크바 퇴각 부분을 읽었다. 하원 회의가 길어지자, 남편 리처드는 병을 앓고 난 후니 신경 쓰지 말고 혼자 자라고 말했다. 그녀도 그를 기다리는 것보다는 혼자 책을 읽는 편이 좋았다. 그래서 다락방이 그녀 방이 되었고, 좁은 침대를 쓰게 됐다. 그리고 거기 누워 책을 읽었다. 잠이 잘 오지 않았기 때문이다. 아기를 낳고도 그녀에게는 처녀성이 마치 시트처럼 들러붙어 있었다. 아름답던 젊은 시절, 갑자기 어느 순간엔가—가령 클리브덴 숲 강가에서—마음이 차갑게 수축되어 그녀는 리처드를 실망시켰었다. 그런 일은 콘스탄티노플에서도, 그 후로도 반복됐다. 자신에게 무엇이 결핍되어 그러는지 알고 있었다. 그 행위가 아름답지 않다고 생각해서도 아니었고, 그걸 꺼리는 것도 아니었다. 단지 스며들 수가 없기 때문이었다. 남녀 간, 혹은 같은 여자 간의 차가운 접촉에 잔물결을 일으키는, 그 표면을 부드럽게 부술 수 있는 포근한 무언가가 그녀에겐 결핍되어 있었다. 그 사실을 어렴풋이 알고 있었지만, 그래도 그 행위는 싫었다. 신만이 알 수 있는, 어디에선가 체득한 망설임, 혹은 (변함없이 현명한) 자연이 준 천성인지도 몰랐다. 하지만 소녀가 아닌 성숙한 여인의 매력에는 때때로 굴복했다. 여인들이 자신의 고민이나 어리석음을 고백할 때면 그녀들에게 끌렸다. 동정일 수도 있었고, 그녀들의 아름다움 때문일 수도 있었고, 그녀들의 젊음 때문일 수도 있었고, 어떤 우연—그윽한 향기나 이웃의 바이올린 소리 같은(어느 순간에 소리의 힘은 참으로 위대하다)—때문일 수도 있었지만, 그럴 때면 그녀들에게서 남자들이 느끼는 욕구를 느꼈다. 단지 한순간이었지만, 그것으로 충분했다. 그런 느낌은 갑작스러운 계시처럼 다가와 얼굴을 붉혔다. 막으려 해도 퍼져나가는 그 힘에 굴복해, 저 멀리 한계에까지 이르러서 전율

했다. 그럴 때면 세상이 그녀 곁으로 바짝 다가오는 게 느껴졌다. 세상은 어떤 놀라운 의미, 어떤 황홀함으로 부풀어 올라, 얇은 피부처럼 찢어지며 갈라진 틈과 상처 위로 기이한 치유의 힘을 퍼부었다! 그 짧은 순간, 그녀는 하나의 빛을 보았다. 크로커스 꽃 속을 밝히는 성냥불처럼 내밀한 의미를 드러내는 빛을. 그러나 가까이 온 것은 다시 멀어지고, 굳어진 것은 다시 부드러워졌다. 그 순간은 그렇게 끝이 났다. 그랬던 순간들과(여자들과의 순간들도), 지금 보이는 침대와(그녀는 모자를 내려놓았다) 마르보 남작의 책과 반쯤 타버린 양초는 아주 대조적으로 보였다. 이 다락방에서 잠 못 이루고 누워 있으면 마룻바닥 삐걱대는 소리와 함께, 모든 불이 꺼져 집이 어두워진 것이 느껴졌다. 머리를 들면 리처드가 살며시 문손잡이를 돌리는 소리가 들렸다. 리처드는 그렇게 양말만 신고 2층으로 살금살금 올라오다가, 그만 잠자리를 데우는 보온 물병을 떨어뜨리곤 욕을 하기도 했다. 얼마나 웃기던지!

그런데(코트를 치우면서 생각했다) 여자와 사랑에

빠지는 게 과연 가능할까? 가령 샐리 시턴, 그 옛날 자신과 그녀의 관계는 결국 사랑이 아니었던가?

샐리는 마룻바닥에 앉아 있었다. 그것이 그녀에 대한 첫 기억이다. 팔로 무릎을 감싸고 거기 앉아 담배를 피우고 있었다. 그게 어디였지? 매닝네였나, 킨로크존스네였나? (누구 집이었는지는 확실치 않지만) 분명 어느 집 파티에서였다. 클라리사는 그녀를 발견하고는 같이 있던 남자에게 "저 사람은 누구예요?" 하고 물었었다. 남자는 샐리 부모가 사이가 좋지 않다고 했다. (부모가 싸울 수도 있다니, 클라리사는 얼마나 충격을 받았던가!) 그날 저녁 내내 샐리에게서 눈을 뗄 수가 없었다. 자신이 가장 흠모하는 특별한 아름다움을 지니고 있었기 때문이다. 검고 큰 눈의 그녀는, 자신이 가지지 못해 늘 부러워하던 특성을 갖고 있었다. 무엇이라도 할 수 있고 말할 수 있는, 자유분방함이었다. 그런 특성은 보통 영국 여자보다는 외국 여자들이 가지고 있는데, 아니나 다를까 샐리는 자신에게는 프랑스인의 피가 흐른다고, 조상 중엔 마리 앙투아네트를 지지했다가 교수형을 당해 루비 반지 하나만 남긴 사람도 있다고 말했었다. 그녀가 클라리사의 부어턴 집으로 불쑥 찾아온 건 바로 그해 여름이었다. 저녁 식사가 끝날 무렵, 주머니에 돈 한 푼 없이 나타났다. 그런 무례함에 너무나도 화가 난 헬레나 고모는, 평생 그녀를 용서하지 않았다. 샐리는 집에 싸움이 나서 홧김에 급하게 집을 나왔다고 했다. 부어턴으로 오는 여비를 마련하려고 브로치를 저당 잡혔다면서. 글자 그대로 무일푼으로 온 그녀와 밤새 얘기를 나누면서, 클라리사는 자기가 얼마나 온실 속 화초처럼 살아왔는지를 깨닫게 됐다. 자신은 성性에 대해서도, 사회 문제에 대해서도 아는 것이 없었다. 막 송아지를 낳은 암소를 본 적도 있고, 들판에서 쓰러져 죽은 노인을 본 적도 있었지만, 그에 대해 얘기할 사람이 없었다. 헬레나 고모는 그런 문제라면 질색을 했다(샐리가 준 윌리엄 모리스[22]의 책도, 고모 때문에 갈색 종이로 표지를 싸야만 했다). 그들은 꼭대기 층에 있는 클라리사의 침실에서

22   영국의 사상가, 사회 개혁가.

몇 시간이고 인생에 대해, 사회 개혁에 대해 얘기를 나눴다. 그들은 사유재산이 폐지되는 사회를 만들고 싶었다. 비록 보내지는 않았지만 편지 형식의 탄원서를 쓰기도 했었다. 물론 그것은 샐리의 생각이었다. 하지만 얼마 후 클라리사도 그런 문제에 열을 올리게 되어 아침 식사 전에 침대에서 플라톤을, 모리스를, 퍼시 셸리를 몇 시간이고 읽곤 했다.

샐리의 힘, 그녀의 재능과 개성은 놀라웠다. 이를테면 그녀는 꽃꽂이도 나름의 방식대로 했다. 클라리사의 집 식탁엔 틀에 박힌 형태로 꽃이 꽂혀 있는 작은 꽃병들이 줄지어 놓여 있었다. 어느 날 샐리는 밖으로 나가 접시꽃과 달리아 등 온갖 종류의 꽃들을 꺾어 와서는, 그 꽃송이만 따서 주발에 물을 담아 띄웠다. 해 질 녘에 저녁 식사를 하러 들어왔을 때, 그 꽃의 느낌은 너무도 놀라웠다(물론 헬레나 고모는 꽃을 그처럼 다루는 걸 나쁘다고 생각했지만). 한번은 스펀지를 깜박했다며, 욕실에서 맨몸으로 복도로 뛰어나오기도 했다. 엄격한 늙은 하녀 엘런 앳킨스는 그 모습을 보고 "신사분이 보면

73

어쩌려고요?” 하며 투덜거렸다. 정말로 그녀는 깜짝깜짝 놀라게 하는 사람이었다. 아버지는 그런 그녀를 두고 단정치 못하다고 했었다.

돌이켜보면, 샐리에 대한 자신의 감정은 이상할 정도로 순수하고 진실했다. 남자에게 갖는 감정과는 달랐다. 사심이라곤 전혀 없는, 막 성인이 된 여자들끼리 느낄 수 있는 감정이었다. 그녀 쪽에서 보면 샐리를 보호하려는 감정이기도 했다. 둘은 동맹을 맺고 있다고 생각했고, 그녀는 결혼이 서로를 갈라놓을 때까지 샐리를 보호하고 싶었다(그들은 결혼을 늘 재난으로 여겼다). 샐리보다는 그녀가 상대를 보호하고자 하는 의협심이 강했다. 당시 샐리는 무모해서, 바보 같은 허세를 부리고 다녔다. 테라스 난간을 자전거를 타고 아슬아슬하게 내려오기도 했고, 시가를 피우기도 했다. 터무니없었다, 많이. 하지만 클라리사의 눈에는 매력적으로만 보였다. 그래서 꼭대기 층 자기 침실에 서서 손에 더운 물병을 들고 큰 소리로 이렇게 말하곤 했다. “샐리가 나와 같은 지붕 밑에 있어…… 이 지붕 밑에 있다고!”

아니다, 지금 그녀에게 그 말은 아무런 의미도 없다. 당시에 느꼈던 떨림도 사라졌다. 하지만 흥분으로 몸이 차가워져 일종의 도취 상태에서 머리를 만지던 것은 기억할 수 있다(머리핀을 빼 화장대 위에 놓고 머리를 매만지기 시작하자, 그 옛날의 감정이 되살아났다). 그때 분홍빛 저녁노을 속에서 까마귀가 휠휠 날고 있었다. 옷을 갈아입고 아래층으로 내려가면서 "만약 죽어야 한다면 지금이 가장 행복한 때"[23]라고 생각했었다. 오셀로와 똑같은 심정이라고, 셰익스피어가 오셀로에게 불어넣은 바로 그런 감정을 느끼고 있는 거라고 확신했던 것이다. 하얀 드레스를 입고 샐리 시턴을 만나러 저녁 식탁으로 내려간다는 이유로!

샐리는 분홍색 거즈 천으로 된 옷을 입고 있었다. 어떻게 그런 옷을 입을 수 있을까? 아무튼 그녀는 온통 가볍고 빛이 나는 듯 보여서, 마치 들장미 위에 잠시 앉은 새나 공기로 가득 찬 풍선 같았다. 사람이 어떤 사람을

---

23   셰익스피어의 《오셀로》 2막 1장에 나오는 구절.

사랑하게 되면(그것이 사랑이 아니고 무엇이었겠는가?) 이상하게도 다른 사람에 대해서는 완전히 무관심해진다. 헬레나 고모는 저녁 식사 후 어디론가 사라져버렸고, 아버지는 신문을 읽고 있었다. 피터 월시와, 나이 든 커밍스 양, 여름이면 몇 주일이고 묵고 가던 불쌍한 노인 조지프 브라이트코프도 있었다. 그 노인은 그녀에게 독일어를 가르쳐주는 척했지만, 사실은 피아노를 치며 엉터리로 브람스 노래만 불렀었다.

그 모두는 샐리를 위한 배경에 지나지 않았다. 벽난로 옆에 서서 이야기하는 샐리의 목소리는 너무나도 아름다워, 모든 것을 부드럽게 어루만져주는 것 같았다. 이야기를 듣는 아버지조차 그녀에게 빠져들고 있었고(그래서 나중에 자신이 샐리에게 빌려준 책이 물에 흠뻑 젖은 채 테라스에 놓여 있는 걸 보고 큰 충격을 받았었다), 그때 갑자기 샐리가 말했다. "이렇게 좋은 날 집 안에만 있는 게 부끄럽지 않아요?" 그 말에 모두 집 밖으로 나가 이리저리 거닐었다. 피터 월시와 조지프 브라이트코프는 계속 바그너에 대해 얘기했고, 클라리사와 샐리는 그들 뒤에서 걸었다. 꽃들이 담긴 돌 항아리를 지날 때, 클라리사의 전 인생에서 가장 아름다운 순간이 찾아왔다. 샐리가 걸음을 멈추더니, 거기 담긴 꽃 한 송이를 뽑아 들고 그녀의 입술에 키스한 것이었다. 온 세상이 거꾸로 뒤집히는 듯했다! 다른 사람들은 모두 사라지고, 그녀와 샐리만 있는 것 같았다. 그녀는 마치 포장된 선물을, 열어보지는 못하고 간직하기만 해야 하는, 다이아몬드처럼 귀중한 선물을 받은 듯했다. 그들은 계속 오르내렸다. 그러다가 그것을 열어봤던가, 아니면 그 속을 뚫고 나오는 불타는 빛을, 계시를, 종교적인 황홀감을 느꼈던가! 그때 늙은 조지프와 피터가 뒤돌아서서 그들을 쳐다봤다.

"별이라도 보고 계신가?" 피터가 말했다.

마치 어둠 속에서 화강암 벽에 얼굴을 부딪힌 것 같았다! 그만큼 충격적이고 끔찍한 말이었다!

자신이 모욕당했다고 생각해서 충격을 받은 게 아니었다. 그제야 샐리가 그동안 얼마나 푸대접을 받아왔는가를 깨달았던 것이다. 그 말 속엔 피터의 적대감과 질투가, 그들의 우정을 방해하려는 의도가 숨어 있었다. 번 갯불이 번쩍하는 순간 모든 풍경을 본 것처럼, 그 순간 그의 모든 감정을 파악할 수 있었다. 그러나 샐리는(그 때만큼 샐리가 대단해 보인 적이 없었다!) 용감하게 기 죽지 않고 자기 방식대로 응대했다. 그녀는 웃었다. 그러 면서 조지프 노인에게 별 이름을 알려달라고 했다. 그건 조지프가 가장 좋아하는 일이었다. 샐리는 그 노인 곁에 서서 귀 기울여 별 이름들을 들었다.

'아, 무서워!' 클라리사는 속으로 그렇게 말했었다. 마 치 무언가가 그 행복한 순간을 방해하고 망치려고 내내 따라다녔던 것을 깨달은 듯이.

하지만, 결국, 나중에는 피터에게 얼마나 많은 신세 를 졌던가. 그를 생각할 때면 언제나 말다툼을 했던 것 부터 생각났다. 아마도 그만큼 피터의 호감을 사고 싶었 기 때문이리라. '감상적이다', '고상하다' 등의 단어도 피 터 덕분에 알게 됐다. 아직도 그 단어들이 매일매일 떠 오른다, 마치 그가 그녀를 감시라도 하고 있는 듯. 어떤 책을 보다가, 어떤 태도를 보다가 '감상적이다'라는 말이 떠오르면 그녀는 과거 속에 있는 듯했고, 그렇게 과거를 떠올리는 것도 뭔지는 감상적이라고 할 것이다. 이제 그가 돌아오면 나에 대해 어떻게 생각할까?

늙었다고? 그렇게 대놓고 말하지 않아도 그렇게 생각하는 건 눈치챌 수 있을 것이다. 사실 늙기도 했다. 앓고 난 뒤 머리가 하얗게 셌으니까.

브로치를 테이블 위에 올려놓는데, 그녀가 깊은 생각에 잠겨 있는 동안 얼음같이 차가운 발톱이 달라붙은 듯 갑자기 경련이 났다. 하지만 아직 많이 늙지는 않았다. 이제 막 쉰둘이 되었을 뿐이다. 이 해가 다 가려면 아직도 여러 달이 남아 있었다. 6월, 7월, 8월! 그 한 달 한 달, 떨어지는 시간의 방울방울을 붙잡으려는 듯, (화장대 쪽으로 가면서) 이 아침의 순간을 정지시키고 싶었다. 이 아침 속에, 모든 지난 아침들의 무게가 실려 있었다. 거울, 화장대, 그리고 화장품 병들을 새삼 둘러보며, 자신의 전부를 (거울 속) 한 점으로 모았다. 거울 속엔 오늘 밤 파티를 열 여인의 우아한 핑크빛 얼굴이, 클라리사 댈러웨이의 얼굴이 들어 있었다.

지금까지 수백만 번이나 거울을 들여다봤지만, 그럴
때마다 늘 얼굴에 약간의 경련이 일었다. 그녀는 거울을
들여다볼 때마다 입술을 오므렸고, 그러면 날카롭고,
화살같이 뾰족하고, 명확한 모습이 되었다. 그것은 자신
의 바람을 그러모은 모습이었다. 자신이 얼마나 양립할
수 없는 부분들로 이루어진 존재인지는 그녀만이 알고
있었다. 세상에 보이는 그녀의 모습은, 언제라도 만남의
장소를 제공하고, 지루한 삶을 사는 사람들에게 찬란한
빛을 제공하고, 외로운 사람들에게 피난처를 제공하는
존재였다. 그녀의 도움을 받는 젊은이들에겐, 한결같은
모습을 보이려고 노력했다. 다른 면모는 조금도 보이지
않았다. 결점이나 질투심, 허영 같은 것은 전혀 보이지
않았다. 오찬에 초대받지 못해 들끓는 감정 따위는 전혀
보이지 않았다. 그런 감정은 정말 비열하다고 (마침내 머
리를 빗으면서) 그녀는 생각했다! 그나저나 그 옷은 어
디 있지?

파티에 입을 이브닝드레스는 벽장에 걸려 있었다. 클
라리사는 그 부드러운 초록빛 드레스를 조심스럽게 벽

장에서 빼서 창 쪽으로 가져갔다. 어딘가 찢긴 옷이었다. 대사관 파티에서 누군가가 치맛단을 밟았고, 그때 이 드레스의 주름 잡힌 데가 찢어졌다. 인공의 불빛 아래에선 빛나던 이 드레스가 햇빛 아래서는 빛나지 않았다. 이 옷을 고쳐야 했다. 하녀들은 할 일이 많으니 자신이 직접 했다. 그녀는 실크 실, 가위, 그리고 그게 뭐더라? 그렇지, 골무를 챙겨 아래층 거실로 내려가려 했다. 편지도 써야 했고 파티 준비 상태도 확인해야 했다.

이상하기도 하지. 그녀는 층계참에 멈춰 서서 다이아몬드 모양의 얼굴을 쓰다듬으며 생각했다. 안주인은, 어느 순간이든 자기 집 분위기를 알 수 있다니까. 희미한 소리가 나선형 계단을 따라 들려왔다. 대걸레가 휙휙거리는 소리, 가볍게 톡톡 치는 소리, 덜컹거리는 소리, 열린 대문으로 들어오는 시끄러운 소리, 지하실에서의 말소리, 깨끗한 은그릇들이 쟁반 위에서 쩽그랑거리는 소리. 그 모든 것이 파티를 위한 것이었다.

(그리고 루시는 쟁반을 들고 거실로 들어와서 거대한 촛대를 벽난로 선반 위에 올려놓고, 은으로 된 작은

상자는 한가운데로 옮기고, 크리스털로 된 돌고래는 시계 쪽으로 돌려놓았다. 손님들이 올 것이다. 그 신사 숙녀들은 그녀도 흉내 낼 수 있는 점잖은 어조로 얘기할 것이다. 하지만 그 모든 이들 중 그녀의 안주인이, 이 은그릇과 리넨과 도자기 그릇들을 가진 안주인이 가장 아름다울 것이다. 이 햇살, 은그릇, 떼어낸 문짝들, 럼플마이어에서 온 일꾼들 앞에서 상감象嵌 테이블 위에 종이칼을 내려놓을 때, 루시는 성취감을 느꼈다. 거울에 비친 자신을 들여다보고는, 처음으로 고용살이를 했던 케이터햄 빵집 동료들에게 날 좀 봐, 날 좀! 하고 싶었다. 난 메리 공주의 시중을 드는 앤절라 부인이나 마찬가지야. 그때 댈러웨이 부인이 거실로 들어왔다.)

"어머, 루시, 은그릇들이 정말 좋아 보여!" 댈러웨이 부인이 말했다.

"그런데," 부인이 크리스털 돌고래를 똑바로 돌려놓으면서 말했다. "어제 저녁 연극은 재밌었어?" "네. 근데 끝나기 전에 나와야 했어요." "10시까지 맞춰 오려고 그랬구나." "네, 그래서 끝이 어떻게 됐는지는 몰라요." "그

것 참 안됐네." 클라리사는 그렇게 말하며 생각했다(나한네 미리 말했으면 더 늦게 와도 된다고 했을 텐데). "안 됐어." 그녀는 소파 한가운데 놓인 화려하고 오래된 쿠션을 집어 루시 팔에 안겨주고는 약간 밀면서 큰 소리로 말했다.

"이건 좀 치워! 내가 칭찬하더라고 하면서 워커 부인한테 갖다줘! 가져가!"

루시는 그 쿠션을 들고 가다가 거실 문간에 멈춰 서서, 수줍게 볼을 약간 붉히면서 물었다. 드레스 고치시는 걸 도울까요?

댈러웨이 부인은 이 일 말고도 네가 할 일은 많으니 그걸로 충분하다면서 이렇게 말했다.

"하지만, 고마워, 루시, 정말 고마워." 댈러웨이 부인은 고마워, 고마워, 하고 (소파에 앉아 무릎 위에 드레스와 가위와 실크 실을 놓으면서) 속으로 되뇌었다. 자신이 온화하고 관대한 모습을 유지할 수 있도록 도와주는 하인들이 정말 고마웠다. 하인들은 그녀를 좋아했다. 그런데 찢어진 곳이 정확히 어디지? 이제 바늘로 꿰매야지. 이 옷은 샐리 파커가 만들어준 마지막 옷이었다. 샐리는 이제 은퇴해서 일링에 살고 있었다. 클라리사는 언제라도 시간이 나면(하지만 시간이 없었다) 일링으로 가서 그녀를 만나고 싶었다. 그녀는 정말 재주 좋은 사람, 예술가였다. 사고방식은 남들과 달랐지만, 그녀가 만든 드레스는 결코 이상하지 않았다. 그녀의 옷들은 햇필드 성에서도 버킹엄 궁전에서도 입을 수 있었다.

바늘로 실크 실을 부드럽게 잡아당겼다가 멈추고 하면서 초록색 주름들을 한데 모아 아주 가볍게 허리 부분에 달고 있으니, 고요함이 평온하고 만족스럽게 내려앉았다. 어느 여름날 몰려왔던 파도는 그렇게 균형을 잃고 흩어졌다가, 다시 몰려왔다 흩어졌다. 온 세상이 '그게 전부다'라고, 점점 더 육중하게 말하는 것 같았다. 마침내 해변의 태양 아래 누워 있는 육체 안의 마음조차 '그게 전부다'라고 말했다. 더 이상 두려워 말라고 마음이 말했다. 마음은 그렇게 말하며 자신의 짐을 바다에 내던졌다. 바다는 그렇게 맡겨진 모든 슬픔 때문에 한숨을 내쉰 뒤, 다시 새로운 파도를 일으켰다. 육체만이 날아가는 벌의 소리에, 부서지는 파도 소리에 귀 기울이고 있었다. 멀리서 개가 짖었다. 짖고 또 짖었다.

"세상에, 초인종 소리야!" 바느질을 멈추면서 클라리사가 소리쳤다. 그녀는 깊은 생각에서 깨어나 귀를 기울였다.

"댈러웨이 부인은 나를 만나줄 거요." 현관 쪽에서 나이 든 남자의 목소리가 들렸다. "분명 만나줄 거요." 그는 그렇게 말하며 루시를 점잖게 밀치고는 잽싸게 현관 계단을 올라갔다. "만나주고말고, 그럼." 그는 계단을 오르며 중얼거렸다. "날 만나줄 거야. 인도에서 5년이나 있다가 돌아왔는데, 클라리사가 안 만나주겠어."

"누구지? 무슨 일로?" 댈러웨이 부인은 (파티를 여는 날 아침 11시에 방해를 하다니 무례한 사람이라고 생각하며) 계단을 오르는 발소리에 귀를 기울였다. 그러고는 순결과 사생활을 지키고 싶은 소녀처럼, 드레스를 감추고 싶었다. 바로 그때 철제 문손잡이가 돌아가더니 거실 문이 열리고, 그가 들어왔다. 그녀는 너무 놀라 그의 이름마저 떠오르지 않았다! 이렇게 보게 되다니. 피터 월시가 뜻밖에도 이 아침에 자신을 찾아온 것이었다! 너무나도 반갑고, 너무나도 수줍고, 너무나도 당황스러웠다! (그녀는 아직 그의 마지막 편지를 읽지 않았었다.)

"잘 지냈어요?" 피터 월시는 그녀의 손을 잡고 양손 모두에 키스하면서, 떨리는 목소리로 그렇게 말했다. 그녀도 늙었구나, 그는 자리에 앉으면서 그렇게 생각했지만 절대 그런 말을 입 밖으로 내지는 않겠다고 결심했다. 그녀가 정말로 늙었기 때문이었다. 자신을 쳐다보는 그녀의 눈길을 느끼자 갑작스러운 당혹감이 밀려왔다. 자기가 먼저 양손에 키스까지 했으면서. 그는 손을 호주머니에 집어넣어 커다란 주머니칼을 꺼내고는 칼날을 반쯤 폈다.

여전해, 클라리사는 생각했다. 똑같은 묘한 표정, 똑같은 체크무늬 양복 차림이었다. 얼굴이 약간 일그러지고, 약간 더 마르고, 더 퉁명스러워 보이긴 했지만, 여전히 멋지고 전과 다름없어 보였다.

"이렇게 다시 보게 되다니!" 그녀가 소리쳤다. 여전히 칼을 가지고 다니다니, 정말 그다워.

그는 어젯밤에야 런던에 도착했다고, 바로 시골로 내려가야 할지도 모른디고 차면서, 모두들 무고하냐고, 리처드는, 엘리자베스는 잘 지내냐고 묻더니 이렇게 말했다.

"그런데 이건 다 뭐예요?" 그는 주머니칼로 그녀의 초록빛 드레스를 가리키며 말했다.

아주 잘 차려입었네, 클라리사는 생각했다. 하지만 나에 대해선 여전히 비판적이야.

여기서 드레스를 고치고 있구나, 그는 생각했다. 여느 때도 그랬겠지. 내가 인도에 있는 동안에도 여기 앉아 드레스를 고치다가, 여기저기 놀러 다니다가, 파티에 갔다가, 의회에 갔다가 돌아왔겠지. 그는 점점 더 초조해지고 점점 더 흥분되었다. 어떤 여인에게는 결혼만큼 나쁜 것은 없어. 정치도 그렇지. 게다가 존경할 만한 리처드 같은 보수당 남편을 갖는다는 것은 정말 최악이야. 그는 그렇게 생각하며 찰칵 칼을 접었다.

"리처드는 잘 지내요. 위원회에 갔어요."

그녀는 말하고는 가위를 펴면서, 오늘 밤 파티에 입

을 드레스인데 마저 고쳐도 되겠느냐고 물었다.

"당신은 초대하지 않았지만. 나의 사랑하는 피터!"

나의 사랑하는 피터라! 참으로 반가운 말이었다. 그 외에도 여기 있는 모든 것이 너무나도 감미로웠다. 은그릇, 의자들, 모든 것이 너무나 감미로웠다.

왜 나는 초대하지 않았어요? 그가 물었다.

이제 초대해야죠. 그녀는 그렇게 말하며 생각했다. 매력적이야! 정말로 매력적이야. 왜 그와 결혼하지 않기로 했는지 의아할 지경이었다. 하지만 그런 결정을 내릴 수밖에 없었던 그 끔찍한 여름이 생각났다.

"그런데 이 아침에 오다니, 정말 뜻밖이에요!" 그녀는 드레스 위에서 한 손을 다른 손 위에 올려놓으며, 큰 소리로 말했다.

"생각나요? 부어턴에서 블라인드가 어떻게 펄럭였는지?" 그녀가 물었다.

"기억나요." 그가 말했다. 그는 아주 어색하게 그녀의 아버지하고만 아침을 먹었던 때가 떠올랐다. 그분이 돌아가셨다는 소식을 듣고도 클라리사에게 편지를 쓰지 않았었다. 그 성마르고 무릎이 약했던 노인, 클라리사의 아버지 저스틴 패리와는 사이가 좋지 않았었다.

"가끔 당신 아버지와 좀 더 잘 지냈으면 좋았을걸, 하고 생각했어요." 그가 말했다.

"하지만 아버지는 우리 친구들은 누구도 좋아하지 않았잖아요." 그녀는 피터가 자신과 결혼하기를 원했다는 것이 떠오르자, 혀라도 깨물고 싶었다.

물론 나는 당신과 결혼하고 싶었지, 가슴 미어지게 바랐었지. 그때 그는 테라스에서 바라다보이던 저녁 하늘에 떠오른 달처럼, 그 소름 끼치도록 아름답게 빛나던 달처럼, 솟구치는 슬픔을 이기지 못했었다. 그때 이래로 불행해졌다고 그는 생각했다. 그리고 그때처럼 클라리사 쪽으로 손을 약간 내밀었다가 떨구었다. 그때 달은 그들 머리 위에 걸려 있었다. 지금 그녀는 그때의 달빛 아래 테라스에 그와 함께 앉아 있는 것 같았다.

"이제 그 집은 허버트 소유예요." 그녀가 말했다. "난 이제 그 집엔 가지 않아요."

그러자 달빛 아래 테라스에 있던 그때의 감정이 고

스란히 되살아났다. 그때 한 사람은 벌써 지루해지기 시작했다는 사실에 부끄러움을 느꼈고, 다른 사람은 조용히, 아주 조용히 앉아서 슬프게 달을 쳐다보며, 다리를 움직이고 헛기침을 하고 테이블 다리의 소용돌이 모양 철제 장식을 보고 나뭇잎을 만지작거렸었다. 차마 아무 말도 할 수가 없어서. 피터에게 그때의 그 심정이 되살아났다. 도대체 왜 과거를 떠올리게 하는 거지? 왜 다시 그때를 생각나게 하는 거지? 그때도 지긋지긋한 고통을 줬으면서, 왜 또다시 날 아프게 하는 거지? 왜?

"당신, 그 호수 기억해요?" 그녀가 갑작스럽게 말했다. 감정을 억누르지 못해 목 근육이 굳었는지, "호수"라고 말할 때는 입술이 파르르 떨렸다. 그녀는 아직도 부모 곁에서 오리들에게 빵을 던져주는 어린아이인 동시에, 호숫가에 서 있는 부모에게로 다가가는 다 자란 여인이기 때문이다. 부모에게 가까이 다가가면 갈수록, 자신이 팔 안에 안고 있는 삶은 점점 더 커져 드디어 하나의 온전한 삶, 완전한 인생이 되었다. 그녀는 그것을 그들 곁에 내려놓으며 말하고 싶다. '이게 내 인생이 만들어낸 거예요! 이것이!' 그런데 이게 뭘까? 정말 뭘까? 이 아침에 비느질은 하며, 피터와 함께 앉아 있으면서 그녀는 그런 생각에 잠겼다.

　지나간 모든 시간과 감정을 떠올리며, 그녀는 피터월시가 곁에 있다는 걸 못 믿겠다는 듯 눈물 어린 채 조용히 그를 바라봤다. 하지만 그런 감정은 나뭇가지를 스치고 날아가는 새의 날갯짓처럼 사라졌다. 그녀는 아무렇지 않은 듯 눈물을 닦았다.

　"그럼." 피터가 말했다. "기억해요. 기억하고말고." 하지만 그것은 그에게 상처를 주는 기억이었다. 그만, 그만해! 그는 소리치고 싶었다. 그는 아직 그리 늙지 않았기 때문이다. 인생이 끝나지 않기 때문이다. 쉰이 조금 넘었을 뿐이다. 그는 지금 자신에게 닥친 모든 상황을 그녀에게 털어놓고 싶었다. 그러나 바느질을 하는 그녀는 너무도 냉정해 보였다. 데이지는 클라리사 옆에 서면 평범해 보이겠지. 나도 낙오자처럼 보이겠지. 그들 입장에서 보면, 댈러웨이 부부의 눈으로 보면, 나는 의심할 바 없는 낙오자지. 저 고급스러운 상감 테이블과 종이칼, 돌고래, 촛대, 의자 덮개, 오래되고 값진 영국의 판화 프린트들, 이 모든 것과 비교하면 나는 낙오자가 분명해! 하지만 그는 과시하는 듯 보이는 이 모든 게 싫었다. 이건 리처드의 것이지 클라리사의 것이 아니었다. 그녀는 단지 이 모든 걸 가진 리처드와 결혼했을 뿐이다. (그때 루시가 은그릇을 들고 들어왔다. 그것을 내려놓으며 고개를 숙인 루시는 날씬하고 우아했다. 그의 눈엔 매력적으로 보였다.) 이런 하루하루였겠군! 이런 한 주일, 또 한 주일이었겠군. 이것이 클라리사의 인생이군. 그동안 나는 여행을 하고 말을 타고 싸우고 모험하고 브리지 파티에 가고 연애를 하고 그리고 일, 일, 또 일을 했었지! 그의 손엔 여전히 주머니칼이 들려 있었다. 클라리사는 그 뿔손잡이가 달린 칼을 보고, 그가 30년 전에도 갖고 있던 바로 그 칼이라고 확신했다.

정말 이상한 버릇이야, 여전히 칼을 갖고 장난을 치네. 그 버릇은 그를 어리석고 공허하게 보이게 했다. 예전에 그가 직접 말했듯, 어리석은 수다쟁이에 불과해 보이게 만들었다. 하지만 나도 그렇지, 하며 그녀는 바늘을 집어 들었다. 파수병이 잠든 사이 지나가는 나그네에게 들킨, 들장미 넝쿨 아래 누워 있는 여왕이 된 기분이었다(피터가 이렇게 문득 찾아온 것은 그만큼 엄청난 충격이었다—가슴이 뛰었다). 클라리사는 사랑하는 사람들에게 도움을 청하고 싶었다. 리처드, 엘리자베스, 지금은 피터에게 거의 낯선 사람이 되어버린 자기 자신에게, 이 상황에서 구해달라고 말하고 싶었다. 자기 곁으로 와서 적을 쫓아내달라고.

"그래, 어떻게 지냈어요?" 그녀가 물었다. 그렇다. 싸움이 시작되기 전에 말들은 땅을 긁고, 머리를 휘두르고, 옆구리를 빛내고, 목을 구부린다. 그렇게 피터 월시와 클라리사는 나란히 파란 소파에 앉아 서로에게 맞섰다. 피터 월시 속에 갇힌 힘이 안달하고 뒤척이며, 그가 받았던 모든 자비를, 칭찬을 상기시켰다. 옥스퍼드 대학에서의 경력과 결혼, 또 그녀는 알지 못하는 그가 받은 사랑과 일에서 이룬 성과를.

"수많은 일들이 있었어요!" 그가 큰 소리로 말했다. 다시 차오른 힘이 그를 자극했다. 그 힘이 더는 볼 수 없는 사람들의 어깨 위에 올라타 공중으로 내달리는 것 같았다. 두려우면서도 동시에 상쾌한 느낌이었다. 그는 손으로 이마를 짚었다.

클라리사는 꼿꼿이 앉아서 숨을 들이쉬었다.

"나는 사랑에 빠졌어요." 그가 말했다. 클라리사가 아니라, 어둠 속에 있는 어떤 여인과 그는 사랑에 빠져 있었다. 지금은 만질 수 없는 그녀를 어둠 속 풀밭 위에 화환처럼 내려놓으며 그는 거듭 말했다.

"사랑에 빠졌어." 이제는 다소 퉁명스러운 어투로. "인도에 있는 어떤 젊은 여자와." 그는 그렇게 자신의 화환을 내려놓았다. 클라리사는 그걸 가지고 마음대로 상상할 수 있었다.

"사랑에 빠졌다고!" 그녀가 말했다. 그 나이에 나비넥타이를 매고 그 사랑이라는 괴물에게 빨려 들어가다니! 목에 살 한 점 없이 말랐고, 손은 불그레하고, 나보다 6개월이나 먼저 태어난 사람이! 하지만 언뜻 자기 자신에게로 눈을 돌리니, 그가 사랑에 빠졌다는 걸 마음속 깊이 인정하고 있었다. 그는 사랑에 빠졌어. 정말로 사랑에 빠진 거야.

차지만 그녀를 언제나 압도하는 불굴의 자존심이 계속, 계속 앞으로 나가라고 외치고 있었다. 목표가 없더라도 계속 나아가라고. 그 자존심이 그녀의 볼을 핑크빛으로 물들여, 그녀를 젊어 보이게 했다. 무릎 위에 드레스를 얹어놓고 바늘로 꿴 초록빛 실크 실의 끄트머리를 잡고 있는 그녀는, 약간 떨면서도 눈은 아주 밝게 빛났다. 그는 사랑에 빠졌어! 물론 내가 아니라, 나보다 어린 어떤 젊은 여성과.

"어떤 여자예요?" 그녀가 물었다.

그는 이제 그 미지의 조각상을 단壇으로부터 그들 사이로 내려놓아야만 했다.

"결혼한 여자예요, 불행히도." 그가 말했다. "인도 주둔군 소령의 아내."

이상하게도 빈정대는 듯한 감미로운 미소를 지으며, 그는 클라리사 앞에 그녀를 내려놓았다.

(역시 맞아, 그는 사랑에 빠졌어, 클라리사는 생각했다.)

"그녀는," 그는 아주 조리 있게 말을 이었다. "아이가 둘 있어요. 하나는 사내아이고 하나는 계집아이죠. 난 이혼 문제로 변호사를 만나러 이곳에 왔고."

자, 이제 그들까지 여기 다 내려놓아버렸다! 그는 생각했다. 그러니 클라리사, 이제 당신 마음대로 해요! 나는 그들을 다 내려놨으니까! 클라리사가 인도 주둔군 소령의 아내(그의 데이지)와 그녀의 어린 두 아이들을 쳐다보자, 그들 모두가 점점 더 사랑스럽게 느껴졌다. 마치 그가 접시 위에 놓인 회색 알갱이에 불을 붙이자 거기에서 그들의 친밀감(어떤 의미에선 클라리사만큼 그를 이해하고 공감해줄 사람은 없었다), 그들의 강렬한 친밀감이 만들어내는 바다냄새 나는 상쾌한 공기 속으로 아름다운 나무가 자라나는 것 같았다.

그 여자가 그를 우쭐하게 만들어 유혹했겠지, 클라리사는 생각했다. 그는 칼날을 세 번 휘둘러 그 여인, 인도 주둔군 소령의 아내를 자신 앞에 보여줬다. 하지만 얼마나 헛짓인가! 얼마나 어리석은가! 평생토록 피터는 그처럼 어리석은 짓만 저질렀다. 처음에는 옥스퍼드에서 쫓겨났고, 다음에는 인도로 가는 배에서 만난 젊은 여자와 결혼하더니, 이제는 인도 주둔군 소령의 아내라! 자신이 그의 청혼을 거절했던 건 얼마나 다행인가! 이 나이에도 여전히 그는 사랑 문제로 허우적대고 있었다. 그녀의 옛 친구, 사랑하는 피터는.

"하지만 앞으로 어쩌려고?" 그녀가 물었다. 링컨스 인에 소속된 변호사들과 법무관들, 후퍼 씨와 그레이틀리 씨가 알아서 하겠지. 그는 그렇게 말하며 주머니칼로 손톱을 다듬었다.

제발, 그 칼 좀 치워요! 그녀는 참을 수 없이 화가 나서 소리쳤다. 인습에 구애받지 않는 어리석은 행동, 그의 약점을 참을 수가 없었다. 다른 사람의 감정은 전혀 생각지 않는 그런 그의 모습이 그녀를 괴롭혔다. 언제나 괴롭혔었다. 그 나이에, 얼마나 어리석은 짓인가!

나도 알아요. 피터가 손가락으로 칼날을 훑으면서 생각했다. 나도 내가 무엇에 맞서고 있는지 안다니까. 당신과 당신 남편과 그 나머지 사람들과 맞서고 있지. 하지만 클라리사에겐 모든 걸 보여주고 싶었다. 놀랍게도,

허공으로 던져진 억제할 수 없는 힘에 밀려 그는 갑자기 울음을 터뜨렸다. 흐느꼈다. 조금의 부끄러움도 없이 흐느꼈다. 소파에 앉은 그의 볼에서 눈물이 흘러내렸다.

클라리사가 몸을 앞으로 숙이더니 그의 손을 잡아 당겨 키스했다. 그리고 그녀의 가슴속에서 열대 광풍처럼 번쩍이던 은빛 칼날을 그가 내려놓기도 전에, 그의 얼굴은 그녀의 얼굴과 포개졌다. 설레는 은빛 새털 같은 동요가 가라앉자, 그녀는 그의 손을 잡고 무릎을 토닥이고는 뒤로 기대앉았다. 그 한순간 그와 함께 이렇게 있는 것이 너무나 가볍고 편하게 느껴졌다. 갑자기 이런 생각이 들었다. 그와 결혼했더라면, 이런 황홀한 즐거움은 하루 내내 나의 것이었을 텐데!

하지만 끝난 일이었다. 그녀에겐 시트가 팽팽하게 펴진 좁은 침대만 남아 있었다. 그녀는 홀로 탑 위로 올라갔고, 햇볕 아래에서 나무딸기를 따던 그들은 떠났다. 문은 닫혔고, 떨어진 벽토와 흩어진 새 둥지 사이로 보이는 바깥 풍경은 한없이 아득하게 보일 뿐이었다. 남겨진 소리 또한 가냘프고 우울할 뿐이다(언젠가 리스 언덕에서 들었던 그 소리는). 리처드, 리처드! 밤에 자다 놀라 깨어 어둠 속에서 손을 뻗어 도움을 청하는 사람처럼, 그녀는 속으로 외쳤다. 하지만 그는 브루턴 부인과 오찬을 하고 있었다. 그마저 나를 떠났다. 나는 영원히 혼자야. 그녀는 무릎 위로 손을 깍지 꼈다.

피터 월시는 일어나 창가로 가서 등을 돌리고 섰다. 눈물을 닦는 듯 큰 손수건이 이리저리 움직이는 것이 보였다. 마치 지배자처럼 무뚝뚝하고 외로워 보였다. 코트 위로 여윈 어깨뼈가 솟아 있었다. 그는 코를 심하게 풀었다. 나를 데려가줘요. 클라리사는 충동적으로 그렇게 말하고 싶었다. 마치 그가 곧 먼 항해라도 떠날 사람처럼 여겨져서. 하지만 다음 순간, 매우 아슬아슬하고 감동적이었던 5막짜리 연극은 끝이 났다. 피터와 함께 살았었던 그 연극 속에서 이제 도망쳐 나온 것이다.

이제는 움직일 시간이었다. 외투와 장갑과 오페라 안경 등을 챙겨 극장에서 거리로 나가려는 여인처럼, 그녀는 소파에서 일어나 피터에게로 갔다.

참으로 이상하지, 그가 생각했다. 그녀가 다가오는

소리가 들리자, 패물이 짤랑거리고 치마가 서걱대는 소리가 들리자, 다시 예전 그녀의 힘이 느껴졌다. 무슨 이유로 아직도 그런 힘을 갖고 있을까? 부어턴의 테라스, 그 여름 하늘 위로 증오의 달을 띄우던 그 힘을 어떻게 아직도 갖고 있을까.

"말해줘요." 그가 그녀의 어깨를 잡으며 말했다. "클라리사, 당신 행복해? 리처드가……"

그때 문이 열렸다.

"내 딸 엘리자베스예요." 감정적으로, 조금은 연극조로 클라리사가 말했다.

"안녕하세요?" 엘리자베스가 다가오며 말했다.

빅벤 시계가 놀랍도록 요란하게 30분을 알리는 종을 쳤다. 마치 힘세고 무심하고 분별력 없는 젊은 청년이 아령을 이리저리 움직이는 것 같았다.

"안녕, 엘리자베스!" 피터는 손수건을 주머니에 쑤셔 넣으면서 큰 소리로 그렇게 인사했다. 그러고는 재빨리 클라리사에게 다가가, 그녀를 쳐다보지도 않고 "잘 있어요, 클라리사!" 하고는 재빨리 거실에서 나가, 계단을 내려가 대문을 열었다.

"피터! 피터!" 클라리사는 그를 따라 계단으로 내려 가며 외쳤다. "오늘 저녁 내 파티, 내 파티 잊지 말아요!" 바깥의 소음 때문에 그녀는 더 소리 높여 외쳤다. 혼잡한 자동차 소리와 일제히 울려 퍼지는 시계 종소리에 파묻혀, 대문을 닫고 나가는 피터 월시에게 파티 잊지 말아요! 하고 외치는 그녀의 목소리는 가늘고 약하게 들릴 뿐이었다.

내 파티 잊지 말아요, 내 파티 잊지 말아요. 거리를 향해 계단을 내려가면서 피터 월시는 그녀의 그 말을 되뇌었다. 빅벤이 30분을 알리는 명확한 소리, 그 소리의 흐름에 맞춰 되풀이해 되뇌었다. (시간을 알리는 종소리는 허공에 무거운 파문을 그리며 사라졌다.) 아, 파티, 클라리사의 파티. 그녀는 왜 그런 파티를 여는 걸까. 그녀나, 혹은 연미복 단춧구멍에 카네이션을 꽂고 자기에게로 다가올 남자들의 우스꽝스러운 모습을 비난하는 건 아니었다. 이 세상에서 사랑에 빠질 수 있는 유일한 행운아, 바로 그 자신의 모습이 빅토리아 거리에 있는 자동차 판매소 진열창에 비치고 있었다. 그리고 그 뒤로는 인도라는 나라가 펼쳐져 있었다. 평원과 산과 콜레라 같은 전염병으로 가득한, 아일랜드의 두 배나 되는 땅이 펼쳐져 있었다. 그곳에서 그는 오로지 혼자서 모든 일을 결정했었다. 그리고 그는 지금 난생처음 진짜 사랑을 하고 있었다. 클라리사는 좀 완고해졌고 게다가 약간 감상적이 된 것 같았다. 그는 성능 좋은 훌륭한 자동차들을 바라보며 생각했다. 저 차는 몇 갤런에 몇 마일이나 갈까? 그는 기계에 능숙했다. 자신의 관할 지역에서 새로운 쟁기를 발명하기도 했고 영국에서 외바퀴 수레를 들여온 적도 있다. 하지만 인도 인부들은 그것들을 사용하려 하지 않았다. 클라리사는 그런 것들은 전혀 모른다.

"내 딸 엘리자베스예요"라는 말이 자꾸 거슬린다. 왜 그냥 "엘리자베스예요" 하지 않았을까? 진실하지 못했다. 엘리자베스도 어머니의 그런 표현이 못마땅한 듯했다. (아직도 크게 울리는 시계 소리의 마지막 진동이 주변의 공기를 흔들었다. 여전히 이른 시각이었다. 이제 겨우 오전 11시 30분이었다.) 그는 젊은 사람들을 이해했기에 엘리자베스의 심정을 알 수 있었다. 클라리사에겐 늘 냉정한 구석이 있었다. 젊었을 때부터 늘 다소 새침했는데, 그런 태도가 중년이 되면서 습관이 된 듯하다. 그럼 끝장난 거지, 끝장난 거야. 그는 쓸쓸히 두꺼운 진열창을 들여다보며, 혹시 자신이 이른 시간에 방문해서 그녀를 괴롭힌 건 아닌가 하는 생각이 들었다. 갑자기 바보같이 굴었다는 부끄러움에 사로잡혔다. 감정을 다 드러내며 울기까지 했어. 왜 항상 그녀에겐 모든 걸 털어놓게 될까.

구름 한 조각이 태양을 가리면 런던은 침묵으로 가라앉고, 사람의 마음 또한 가라앉는다. 사람은 돛대 위 펄럭이는 시간 속에 멈춰 서 있게 된다. 경직된 습관의 해골로만 서 있게 된다. 그 외에는 아무것도 없이. 피터는 혼자 중얼거렸다. 속을 다 파낸, 완전히 텅 빈 해골 같아. 클라리사는 나를 거절했어, 나를 거절했단 말이야. 그는 거기 서서 그렇게 생각했다.

그 순간 세인트마거릿 성당의 종이 울렸다. 손님이 거

실로 이미 들어와 있는 것을 본 안주인처럼, 클라리사는 나는 늦지 않았어, 안 늦었어, 11시 반일 뿐이야, 하고 혼잣말을 했다. 그 말은 맞지만, 안주인의 목소리는 자신의 개성을 드러내기를 꺼렸다. 과거의 비통함, 현재의 근심을 드러내지 않았다. 11시 반을 알리는 세인트마거릿 성당의 종소리는 가슴속 후미진 곳까지 미끄러져 들어와 원을 그리며 퍼져나갔다. 마치 살아 있는 존재처럼 자기 속을 털어놓고 싶어 했다. 그렇게 다 털어놓고 기쁨에 떨면서 마침내 안주하기를 원하는 것 같았다. 피터는 그 종소리가 마치 하얀 옷을 입고 자기를 따라 계단을 내려오던 클라리사 같다고 생각했다. 갑자기 뭉클해지며, 그것이 바로 클라리사라고 생각했다. 어리둥절할 만큼 선명하게 과거의 그녀가 떠올랐다. 마치 이 종소리가 그들이 아주 가까웠던 시절 함께 앉아 있던 그 방으로 흘러들어가 그를, 그녀를 스쳤다가 벌이 꿀을 물고 가듯 그 순간을 싣고 떠나가는 것 같았다. 한데 어떤 방이었지? 어떤 순간이었지? 도대체 왜 시계가 울리자 이렇게 마음속 깊이 행복감이 느껴지는 거지? 세인트마거릿 성당 종소리가 차차 약해지자, 그는 그것이 그녀의 무기력함과 고통을 나타낸다는 생각이 문득 들었다. 맞아, 그녀는 심장이 아팠다고 했어. 마지막으로 치는 큰 종소리는 삶 한가운데로 들이닥치는 죽음을 알리는 소리 같았다. 클라리사가 거실에서 쓰러지고 있었다. 난간 손잡이를 비틀며 울고 있었다. 아니야! 아니야! 그가 소리쳤다. 그녀는 죽지 않았어! 나는 늙지 않았어! 그렇게 소리치며, 화이트홀 거리로 힘차게 걸어 올라갔다. 마치 자신에게 활기차고 끝없는 미래가 굴러 내려온다는 듯이.

그는 조금도 늙거나, 뻣뻣해지거나, 건조해지지 않았다. 그들—댈러웨이 부부나 휫브레드 부부, 그리고 그들과 비슷한 사람들—이 뭐라 말하든 조금도 신경 쓰지 않는다, 조금도(비록 머지않아 리처드에게 일자리를 얻어달라고 부탁해야 하지만). 그는 성큼성큼 걸으며 눈을 똑바로 뜨고 주위를 바라보다가, 케임브리지 공작의 동상을 노려봤다. 그는 옥스퍼드에서 쫓겨났다. 사실이다. 그는 사회주의자였고, 어떤 의미에선 낙오자다. 사실이다. 하지만 문명 세계의 미래는 그런 30년 전의 자신과 같은 젊은이들, 추상적인 원리를 사랑하고, 런던에서부터 히말라야 정상까지 책을 보내달라고 하는, 과학을 읽고 철학을 읽는 젊은이들의 손에 달려 있다고 그는 생각했다.

잎사귀들이 바스락거리는 듯한 소리가 등 뒤에서 들렸다. 그와 함께 살랑살랑 옷 스치는 소리가, 규칙적으로 쿵쿵대는 발소리가 그의 생각을 따라와 화이트홀 거리를 오르는 그의 발걸음에 박자를 맞춰주었다. 뒤를 돌아보니, 제복을 입고 총을 멘 소년들이 정면을 바라보며 행진하고 있었다. 그들의 팔은 꼿꼿했고, 얼굴은 동상을 받치고 있는 단에 쓰인 문구, 즉 영국에 대한 의무, 감사, 충성, 사랑의 표정을 짓고 있었다.

피터 월시는 그들과 보조를 맞추면서, 그것이 참 좋은 훈련이라고 생각했다. 그러나 그들은 건장해 보이지는 않았다. 대부분 열여섯쯤 되어 보이는 소년들로 호리호리했으며, 내일이면 쌀이나 비누를 팔 신세가 될지도 몰랐다. 하지만 지금은 관능적인 쾌락이나 일상의 삶에 마음 빼앗기지 않겠다는 엄숙한 표정으로, 핀스베리 보도에서부터 빈 무덤[24]까지 화환을 들고 가고 있었다. 그들이 선서를 하거나 차량들도 경의를 표했고, 화물차들도 멈춰 섰다.

더 이상 보조를 맞출 수가 없군, 피터 월시는 생각했다. 화이트홀 거리로 행진해 올라가잖아. 과연 그들은 그를 지나쳐, 모든 사람을 지나쳐 한결같은 걸음걸이로 계속 행진해 갔다. 마치 어떤 의지가 행진하는 그 소년들의 팔다리를 똑같이 움직이게 하는 것 같았다. 그들의 다양하고 경박스러운 인생은 기념비와 화환으로 가득한 보도에 묻히고, 훈련으로 단련된 눈만 뜬 시체들이 움직이고 있는 듯했다. 하지만 우리는 그들에게 경의를 표해야 해, 보도 끄트머리에서 멈춰 서며 피터 월시는 생각했다. 맞은편에는 넬슨, 고든, 해블록 등 위대한 군인들의 검은 동상들이, 그 눈부신 동상들이 앞을 바라보고 서 있었다. 마치 자신들 또한 유혹을 마다하고 위대한 체념을 한 끝에(피터 월시는 자신 또한 그런 위대

---

24   1919년 세워진, 제1차 세계대전 전사자들을 위한 기념비.

107

한 체념을 했다고 느꼈다), 마침내는 대리석처럼 움직이지 않는 시선을 성취했다고 말하고 있는 듯했다. 하지만 피터 월시는 그런 시선은 가지고 싶지 않았다. 비록 다른 사람의 그런 시선에, 행진하는 소년들의 그런 시선에 경의를 표할 수는 있지만. 그들이 스트랜드 거리 쪽으로 사라졌을 때, 그는 그들이 자신이 겪은 육체의 고통은 아직 모른다고 생각했다. 그는 길을 건너 고든 동상 아래 서서 생각했다. 소년 시절엔 얼마나 고든을 숭배했던가. 고든은 한쪽 다리를 들고 팔짱을 낀 채 외롭게 서 있었다. 불쌍한 고든.

아직은 클라리사 외에는 아무도 그가 런던에 온 것을 몰랐고, 항해 뒤의 영국은 여전히 섬처럼 보여, 11시 반 아무도 몰래 트라팔가 광장에 이렇게 혼자 서 있다는 게 낯설게만 느껴졌다. 이게 뭐지? 나는 어디에 있는 거지? 또 왜 그런 일을 하려는 거지? 이혼은 정말 쓸데없는 짓 같았다. 그의 마음이 늪처럼 평평해지더니 세 개의 커다란 감정 덩어리가 일어나 그를 당혹하게 했다. 이해와 커다란 박애정신, 마지막으로는 그 두 가지 감정의 결과인 듯한 억누를 수 없는 미묘한 기쁨이었다. 그이 머릿속에서 자신과는 아무 상관 없는 어떤 손이 줄을 잡아당기자, 눈앞에 셔터가 열리며 끝없이 펼쳐진 길 입구가 보이는 듯했다. 선택만 하면 그 길을 멋대로 거닐 수도 있을 것 같았다. 최근 몇 년 동안 이처럼 젊게 느껴졌던 적은 없었다.

그는 탈출했다! 완전한 자유였다. 습관의 벽이 무너지자, 습관이라는 보호에서 벗어난 마음이 불꽃처럼 기울고 구부러져 그를 붙들고 있는 것을 태우고 있는 듯했다. 이렇게 젊게 느껴진 적이 몇 년 만인가! 피터는 (물론 단지 한 시간 정도였을 뿐이지만) 자신의 원래 모습으로부터 도망치는 아이, 엉뚱한 창문에서 자신을 찾는 보모를 향해 뛰어가는 아이가 된 기분이었다. 헤이마켓 방향으로 트라팔가 광장을 가로지르다가 맞은편에서 다가오는 어떤 젊은 여인을 보았다. 고든 동상을 지나치는 여자를 보면서, 보기 드물게 매력적인 여성이라고 생각했다. 그는 그녀가 자신이 늘 바라던 바로 그 여인, 젊지만 품위 있고, 명랑하지만 신중하고, 까무잡잡하지만 매력적인 여인이 될 때까지 겹겹의 베일을 벗고 있다고 생각했다.

그는 몸을 꼿꼿이 세우고 남몰래 주머니칼을 만지작거리며 그 여인을 따라가기 시작했다. 그 매력적인 대상은 등을 돌리고 있으면서도, 그와 그녀를 잇는 하나의 빛을 그에게만 비추는 것 같았다. 이 소란스러운 자동차 소음 속에서 둥글게 손을 말아 그를 부르는 것 같았다. 하지만 피터라고 부르지 않고 마음으로만 부르는 비밀 이름으로 부르는 것 같았다. '당신', '당신'이라고. 그녀의 하얀 장갑과 어깨가 그렇게 말하는 것 같았다. 그녀가 콕스퍼 거리에 있는 덴트 가게를 지날 때, 얇고 긴 코트가 바람에 날렸다. 코트는 팔을 벌려 피곤한 자를 감싸 안으려는 듯, 친절함과 애틋함을 드러내며 바람에 나부꼈다.

결혼하지는 않았을 거야, 젊잖아, 상당히 젊어, 피터는 생각했다. 그녀가 트라팔가 광장을 가로질러 올 때 달고 있던 빨간 카네이션이 다시 떠오르자 그녀의 입술도 더 붉게 생각되었다. 그녀는 잠시 길모퉁이에 서서 기다렸다. 위엄 있는 여자였다. 클라리사처럼 속물도, 부자도 아니었다. 그녀가 다시 움직이자 그는 궁금해졌다. 움직임에서 보이듯, 점잖은 여자일까? 재치도 있어 보여. 그는 생각했다(공상도 하고, 약간은 기분 전환도 해야 하니까). 냉철하게 기다리는 재치, 조용하지만 날렵한 재치.

그녀는 움직였다. 길을 건넜다. 그는 따라갔다. 절대로 상대를 당황하게 하고 싶지는 않았다. 하지만 만약 그녀가 걸음을 멈춘다면 '같이 가서 아이스크림 먹을래요?' 하고 말할 것이다. 그럼 그녀는 아주 간단하게 '네, 그러죠' 할 것이다.

거리의 다른 사람들이 그들 사이를 가로막기도 했다. 하지만 그는 계속 따라갔다. 그녀의 표정이 변한 것이 보였다. 볼은 빨갛게 물들었고 눈에는 조롱하는 빛이 비쳤다. 그는 무모하고 민첩하며 도전적인 모험가였다. (지난밤 인도에서 도착한 그는) 그야말로 낭만적인 해적 같은 남자였다. 그는 저주스러운 예법들이나, 가게 진열장에 있는 노란 화장복, 파이프, 낚싯대 따위에는 전혀 관심이 없었다. 체면이나 저녁 파티, 조끼 아래 하얀 옷을 입은 말쑥한 노신사들도 신경 쓰지 않았다. 그야말로 해적 같은 남자였다. 그녀는 계속 걸어갔다. 그의 앞에서 피커딜리를 건너더니 리젠트 거리 위로 올라섰다. 그녀의 외투와 장갑 그리고 어깨가 가게 진열장에 걸린 옷의 술 장식과 레이스, 깃털 목도리와 어우러져 화려하면서도 변덕스러운 분위기를 자아냈다. 마치 램프 불빛이 어둠 속 산울타리 위로 아롱거리는 것처럼.

그녀는 기쁜 듯 웃으면서 옥스퍼드 거리와 그레이트 포틀랜드 거리를 건너 어느 작은 골목길로 들어섰다. 이제, 이제 위대한 순간이 다가오고 있었다. 그녀가 걸음을 늦추고 가방을 열더니, 그가 있는 방향을 한번 바라다봤기 때문이다. 그러나 그를 바라보는 시선은 아니었다. 그것은 마지막 인사, 모든 상황을 파악하고 그것을 의기양양하게 영원히 묵살해버리는 시선이었다. 그녀는 열쇠를 꽂아 대문을 열고는 문 안으로 사라졌다! 내 파티 잊지 말아요, 내 파티 잊지 말아요, 하던 클라리사의 목소리가 그의 귓전을 때렸다. 대문 안으로 사라진 그 여자의 집은 빛바랜 꽃바구니가 매달려 있는 평범한 빨간 집이었다. 그리고 모든 게 끝났다.

어쨌든 재밌었어, 재밌었다고. 머리 위로 흔들리고 있는 연한 빛깔의 제라늄 꽃바구니를 올려다보며, 그는 생각했다. 모든 것은 산산이 부서졌다. 그도 알다시피 반쯤은 공상이었기 때문이다. 그 여자와의 장난은 꾸민 것, 행복하다고 여기는 삶의 순간이 대부분 그렇듯, 지어낸 것이었기 때문이다. 자신도 만들어내고, 그 여자도 만들어낸 절묘한 오락이었다. 그는 그 이상의 것도 꾸며낼 수 있었다. 이상하지만 그게 사실이었다. 그렇게 만들어낸 것은 누구와도 나눌 수 없었다. 그저 산산이 부서질 뿐이었다.

그는 발길을 돌려 되돌아가며 후퍼와 그레이틀리의 사무실인 링컨스 인에 갈 시간까지 앉아 있을 만한 곳을 찾았다. 어디로 가야 하지? 어디든 상관없었다. 리젠트 공원 쪽으로 가지 뭐. 보도를 두드리는 자신의 발소리가 '어디든 상관없어' 하고 말하는 듯했다. 아직도 오전이었다.

게다가 눈부시게 아름다운 오전이었다. 생동감이 완

벽한 심장의 고동처럼 거리마다 퍼져나가고 있었다. 그 고동은 어떤 실수도, 망설임도 없었다. 자동차가 옆으로 원을 그리더니, 소리도 없이 제시간에 어느 문 앞에 섰다. 차에서 내린 여자는 실크 스타킹을 신고 깃털 장식을 달고 있었다. 곧 홀연히 사라질 그녀에게 특별히 끌리지는 않았다(공상을 이미 실컷 한 후였기 때문이다). 열린 대문 사이로 점잖은 집사들과, 황갈색 중국산 개와, 하얗고 까만 마름모꼴 무늬 양탄자와, 바람에 펄럭이는 하얀 블라인드가 보였다. 그 모든 것이 훌륭했다. 런던도, 이 사교의 계절도, 문명도 나름대로 훌륭했다. 적어도 3대에 걸쳐 인도 대륙의 업무를 관장한 훌륭한 가문 출신인 그는 때때로 이런 문명이, 대영제국이, 집사가, 중국산 개가, 안정된 생활을 하는 여인들이 자신의 자산처럼 소중하게 여겨졌다(인도와 대영제국과 군대를 그렇게나 싫어하는 자신이 이런 감상적인 태도를 가지고 있다니, 얼마나 이상한가). 대단히 우습지만 분명 그런 순간이 있었다. 그리고 시간을 잘 지키고 빈틈없이 활기차게 자기 일을 해나가는 의사들, 사업가들, 능력 있는 여인들이 대단히 훌륭하게 생각되기도 했다. 그들은 좋은 친구들이었다. 그들이야말로 삶을 내맡길 수 있는, 자신을 끝까지 돌봐줄 친구들 같았다. 이것저것들로 주위의 광경은 즐길 만했다. 그래서 그는 그늘에 앉아 담배를 피웠다.

리젠트 공원이었다. 그랬다. 어렸을 적에 이 리젠트 공원을 산책한 적이 있었다. 무슨 이유로 자꾸 어린 시절이 생각날까? 아마도 클라리사를 만났기 때문일 거야. 여자는 남자보다 훨씬 더 과거에 집착하며 살지. 또한 장소에도 집착하고 말이야. 그리고 어느 여자나, 자신의 아버지를 자랑스러워하지. 부어턴은 좋은 곳이었어, 아주 좋은 곳이었지. 하지만 클라리사의 아버지와는 잘 지낼 수가 없었어. 어느 날 밤 그와 한바탕 소동을, 논쟁을 벌였었지. 정확하지는 않지만, 아마도 정치 문제였을 거야.

그래, 그는 리젠트 공원을 잘 기억하고 있었다. 직선으로 길게 뻗은 산책로, 길 왼편에 있던 작은 풍선 가게, 비문이 새겨진 우스꽝스러운 동상도. 그는 빈 의자가 있나 찾아봤다. 시간을 묻는 사람들이 귀찮았기 때문이다 (약간 졸리기도 했고). 머리가 허연 나이 든 어느 유모가 자는 아이를 유모차에 태우고 앉아 있는 의자가 보였다. 저 의자 한쪽 끝에, 유모로부터 멀찍이 떨어져 앉으면 되 겠군.

문득 엘리자베스가 방으로 들어와 어머니 옆에 섰 을 때가 떠올랐다. 묘하게 생긴 아이였다. 아주 많이 컸 군, 다 자랐어, 그는 그렇게 생각했었다. 꼭 예쁘다고 할 수는 없어도, 잘생긴 편이었다. 열여덟 살은 안 넘은 것 같았다. 클라리사와 잘 지내는 것 같지는 않았다. "내 딸 엘리자베스예요"라니, 왜 그냥 "엘리자베스예요"라고 하 지 않았을까. 대부분의 어머니들처럼, 모녀 사이를 있는 그대로가 아니라 꾸며서 보여주려다 그렇게 말한 거겠 지. 클라리사는 자신의 매력을 과신하고, 또한 지나치게 과시하고 있었다.

진하고 부드러운 시가 연기가 그의 목 아래로 시원하 게 밀려 내려갔다. 그는 또다시 동그라미 모양으로 연기 를 뿜었다. 파랗고 동그란 연기는 잠시 동안 용감하게 대기에 맞서다가(그는 오늘 저녁 엘리자베스하고만 얘기해 봐야겠다고 생각했다) 가느다란 모래시계 모양으로 변하더니 스르르 사라졌다. 이상한 모양이 되는군. 그는 갑자기 눈을 감더니 손을 들어 올려 굵직한 시가 꽁초를 힘껏 집어 던졌다. 커다란 빗자루가 그의 마음을 말끔하게 쓸어버린 듯한 기분이었다. 움직이는 나뭇가지며 아이들 목소리, 발소리, 지나가는 사람 소리, 차들이 윙윙거리는 소리, 높아졌다 낮아졌다 하는 교통 소음도 다 쓸어버린 것 같았다. 그는 자꾸만 아래로 빠져들어 깃털 같은 잠 속으로 가라앉았다. 가라앉아 완전히 푹 싸이고 말았다.

회색빛의 유모는 자기 옆 뜨거운 자리에 앉은 피터 월시가 코를 골기 시작하자 다시 뜨개질을 했다. 회색 드레스 속에서 그녀는 지치지도 않는 듯 조용히 손을 놀렸다. 그녀는 모든 잠든 이들의 권리를 지켜주는 사람, 혹은 하늘과 나뭇가지만 보이는 숲속 황혼녘에 나타나는 유령처럼 보였다. 외로운 나그네, 오솔길을 헤매고 고사리 숲을 헤치고 거대한 솔송나무를 짓밟는 꿈의 나그네인 피터는, 문득 눈을 뜨고 한길 저 끝에 있는 거인의 모습을 바라본다.

아마도 무신론자임이 틀림없는 그는 갑자기 이상한 환희의 순간과 마주친다. 우리 밖에 존재하는 것은 모두 어떤 마음의 상태일 뿐이라는 생각이 든다. 우리 밖에 있는 것은 위안과 구원에 대한 갈망, 비참한 난쟁이들 같은, 연약하고 추하고 비겁한 남녀들의 무언가를 갈구하는 마음일 뿐이라고. 때문에, 만일 그가 어떤 여자를 마음속에서 그리면 그 여자는 의미로서는 존재하게 되는 거라고 나그네는 생각한다. 그는 눈을 하늘과 나뭇가지에 고정시킨 채 오솔길을 내려가면서 재빨리 그 나뭇가지들을 여자로 생각해본다. 그러자 그것들은 놀랍게도 대단히 위엄 있어 보인다. 검게 그늘진 나무 잎사귀들은 미풍에 나부끼며 자비와 이해, 용서를 정중하게 나누어 주고는, 갑자기 몸을 높이 들어 올려 경건한 모습을 뒤집더니 사납게 흥청거리기 시작한다.

이와 같은 환상은 외로운 나그네에게 과일이 가득 담

긴 거대한 풍요의 뿔을 제공하기도 하고, 푸른 파도를 타고 달아나는 세이렌처럼 그의 귓전에 무언가를 속삭이기도 하고, 몇 다발의 장미처럼 그의 얼굴에 세차게 부딪혀 오기도 하고, 고기잡이 어부들이 범람하는 물결 속에서 건져 올리려는 창백한 얼굴들처럼 표면에 떠오르기도 한다.

그런 환상들이 실제의 사물과 보조를 맞추며 끊임없이 얼굴을 내민다. 때때로 그것들은 외로운 나그네를 압도하여 그에게서 이 세상에 대한 모든 관념을, 이 세상으로 돌아오고 싶은 소망을 빼앗아 가고, 대신 죽음이란 평화를 준다. 모든 삶의 열병은 그저 단순한 열병일 뿐인 것 같다(나그네는 숲속 오솔길을 내려오며 그렇게 생각한다). 그러면서 수없이 많은 것들이 하나로 합쳐진다. 마치 거친 바다의 파도에서 빨려 올라온 것 같은, 하늘과 나뭇가지로 만들어진 하나의 형상이, 엄청나게 큰 손으로 연민과 이해와 용서를 퍼붓는 것 같다(나그네는 늙었다, 이제 쉰이 넘었다). 그러자 그는 이렇게 생각한다. 나는 거실의 램프 불빛 곁으로 돌아가지 않을 거야.

읽던 책을 끝내지도, 담뱃대를 털지도 않을 거야. 방을 청소해달라고 터너 부인을 부르지도 않을 거야. 차라리 곧장 저 거대한 형상에게로 계속 걸어가자. 저 형상은 머리를 휙 쳐들어 나를 자신 위에 태우고는, 다른 모든 것들과 함께 나를 바람에 날려 사라지게 할 거야.

이런 환상 속에서 외로운 나그네는 곧 숲을 빠져나간다. 거기 문가에 나온 나이 든 한 여인이 있다. 펄럭이는 흰 앞치마를 입은 그녀는 손을 들어 햇볕을 가리며 그가 돌아오기를 기다리고 있는 듯하다. 사막 너머를 내다보며 잃어버린 아들을, 죽은 기사騎士를 찾는 듯하다. 전사한 아들을 찾는 어머니의 형상이다. 외로운 나그네가 마을 길목으로 내려가자 선 채로 뜨개질을 하는 여인들과 정원의 땅을 파고 있는 남자들이 보인다. 무언가 불길하다. 아니나 다를까, 그 사람들은 그 상태로 정지해 있다. 그들은 마치 두려움 없이 기다렸던 어떤 엄연한 운명을 받아들이고는 그대로 정지해버린 것 같다.

집 속을 들여다보니 찬장, 테이블, 창턱에 놓인 제라늄 화분 등 일상적인 사물들 속에서, 문득 식탁보를 치우려고 허리를 숙인 하숙집 안주인의 윤곽이 보인다. 그 모습이 북빛에 부드러워지며 아름다운 상징이 된다. 그 모습을 선뜻 끌어안지 못하는 건, 인간 사이의 차가운 접촉을 기억하고 있기 때문이라고 나그네는 생각한다. 그녀는 마멀레이드 잼이 든 병을 찬장에다 넣고는 다시 찬장 문을 닫는다.

"오늘 저녁에 더 할 일은 없나요, 주인님?"

하지만 외로운 나그네가 답할 자는 누구란 말인가?

늙은 유모는 여전히 잠든 아기를 곁에 두고 뜨개질을 하고 있었고, 피터 월시는 코를 골고 있었다.

그러다 그는 급작스럽게 깨더니 속으로 말했다. '영혼의 죽음.'

"맙소사, 맙소사!" 그는 눈을 떠 기지개를 켜며 그렇게 크게 혼잣말을 했다. '영혼의 죽음.' 그 말은 꿈속의 어떤 장면, 어떤 방, 어떤 과거에 속해 있었다. 꿈에서 보았던 그 장면, 그 방, 그 과거가 더욱 뚜렷하게 되살아났다.

1890년대 초 어느 해 여름 부어턴이었다. 그때 그는 열렬히 클라리사를 사랑하고 있었고, 그 집엔 많은 사람들이 있었다. 모두가 웃고 이야기하고 차를 마신 후, 테이블에 둘러앉아 있었다. 방은 노란 불빛에 잠겨 있었고 담배 연기가 자욱했다. 그들은 하녀와 결혼한 한 남자에 대해 이야기하고 있었다. 이웃에 사는 지주라고 했는데 이름은 기억나지 않는다. 그 남자는 하녀와 결혼한 후 인사차 클라리사의 집을 방문했는데, 끔찍한 방문이었다고들 했다. 클라리사는 그 여자를 흉내 내며, 어리석게도 지나치게 꾸며 '앵무새 같았다'고 말했다. 말도 너무 많았다며 또 흉내를 냈다. 그때 누군가가, 샐리 시턴이 말했다. 그들이 결혼 전에 아이를 가졌다고 해서 사람들이 그녀를 달리 생각하진 않겠지? (그 당시 사람들 앞에서 그런 말을 하는 건 대담한 행동이었다.) 그 말에 클라리사의 얼굴이 벌게졌다. 그러고는 일그러진 표정으로 "어머나, 두 번 다시 그 여자랑은 말도 안 할 거야!"라고 했다. 그 말에 테이블에 둘러앉은 모두가 동요하기 시작했다. 매우 불편한 분위기였다.

그는 클라리사가 혼전 임신을 언짢아했다고 그녀를

탓하지는 않았다. 당시 클라리사처럼 곱게 자란 여자들은 모두 아무것도 모르는 숙맥이었기 때문이다. 하지만 그녀의 태도에는 화가 났다. 그 수줍고 경직되고 거만하고 고상한 체하는 태도. "영혼의 죽음." 그는 본능적으로 그렇게 말했다. 그는 늘 어떤 순간에다 어떤 표현을 붙이길 좋아했고, 그 순간엔 '영혼의 죽음'이라는 딱지를 붙인 것이었다.

모두가 동요하고 있었다. 클라리사의 말에 사람들은 모두 몸을 숙이고 있었다. 전과는 달라진 표정으로. 샐리 시턴은 잘못을 저지른 어린아이처럼 고개를 숙이고 얼굴을 붉힌 채, 무언가 말하고 싶은 듯했지만 두려워하고 있었다. 정말로 클라리사 때문에 모두가 놀란 상태였다. (샐리 시턴은 클라리사와 가장 친한 친구여서 늘 그 집에 들락거렸다. 클라리사와는 아주 다른 매력을 가진 존재였다. 당당한 아름다움을 지녔고, 가무잡잡한 피부에, 상당히 대담하다고 소문이 나 있었다. 그는 샐리에게 시가를 주곤 했는데, 그녀는 그걸 침실에서 피운다고 했다. 누군가와 약혼한 상태라고 했었던가, 가족과 싸운

123

상태라고 했었던가. 어쨌든 클라리사의 아버지 패리 씨는 피터와 마찬가지로 샐리도 싫어했는데, 그것이 그 둘 사이를 더욱 결속시켰다.) 분위기를 눈치챈 클라리사는 모두에게 화난 표정을 짓더니, 양해를 구하고는 혼자 자리에서 일어났다. 그녀가 문을 열자, 커다란 털북숭이 양치기 개가 들어왔다. 그녀는 그 개를 끌어안고 황홀해했다. 그 모두가 피터 자신을 겨냥한 행동이란 걸 그는 알고 있었다. 마치 피터에게 이렇게 말하는 듯했다. '방금 내가 그 여인에 대해 어리석은 말을 했다고 생각하는 거 다 알아요. 하지만 봐요. 내가 얼마나 인정이 많은지, 내가 얼마나 로브를 사랑하는지 보라고요!'

그들은 늘 무언의 대화를 나눌 수 있었고, 그녀는 그가 자신을 비난하고 있음을 즉시 알아차렸다. 그러고는 개에게 호들갑을 떨며 자기를 방어하고 있었다. 하지만 그런 행동으로 그를 속일 수는 없었다. 클라리사의 의도가 뻔했기 때문이었다. 물론 그는 무슨 말을 하지는 않았다. 그냥 시큰둥한 모습으로 앉아만 있었다. 그들의 다툼은 대개 그렇게 시작되곤 했다.

그녀가 문을 닫고 나가버리자, 그는 즉시 우울해졌다. 모든 것이 다 소용없어 보였다. 사랑도, 끊임없는 언쟁도, 그 뒤의 화해도. 그래서 그는 혼자 바깥으로 빠져나와 별채와 마구간 사이를 배회하며 말들을 구경했다. (그 시골집은 아주 소박한 곳이었다. 패리 씨는 결코 큰 부자는 아니었다. 하지만, 언제나 마부들과 마구간에서 일하는 소년들을 두고 있었다. 클라리사는 말 타는 것을 좋아했다. 그리고 마차를 몰던 나이 든 노인도 있었는데 이름이 뭐였더라? 늙은 유모는 무디 할머닌가 구디 할머니로 불렸었다. 언센가 그 할머니가 자신의 작은 방을 보여줬는데, 사진과 새장으로 꽉 차 있었다.)

정말로 끔찍한 저녁이었다! 그는 점점 더 우울해졌다. 단지 그 일 때문만은 아니었다. 모든 게 그랬다. 그녀를 이해할 수도, 그녀에게 설명할 수도 없었다. 아니 말을 붙일 수조차 없었다. 하지만 그녀는 여느 때와 다름없이, 사람들 앞에서 평소와 다름없이 처신했다. 그것이 바로 그녀의 나쁘지만 매력적인 면이었다. 오늘 아침 그녀와 이야기하면서도 그녀 속 깊숙이 내재돼 있는 그 냉정함, 무표정함을 다시 느꼈었다. 그는 그녀의 그 부분만은 꿰뚫어 볼 수가 없었다. 하지만 하늘은 그가 그녀를 사랑했음을 알리라. 그녀는 사람의 신경을 바이올린 줄처럼 긁는, 사람의 신경을 바이올린 줄로 만드는 이상한 힘을 가지고 있었다.

사람들에게 자신의 존재를 각인시키겠다는 어리석은 생각으로, 그는 저녁 식사 자리에 일부러 늦게 갔다. 그러고는 저녁 식사를 주도하는 패리 양—패리 씨의 누이인 헬레나 고모—옆에 앉았다. 하얀 캐시미어 숄을 두른 채 창문을 등지고 앉은 그녀는 대단해 보이는 중년 여성이었지만 그에게는 친절했다. 그가 패리 양을 위해 몇 송이의 희귀한 꽃들을 찾아주었기 때문이다. 그녀는 대단한 식물 애호가여서 검은색 채집통을 어깨에 메고, 두꺼운 부츠를 신고 거침없이 돌아다니곤 했다. 그는 말한마디 할 수가 없었다. 모든 것이 자기 앞을 지나 달아나버리는 것 같았다. 그래서 음식만 먹었다. 식사를 반쯤 마쳤을 때, 처음으로 간신히 클라리사를 건너다보았다. 그녀는 오른편에 앉은 젊은 청년과 얘기를 하고 있었다. 그때 갑작스럽게 어떤 예감이 떠올랐다. '그녀는 저 청년과 결혼할 거야.' 그는 속으로 말했다. 그때까지 그의 이름조차 몰랐으면서.

물론 그날 오후, 바로 그날 오후에 댈러웨이가 찾아왔다. 클라리사는 그를 '위컴'이라고 불렀다. 그것이 모든 일의 시작이었다. 누군가가 그를 데려왔는데, 클라리사는 그의 이름을 잘못 알아듣고 모두에게 그를 위컴이라고 소개한 것이다. 마침내 그가 말했다. "제 이름은 댈러웨이입니다!" 그게 리처드의 첫인상이었다. 조금 어색한 자세로 간이의자에 앉으며 불쑥 "제 이름은 댈러웨이입니다!" 말하던 잘생긴 청년. 샐리도 그 말을 놓치지 않고, 이후 늘 그를 '제 이름은 댈러웨이입니다!'라고 불렀다.

당시 피터는 곧잘 여러 가지 불길한 예감에 빠져들곤 했지만 이번의 예감, 즉 그녀가 댈러웨이와 결혼할 것이라는 예감은 판단력마저 잃게 만들어 어찌할 바를 몰랐다. 그녀가 그를 대하는 태도에는 일종의—어떻게 표현해야 할까—편안함이 깃들어 있었다. 모성 같은 너그러움이 있었다. 그들은 정치 얘기를 했고, 저녁 식사 내내 그는 그들의 얘기에 귀를 기울였다.

그 후 거실에서도 그는 패리 양이 앉은 의자 곁에 서 있었다. 클라리사가 완벽하게 예의를 차리며 다가오더니, 댈러웨이를 누군가에게 소개하고 싶다고 했다. 마치 처음 보는 사람 대하듯 자신에게 깍듯이 예의를 차려 말하는 그 태도가 피터를 화나게 했다. 하지만 그때도 그는 그녀에게 감탄하고 있었다. 그 용기, 사교적인 본능, 그리고 제반 일들을 수행해내는 그녀의 힘에. "완벽한 안주인이야." 그가 그렇게 말하자 그녀는 움찔하며 놀랐다. 하지만 그러라고 한 말이기에 그냥 내버려뒀다. 그녀가 댈러웨이와 같이 있는 것을 본 뒤, 그녀에게 상처 주는 일이라면 뭐든 할 각오가 되어 있었다. 그녀는 말없이 그를 떠나버렸다. 그러자 그 자리에 있는 모두가 함께 그의 등 뒤에서 웃고 떠들며 그에게 불리한 일을 꾸미고 있는 듯한 느낌이 들었다. 그의 곁에 있는 패리 양이 야생꽃에 대해 떠드는 동안, 그는 목각처럼 서 있었다. 그렇게 지옥 같은 고통은 처음이었다! 듣는 척하는 것조차도 잊어버린 채 그렇게 서 있다가 마침내 정신을 차리고 보니, 패리 양이 화가 나서 눈이 튀어나올 듯 그를 뚫어지게 쳐다보고 있었다. 하마터면, 나는 지옥에 있기에 그런 얘기를 듣고 있을 수 없다고 소리칠 뻔했다! 사람들은 하나둘 거실 밖으로 나가고 있었다. 물가는 추우니 코트를 가져가야 한다는 말이 들려왔다. 샐리의 미친 제안을 받아들여, 그 달밤에 보트를 타러 나가는 중이었다. 샐리가 달을 묘사하는 소리가 들려왔다. 마침내 모두가 밖으로 나갔고, 그만 덩그맣게 남았다.

"자네는 왜 같이 나가지 않아?" 헬레나 고모—가엾은 늙은 여인!—가 물었다. 그녀도 무언가를 감지한 듯했다. 하지만 돌아서니 클라리사가 다시 그의 곁에 와 있었다. 그를 데리러 온 것이었다. 그는 그녀의 너그러움에, 그녀의 친절에 압도되었다.

"가자." 그녀가 말했다. "사람들이 기다려."

그렇게 행복했던 적은 난생처음이었다. 한마디 말도 없이 그들은 화해를 했고, 함께 호수까지 내려갔다. 그 20분간 그는 완전한 행복을 맛보았다. 그녀의 목소리, 그녀의 웃음소리, 그녀의 드레스(희기도 하고 진홍색이기도 한 그것은 둥둥 떠다니는 것 같았다), 그녀의 쾌활함, 그녀의 모험심 속에서. 그녀와 그는 그들과 함께 배에 올랐고, 목적지에 도착하자 그녀는 모두 보트에서 내리라고 하고는, 함께 섬을 탐험했다. 그러면서 그녀는 암탉을 놀라게 했고, 웃고, 노래를 불렀다. 그러는 동안 내내 그는 알 수 있었다. 댈러웨이가 그녀를 사랑한다는 것을, 그녀 또한 댈러웨이를 사랑하게 된 것을. 그러나 이상하게도 아무렇지 않았다. 아무런 문제도 아닌 것 같았다. 그와 클라리사는 땅바닥에 앉아 얘기했다. 애쓰지 않아도, 서로의 마음속을 드나들 수 있었다. 아주 짧은 순간이었지만. 다시 사람들과 함께 보트를 타며 그는 속으로 말했다. '그녀는 저 청년과 결혼할 거야.' 무감각해져서 원망하는 마음조차 없이. 댈러웨이가 클라리사와 결혼할 것이란 건 명백했다.

돌아오는 길엔 댈러웨이가 노를 저었다. 그는 아무 말도 하지 않았다. 하지만 그가 클라리사의 집을 떠날 때, 20마일이나 되는 숲길을 달려가려고 자전거에 오른 그를 배웅하는 무리 속에서, 피터는 다시 한번 분명하게, 본능적으로 깨달을 수 있었다. 그날 밤 댈러웨이와 클라리사 간에 로맨스가 이루어졌음을. 댈러웨이는 클라리사를 가질 자격이 있음을.

지금 생각해보면 그때 자신은 어리석었다. (이제야 깨닫게 된 거지만) 그는 클라리사에게 늘 불가능한 것을 요구했고, 그러면서 끔찍한 장면을 연출했었다. 조금만 덜 어리석게 굴었더라면, 그녀는 자신을 받아줬을지도 모른다. 샐리 역시 그렇게 생각했었다. 그 여름 내내 샐리는 그에게 긴 편지들을 보내왔다. 그들이 그에 대해 어떤 얘기를 했는지, 그녀가 그를 칭찬하면 클라리사가 어떻게 울음을 터뜨렸는지! 특별한 여름이었다, 그 모든 편지들과 말다툼과 전보들을 생각하면. 아침 일찍 클라리사의 집 앞으로 가 하인들이 일어날 때까지 서성거리던 일, 패리 씨와 단둘이 마주 앉아 했던 끔찍한 아침 식사, 엄하기는 해도 친절했던 헬레나 고모, 샐리가 그를 채소밭으로 끌고 가 얘기를 나누었던 것도 생각난다. 그때 클라리사는 머리가 아프다며 침대에 누워 있었다.

그 마지막 소동, 그가 자신의 인생을 통틀어(과장일

수도 있지만, 지금도 여전히 그런 것 같다) 가장 중요한 순간이라고 생각하는 그 마지막 말다툼은, 무더웠던 어느 낮 3시에 일어났다. 너무나도 사소한 일이 발단이었다. 샐리가 점심 식사 때 댈러웨이 얘기를 하다가 그를 '제 이름은 댈러웨이입니다'라고 부르자, 클라리사가 갑자기 얼굴을 붉히며 날카롭게 쏘아붙였다. "그 형편없는 농담은 이제 좀 그만하지." 그게 전부였다. 하지만 그에게 그 말은 '너희와는 그냥 즐기는 거고 나와 마음이 통하는 사람은 리처드 댈러웨이뿐이야'라는 말처럼 들렸다. 그는 그렇게 받아들일 수밖에 없었다. 그는 며칠 동안 잠을 이루지 못했다. 어떻게든지 끝을 내야 한다고 스스로 다짐했다. 3시에 분수에서 만나자는 쪽지를 샐리를 통해 그녀에게 보냈다. "아주 중요한 일이야"라고 쪽지 끝에 적어 넣었다.

그 분수는 집에서 멀리 떨어진 작은 관목 숲 한가운데 있었다. 주변에는 온통 덤불과 나무들이 무성했다. 클라리사는 약속 시간이 되기도 전에 왔다. 그들은 분수를 사이에 두고 서 있었다. (부서진) 분수 구멍에서는 물이 끊임없이 똑똑 떨어지고 있었다. 지금도 그 광경이 생생하다! 초록색 이끼마저 떠오를 만큼.

"내게 진심을 말해줘, 진심을." 그가 아무리 계속 그렇게 말해도, 그녀는 꿈쩍도 하지 않았다. 머리가 터질 것 같았다. 그녀는 돌처럼 굳어버린 듯, 조금도 움직이지 않았다. "진심을 말해줘." 그는 되풀이해 말했다. 그때 갑자기 《타임스》지를 든 늙은 브라이트코프가 불쑥 나타나더니, 입을 벌린 채 그들을 빤히 쳐다보다가 그냥 가버렸다. 그래도 그들은 움직이지 않았다. "진심을 말해줘." 그는 되풀이해 말했다. 딱딱한 것에 부딪혀 으스러지는 심정으로. 그녀의 표정은 온화하지 않았다. 강철 같고, 부싯돌 같았다. 뼛속까지 뻣뻣해 보였다. 그는 몇 시간이나 눈물을 흘리며 같은 말을 반복했다. 마침내 그녀가 말했다. "소용없어. 소용없어. 이게 마지막이야." 그는 뺨을 맞은 기분이었다. 그녀는 그 말을 남기고 돌아서서 떠나버렸다.

"클라리사!" 그는 소리쳤다. "클라리사!" 하지만 그녀는 결코 돌아오지 않았다. 그것이 끝이었다. 그날 밤 그는 부어턴을 떠났고, 다시는 그녀를 만나려 하지 않았다.

끔찍했어, 그는 외쳤다. 정말로 끔찍했어!

여전히 태양은 뜨거웠다. 그래도 결국은 극복하고 살아간다. 여전히 하루에 또 새 하루를 보태며. 그는 하품을 하고 주위를 둘러봤다. 리젠트 공원은 어릴 적과 특별히 달라 보이지 않았다, 다람쥐 말고는. 하지만 그래도 뭔가 달라진 게 있겠지. 바로 그때 어린 엘리스 미첼이 그의 눈에 들어왔다. 그녀는 동생과 함께 쓰는 방 벽난로 선반 위에 놓을 돌을 줍고 있었다. 그러다가 한 움큼 모은 돌을 유모의 무릎 위에 쏟아놓고는 다시 달려가다가, 그만 어느 숙녀의 다리에 부딪혀 넘어졌다. 피터 월시는 소리 내어 웃었다.

하지만 루크레치아 워런 스미스는 혼잣말을 하고 있었다. 이건 아니야, 왜 내가 고통을 겪어야 하지? 그녀는 큰길을 걸어 내려오면서 그렇게 말하고 있었다. 아니야, 더 이상은 참을 수가 없어. 그렇게 말하며 그녀는 더 이상 셉티머스가 아닌 셉티머스를 떠났다. 그는 무정하고 잔인했으며 험한 말을 내뱉기도 했다. 또한 저 너머의 죽은 이들에게 혼잣말을 했다. 그때 달려오던 어느 아이가 그녀와 부딪히며 넘어지더니 울음을 터뜨렸다.

이상하게도, 그 일이 그녀에게 위안이 되었다. 루크레치아는 그 아이를 일으켜 세워 옷을 털어주고는 입을 맞췄다.

그녀가 잘못한 것은 아무것도 없었다. 그저 셉티머스를 사랑하며 행복을 느꼈을 뿐이다. 그녀에게는 아름다운 고향이 있고 언니는 아직도 그곳에서 모자를 만들며 살고 있다. 왜 내가 고통을 받아야 하는 거지?

아이는 뒤돌아 곧장 유모에게로 달려갔다. 유모는 뜨개질감을 내려놓고 아이를 야단치고 위로한 뒤, 안아주었다. 레치아는 그 모든 광경을 보았다. 친절하게 생긴 한 남자도 그 아이를 달래려고 자신의 시계를 열어 보여주었다. 그런데 왜 나만 고통을 겪어야 하는 거지? 왜 밀라노에 그대로 있지 않았을까? 왜 이곳까지 와서 고통에 시달려야 하는 걸까?

흐르는 눈물 때문에 큰길과 유모, 회색 옷을 입은 신

사와 유모차가 눈앞에서 흔들리는 것처럼 보였다. 그녀의 운명은 악의에 찬 고문에 의해 흔들리고 있었다. 하지만 왜? 그녀는 골짜기 속, 한 장의 빈약한 나뭇잎 아래 피해 있는 한 마리 새 같았다. 나뭇잎이 움직이면 태양을 보며 눈을 깜박이고, 작고 마른 나뭇가지가 부러지는 소리에도 소스라치게 놀랐다. 그렇게 위험한 상황에 놓여 있었다. 거대한 나무들, 무관심한 세상의 거대한 구름들이 그녀를 포위하고 있는 상황에서 고통 받고 있었다. 왜 이런 고통을 받아야 하나, 왜?

그녀는 눈살을 찌푸렸다. 발을 굴렀다. 그러고는 다시 셉티머스에게 돌아가야만 했다. 윌리엄 브래드쇼 경에게 갈 시간이 가까워졌기 때문이다. 그녀는 나무 아래 초록빛 의자에 앉아 자기 자신에게, 혹은 죽은 친구인 에번스에게 이야기하고 있는 그에게 돌아가야만 했다. 그녀도 전에 에번스를 가게에서 잠깐 한 번 본 적이 있었다. 착하고 조용한 사람 같아 보였다. 셉티머스의 절친한 친구인 그는 전쟁에서 전사했다. 하지만 누구나 겪은 일이었다. 누구에게나 전사한 친구는 있었다. 그리고 누구든 결혼할 때는 무언가를 포기한다. 그녀는 고향을 포기했다. 그리하여 여기, 이 끔찍한 도시로 살러 왔다. 그런데 셉티머스는 무시무시한 생각들에만 빠져들었다. 물론 그녀도 하려고만 들면 그럴 수 있었지만. 그는 점점 더 이상해졌다. 사람들이 침실 벽 뒤에서 얘기하고 있다고 했고, 필머 부인은 그런 그를 이상하게 생각했다. 그는 또한 환상을 보았다, 고사리 덤불 한가운데 있는 늙은 여인의 머리를 보았다. 하지만 마음만 먹으면 그도 행복해질 수 있었다. 한번은 같이 버스 위층에 올라타 햄프턴 궁까지 간 적이 있었는데, 더할 나위 없이 행복했다. 잔디 위를 온통 덮고 있는 빨갛고 노란 작은 꽃들을 보며, 그는 떠도는 등불 같다고 했다. 그렇게 잡담을 하고 웃고 떠들더니, 갑자기 "이제 우리 자살하자"라고 했다. 그때 그들은 강가에 서 있었다. 그는 지나가는 자동차나 버스를 보듯 무심하게 강을 바라보고 있었지만, 무언가에 매혹된 표정이었다. 그가 자신을 내버려두고 떠날 것 같아 그의 팔을 붙들었다. 하지만 집으로 돌아오는 길에 그는 다시 조용하고 이성적인 태도를 되찾았다. 그러더니 자살에 대해, 사람들이 얼마나 사악한지에 대해 그녀와 논쟁하고 싶어 했다. 거리를 지나는 저 사람들이 얼마나 거짓을 꾸며대는지 알아? 나는 알아, 모든 걸 다 안다고, 이 세상의 모든 의미를 다 안다고.

그들이 집에 돌아왔을 때 그는 거의 걷지도 못하는 상태였다. 소파에 누워 손을 잡아달라고, 자신이 불길 속으로 떨어지지 않게 잡아달라고 소리쳤다! 또한 저 벽에 자신을 비웃고, 끔찍하고 혐오스러운 이름으로 자신을 부르는 얼굴들이 있다고, 방충망 주변에 자신을 손가락질하는 손들을 보인다고 소리쳤다. 하지만 집에는 그들 둘뿐이었다. 그럼에도 그는 큰 소리로 미지의 사람들에게 답하고, 언쟁하고, 웃고, 울고, 흥분하고, 아내에게 무슨 말을 받아쓰라고 하기도 했다. 그것은 아무 의미도 없는 글, 죽음에 관한 것이기도 했고 이사벨 폴 양에 관한 것이기도 했다. 그녀는 더 이상 참을 수가 없었다. 고향으로 돌아가고 싶었다.

다시 그에게 다가가고 있는 지금, 하늘을 뚫어져라 쳐다보다가 뭐라고 중얼거리고 두 손을 꼭 움켜쥐는 그의 모습이 보였다. 홈스 의사는 별일 아니라고 했다. 그런데 그는 왜 이러고 있는 걸까? 왜 이렇게 변한 걸까? 그녀가 곁에 앉자 그는 깜짝 놀라며 찌푸린 얼굴로 그녀를 외면했다. 그러다가 그녀의 손을 움켜잡고는, 공포에 질린 듯 그녀의 손을 바라봤다.

그녀가 결혼반지를 뺏기 때문일까? "손가락이 너무 가늘어져서 반지는 지갑에 넣어뒀어요." 그녀는 그렇게 말했다.

그는 아내의 손을 내려놓았다. 이제 결혼 생활은 끝났어, 고통스럽고도 안도하는 숨을 내쉬며 그는 그렇게 생각했다. 이제 나를 결박하던 밧줄이 끊어졌어. 다시 기어 올라가 하늘의 명대로 인간의 왕으로 자유로워져야 해. 이제 난 혼자야(아내가 결혼반지를 뺐으니까, 내 곁을 떠났으니까). 그, 셉티머스는 혼자다. 그는 다른 사람보다 앞서 진리의 말을 듣고 그 의미를 배우라는 부름을 받은 운명이었다. 그리고 마침내, 문명이 수행한 모든 노력 끝에—그리스, 로마, 셰익스피어, 다윈, 그리고 그 자신의 노력 끝에—얻은 그 모든 진리에 자신을 바쳐

야만 한다…… "누구에게?" 그는 큰 소리로 물었다. '수
상에게.' 그의 머리 위에서 바스락거리던 목소리들이 대
답했다. 최고의 비밀을 내각에 알려야만 한다. 나무들이
살아 있다는 것을, 범죄는 없다는 것을, 사랑만이, 우주
적인 사랑만이 있다는 것을. 그는 헐떡이고 떨며, 고통스
럽게 그 심오한 진리를 끌어내며 중얼거렸다. 그 진리는
너무나 심오하고 어려운 것이라 큰 소리로 말하려면 엄
청난 노력이 필요했다. 하지만 이런 노력을 기울이면 세
상은 완전히, 영원히 변하리라.

　범죄는 없어, 사랑뿐이야. 카드와 연필을 찾으며, 그
는 되풀이해 말했다. 그때 스카이테리어 개 한 마리가
그의 바지에 코를 대고 냄새를 맡았다. 그는 겁에 질려
펄쩍 일어났다. 개가 인간으로 변하려 하고 있었다! 그
변화를 지켜볼 수는 없었다! 개가 인간이 되려 하다니,
무시무시하고 끔찍했다! 하지만 개는 금방 총총걸음으
로 사라졌다.

　성스러운 하늘은 자비로웠으며 더할 나위 없이 인자
했다. 그의 목숨을 살려줬으며 그의 약점을 용서했다.

하지만 그걸 과학적으로 어떻게 설명하지? (모든 걸 과학적으로 설명해야 해.) 왜 나는 육체를 투시할 수 있고, 개들이 인간이 될 미래를 내다볼 수 있는 걸까? 아마 영겁의 진화로 민감해진 뇌의 열 파장 때문일 거야. 과학적으로 설명하면, 내 육체는 이미 녹아버린 상태야. 그렇게 분해되어 신경조직들만 남아 바위 위에 베일처럼 널려 있어.

그는 의자 뒤로 몸을 기댔다. 지쳤지만 정신적으로는 고무되어 있었다. 다시 힘들고 고통스럽게 인류에 대한 해석을 하기 전에, 그렇게 쉬면서 무언가를 기다리고 있었다. 그는 세상의 높은 등에 올라타 있었다. 지구는 그의 밑에서 진동했다. 빨간 꽃들이 그의 살을 뚫고 자랐다. 그 뻣뻣한 잎들이 그의 머리 주위에서 살랑거렸다. 그가 기댄 바위에 부딪혀 음악이 울리기 시작했다. 저 아래 길에서 나는 자동차 경적 소리일 거야, 그는 중얼거렸다. 하지만 여기 이 위에서, 그 소리는 대포 소리처럼 크게 울리며 부드러운 기둥 모양으로 솟아오른 음악(음악을 눈으로 볼 수 있는 것은 하나의 발견이었다)

의 진동과 합쳐졌다 나누어졌다 다시 만나곤 했다. 그러면서 축가祝歌가 되고, 다시 목동의 피리 소리와 어우러졌다. (이건 한 노인이 선술집 앞에서 부는 양철 피리 소리일 거야, 그는 중얼거렸다.) 목동이 가만있어도 소리는 피리에서 조금씩 흘러나왔고, 그가 바위 위로 더 높이 기어 올라가자 그 피리 소리는 절묘한 탄식이 되었다. 그러는 동안에도 아래에서는 교통 혼잡이 빚어지고 있었다. 목동의 비가悲歌는 그 속에서 연주되고 있다고, 셉티머스는 생각했다. 이제 그가 눈 덮인 곳까지 올라가자 사방에 장미가 매달려 있었다. 내 침실 벽에서 자라나는 붉은 장미들이야, 그가 떠올렸다. 피리 소리가 멈추자, 그는 피리 부는 노인이 한 푼 받고는 선술집으로 들어간 모양이라고 생각했다.

그러나 그는 여전히 바위 위에, 난파된 선원이 붙들고 오른 듯한 높은 바위 위에 서 있었다. 나는 배 가장자리에 기대었다가 난간 너머로 굴러떨어진 거야, 그가 생각했다. 그러다가 바닷속으로 가라앉았어. 나는 죽었지만 다시 살아났어. 그러니 나를 좀 가만 내버려둬. 그는 애원했다. (그는 다시 혼잣말을 하고 있었다. 끔찍해, 끔찍해!) 잠들었던 사람이 새소리와 차바퀴 소리에 깨어나 삶이라는 해안으로 끌려가듯, 그도 그렇게 삶이라는 곳으로 끌려가고 있었다. 태양은 점점 더 뜨거워졌고, 소음은 점점 더 커졌고, 뭔가 무시무시한 일이 일어나려 하고 있었다.

단지 눈을 뜨기만 하면 됐지만, 눈 위에 무거운 무언가가 얹힌 듯했다. 두려움이었다. 그는 눈에 힘을 주고 치켜떠 앞을 쳐다봤다. 리젠트 공원이 펼쳐져 있었다. 길게 내리비치는 햇빛이 발아래 아롱거렸다. 나무들은 파도치듯 흔들렸다. 환영합니다, 세상이 그렇게 말하는 듯했다. 우리는 아름다움을 받아들이고 또 창조하기도 합니다, 세상이 그렇게 말하는 듯했다. 그리고 그 말을 (과학적으로) 증명이라도 하듯 집들에서, 난간에서, 울타리 너머 목을 길게 빼고 있는 영양들에서, 그의 눈이 닿는 곳 어디에서나 아름다움이 쏟아져 나왔다. 가장 아름다운 풍경은, 나뭇잎 하나가 갑자기 불어닥친 바람에 떨고 있는 모습이었다. 높은 하늘에선 제비들이 급강하하다가 다시 사선으로 날아오르더니 안쪽으로 바깥쪽으로 마구 빙글빙글 돌았다. 하지만 마치 고무줄이 그들을 잡고 있는 듯 완벽한 통제 속에 있었다. 파리들도 날아올랐다가 다시 내려왔다. 태양은 놀리듯 이 나뭇잎 저 나뭇잎을 얼룩덜룩하게 비추다가, 그 나뭇잎들을 기분 좋게 부드러운 금빛으로 물들였다. 이따금 종소리가(자동차 경적 소리인지도 모른다) 풀줄기 위에서 성스럽게 울렸다. 그 모든 것은 있는 그대로의 평온함, 있는 그대로의 평범함을 나타낼 뿐이었지만, 그것이야말로 진리였다. 어디에나 있는 아름다움, 그것이 진리였다.

"시간 됐어요." 레치아가 말했다.

그 말이 떨어지자 '시간'이라는 말이 껍질을 깨고 나온 듯, 그 안의 풍부한 내용물이 셉티머스에게 부어졌다. 그러자 그의 입술에서 딱딱하고 하얀 불멸의 말들이 껍질처럼, 대팻밥처럼 저절로 떨어져 나와 '시간'의 송가頌歌 속에 있는 자기 자리로 돌아가려고 날아갔다. 그가 불멸하는 '시간'의 송가를 부르자 에번스가 나무 뒤에서 이렇게 응답했다. 죽은 자들은 테살리아의 난초들 사이에

144

있다네, 전쟁이 끝날 때를 기다리며 거기 그렇게 있다네, 이제 죽은 자들은, 그리고 나 에번스는……

"제발, 오지 마!" 셉티머스가 소리 질렀다. 죽은 자들을 차마 바라볼 수 없었기 때문이다.

그러나 우거진 나뭇가지들이 두 쪽으로 갈라지더니 회색 옷을 입은 사내가 그들 앞으로 걸어왔다. 에번스였다! 진흙 한 점 묻지 않은, 상처도 없는, 예전과 똑같은 모습이었다. (회색 군복을 입은 그 죽은 남자가 가까이 다가오자) 셉티머스는 손을 들어 올리며 소리 질렀다. 나는 온 세상에 말해야 해! 그는 손을 머리에 파묻고, 볼에는 절망이라는 주름을 드러낸 채, 사막에서 홀로 수세기 동안 인간의 운명을 한탄해왔던 사람처럼 그렇게 소리쳤다. 그 사막 끝에서 한 줄기 빛이 나타나 무쇠 같은 검은 형상을 비추었고(그러자 셉티머스는 의자에서 반쯤 일어났다), 위대한 애도자인 그는 뒤에 엎드려 있는 많은 사람들을 거느린 채 한순간 온 얼굴에 광명의 빛을 받아……

"나는 너무도 불행해요, 셉티머스." 그를 앉히려 하

며 레치아가 말했다.

그의 뒤에는 수백만 명의 사람들이 비탄에 잠겨 있었다. 수 세기 동안 그들은 그렇게 슬퍼하고 있었다. 몇 분 후면, 단지 몇 분 후면 그는 뒤돌아 그들에게 위안을, 기쁨을, 놀라운 계시를 내려줄 것이다.

"시간 말이에요, 셉티머스." 레치아가 되풀이해 말했다. "몇 시죠?"

혼잣말을 하던 그는 레치아의 이 말에 놀란 듯 펄쩍 뛰었다. 레치아는 생각했다. 우리 앞을 지나는 저 남자가 뭔가 눈치챈 게 틀림없어. 우릴 쳐다보고 있잖아.

"시간에 대해 말해주지." 셉티머스가 아주 느리게, 졸린 듯 신비스럽게 웃으며 말했다. 그가 그렇게 앉아 회색 군복을 입은 죽은 자를 향해 웃을 때, 15분을 알리는 종이 울렸다. 12시 15분 전을 알리는 종소리였다.

저건 젊다는 표시야, 피터 월시는 그들 앞을 지나며 생각했다. 아침나절부터 저렇게 싸운다는 건. 저 불쌍한 여인은 대단히 절망한 듯해. 무슨 일로 싸웠을까? 코트를 입은 저 젊은 청년이 무슨 얘기를 했기에 저 여자가 저렇게 절망한 걸까. 어떤 끔찍한 상황에 놓였기에, 이 종은 여름 오전에 저렇게들 절망하고 있는 걸까? 오랜만에 영국으로 돌아오니, 평범한 세상사도 처음 보는 것처럼 특별해 보였다. 연인들은 나무 아래에서 말다툼을 하고 있었고, 공원에서 한때를 보내는 가족도 있었다. 런던이 이렇게나 황홀해 보인 적은 없었다—부드러운 원경, 풍요로움, 녹음. 인도 생활 후에 접하는 문명에 대해, 그는 잔디를 가로지르며 생각했다.

이런 민감한 감수성이 바로 그를 파멸시킨 요인이었다. 이 나이에도 그는 여전히 소년처럼, 심지어 소녀처럼 변덕스러웠다. 이렇다 할 이유도 없이 기분이 좋았다 나빴다 했고, 아름다운 얼굴을 보면 행복해지고 지저분한 얼굴을 보면 바로 우울해졌다. 물론 인도에서 돌아오니 여기 여자들은 다 사랑스럽고 생기 있어 보였다. 5년 전에 비하자면, 심지어 초라한 행색의 여자들도 괜찮아 보였다. 그리고 이렇게 멋진 패션을 보는 것도 처음이었다. 까맣고 긴 망토, 날씬하고 우아한 자태, 누구나 다 하고 있는 기막히게 멋진 화장. 심지어는 아주 점잖은 여자들도 온실에서 자란 장미처럼 화장을 하고 있었다. 칼로 그은 듯이 분명하게 그린 입술, 감아올린 먹물빛 머리, 어디에나 디자인이, 예술이 있었다. 어떤 종류이건 확실히 변화가 일어나 있었다. 젊은이들은 무엇에 대해 생각할까? 피터 월시는 자신에게 물었다.

지난 5년이라는 세월, 그러니까 1918년부터 1923년까지의 세월이 어쩐지 무척 중요하게 여겨졌다. 그동안 사람들이 달라졌고, 신문들도 달라진 듯했다. 예를 들면, 어떤 사람이 어느 훌륭한 주간지에 수세식 화장실에 관한 글을 썼다. 10년 전에는 있을 수 없는 일이었다. 이름 있는 주간지에 수세식 화장실에 대한 글을 공개적으로 발표한다는 건. 게다가 여자들은 사람들 앞에서도 거리낌 없이 루주와 분첩을 꺼내 화장을 했다. 귀향하는 배에는 공개적으로 사귀는 많은 청춘 남녀들이 있었는데, 특히 베티와 버티가 인상적이었다. 베티의 늙은 어머니는 뜨개질을 하며 그런 그들을 태연히 지켜봤다. 베티는 사람들이 다 보는 데서 콧잔등에 분칠을 하곤 했다. 그들은 약혼한 사이도 아니었다. 단지 즐거운 시간을 보내고 있을 뿐이었다. 둘 다 감정이 상할 것도 없이. 베티는—성이 뭐였더라—몸이 좀 건장했지만 대단히 괜찮은 여성이었다. 서른쯤엔 아주 훌륭한 아내가 돼 있으리라. 때가 되면 어느 부자와 결혼해 맨체스터 근처의 커다란 집에서 살겠지.

그런데 정말로 부자와 결혼해서 맨체스터 근처에 사는 이가 누구였지? 브로드 워크로 꺾어 들면서 피터 월시는 자신에게 물었다. 그에게 아주 최근에 '푸른 수국'에 관한 길고 감상적인 편지를 보냈던 사람이었다. 푸른 수국을 보니 당신과 옛 시절이 생각난다면서. 아, 맞아, 샐리 시턴이었지! 부자와 결혼해 맨체스터 근처 저택에 살 거라고는 도저히 생각되지 않았던 사람, 제멋대로에 대담하고 낭만적이었던 샐리였다!

하지만 클라리사의 옛 친구들—휫브레드, 킨덜리, 커닝햄, 킨로크존스—중에서 샐리가 최고였다. 그녀는 올바른 목적의식을 갖고 매사를 파악하려 했었다. 또한 휴 휫브레드를, 그 존경스러운 휴의 실체를 꿰뚫어 보는 유일한 사람이었다. 클라리사를 비롯해 모두가 그의 발아래 엎드렸건만.

"횟브레드 집안?" 언젠가 들었던 그녀의 음성이 되살아났다. "거기야 석탄 장수 집안이지. 훌륭한 상인 집안이야."

무슨 이유인지 그녀는 휴 횟브레드를 몹시 미워했다. 그녀는 그가 자신의 외모 외에는 아무것도 생각하지 않는 인간이라고 했다. 공주와 결혼할 수 있는 공작으로 태어나야 했다면서. 휴는 누구보다 영국 귀족에 대한 크고 자연스러운 존경심을 갖고 있었다. 클라리사도 그건 인정했다. 아, 하지만 너무 친절하고 배려심 있는 사람이에요, 자기 어머니를 기쁘게 해주려고 사냥까지 포기하다니. 친척들 생일도 챙긴다나, 등등.

샐리는 모든 것을 꿰뚫어 봤다. 그는 가장 선명하게 기억나는 일을 하나 떠올렸다. 어느 일요일 아침 부엌턴에서 벌어진 여자들의 권리(그 낡고도 낡은 주제)에 관한 논쟁이었다. 그때 샐리는 갑자기 화를 내고 분노를 터뜨리며 휴에게, 당신이 가장 혐오스러운 영국 중산층의 표본이라고, "피커딜리의 그 불쌍한 거리 여자들"은 바로 당신 같은 사람 때문에 생겨난 거라고 했다. 그러자 흠잡을 데 없는 완벽한 신사인 휴는 딱하게도, 그전까지 한 번도 본 적 없는 공포에 질린 표정을 지었다! 그녀는 나중에, 고의로 그렇게 휴를 비난한 거라고 말했다 (그들은 종종 채소밭에서 의견을 나누곤 했다). "그 남자는 아무것도 읽지 않고, 아무것도 생각하지 않고, 아무것도 느끼지 않아." 그녀는 저 멀리까지 들리는 큰 목소리로 그렇게 말했었다. 마구간에서 일하는 아이들도 휴보다는 나을 거라면서. 그녀는 그가 공립학교 출신의 완벽한 표본이라고, 영국 외에는 어디서도 나올 수 없는 인물이라고 말했었다. 무슨 이유인지 그녀는 정말 악의에 차 있었다. 그에게 어떤 원한을 품고 있었다. 흡연실에서 무슨 일이 있었다고 했는데, 그 정확한 내용은 잊었지만 그가 그녀를 모욕했다고 했다. 그녀에게 강제로 키스를 했다던가? 하지만 그 누구도, 휴를 비난하는 그런 말은 전혀 믿지 않았다! 누가 믿을 수 있었겠는가? 다른 사람도 아니고 샐리에게 키스를 했다니! 귀족의 영애인 이디스나 바이올렛이라면 모를까. 돈 한 푼 없고 어머니나 아버지가 몬테카를로를 돌아다니며 도박이나 하고 있다고 알려진 샐리에게 휴가 키스를 했을 리는 없을 것 같았다. 휴는, 피터가 지금껏 만나본 사람들 중 가장 속물에 아첨꾼이었기 때문이다. 아니, 엄밀히 말해 그는 아첨하지는 않았다. 그러기에는 너무도 잘난 체하는 사람이었다. 일급 시종이 그를 표현하는 가장 정확한 비유일 것이다. 가방을 들고 뒤에서 따라가는 사람이자 전보 심부름을 맡길 수 있는 사람, 즉 안주인들에게 꼭 필요한 사람이었다. 그리고 그는 결국 자기 일을 찾았다. 점잖은 귀족 딸 에벌린과 결혼해 궁정에서 작은 직책을 얻은 것이다. 그리하여 그는 무릎까지 오는 바지와 레이스 주름 장식의 옷을 입고 왕의 포도주 저장실을 돌보고, 왕의 구두 장식을 닦게 됐다. 얼마나 무자비한 인생인가! 겨우 그렇게 작은 직책이라니!

귀족 딸 에벌린과 결혼해서 저 근처에서 살았지. 피터는 공원에서 내려다보이는 호화로운 집들을 쳐다보며 생각했다. 그 집에서 한번 식사한 적이 있었는데, 그 집도 휴의 모든 소유물처럼 다른 집들은 도저히 가질 수 없는 것을 갖고 있었다. 가령 리넨을 넣어두는 장 같은 것을. 그는 그 집을 둘러보며 무엇이든—리넨을 넣어두는 장은 물론 베갯잇, 오래된 참나무로 만든 가구, 그림들까지—한참 동안 칭찬을 해야만 했다. 모두 휴가 헐값으로 들여온 것들이었다. 휴 부인은 때때로 물건이 들어온 내막을 폭로하기도 했다. 그녀는 몸집이 큰 남자를 숭배하는, 생쥐처럼 조그만 눈에 안 띄는 여인이었다. 거의 존재감이 없었다. 하지만 어쩌다가 문득 예상치 못한, 튀는 말들을 하곤 했다. 아마 고상한 체하는 습관의 흔적 같았다. 자기에게는 보일러용 석탄 냄새가 너무 강하다든가, 그래서 공기가 탁하다든가 하는 말도 했다. 아직도 그들은 그렇게 살고 있겠지. 리넨을 넣어두는 장과 옛 대가의 그림들과 레이스로 가장자리를 두른 베갯잇을 쓰면서. 1년에 5천이나 1만 파운드를 쓰면서. 반면 그는, 휴보다 두 살이나 많은 그는 지금 이 나이에 직장을 구해야만 하는 신세다.

쉰세 살에 돌아온 그는 사무실 비서직이나, 소년들에게 라틴어를 가르치는 보조 교사직이나, 관청의 관리

심부름꾼 자리라도 구해, 1년에 500파운드는 벌어야 했다. 데이지와 결혼해 살려면, 연금과는 별도로 그 정도는 벌어야 생계를 꾸릴 수 있을 것이다. 휫브레드가 그런 일을 구해줄 수 있을지도 모른다. 댈러웨이도 그런 부탁을 마다하지는 않을 것이다. 댈러웨이는 정말로 착한 사람이니까. 약간 편협하고 좀 우둔하기는 해도 정말로 착한 사람이니까. 그는 무슨 일이든 늘 현실적이고 상식에 어긋나지 않게 처리했다. 상상력도 없고 뛰어난 구석도 없지만, 그와 같은 타입은 설명하기 힘든 장점이 있었다. 그는 시골 신사가 제격인데, 정치에 자신을 낭비하고 있었다. 야외에서 말과 개를 다루는 그의 모습은 정말 최고였다. 예를 들어 클라리사가 귀여워하는 커다란 털북숭이 개가 덫에 걸려 발이 반쯤 찢겼을 때 그는 얼마나 훌륭하게 처신했던가. 클라리사는 거의 기절 상태였고, 댈러웨이가 모든 일을 처리했다. 개의 발에 붕대를 감고 부목을 대주며, 클라리사에게 바보처럼 굴지 말라고 했다. 아마도 그래서 클라리사가 그를 좋아했을 것이다. 그런 남자가 필요했을 테니까. "자, 바보같이 굴지 말고 이

걸 잡아요, 저걸 가져오고." 그러면서 개에게도 마치 사람을 대하듯 말했었다.

하지만 그녀는 어떻게 시詩에 관한 그의 그 모든 허튼 소리들을 받아들일 수 있었을까? 셰익스피어에 관한 그의 설교를 어떻게 내버려둘 수 있었을까? 리처드 댈러웨이는 엄숙하고 단호한 어조로, 점잖은 사람은 셰익스피어의 소네트를 읽어서는 안 된다고 말했었다. 그것은 열쇠 구멍으로 남의 사생활을 엿보는 내용이라면서(게다가 거기에 나오는 관계 또한 용인할 수 없다면서). 그러면서 점잖은 남자라면 누구라도 죽은 전처의 여동생의 방문을 허락해선 안 된다고 했다. 그야말로 헛소리였다! 그런 그에게 해줄 수 있는 일은 설탕 발린 아몬드를 던져주는 것이었다. 마침 저녁 식사 때였으니까. 그런데 클라리사는 그 모든 것을 받아들였다. 그가 아주 정직하고 독립적이라며. 어쩌면 자신이 아는 가장 독창적인 남자라고 생각했을지도 모른다!

그 일도 피터와 샐리가 가까워진 계기 중 하나였다. 그들이 늘 산책하던 담장 둘린 정원에는, 장미 덤불과 커다란 꽃양배추가 심어져 있었다. 샐리는 그 정원의 달빛 속에서 장미 꽃잎을 뜯다가, 꽃양배추가 아름답다고 감탄하기도 했었다(이상하다, 몇 년 동안 기억 저편으로 사라졌던 일이 이렇게 생생하게 떠오르다니). 샐리는 그에게 반쯤은 농담으로 클라리사를 잡으라고, "클라리사의 영혼을 질식시켜" 세속적인 면만 부추겨 단순한 안주인으로 만들려는 휴와 댈러웨이 같은 "완벽한 신사들"로부터 그녀를 구출하라고 했었다(그때 샐리는 시를 많이 썼다). 하지만 클라리사도 제대로 평가해야 한다. 어쨌거나 그녀는 휴와는 결혼하려 하지 않았다. 그녀는 자신이 원하는 것이 무언지 명확하게 알고 있었다. 표면적으로는 대단히 감상적으로 보였으나, 표면 아래의 그녀는 아주 날카로웠다. 사람의 성격을 판단하는 재주는 샐리보다 더 날카로웠다. 게다가 대단히 여성적이어서, 어디에 있든 자신만의 세계를 만들 수 있는 특수한 재능, 여성 특유의 재능을 발휘했다. 그녀가 방으로 들어설 때면, 늘 사람들에게 둘러싸였다. 시선을 사로잡는 특별한 구석도 없고, 특별히 아름답지도 않고, 특별히 재치 있지도 않았지만, 그녀가 들어오면 그 공간은 늘 그녀의 공간이 되었다. 거기 있는 것만으로 충분한 존재감을 발휘했다.

아니, 아니, 아니다! 그렇다고 그가 아직도 그녀를 사랑하는 건 아니다! 다만 오늘 아침 가위와 실크 실을 들고 파티를 준비하는 그녀를 본 뒤, 그녀 생각에서 벗어날 수 없을 뿐이다. 기차 옆자리에 앉아 꾸벅꾸벅 조는 승객처럼, 그녀라는 존재가 자꾸 그의 몸을 건드렸다. 그렇게 그녀에 대한 생각이 자꾸만 떠오르는 것이지 아직도 사랑하는 것은 아니었다. 그래서 30년이 흐른 지금, 그녀를 비판하고 설명하려는 것이다. 그녀에 대해 분명히 말할 수 있는 것은, 그녀가 세속적이라는 것이다. 그녀는 지위와 상류사회, 세상이 말하는 출세 같은 것에 지나치게 신경을 썼다. 클라리사 자신도 인정한 바였다. (수고를 들이면, 언제라도 그녀의 진심을 들을 수 있었다. 그녀는 정직한 사람이었다.) 그녀는 지저분한 여자들, 시대에 뒤떨어진 사람들, 실패자들, 그리고 피터와 같은 낙오자들을 싫어했다. 그녀는 사람이라면 손을 주머니에 넣은 채 축 처져 있어서는 안 된다고 생각했다. 끊임없이 무언가를 하고 무언가가 되기 위해 노력해야 한다고 생각했다. 그래서인지 그의 눈엔 그녀의 거실에 앉아 있던 어마어마한 명사들, 공작부인들, 백발이 된 늙은 백작부인들이 지푸라기만큼도 중요해 보이지 않았지만, 그녀는 그들이야말로 실재적인 무언가를 표상하는 인물이라고 여겼다. 한번은 그녀가 벡스버러 부인은 언제나 올곧게 행동한다고 말했었다(클라리사 자신도 그랬는데, 언제나 화살처럼 곧게 행동했고, 약간은 경직되었다 싶을 만큼 결코 늘어진 적이 없었다). 그런 사람들은 나이가 들수록 더욱 존경스러워 보인다면서. 물론 그런 그녀의 생각은 댈러웨이의 영향이 컸다. 세월이 갈수록 댈러웨이의 투철한 공공심公共心, 대영제국에 대한 충성심, 관세 개혁 의지, 지배 계급 정신 등이 그녀에게 스며들었다. 남편보다 두 배나 더 예리한 두뇌를 가지고 있었음에도, 남편의 눈을 통해 만사를 봤다. 결혼 생활이 가져온 비극이었다. 자기 자신의 생각이 있음에도 언제나 리처드의 말을 인용했다. 《모닝 포스트》[25]만 읽어도 리처드의 생각이 빠름을 알 수 있었을 텐데! 오늘 저녁에 여는 파티도 리처드를 위한 파티였다(사실 그는 노퍽에서 농사를 짓는 것이 훨씬 행복했을 것이다). 클라리사는 자신의 거실을 일종의 모임 장소로 만들었다. 그런 일에 천부적인 재능이 있었다. 그녀가 미숙한 젊은이들을 데려와 그들을 조종해서 입신시키는 것을 얼마나 여러 번 봤던가! 너무도 많은 우둔한 자들이 그녀 주변에 모여들었다. 예상치 못한 사람들도 그녀의 거실에 나타나곤 했다. 예술가, 작가, 보기 드문 괴짜들이. 그녀가 그런 파티를 열 수 있었던 건 사방에 명함을 남기고, 꽃다발이나 작은 선물을 선사하고, 친절을 베풀며 형성한 네트워크가 있었기 때문이었다. 가령 누가 프랑스에 간다고 하면 그녀는 푹신한 쿠션을 선물했다. 클라리사의 체력은 그렇게 고갈되어갔다. 물론 그녀와 같은 부류의 많은 여인들이 그런 식으로 끝없이 관계를 맺으며 소통했다. 그러나 그녀는 그 일을 진정으로, 타고난 천성에서

25 영국 보수 성향의 신문. 1937년《데일리 텔레그래프》에 매각되었다.

비롯된 마음으로 했다.

하지만 이상하게도, 클라리사는 피터가 아는 가장 철저한 회의론자들 가운데 한 사람이었다. 아마도(이것은 어떤 면에서는 너무나 투명하고, 또 다른 면에서는 너무나도 수수께끼 같은 그녀를 설명하기 위해 그가 만들어낸 이론이기도 한데), 아마도 그녀는 자신에게 이렇게 말할 것이다. 모든 일은 시시한 농담에 지나지 않고, 인간은 침몰하는 배에 사슬로 매여 있는 종족이라고(그녀는 결혼 전에 헉슬리와 틴덜[26]의 책을 즐겨 읽었고, 그들은 모두 바다에 관한 은유를 즐겼다), 그러니 어쨌든 우리 몫이나 하며 동료 죄수들의 고통을 달래주자고(이것도 헉슬리의 말이다), 지하 감옥을 꽃과 공기로 된 쿠션으로 장식하자고, 되도록 친절하자고, 신들이 아무리 악당처럼 제멋대로 굴어도 우리가 숙녀처럼 행동한다면 인간의 삶을 해치고 좌절시키고 망치려는 신들을 물리칠 수 있다고. 이런 그녀의 생각은 실비아가 죽은 후,

26   영국의 과학자인 토머스 헨리 헉슬리와 존 틴덜.

160

그 끔찍한 사건 후에 형성되었다. 형제 중 가장 재능 있었던, 막 그 재능을 꽃피우기 시작했던 여동생 실비아가 그녀의 눈앞에서 쓰러지는 나무에 무참히 깔려 죽는 것을 봤으니(모두 저스틴 패리의 잘못이었다, 그의 부주의 때문이었다), 신랄해지지 않을 수가 없었다. 그 뒤 그녀는 확신까지는 아니지만, 신은 없다고 생각했다. 그리하여 그녀는 선 자체를 위해 선을 행하는 무신론자의 종교를 서서히 개발해내었다.

물론 클라리사는 삶을 최대한 즐겼다. 즐기는 것은 그녀의 천성이었다. (신만이 그런 그녀의 천성을 모두 알리라. 피터조차 세월이 이렇게 흐른 뒤에도, 클라리사의 그런 면모는 단편적인 장면 몇 개로만 짐작할 뿐이다.) 어쨌든 그녀에게는 냉소적인 데가 없었다. 점잖은 여자들이 흔히 보이는 혐오스러운 도덕심도 없었다. 그녀는 인생의 모든 것을 즐겼다. 함께 하이드 공원을 걸으면 튤립 꽃밭에도, 유모차를 탄 아이의 모습에도 즐거워하는 그녀를 볼 수 있으리라. 심지어 공원에서 마주친 연인들을 보고 마음대로 이야기를 만들어내 즐거워하기도 하리라. (그 연인들이 불행하게 보이면, 그들에게 말도 걸 것이다.) 그녀에게는 정말 절묘한 희극적 감각이 있었다. 하지만 사람들을 필요로 했다. 사람들이 있어야 그 감각을 발휘할 수 있었다. 그 때문에 그녀는 어쩔 수 없이 사람들과 함께 점심을 먹고, 저녁을 먹고, 끊임없이 파티를 열어 무의미한 얘기들, 마음에도 없는 얘기들을 지껄이는 것이리라. 그 결과 그녀의 예리한 지성은 점점 무뎌졌다. 그렇게 점점 분별력을 잃어가는 헛된 시간을 보냈겠지. 테이블 머리에 앉아 댈러웨이에게 이용 가치가 있을지도 모르는 늙은이들—유럽에서 가장 소름 끼치게 지루한 사람들을 알고 지내는 사람들—에게 끝도 없이 마음을 쓰면서. 그러다가 딸 엘리자베스가 들어오면 모든 걸 딸을 위해 양보하기도 하겠지. 몇 해 전 그가 그녀 집에 들렀을 때 엘리자베스는 자기 생각도 제대로 표현 못 하는 학생이었다. 둥근 눈에 얼굴이 창백한, 어머니를 전혀 닮지 않은 조용하고 표정 없는 아이였다. 엘리자베스는 그 모든 소란을 당연한 것으로 받아들이고, 어머니가 자신에 대해 호들갑을 떠는 것도 내버려두다가,

네 살짜리 아이처럼 이렇게 말했었다. "이제 가도 돼요?" 그러자 클라리사가 이렇게 변명했다. 하키를 하러 가는 거예요. 지금쯤은 아마 엘리자베스도 사교계에 나가고 있을 것이다. 자신을 포함한 엄마 친구들을 구세대라고 여기며 비웃을지도 모른다. 그래, 그러라지. 피터 월시는 모자를 들고 리젠트 공원을 벗어나며 생각했다. 늙는다는 것이 가져다주는 보상은 바로 이거야. 열정은 여전하지만 지난날의 경험을 천천히 불빛 아래 돌려 볼 수 있는 힘을—마침내!—갖게 됐다는 것. 이것이야말로 존재에 최상의 향기를 더해주는 힘이지.

끔찍한 고백이지만(그는 다시 모자를 썼다), 쉰세 살이 되고 보니 더 이상 다른 사람들이 필요치 않았다. 인생 그 자체, 인생의 순간순간, 그것의 방울방울, 여기, 이 순간, 지금 이 햇빛 속에, 리젠트 공원에 있는 것으로 충분했다. 정말이지 차고 넘칠 정도로 충분했다. 힘이 남았다 해도, 인생의 참맛을 보기에는 남은 인생은 너무 짧을 것이다. 그 남은 세월 동안 생의 기쁨을, 생이 지닌 그늘을 미묘하게 추출해내 파악할 수는 없을 것이다. 그저 그것들이 전보다 더욱 견고해 보이고, 더 이상 개인적이지 않게 다가올 뿐이었다. 그래서인지 클라리사가 준 고통도 예전만큼 고통스럽게 느껴지지 않았다. 게다가 몇 시간, 몇 날 동안이나 (신이여, 아무도 엿듣지 않게 하소서!) 데이지조차 깊게 생각해본 적이 없다.

지나간 날들의 참담한 고통과 괴로움, 그 불타오르는 정열을 잊지 못하면서도 데이지를 여전히 사랑한다는 게 말이 될까? 물론, 데이지가 그를 사랑한다면 그건 전혀 다른 일, 기분 좋은 일이지만. 아마도 그래서 배가 출발하자 묘한 안도감을 느끼며 혼자 있다는 것만으로 충분한 만족을 얻었을 것이다. 선실 안에서 데이지가 그를 배려해 챙겨준 물건들, 예를 들면 시가, 노트, 무릎 덮개를 발견했을 때는 화가 날 지경이었다. 정직한 사람이라면 누구든 그렇게 얘기할 것이다. 쉰이 지나면 다른 사람은 필요치 않다고, 여자들에게 계속 예쁘다고 말하며 살고 싶지 않다고. 쉰 줄에 접어든 솔직한 남자들은 대부분 그렇게 말할 것이다.

그런데 오늘 아침에는 왜 그렇게 놀라운 감정의 폭발

을 일으킨 것일까? 왜 눈물을 터뜨린 것일까? 대체 무엇 때문에 그랬을까? 클라리사는 그런 그를 어떻게 생각했을까? 처음부터는 아니겠지만, 아마도 바보 같다고 생각했을 것이다. 그런 행동을 한 밑바닥에는 질투심이 깔려 있었다. 피터 월시는 팔을 뻗어 주머니칼을 쥐면서, 인간의 모든 감정이 사라진 뒤에도 질투심은 남는다고 생각했다. 데이지는 지난 편지에서 오드 소령을 만나고 있다고 썼었다. 질투를 불러일으키려고 일부러 그 말을 했다는 걸 알 수 있었다. 그녀가 그 편지를 쓰면서 미간을 찌푸리며 그에게 상처 줄 말을 고르는 모습이 눈에 선했다. 하지만 어떤 말을 골랐어도 그는 화가 났을 것이다! 이렇게 영국으로 와서 변호사들을 만나려고 하는 건, 엄밀하게 말하면 그녀와 결혼하고 싶어서가 아니라 그녀가 다른 사람과 결혼하지 못하게 하기 위해서였다. 그 사실 때문에 그는 괴로웠다. 그런 괴로운 심정을 안고 클라리사를 찾아갔는데, 그녀는 드레스나 기타 파티 준비에만 열중해 있었다. 너무나도 차분하고 냉정하게. 이제야 깨닫는다. 그녀가 자기를 좀 더 상냥하게 대해주었더라면 비참한 모습을 보이지 않았을 거라고, 콧물을 흘리며 훌쩍거리는 늙은 바보의 모습을 보이지 않았을 거라고, 그녀가 자신을 초라한 모습으로 격하시킨 거라고. 그는 주머니칼을 접으면서 여자들은 정열이 무언지 모른다고, 그것이 남자에게 무얼 의미하는지 모른다고 생각했다. 클라리사는 고드름처럼 차가웠다. 그저 그의 곁에 앉아 그가 자신의 손을 잡는 것을 허락하고 한 번의 키스를 해주었을 뿐이다. 여기서 그는 교차로에 다다랐다.

어떤 소리가 그의 생각을 중단시켰다. 연약하게 떨리는 그 소리는 방향도, 활력도, 시작도 끝도 없이 방울방울 솟아오르는 목소리였다. 약하면서도 예리한, 인간적인 의미는 전혀 없는 소리였다.

이이 엄 파 엄 소
푸 스위 투 이임 우

나이도 성도 분간할 수 없는 목소리, 지구에서 솟아나오는 오랜 옛날 봄의 목소리였다. 그 소리는 리젠트 공

166

원 전철역 바로 건너편에서 떨고 있는 키 큰 여자 거지에게서 흘러나왔다. 그녀는 굴뚝 같기도 하고, 녹슨 펌프 같기도 하고, 바람에 꺾여 더 이상 새로운 나뭇잎을 나게 할 수 없는 고목 같기도 했다.

이이 엄 파 엄 소
푸 스워 투 이임 우

영원한 미풍 속에서 흔들리고, 삐걱거리고, 신음하는 소리였다.

풍상에 찌든 그 여인은 그 모든 세월 내내—포장도로가 풀밭이나 늪이었을 때에도, 큰 상아를 가진 매머드가 다니던 시대에도, 조용히 해가 떠오르던 천지개벽의 시대에도—오른손은 구걸하려고 내밀고, 왼손으로는 옆구리를 쥔 채(치마를 입고 있었기에) 사랑에 대해 노래하며 서 있었으리라. 백만 년 동안 지속돼온 사랑에 대해, 기어코 승리하고야 마는 사랑에 대해. 그녀는 몇 세기 전에 죽어 잠든 자신의 연인과 수백만 년 전 함께 걸었던 5월을, 낮은 목소리로 노래하고 있었다. 그는 떠나버리고 그 길었던 여름날은 붉은 과꽃 한 떨기로만 남았다고, 죽음의 거대한 낫이 엄청나게 큰 언덕을 휩쓸어가버렸다고. 헤아릴 수 없는 세월이 지나 백발이 된 자신의 머리를 얼음처럼 차가운 땅에 누일 때, 마지막 태양의 마지막 햇살이 어루만져주는 높은 무덤에 머리를 누일 때, 보라색 히스 꽃 한 다발만 놓아달라고 신에게 간청했다. 그때는 우주의 화려한 구경거리도 끝날 거라며.

그 옛 노래가 리젠트 공원 전철역 건너편에서 방울방울 솟아오를 때에도 여전히 땅은 푸르고 꽃으로 뒤덮인 듯 보였다. 그 누추한 입에서, 대지에 뚫린 구멍에서, 뿌리와 풀이 뒤엉킨 축축한 입구에서 펑펑 솟아나는 그 노래는, 세월을 말해주는 마디진 나무뿌리들과 해골들과 보물들을 흠뻑 적시며 포장도로를 넘고 메릴본 로드를 따라, 유스턴 아래쪽으로 개울을 이루며 땅에 수분을 공급했다.

그 옛날 어느 5월에 연인과 걷던 기억을 아직도 간직하고 있는 녹슨 펌프 같은 이 세파에 찌든 노파는, 천

만 년 후에도 한 손은 구걸을 위해 내밀고 다른 손으로
는 옆구리를 진 채 여전히 저기 서 있을 것이다. 지금은
바닷물이 흐르고 있는 그곳을 한때는 연인과 걸었음을
기억하며. 사실 누구와 걸었는지는 문제가 아니었다. 남
자였지, 아, 그렇지, 날 사랑했던 남자였지. 그러나 세월
이 흘러 그 옛날 5월의 청명함은 흐릿해졌다. 빛나던 꽃
들도 세월의 서리를 맞고 은백색이 되었다. 그때는 "당신
의 사랑스러운 눈으로 나의 눈을 열정적으로 바라봐주
오"라고 그에게 간청했지만(그녀는 바로 지금 그렇게 노
래하고 있었다), 이제는 그의 갈색 눈도, 까만 수염도, 햇
볕에 그을린 얼굴도 보이지 않고, 단지 어렴풋한 그림자
같은 형상만 보일 뿐이다. 그녀는 늙었지만, 여전히 새처
럼 신선하게 지저귀었다. "당신 손을 주오. 부드럽게 그
손을 쥐게 해주오." (피터 월시는 택시에 올라타기 전 그
불쌍한 노파에게 동전 한 닢을 주지 않을 수 없었다.)
"누가 보더라도 무슨 상관이리?" 옆구리를 움켜쥔 그녀
는 그가 준 동전을 주머니에 넣으며 미소 지었다. 이제
거리를 지나다가 그녀를 발견하곤 뚫어지게 응시하던

호기심 가득한 눈들이 사라졌다. 인도는 여전히 중산층 사람들로 붐비고 있었지만. 하지만 나뭇잎들처럼 발아래 짓밟힌 그녀의 노랫소리는 영원한 샘처럼 계속 솟아올라 땅을 옥토로 바꾸는 것 같았다.

이이 엄 파 엄 소
푸 스위 투 이임 우

"불쌍한 노파네." 레치아 워렌 스미스가 말했다.

불쌍하고 가엾어라! 그녀는 길을 건너려고 기다리고 있었다.

비 오는 밤엔 어떻게 지낼까? 저 노파의 아버지나 그녀의 유복한 시절을 기억하는 누군가가 우연히 저 도랑에 서 있는 노파를 발견한다면 어떻게 될까? 밤에는 어디에서 지낼까?

즐거운, 거의 쾌활한, 이겨낼 수 없는 노랫가락이 오두막집 굴뚝에서 뿜는 푸른 연기처럼, 깨끗한 너도밤나무를 꼭대기까지 휘감고 올라가 대기 속으로 흩어졌다.

"누가 보더라도 무슨 상관이리?"

지난 수 주 동안 너무도 불행했던 레치아는 그간 일어난 일들에 일일이 의미를 부여하고 싶었다. 때때로 거리를 지나는 선량하고 친절해 보이는 사람들을 멈춰 세우고 싶을 정도였다. 그저 '나는 불행해요'라고 말하기 위해. 그러다가 "누가 보더라도 무슨 상관이리?" 하며 거리에서 노래 부르고 있는 그 노파를 보고는, 레치아는 갑자기 모든 게 잘될 것 같은 확신에 사로잡혔다. 그들은 윌리엄 브래드쇼 경에게 가는 길이었다. 그녀는 그 이름이 마음에 들었다. 그가 당장 셉티머스를 고쳐줄 거야. 저기 양조장 수레가 보이네. 회색 말들의 꼬리에 붙은 뻣뻣한 지푸라기도 보이고. 신문을 광고하는 현수막도 보여. 불행하다니, 어리석고도 어리석은 망상일 뿐이었어.

그렇게 그들, 셉티머스 워렌 스미스와 그의 아내는 길을 건넜다. 그들에게 주의를 끄는 점이 있었을까. 지나가는 사람이 여기 세상에서 가장 위대한 메시지를 지닌 젊은이가 있다고, 더욱이 그는 세상에서 가장 행복하거나 가장 불행한 젊은이라고 짐작할 만한 어떤 특별한 점이 보였을까? 어쩌면 그들이 다른 사람들보다 느리게 걸어 갔는지도 모른다. 셉티머스가 미적거리며 발을 질질 끌 었기 때문에. 하지만 그를 주중 이 시간에는 웨스트엔드 에 나와본 적 없는 사무원으로 생각한다면, 그가 계속 하늘을 쳐다보고 이것저것을 힐끔대는 건 자연스러운 행동처럼 보일 것이다. 그는 포틀랜드 플레이스[27]를 마치 가족들이 다 떠난 방처럼 둘러본다. 샹들리에는 네덜란 드산 천으로 만든 자루에 싸여 걸려 있고, 관리인 여자 는 기다란 블라인드의 한쪽을 들어 올려, 먼지를 뚫고 지나가는 한 줄기 긴 빛이 버려진 이상한 모양의 팔걸이 의자를 비추게 하면서 방문객들에게 이곳이 얼마나 좋 은 곳인지를 설명한다. 그는 생각한다. 얼마나 멋진 곳인 가, 하지만 동시에 또 얼마나 이상한 곳인가.

겉보기에, 그는 사무원처럼 보일지도 모른다. 하지 만 좀 나은 부류의 사무원이다. 밤색 부츠를 신었고 손

---

27   런던 중심부 메릴본에 있는 거리로, 고풍스러운 집들이 많다.

은 교육받은 사람의 손이었으니까. 옆모습도 그랬다. 커다란 코아 가진 턱선이 이지적이면서도 예민하게 보였다. 하지만 그의 입술은 전혀 달랐다. 축 처져 있었다. 눈은 (눈들이 그렇지만) 커다란 녹갈색의 그저 그런 눈이었다. 즉 그는 전체적으로 보면 이도저도 아닌 어중간한 사람이었다. 나이가 들면 자동차와 펄리[28] 근처의 집을 소유할 가능성도 있지만 평생 뒷골목 아파트에 세 들어 살 수도 있는 사람이었다. 어중간하게만 교육받고 그 후론 독학을 했다. 유명 저자들에게 편지로 조언을 구해, 그들이 알려준 책을 공공 도서관에서 빌려 와 일과 후 밤에 읽었었다.

다른 경험들도 있었다. 침실에서, 사무실에서, 혹은 들판과 런던 거리를 홀로 거닐며 겪은 고독한 경험들이었다. 그는 겨우 소년이었을 때 어머니 때문에 집을 떠났다. 어머니가 거짓말을 했기 때문에. 그가 쉰 번이나 손을 씻지 않고 차를 마시러 내려갔기 때문에. 스트라우드

---

28   1920~30년대 주택지로 개발되기 시작한 런던 외곽 도시.

에서 시인이 될 가망이 없어 보였기 때문에. 그래서 비밀까지 털어놓는 어린 여동생에게만 우스꽝스러운 메모를 남기고는 런던으로 떠났다. 후에 유명해지면 그 메모를 세상 모두가 읽을 거라 생각하면서.

런던에는 스미스라 불리는 수백만의 젊은이들이 있었다. 부모가 특색 있게 지어준, 그리스도교도다운 별난 이름인 셉티머스도, 런던에선 대수롭지 않았다. 유스턴 로드에서 하숙을 하면서, 그의 순진한 핑크색 타원형 얼굴이 적개심으로 가득한 마르고 찌푸린 얼굴로 변하는 경험을 여러 번 했다. 하지만 그 모든 일을 주의 깊게 지켜본 친구가 있었다 한들 무슨 말을 할 수 있었겠는가. 아침에 온실 문을 열고 화초에 핀 새 꽃을 발견한 정원사처럼, 그저 꽃이 피었구나, 말할 수밖에 없지 않았을까. 그랬다. 그는 허영과 야심과 이상주의와 정열과 고독과 용기와 게으름 같은 흔해빠진 씨앗들로 꽃을 피웠다. 그 꽃 속에서(유스턴 로드의 하숙집에서) 그는 수줍고, 말을 더듬고, 자신을 향상시키기 위해 열심히 노력하는 사람이 되었다. 그리고 워털루 로드에서 셰익스피어를 강의하는 이사벨 폴 양을 사랑하게 되었다.

키츠를 닮지 않았나요? 그러면서 그녀는《안토니와 클레오파트라》에 관심을 갖게 하려고 그에게 책을 빌려 주고, 짧은 편지도 보냈다. 그렇게 그에게 일평생 단 한 번만 타오를 수 있는 불을 지폈다. 열도 나지 않는 그 불 은 폴 양 위에,《안토니와 클레오파트라》위에, 워털루 로 드 위에 공기처럼 가볍고 비현실적인 붉은 황금빛 불꽃 으로 타올랐다. 그는 그녀가 더할 나위 없이 아름다우 며 나무랄 데 없이 현명하다고 믿었다. 그녀를 꿈꾸었 고, 그녀에게 시를 썼다. 그녀는 그 시에 담긴 사랑의 메 시지는 무시하고 빨간 잉크로 첨삭을 했다. 어느 여름 날 저녁, 그는 초록빛 드레스를 입은 그녀가 광장을 거니 는 모습을 보았다. 정원사는 '꽃이 피었군!'이라고 말했 을 것이다. 그 정원사가 어느 날 밤이든 그의 방문을 열 었다면, 글을 쓰고 있는 그를 발견했을 것이다. 그가 자 신이 쓴 것을 모조리 다 찢어버리는 것도, 새벽 3시경에 걸작을 끝내고는 거리로 달려 나가 교회를 찾는 모습도, 하루는 금식하는가 하면 하루는 온통 마셔대는 것도,

셰익스피어와 다윈과 《문명의 역사》와 버나드 쇼 등을 탐독하는 것도 보았을 것이다.

브루어 씨는 스미스에게 무슨 일이 있다는 걸 눈치챘다. 그는 '시블리 앤드 애로스미스' 회사의 지배인이자 경매인, 가격 조정자, 부동산 중개인이었다. 그는 스미스에게 무슨 일이 생긴 게 틀림없다고 생각했다. 자기가 부리는 젊은이들에게 아버지 같은 존재였던 그는 스미스의 능력을 높이 평가하여, 10년이나 15년 후면 증서 보관함으로 둘러싸이고 천창으로는 햇볕이 들어오며 가죽 팔걸이의자가 있는 자신의 방을 스미스가 승계하리라 생각했다. "건강만 유지한다면." 그는 그렇게 말했다. 스미스가 약해 보였기 때문이다. 그래서 브루어 씨는 그에게 축구를 권했고, 저녁 식사에 초대하기도 했으며, 상부에 그의 월급을 올려달라고 건의할 생각이었다. 바로 그때 예상치 못한 일이 일어나 그에게서 가장 유능한 젊은이를 빼앗아 갔다. 유럽 전쟁의 손길이 너무나도 깊고 음험하게 파고들어 케레스 여신상을 산산이 부수고, 제라늄 화단에 폭탄 구멍을 만드는가 하면, 머스웰 힐에 있는 그의 집 요리사의 신경까지 완전히 망가뜨린 것이다.

셉티머스는 전쟁 조기에 일찌감치 군대에 지원했다. 그리고 영국을 구하려고 프랑스로 건너갔다. 영국은 그에게 셰익스피어의 작품과 초록색 드레스를 입고 광장을 거닐던 이사벨 폴 양을 의미했다. 브루어 씨가 그에게 축구를 권하며 바랐던 면모가 참호에서 금방 드러났다. 그는 마음껏 남자다움을 드러냈고, 승진했다. 그는 에번스라는 상관의 주목을 받았다. 아니, 사실은 사랑을 받았다. 그들은 벽난로 앞 양탄자 위에서 노는 두 마리 개 같았다. 한 녀석은 종이 봉지를 물고 흔들며 으르렁대다가 이따금 나이 든 개의 귀를 깨물었다. 다른 녀석은 졸린 듯 누워 눈을 껌벅이며 불을 바라보다가 앞발을 들고 돌아누워 기분 좋은 듯 그르렁거렸다. 그들은 늘 함께했다, 서로 모든 걸 나누고 다투기도 하며. 그러나 에번스는(레치아는 그를 딱 한 번 보았고 '조용한 사람'이라 불렀는데, 붉은색 머리의 건장한 그는 여자 앞에서는 말이 없었다) 휴전 직전에 이탈리아에서 죽었다. 셉티머스는 감정을 드러내지도 않았고 우정이 끝났다는 걸 인식하지도 못했다. 그렇게 거의 아무것도 느끼지 않고 태연할 수 있는 자신을 다행이라 생각했다. 전쟁은 그를 가르쳤다. 전쟁은 숭고한 것이었다. 그는 모든 것을 다 경험했다. 서른이 되기도 전에 유럽 전쟁을 통해 우정과 죽음 같은 온갖 경험을 다 했으며, 계속 살아남을 운명이었다. 전쟁터에서 마지막 포탄이 그를 비껴갔다. 그 포탄이 터지는 모습을 그는 무감하게 바라봤다. 평화가 왔을 때, 밀라노의 어느 여관집을 숙소로 배정받았다. 안뜰이 있는 그 집에는 둥근 나무통에 꽃들이 심어져 있었고, 마당 앞에는 작은 테이블들이 놓여 있었다. 그 집 딸들은 모자를 만들고 있었다. 자신이 아무것도 느낄 수 없음을 알고 공포에 휩싸여 있던 그 시절 어느 저녁, 그는 그 여관집 딸인 루크레치아와 약혼했다.

모든 것이 끝나고 휴전 협정이 맺어지고 죽은 자들이 묻히고 나자, 특히 저녁이 되면 갑작스럽게 청천벽력 같은 공포에 사로잡혔었다. 자신은 아무것도 느낄 수 없다는 공포에. 어느 날 그 여관집의 방문 하나를 열었다. 이탈리아 여인들이 앉아서 모자를 만들고 있었다. 분명 그는 그들을 볼 수 있었다. 그들이 얘기하는 것을 들을 수도 있었다. 그들은 접시에 담겨 있는 채색 구슬들을 철사로 꿰고, 풀 먹인 아마포 심을 이리저리 돌리고 있었다. 테이블에는 깃털, 반짝이는 별 모양의 금속 조각, 실크 실, 리본이 마구 흩어져 있었다. 가위 움직이는 소리도 났다. 그러나 무엇인가가 그를 좌절하게 만들었다. 아무것도 느낄 수가 없었던 것이다. 하지만 가위 놀리는 소리와 그녀들의 웃음소리, 그리고 모자가 만들어지고 있다는 사실이 그를 보호해줬다. 그는 이곳은 안전하다고 확신했다. 피난처를 얻은 것이었다. 그러나 그곳에 밤새도록 앉아 있을 수는 없었다. 새벽이면 잠에서 깼다. 침대가 꺼지면서 몸뚱이가 아래로 떨어지는 것 같았다. 아, 가위와 램프 빛과 아마포 심만 있다면! 그는 루크레치아에게 결혼하자고 했다. 두 딸 중 작은딸이었는데, 쾌활하고 가벼운 성격이었다. 그 작은 예술가는 자기 손가락을 치켜들며 "모든 게 이 손가락에 달렸어요"라고 말했다. 정말로 실크든 깃털이든 무엇이든 그 손가락에 닿으면 생생하게 되살아나는 듯했다.

"가장 중요한 건 모자예요." 함께 산책을 나가면 그녀는 늘 그렇게 말하곤 했다. 지나가는 사람들의 모자 하나하나를 자세히 살펴보고, 외투와 드레스 그리고 여인의 몸가짐도 자세히 뜯어봤다. 그러면서 멋없는 옷차림이라거나 지나친 옷차림이라며 지적했다. 하지만 더 심한 말은 하지 않았고, 그저 참을 수 없다는 듯, 악의에서 만든 건 아니지만 싸구려 모조품이 분명한 그림을 거부하는 화가처럼 밀어내는 손짓을 했다. 하지만 비판적인 시선을 잃지 않으면서도 관대하게 평가하는 사람들도 있었다. 자신이 가진 소박한 옷감으로 아름다운 옷을 만들어 입는 여점원들에게 그랬다. 또 친칠라 모피 목도리에 긴 옷을 차려입고 진주 목걸이를 걸고 마차에서 내려오는 프랑스 귀부인을 보면 전문가다운 관점에서 열광적으로, 진심으로 칭찬했다.

"아름다워라!" 그녀는 셉티머스에게도 보라며 옆구리를 꾹꾹 찌르고 속삭였다. 하지만 유리창 너머의 무언가를 보는 듯 그에게는 그 아름다움이 명확하게 다가오지 않았다. 맛조차(루크레치아는 아이스크림, 초콜릿 같은 단것을 좋아했다) 즐길 수 없었다. 그는 작은 대리석 탁자 위에 컵을 내려놓고 창밖에 있는 사람들을 바라봤다. 그들은 행복해 보였다. 사람들은 거리 한가운데 모여 소리 지르고, 웃고, 아무것도 아닌 일로 말다툼을 했다. 그러나 그는 맛도, 그 어떤 것도 느낄 수 없었다. 찻집의 테이블과 수다 떠는 웨이터들 사이에서, 끔찍한 공포가 그를 덮쳤다―느낄 수가 없다니. 논리적으로 생각할 수는 있었다. 예를 들면, 단테도 아주 쉽게 읽을 수 있었다. ("셉티머스, 제발 책 좀 내려놔요." 레치아가 부드럽게 《지옥편》을 덮으며 말했었다.) 영수증도 계산할 수 있었다. 그의 뇌는 완전했다. 그렇다면 그가 느낄 수 없게 된 것은, 세상 탓이 틀림없었다.

　"영국 사람들은 아주 조용해요." 레치아는 그게 좋다고 했다. 그녀는 조용한 영국 사람들을 존경했고, 런던과 영국 말과 재단사가 만든 양복 등을 보고 싶어 했다. 결혼해서 런던 소호 거리에 사는 숙모에게서 그곳 상점들이 얼마나 아름다운지를 들었다면서.

　그들이 뉴헤이븐을 떠날 때,[29] 셉티머스는 기차 창문을 통해 영국을 바라보며, 세상 자체가 아무런 의미가 없을지도 모른다고 생각했다.

회사는 그를 상당히 책임 있는 자리로 승진시켰다. 회사 사람들은 그를 자랑스러워했다. 그가 십자 훈장을 받았기 때문이었다. "자네는 임무를 다했네. 이제는 우리가……" 브루어 씨는 그렇게 말을 시작했다가 감정이 벅차올라 말을 끝맺지도 못했다. 그들은 토트넘 코트 로드 너머에 훌륭한 집을 하나 얻었다.

그 집에서 그는 다시 한번 셰익스피어의 책을 펼쳤다. 하지만 말의 아름다움―《안토니와 클레오파트라》―에 도취했던 소년 시절의 기쁨은 완전히 시든 상태였다. 셰익스피어가 인간을 얼마나 미워했는지를―옷을 차려입는 것, 아기를 낳는 것, 추잡한 식욕과 색욕까지!―얼마나 증오했는지를, 셉티머스는 그제야 알 수 있었다. 아름다운 문학적 말 속에 그런 메시지가 숨어 있었다. 즉

---

29 뉴헤이븐은 영국 남부 서섹스 해안의 항구도시로, 이 부부가 배로 이탈리아에서 영국 뉴헤이븐으로 왔고, 뉴헤이븐에서 다시 기차로 런던까지 갔음을 뜻한다.

한 세대가 다음 세대에게 물려준 비밀 메시지는 인간에 대한 혐오감, 증오, 절망이었다. 단테도 마찬가지였다. (번역된) 아이스킬로스도 마찬가지였다. 그가 책을 읽을 때 레치아는 테이블 앞에 앉아 모자를 장식하고 있었다. 필머 부인의 친구들을 위한 것이었다. 그녀는 몇 시간이고 모자를 장식했다. 그런 그녀는 창백하고 신비스러워 보였으며, 물 아래 잠긴 백합 같았다.

"영국 사람들은 너무 심각해요." 그녀는 셉티머스를 껴안고 뺨을 부비며 그렇게 말하곤 했었다.

셰익스피어는 남녀 간의 사랑을 혐오했다. 성교도 더럽게 생각했다. 하지만 레치아는 아이를 가져야 한다고 말했다. 결혼한 지가 벌써 5년이나 되었다며.

그들은 함께 런던탑에도 갔고, 빅토리아 앤드 앨버트 박물관에도 갔으며, 군중 속에 섞여 왕이 의회를 개회하는 것도 보았다. 가게들도 구경했다. 모자 가게들, 옷 가게들, 진열장에 가죽 가방을 늘어놓은 가게들을 그녀는 걸음을 멈추고 바라보곤 했다. 하지만 그녀는 아들을 갖고 싶어 했다.

셉티머스를 닮은 아들을 갖고 싶다고 했다. 하지만 아무도 당신 같지는 못할 거예요. 당신은 너무나도 친절하고 너무나도 진지하고 너무나도 똑똑하니까. 나도 셰익스피어를 읽을 수 없을까요? 셰익스피어는 어려운 작가예요? 그녀는 물었다.

하지만 셉티머스는 생각했다. 이런 세상에 아이를 낳을 수는 없어. 고통을 영속시킬 수는 없어. 이 탐욕스러운 동물의 자손을 증식시킬 수는 없어. 늘 변덕과 허영심으로 이리저리 쏠리는 음탕한 인간이라는 종족을 더 늘어나게 해서는 안 돼.

그는 그녀가 가위질을 해서 본을 만드는 모습을 지켜봤다. 마치 풀밭에서 깡충깡충 뛰고 휙 날기도 하는 새를 지켜보듯 감히 손가락 하나 움직이지 못하며. 진실은 (그녀가 이것을 무시한다면 그냥 내버려두자), 인간은 순간적인 쾌락의 증대에만 관심이 있지 친절도, 믿음도, 자비심도 없다는 것이다. 인간이란 동물은 떼를 지어 사냥을 한다. 사막을 뒤지고 비명을 지르며 황야로 사라져간다. 쓰러진 자들을 버리고 간다. 그들은 찌푸린 얼굴 위에 회반죽을 바른다. 사무실의 브루어 씨는 왁스를 바른 콧수염에 산호 넥타이핀, 하얀 셔츠를 입고 사람을 기분 좋게 하지만, 속은 아주 냉정하고 끈적끈적했다. 그의 제라늄 꽃들은 전쟁 중에 모두 망가졌고 그의 요리사는 신경과민으로 폐인이 되었다. 오후 5시면 어김없이 찻잔을 돌리는, 이름이 아멜리아 뭐라던가 하는 여자는 곁눈질을 하고, 냉소적이고, 음란한 데다, 키가 작고 시끄럽고 변덕스러웠다. 또 가슴팍 부분에 풀을 먹인 셔츠를 입고 다니는 톰과 버티라는 녀석들도, 악을 땀방울처럼 뚝뚝 떨어뜨리고 있었다. 그들은 그가 자신들의 우스꽝스러운 모습을 공책에 적나라하게 그린 것을 알지 못했다. 거리에서 화물차가 요란한 소리를 내며 지나갔다. 현수막들에는 잔인하고 요란한 구호들이 쓰여 있었다. 남자들은 광산에 갇혔고, 여자들은 산 채로 불에 태워졌다. 한번은 미치광이들의 행렬을 본 적도 있다. 운동을 시키려는 것인지, 군중 앞에서 구경거리로 만들려는 것인지(군중은 큰 소리로 웃었다), 그들을 길거리에서 걷게 했다. 미치광이들은 느긋하게 걸으며, 머리를 끄덕이고 싱글벙글 웃기도 하며 셉티머스 앞을 지나갔다. 토트넘 코트 로드를 걷는 그들은, 반쯤은 변명하는 듯 했지만 아직은 의기양양했다. 그 모습이 그에게 절망적인 비애를 안겨줬다. 그도 미쳐가는 걸까?

레치아는 차를 마시며 필머 부인의 딸이 임신했다고 했다. 그녀는 말했다. 나는 아이 없이 늙어갈 수는 없어요! 너무 외롭고 불행해요! 결혼한 이래 처음으로 그녀는 울었다. 그녀의 흐느낌은 아주 멀리에서 들려오는 듯했다. 정확하게, 분명히 그 흐느낌을 들었지만, 그에게 그 소리는 그저 피스톤이 쿵쿵거리는 소리 같았다. 아무런 느낌이 없었다.

아내가 울고 있는데도 아무것도 느낄 수가 없었다. 단지 그녀가 마음 깊은 곳에서 솟구치는 절망을 그렇게 조용히 흐느낄 때마다, 그는 한 발짝 더 나락으로 굴러 떨어지는 기분이었다.

마침내 그는 진심은 아니었지만, 기계적으로 매우 감상적인 몸짓을 취하며 머리를 두 손에 떨구었다. 이제 난 항복이야. 다른 사람의 도움이 필요해. 사람들을 불러와야 해. 난 항복이야.

아무것도 그를 회복시킬 수 없었다. 레치아는 그를 침대에 눕히고 의사를 불렀다. 필머 부인이 아는 홈스라는 의사였다. 홈스는 그를 진찰하더니 아무런 이상이 없다고 했다. 아, 이제야 마음이 놓여! 참 친절하고 좋은 의사야! 레치아는 그렇게 생각했다. 홈스 의사는 자기도 기분이 저럴 때가 있다면서 말했다. 그럴 땐 뮤직홀에 가지요. 일을 하루 쉬고 아내와 골프를 치기도 하고요. 취침 전에 브로마이드 진정제 두 알을 물에 타서 마시게 하세요. 홈스 의사는 벽을 두들기며 이렇게 말하기도 했다. 이렇게 오래된 블룸즈버리 집들은 아주 훌륭한 판벽으로 되어 있는데, 집주인들은 어리석게도 여기에다 도배를 하죠. 며칠 전에, 베드퍼드 광장에 사는 환자 아무개 경의 집에 왕진을 갔었는데⋯⋯

변명의 여지가 없었다. 아무런 이상이 없었다. 인간 본성이 그에게 죽음을 선고하게 한 죄, 아무것도 느낄 수 없는 죄를 제외하고는 그에게 아무런 이상이 없었다. 에번스가 죽었을 때도 그는 아무런 동요를 보이지 않았다. 그게 최악의 죄였다. 하지만 새벽이면 다른 모든 죄들도 머리를 쳐들어 손가락을 흔들어댔다. 침대 난간 너머에 누워 있는 그의 육체를 조롱하고 비웃었다. 자신의 타락을 실감하며 누워 있는 그 육체를. 어떻게 사랑하지도 않으면서 아내와 결혼했던가? 무슨 거짓말로 그녀를 유혹했던가? 이사벨 폴 양은 어떻게 모욕했던가? 이런 악행으로 파인 자국이 표시가 나니, 거리를 지나는 여자들이 몸서리를 쳤던 것이다. 인간 본성이 비열한 인간에게 죽음이라는 선고를 내린 것이다.

홈스 의사가 다시 왔다. 덩치가 크고 혈색이 좋고 잘생긴 그는 자신의 부츠를 가볍게 털고 거울을 쳐다봤으며, 모든 증상—두통, 불면증, 공포증, 꿈을 많이 꾸는 것 등—을 무시했다. 신경과민일 뿐이라면서. 만약 홈스 자신의 몸무게가 72킬로그램에서 1킬로그램이라도 줄었다면, 그는 아침에 자기 아내에게 죽을 한 접시 더 달라고 했을 것이다. (레치아는 죽 요리를 배우고 싶어 했다.) 하지만 셉티머스에게는 건강은 대체로 각자가 조절할 수 있는 문제라고만 말했다. 바깥일에 흥미를 좀 가져봐요,

188

취미 생활을 좀 하든지. 그는 셰익스피어의 책《안토니와 클레오파트라》를 펼쳤다가 다시 옆으로 밀며 말했다. 대단한 취미로군. 홈스 의사는 자신이 건강한 것도(그는 런던의 어떤 남자보다 일을 열심히 했다) 진료가 끝나면 바로 고가구 취미로 관심을 돌리기 때문이라고 말했다. 그런데 워렌 스미스 부인, 머리에 꽂고 계신 장식 빗이 참 예쁘군요!

그 저주받을 얼간이가 다시 왔을 때, 셉티머스는 그를 보기를 거절했다. 남편 되시는 분이 그랬다고요? 홈스 의사는 기분 좋게 웃으며 말했다. 그러면서 셉티머스의 침실로 들어가려고 그 매력적이고 자그마한 스미스 부인을 친구처럼 살짝 밀쳤다.

"그래, 겁이 나셨군요." 의사는 환자 곁에 앉으며 듣기 좋게 말했다. 아내한테 자살하겠다고 한 게 사실인가요? 대단한 여자예요. 외국인이죠? 당신이 그러면 부인이 영국 남자들을 이상하게 생각하지 않겠어요? 남자라면 아내에게 지켜야 할 의무라는 게 있지 않습니까? 침대에 누워 있는 것보다 무슨 일이든 하는 게 낫지 않겠어요? 40년을 산 경험으로 하는 말이니까 내 말을 믿어요. 당신에겐 아무런 이상 없어요. 다음에 올 땐 침대에서 일어나 있는 모습을, 저렇게 예쁜 부인을 걱정시키지 않는 모습을 볼 수 있으면 좋겠군요.

요컨대 인간 본성이 그를 올라탄 것이었다. 핏빛 나는 붉은 코를 가진 혐오스러운 짐승 홈스가, 그의 위에 올라탄 것이다. 홈스 의사는 아주 규칙적으로 매일 왔다. 셉티머스는 우편엽서 뒷면에다 이렇게 썼다. 일단 넘어지면, 인간 본성이 너를 올라탄다. 홈스가 너를 지배하게 되는 것이다. 그러니 홈스 모르게 도망쳐야 한다. 이탈리아로든 어디로든 도망쳐, 홈스에게서 벗어나야 한다.

하지만 레치아는 그런 그를 이해해주지 않았다. 홈스 의사는 너무도 친절한 사람이라고, 당신에게 많은 관심을 기울이고 우리를 돕고 싶어 하는 사람일 뿐이라고 말했다. 애들이 넷이나 있는 아버지이고, 차 마시러 오라고 초대까지 했다면서.

그는 그렇게 버림받았다. 온 세상이 고함치고 있었

다. 자살해, 우리를 위해 자살해. 하지만 왜 그가 그들을 위해 자살해야 하는가? 음식도 맛있고, 태양도 따스한데, 어떻게 자살한단 말인가? 추하게, 피가 흐르게 식탁용 칼로 해야 하나? 가스 파이프를 들이마실까? 하지만 그는 너무도 약해진 상태라 손을 들어 올릴 힘도 없었다. 게다가 사형선고를 받은 사람이 혼자 죽음을 기다리듯, 그는 완전히 혼자였다. 저주받은 채, 버림받은 채. 그 속에서 그는 일종의 사치스러운 감정인 숭고한 고독을 즐길 수 있었다. 세상에 미련이 있는 자들은 결코 알 수 없는 자유를 영위할 수 있었다. 물론 홈스가 승자다. 빨간 코를 가진 그 짐승이 승자다. 그러나 홈스조차도 세상의 벼랑 끝을 헤매는 마지막 발자국은 건드리지 못한다. 세상으로부터 버림받은 셉티머스는, 세상의 해안가에 누운 사람들을 마지막으로 뒤돌아보는 난파자 같았다.

바로 그 순간(레치아는 장을 보러 가고 없었다) 위대한 계시가 있었다. 휘장 뒤에서 사람의 목소리가 들렸다. 에번스가 말하고 있었다. 죽은 자가 그와 함께 있었다.

"에번스, 에번스!" 그가 외쳤다.

191

스미스 씨가 큰 소리로 혼잣말을 해요, 하녀 애그니스가 부엌으로 내려와 필머 부인에게 외쳤다. 쟁반을 가지고 들어가 보니 에번스, 에번스, 하고 있더라고. 그래서 깜짝 놀라 아래층으로 허둥지둥 뛰어 내려왔다고.

그리고 레치아가 돌아왔다. 꽃을 들고 방으로 들어가 화병에다 장미를 꽂았다. 햇살이 곧바로 꽃 위에 비쳤다. 햇살은 소리 내어 웃으며 방 안 이곳저곳을 뛰어다녔다.

그녀는 길거리에 불쌍한 남자가 있었다고, 그의 장미를 살 수밖에 없었다고 말했다. 그런데 벌써 다 시들어가네, 그녀는 화병에 장미를 꽂으며 말했다.

그러니까 저 밖에 남자가 있었다. 에번스였으리라. 벌써 시들어간다고 레치아가 말한 저 장미는 그가 그리스 들판에서 꺾어 온 것이리라. 대화를 해야 건강하다, 대화를 해야 행복하다다, 대화를, 그는 중얼거렸다.

"뭐라고 했어요, 셉티머스?" 레치아가 두려움에 질려 물었다. 그가 혼잣말을 하고 있었기 때문이다.

그녀는 애그니스에게 빨리 홈스 의사를 모셔 오라고

했다. 남편이 미쳤다면서. 날 알아보지도 못한다면서.

"이 짐승! 이 짐승!" 홈스 의사라는 인간 본성이 들어온 것을 보고 셉티머스가 소리쳤다.

"이게 다 무슨 일이랍니까?" 세상에서 가장 상냥하게 홈스 의사가 말했다. "허튼소리를 해서 아내를 놀래키다니." 그는 무언가 약을 주어 그를 재웠다. 그러고는 방을 둘러보며 빈정거리듯 말했다. 만약 당신들이 부자라면 할리 거리[30]에 있는 정신병원으로 가보라고 하겠어요, 날 믿을 수 없다면요. 그때 그는 그리 친절해 보이지 않았다.

빅벤이 12시 정각을 알렸다. 시계 종소리가 런던 북쪽 일대에 울려 퍼졌다. 그 종소리는 다른 시계 소리들과 섞여 구름과 가느다란 연기 속으로 에테르처럼 녹아들더니, 멀리 갈매기들 사이로 사라졌다. 12시를 쳤을 때, 클라리사 댈러웨이는 초록빛 드레스를 침대 위에 내

---

30   런던 중심부에 있는, 개인병원이 밀집된 거리.

려놓았다. 워렌 스미스 부부는 할리 거리를 걸어 내려가고 있었다. 12시가 약속 시간이었기 때문이다. 아마 회색빛 차가 서 있는 저 집이 윌리엄 브래드쇼 경의 집일 거야, 레치아는 생각했다. (납으로 된 시계추의 둔중한 소리가 원을 그리며 허공으로 번져갔다.)

정말 그랬다. 윌리엄 브래드쇼 경의 차였다. 나지막하고 튼튼해 보이는 회색빛 차였으며, 번호판에는 그의 머리글자만 쓰여 있었다. 영혼의 조력자요 과학의 사제인 그에겐 요란한 문구는 어울리지 않는다는 듯. 차 안에는 차체의 회색빛과 어울리는 차분하고 부드러운 회색빛 모피와 은회색 무릎 덮개가 있었다. 아내가 차 안에서 기다릴 때 덮으라고 마련한 것이었다. 때때로 윌리엄 경은 엄청나게 비싼 치료비를 지불하는 부자 환자들을 보러 60마일이나 그 이상 거리의 지방으로 내려가곤 하기 때문이다. 그럴 때면 아내는 무릎 담요를 두르고 차 안에서 한 시간 남짓 기다렸다. 기다리는 동안 의자에 기대 환자들을 생각하기도 했지만, 때로는 매시간마다 높이 쌓이는 황금 벽을 생각하기도 했다. 온갖 변화와 근심 걱정을 겪은 끝에(그녀는 그런 것들을 용감하게 잘 잡아왔나, 그들도 나름 고생을 많이 한 것이다) 쌓이는 황금 벽이었고, 이제는 향기로운 바람만 불어오는 잔잔한 바다 위에 가만히 누워 있는 것도 같았다. 이제 그들은 존경받고 칭찬받고 부러움을 사고 있었기 때문이다. 더 이상 바랄 것이 없었다. 하지만 자신이 뚱뚱하다는 게 유감이었다. 그들은 같은 직업을 가진 사람들을 상대로 매주 목요일 저녁마다 성대한 만찬을 열었으며 때때로 바자회를 열기도 했다. 그런 자리에 반갑게도 왕족들이 오기도 했다. 그 모든 것이 만족스러웠지만, 남편과 함께할 수 있는 시간은 드물어졌다. 남편의 일이 점점 많아졌기 때문이다. 아들은 이튼 학교에서 잘 지내고 있었다. 딸도 있었으면 좋았을걸. 하지만 그녀는 관심 분야가 많았다. 아동 복지, 간질병 환자의 요양 문제, 그리고 사진에도 관심이 많았다. 그래서 남편을 기다리는 동안 개축 중이거나 무너져가는 교회를 발견하면, 교회지기에게 돈을 주고 교회 안으로 들어가 사진을 찍기도 했다. 그 사진들은 전문가들의 작품과 거의 구별할 수 없을 정도였다.

윌리엄 경은 더 이상 젊지 않았다. 매우 열심히 일해 자수성가했고(그는 상인의 아들이었다), 자신의 직업을 사랑했으며, 예식 때는 종종 우두머리 노릇도 했고, 달변가였다. 그 모든 일들을 다 해내느라 작위를 받았을 땐 우울하고 지친 표정의 중년이 되어 있었다(끊임없이 몰려오는 환자들과, 의사라는 직업이 갖는 책임과 특권에 지쳐서). 그의 지친 표정이 하얗게 센 머리와 어울려 탁월한 풍채를 더욱 빛나게 했다. 그는 거의 실수하지 않는 의술뿐 아니라 동정심과 재치까지 겸비한, 인간 영혼을 이해하는(정신질환 환자를 다루는 의사로서 이 면은 아주 중요했다) 의사라는 평판이 자자했다. 그는 그들이 (워렌 스미스 부부라고 했다) 방으로 들어오자마자, 그 남자를 보자마자 즉각 확신했다. 아주 위중한 환자라는 것을. 심각한 신경쇠약 환자였다. 신체적으로나 정신적으로나 극심한 신경쇠약의 모든 증세를 드러내고 있었다. 2, 3분 만에 그는 그 모든 것을 확인했다(분홍 카드에 질문에 대한 환자의 대답을 적으며, 병세가 심각하다고 나직이 중얼거렸다).

흄스 이사의 진료를 얼마 동안 받았습니까?

6주요.

약간의 브로마이드 진정제를 처방했다고요? 아무 이상도 없다고 하면서? 그렇군요. (엉터리 일반의들 같으니! 내 인생의 절반은 그들의 실수를 바로잡는 데 들여야 했어. 어떤 실수는 돌이킬 수도 없었고.)

"전쟁에 나가 무공을 세웠다면서요?"

환자는 전쟁이라는 말이 의아한 듯 전쟁, 전쟁, 하며 되풀이해 말했다.

단어에 상징적인 의미를 부여하고 있어, 윌리엄 경은 심각한 증세라고 카드에 적었다.

"전쟁이요?" 환자가 되물었다. 학생들의 화약 장난이나 마찬가지였던 그 유럽 전쟁 말인가? 거기서 내가 훌륭한 무공을 세웠다고? 그는 정말 기억이 나지 않았다. 전쟁 자체를 기억하는 데 실패했다.

"네, 이이는 아주 뛰어난 공을 세웠어요." 레치아가 의사에게 확인해주었다. "진급까지 했는걸요."

"회사에서도 아주 높은 평가를 받았다고요?" 윌리엄 경이 브루어 씨가 쓴 호의 넘치는 편지를 힐끔거리며 말했다. "그럼 걱정할 일은 아무것도 없겠군요. 경제적인 문제라든가 다른 문제도."

그는 끔찍한 범죄를 저질렀고 인간 본성에게서 죽음을 선고받았다.

"나는…… 나는," 그가 말하기 시작했다. "범죄를 저질렀어요."

"이이는 아무 잘못도 저지르지 않았어요." 레치아가 단호하게 말했다. 그러자 윌리엄 경은, 만약 스미스 씨가 기다려주신다면 부인과 옆방에서 얘기하고 싶다고 말했다. 옆방으로 간 그는, 그녀에게 남편이 심하게 아픈 상태라고 말했다. 혹시 그가 자살하겠다고 위협하진 않았나요?

그랬어요, 그가 그랬어요, 하고 그녀는 울기 시작했다. 하지만 진심은 아닐 거예요. 그러자 윌리엄 경이 말했다. 물론 그럴 겁니다, 단지 휴식이 필요할 뿐입니다, 시골에 아주 쾌적한 요양소가 있는데 거기서 남편을 잘

보살펴줄 겁니다. 그녀가 물었다. 떨어져 있어야 하나요? 안됐지만 그렇습니다, 가장 사랑하는 사람이 아플 때는 함께 있는 게 좋지 않아요. 그녀가 다시 물었다. 하지만 그가 미친 건 아니죠, 그렇죠? 윌리엄 경은 '정신이상'이라는 말은 입 밖에도 꺼내지 않고, 균형 감각을 잃은 거라고 말했다. 하지만 남편은 의사를 싫어해요, 요양소를 거부할 거예요. 그러자 윌리엄 경이 짧막하고도 친절하게 그의 병 상태를 설명했다. 그가 자살하겠다고 위협했다면서요? 그럼 다른 방도가 없답니다. 요양소에 가는 게 원칙이에요. 요양소라고 하지만, 시골에 있는 아름다운 집입니다. 간호사들도 친절하고요. 제가 일주일에 한 번씩 직접 남편분을 찾아뵐 겁니다. 워렌 스미스 부인이 더 물어볼 게 없다면—그는 절대로 환자를 재촉하지 않았다—그들은 그녀의 남편에게로 돌아가야 했다. 그녀는 더 이상 물을 게 없었다. 윌리엄 경에게는.

그래서 그들은 인간 가운데 가장 고양된 정신을 가진 자가 있는 옆방으로 돌아왔다. 심판관 앞에 선 범죄자, 산꼭대기에서 세상의 웃음거리가 된 희생양, 도망자,

난파자, 불멸의 시를 쓰는 시인, 삶에서 죽음으로 넘어간 구세주 셉티머스 워렌 스미스에게로. 그는 햇빛이 비치는 곳에 놓인 팔걸이의자에 앉아 궁중 의상을 입은 브래드쇼 부인의 사진을 멍하니 바라보며, 아름다움에 관한 메시지를 중얼거리고 있었다.

"우리가 얘기를 좀 했습니다." 윌리엄 경이 말했다.

"당신이 아주, 아주 많이 아프대요." 레치아가 소리쳤다.

"당신은 요양소에 들어가야 해요." 윌리엄 경이 말했다.

"홈스의 요양소 말인가요?" 셉티머스가 빈정거렸다.

이 친구 참 허름하게 입었군. 아버지가 장사꾼이었던 탓에 윌리엄 경은 자연히 가문과 옷차림에 예민했고, 때문에 초라한 행색을 한 자를 보면 화가 났다. 하지만 셉티머스에게 화가 난 보다 더 근본적인 이유가 있었다. 살면서 책을 읽을 시간이 없었던 윌리엄 경은, 교양 있는 사람들에게 깊은 원한이 있었다. 그런 사람들은 자기 진료실로 들어와, 최고의 지적 능력을 총동원하는 의사에게 당신은 교양 없는 사람이라고 넌지시 암시하는 말을 던지곤 했기 때문이다.

"내 요양소입니다, 워렌 스미스 씨." 그가 말했다. "거기서 쉬는 법을 가르쳐드릴 것입니다."

그리고 한 가지 더 할 말이 있었다.

그는 워렌 스미스가 건강한 상태라면 절대 아내를 놀라게 할 사람이 아니라고 확신했다. 그런데 루크레치아는 그가 자살 얘기를 꺼냈다고 했다.

"누구든지 우울할 때가 있습니다." 윌리엄 경이 말했다.

일단 넘어지면 인간 본성이 날 올라타, 셉티머스가 속으로 말했다. 홈스와 브래드쇼가 날 올라타. 그들은 사막을 찾아 헤매고, 고함치며 광야로 사라지는 인간들이야. 그놈들은 나사로 엄지손가락을 죄는 고문 기구를 사용하는 놈들이야. 인간 본성은 무자비했다.

"때때로 충동적이 되나요?" 윌리엄 경이 분홍 카드에 연필을 대고 물었다.

그야 자기 자신의 문제지요, 셉티머스가 답했다.

"아무도 자기 혼자만을 위해 살지는 않지요." 윌리엄 경이 궁정복 입은 자기 아내의 사진을 쳐다보며 말했다.

"그리고 당신에겐 밝은 장래가 약속되어 있지 않습니까." 윌리엄 경이 다시 말했다. 테이블 위엔 여전히 브루어 씨의 편지가 놓여 있었다. "대단히 밝은 장래가요."

하지만 그가 고백한다면? 그가 대화하려 한다면? 그러면 그들이 그를 놓아줄까, 홈스와 브래드쇼가?

"나는…… 나는……" 셉티머스가 더듬거렸다.

그러나 죄가 뭐였더라? 그는 기억이 나지 않았다.

"그래요." 윌리엄 경이 그를 격려했다. (그러나 시간이 지체되고 있었다.)

사랑, 나무들, 범죄는 없다. 그의 메시지는 무엇이었던가?

그는 기억할 수가 없었다.

"나는…… 나는……" 셉티머스가 말을 더듬었다.

"되도록이면 자신에 대해서 생각하지 않도록 노력해 봐요." 윌리엄 경이 친절하게 말했다. 정말로 그가 돌아다니게 놔둬서는 안 된다고 생각하며.

더 묻고 싶은 건 없나요? 그러면서 윌리엄 경은 (나지한 음성으로 레치아에게) 모든 준비가 완료되는 날 저녁 5시에서 6시 사이에 연락하겠다고 속삭였다.

"모든 걸 나에게 맡기세요." 그는 말하며 두 사람을 돌려보냈다.

레치아는 평생, 한 번도 이런 고통을 겪어본 적이 없었다! 그들은 도움을 구하려다 버림받았다! 그는 그들을 실망시켰다! 윌리엄 브래드쇼 경은 좋은 사람이 아니었다.

거리로 나왔을 때, 셉티머스는 저런 차는 유지하는 데만도 돈이 많이 들 거라고 말했다.

그녀는 그의 팔에 매달렸다. 그들은 버림받았다.

하지만 그 이상 더 무엇을 바랄 수 있겠는가?

윌리엄 경은 그 환자에게 45분이나 할애했다. 그는 전혀 알려지지 않은 분야—신경 체계, 인간 두뇌—를 다루는 이 정밀과학에서 의사가 자신의 균형 감각을 잃으면, 의사로서 실패하고 만다고 생각한다. 환자도 건강을 되찾으려면 균형 감각을 회복해야 한다고 생각한다. 그래서 누가 진찰실로 들어와 자신이 그리스도라고(흔한 망상이다), 그런 사람들이 흔히 그러듯 전할 메시지가 있다고, 또 자살하겠다고 위협하면, 그 환자의 균형 감각을 끌어내리려고 했다. 그러려면 그 환자에게 침대에서 혼자 침묵을 지키며 쉴 것을 명해야 한다. 친구들도 책도 소식도 들을 수 없는 곳에서 혼자 지내는 것을. 그렇게 6개월을 쉬고 나면 몸무게가 45킬로그램이었던 사람이 77킬로그램쯤 나가게 된다.

'균형', 이 균형이라는 윌리엄 경의 여신은 그가 의학을 수련하면서, 연어를 잡으면서, 또한 그처럼 연어를 잡을 줄 알고 거의 전문가 수준으로 사진을 찍는 아내와 할리 거리에서 아들을 낳으면서 얻게 된 것이었다. 균형의 여신을 숭배하면서 윌리엄 경은 자신뿐 아니라 영국을 번영케 했다. 나라의 미치광이들을 격리시켜 그들의 출산을 금지시키고, 그들의 절망을 처벌했으며, 그 사회 부적격자들의 견해가 퍼지는 것을 막았던 것이다. 그들이 마침내 균형 감각을 받아들일 때까지. 그들이 남자라면 윌리엄 경 자신의 균형 감각을, 여자라면 자신의 아내 브래드쇼 부인의 균형 감각을(그녀는 수를 놓고 뜨개실을 했으며 일주일 중 나흘은 저녁 시간을 꼭 아들과 함께 보냈다) 받아들일 때까지. 동료들은 그를 존경했고 아랫사람들은 그를 두려워했다. 환자의 친구들과 친척들도 그에게 큰 고마움을 느꼈다. 세상에 종말이 온다고, 신이 강림한다고, 신의 계시를 받았다고 하는 과대망상 환자들은 침대에 누워 우유를 마시며 지내야 한다고 주장해주었기 때문이다. 윌리엄 경은 30년간의 경험을 통해, 이건 미친 생각이고 저건 정상적인 생각임을 본능적으로 판단하는 능력, 즉 균형 감각을 판단하는 능력을 길렀다.

그러나 이 균형의 여신에게는 거의 웃지 않는, 무서운 얼굴의 자매가 하나 있었다. 그 자매 여신은 지금도 인도의 열과 모래 속에서, 아프리카의 진흙과 늪에서, 런던 변두리 지역에서 바쁘게 일하고 있었다. 요컨대 기후나 악마가 인간을 유혹해 진정한 신앙을 버리게 한 곳이라면 어디든 달려가, 그 신전의 우상을 파괴하고 그 자리에 자신의 엄격한 얼굴을 세우느라 바빴다. 그녀의 이름은 '전향'이다. 그녀는 약한 자들의 의지를 먹어치우고, 대중에게 깊은 인상을 주고 강요하기를 좋아하며, 그들의 얼굴 위에 찍힌 자신의 특성을 보고 기뻐한다. 그녀는 하이드 공원 모퉁이에서 나무통 위에 올라가 설교한다. 청렴을 나타내는 흰 천으로 몸을 감싸고 형제애를 가장하며 회개하듯 공장과 의회를 돌아다닌다. 사람들에게 도움을 주겠다고 하지만 사실 권력을 원한다. 자신의 길에 방해가 되는 반대나 불만은 없애버리고, 자신의 눈에서 발하는 빛을 우러르며 유순하게 받아들이는 자들에게는 축복을 내린다. 이 전향의 여신 역시(레치아 워렌 스미스는 본능적으로 알아챘다) 윌리엄 경의 마음속에 거하고 있었다. 사랑이나 의무, 자기희생 같은 그럴듯한 명분 아래 정체를 숨긴 채. 그는 그 여신을 위해 얼마나 수고로이 일했던가! 기금을 조성하고 개종을 전파하고 제도를 창시하면서. 그러나 전향이라는 괴팍한 여신은 그런 벽돌 같은 딱딱한 것들보다는 인간의 피를 더 좋아했고, 아주 교묘하게 인간의 의지를 먹어치웠다. 예를 들어, 브래드쇼 부인의 의지를. 그녀의 의지는 15년 전에 가라앉았다. 딱히 이렇다 할 상황이나 급격한 변화를 불러일으킨 사건이 있었던 건 아니었다. 서서히 그녀의 의지는 남편의 의지 속으로 가라앉아 잠겨버렸다. 그러고는 부드러운 미소를 지으며 재빨리 체념했다. 그녀는 할리 거리에 있는 자신의 집에 지적 직업을 가진 열댓 명 정도의 손님을 초대해, 여덟이나 아홉 가지 코스의 저녁 식사를 대접했다. 식사 자리는 부드럽고 세련된 분위기였다. 밤이 깊어지면 약간의 지루함, 불안함, 초조함, 비틀거림, 혼란이 나타나긴 했지만. 하지만 정말로 믿기 힘든 건 그 불쌍한 부인이 그 자리에서 눈에 띄지 않게 납작 엎드려 있었다는 점이다. 아주 오래전엔, 그녀도 자유롭게 연어를 잡던 여자였다. 하지만 이제 그녀는 남편의 번득이는 눈 속에서 빛나는 지배와 권력에의 갈망을 만족시키려고 자신을 억제하고, 짓누르고, 껍질 벗기고, 잘라내고, 뒷걸음치고, 눈치를 보곤 했다. 그래서 정확한 이유는 모른 채 그런 밤들이 불쾌하고 너무도 부담스럽게 느껴졌다. (그녀는 그게 그저 손님들의 전문적인 대화를 듣고 있었던 탓으로, 혹은 위대한 의사인 남편의 삶에서 묻어나는 피로에 전염된 탓으로 돌렸다. 브래드쇼 부인은 남편의 삶을 '그 개인의 것이 아닌 환자의 것'이라고 말하곤 했다.) 손님들은 10시를 알리는 종이 치면 그 집을 나가 할리 거리의 공기를 황홀하게 들이마셨다. 하지만 그런 기분 전환은 윌리엄 경의 환자들에게는 허용되지 않았다.

환자들은 벽에 그림이 걸려 있고 비싼 가구들이 놓인 회색 방의 젖빛 채광창 밑 팔걸이의자에 웅크리고 앉아, 자기들의 죄가 얼마나 무거운지를 깨우쳐야 했다. 윌리엄 경이 그들을 위해 보이는 이상한 팔 운동을 바라보며. 그는 팔을 바깥으로 불쑥 뻗었다가 다시 엉덩이 쪽으로 가져가 찌르는 시늉을 하며, 그들이 고집을 부리면 그렇게 하겠다고, 자기는 자기 행동의 주인이지만 환자들은 그렇지 않다는 것을 몸소 보여주었다. 그럼 몇몇 나약한 환자들은 쓰러져 흐느껴 울며 순순히 복종했다. 하지만 알지 못할 광기에 사로잡혀 윌리엄 경 앞에서 대놓고 당신은 지독한 사기꾼이라고 말하는, 더 나아가 무례하게도 삶 그 자체에 의문을 제기하는 환자들도 있었다. 왜 사시오? 그는 인생은 좋은 것이기 때문이라고 대답했나. 물론 지 벽난로 위 사진 속에서 타조 털을 두르고 있는 당신 부인이나, 1년 수입이 1만 2천 파운드나 되는 당신에겐 인생은 좋은 거겠지. 하지만 우린 그런 은총 못 받고 살았소. 그는 그 말을 묵묵히 들으며 역시나 그들에겐 균형 감각이 부족하다고 생각했다. 그렇다면 결국 신은 없다는 말이군? 그는 그런 환자들의 말에 어깨만 으쓱했다. 이렇게 사느냐 마느냐는 당사자에게 달려 있다는 말이잖소? 하지만 그건 환자들의 착각이었다. 시리 주에 있는 윌리엄 경의 친구는, 그곳 요양소에서 윌리엄 경마저 가르치기 어렵다고 인정한 균형 감각을 가르쳤다. 게다가 가족애와 명예와 용기와, 밝은 미래가 있다는 희망까지 가르쳤다. 윌리엄 경이 적극 지지하는 그 모든 것을. 그는 환자들에게 그 요양소에 대해 말해주고는, 그래도 여러분들이 말을 듣지 않으면 경찰과 사회의 힘을 빌릴 수밖에 없다고 조용히 덧붙였다. 서리 요양소에서는 무엇보다 나쁜 혈통 때문에 생긴, 자살이라는 비사회적인 충동을 그렇게 다스린다면서. 그렇게 환자들의 반대를 짓밟고 나면, 다른 신들의 성역에 자신의 모습을 지울 수 없이 깊게 새기기를 열망하는 전향이라는 여신이 드디어 모습을 드러내 왕좌에 올랐다. 그러면 윌리엄 경은 벌거벗고 자신을 방어할 수도 없고 친구도 없는 그자들에게 자신의 의지를 관철하게 되는 것이다. 그는 갑자기 환자들을 덮쳐 집어삼켰다. 그들을 가두었다. 그는 이런 결단력은 물론 인간애까지 가지고 있었기에, 환자들의 혈육들은 그를 높이 평가했다.

그러나 레치아 워렌 스미스는 할리 거리를 걸어 내려오면서 그 남자가 싫다고 외쳤다.

할리 거리의 시계들은 이 6월의 낮을 찢고, 저미고, 가르고, 또 가르며 한목소리로 균형 감각의 이점을 지적하며 그에 복종하라고, 그 권위를 인정하라고 했다. 마침내 시간의 더미가 줄어들어 옥스퍼드 거리에 있는 한 상점의 시계가 1시 반을 알릴 때까지. 그 시계 종소리는 형제처럼 친절하게 울렸다. 마치 그 상점의 주인인 릭비 씨와 라운즈 씨는 이렇게 무료로 시간을 알려주는 걸 기쁨으로 여긴다는 듯이.

고개를 들어보니, 그 상점 이름의 철자 하나하나가 시간을 상징하는 것처럼 보였다. 사람들은 '릭비 앤드 라운즈' 상점이 이렇게 그리니치 표준시를 알려주는 걸 무의식적으로 감사하게 생각할 거라고, 그 감사의 마음은 '릭비 앤드 라운즈'에서 양말과 구두를 사는 것으로 나타날 거라고 (휴 휫브레드는 상점 진열장 앞에서 서성이며) 생각했다. 그는 그렇게 생각을 되새겼다. 그의 버릇이었다. 하지만 더 깊게 생각하지는 않았다. 늘 겉만 스치고 말았다. 사어死語나 현대어에 대한 관심도, 콘스탄티노플과 파리와 로마에서의 삶을 꿈꾸던 것도 잠시였다. 승마와 사냥과 테니스도 한때 즐기고 그만뒀다. 악의에 찬 사람들은 그를, 실크 스타킹과 무릎까지 오는 바지를 입고 알지 못할 무언가를 지키려고 버킹엄 궁전 앞을 지키고 있는 파수꾼이라고 조롱했다. 그러나 그는 자기 일을 무척이나 능률적으로 해내는 사람이었다. 55년 동안 그는 영국 사교계의 최상류층 인사들 사이를 떠돌았다. 역대 수상들과도 알고 지냈다. 또한 그는 정이 깊은 사람이라고 알려져 있었다. 또한 당대의 중요한 운동에 참여하거나 중요한 직책을 맡은 적은 없지만, 한두 가지 소박한 개혁은 그의 공이었다. 공공 보호소를 개선한 것이나 노픽의 부엉이를 보호한 것을 들 수 있다. 하녀들이 감사할 만한 일도 했다. 또한 공원을 보호하고 보존하자고, 쓰레기를 치우고 흡연과 부도덕한 행위를 금지시키자고, 이를 위해 기금을 조성하자고 《타임스》에 편지를 쓰기도 했다.

잠시 걸음을 멈추고(30분을 알리는 종소리는 사라지고 있었다), 사람들의 양말과 구두를 흠잡으며 거드름을 피우는 그의 모습은 당당했다. 높은 곳에서 세상을 내려다보는 나무랄 데 없는 사람 같았다. 옷차림도 어울렸다. 그러나 그는 자신의 직무와 부와 건강의 수준을 잘 아는 사람이었고, 그에 따르는 의무도 잘 알고 있었다. 그래서 꼭 필요하지 않을 때조차 작은 예의와 전통적인 격식을 차렸다. 그런 면이 그를 훌륭한 매너를 가진 사람으로 보이게 했고 무언가 본받을 점이 있어 보이게 했다. 가령, 그는 20년 동안이나 알아온 브루턴 부인의 식사에 초대될 때마다 늘 한 다발의 카네이션을 내밀었다. 부인의 비서인 브러시 양, 여성스러운 매력은 없는 그녀에게도 늘 남아프리카에 있다는 동생의 안부를 물었다. 하지만 브러시 양은 그런 질문을 받으면 속으로 화가 났고, 그래서 동생이 실은 6년이라는 세월을 포츠머스에서 아주 어렵게 지내고 있는데도 "감사합니다, 남아프리카에서 아주 잘 지내고 있답니다"라고 답하곤 했다.

브루턴 부인 자신도, 거의 동시에 도착한 리처드 댈러웨이를 더 좋아했다. 사실 두 남자는 부인의 집 문간에서 마주쳤었다.

물론 브루턴 부인은 리처드 댈러웨이를 더 좋아했다. 그가 훨씬 훌륭한 인물이기 때문이다. 하지만 사람들이 가엾은 휴를, 친애하는 휴를 험담하게 내버려두지는 않았다. 그녀는 결코 휴의 친절을 잊을 수가 없었다. 정말 남다르게 친절했다. 정확하게 어떤 경우에 그랬는지는 잊어버렸지만. 어쨌든 그녀는 이 사람이나 저 사람이나 크게 다르지 않다고, 때문에 클라리사 댈러웨이처럼 남을 비난하거나 칭찬하거나 차별하는 것은 무의미하다고 생각했다. 나이가 예순둘이 되고 보면 그런 건 아무 의미가 없다. 그녀는 휴가 가져온 카네이션을 딱딱한 미소를 보이며 받았다. 더 올 사람은 없어요, 그녀는 말했다. 사실 그녀는 어떤 문제에 대한 도움을 청하려고 그들을 부른 것이었다.

"우선 식사들 먼저 하시죠." 그녀가 말했다.

그러자 앞치마에 하얀 캡을 쓴 하녀들이 회전문을 소리도 없이 절묘하게 들락거렸다. 그들은 그냥 하녀가 아니라 메이페어[31]의 부인들이 1시 반에서 2시까지 여는 오찬에서 소리 없이 음식을 나르는, 신비스러울 정도로 탁월한 기술을 가진 숙련된 도우미들이었다. 안주인이 손을 흔들면 그들의 움직임은 정지된다. 그러면 손님들의 눈앞엔 엄청나게 훌륭한 음식의 환영이 떠오르고, 그런 음식을 공짜로 먹어도 될까 황송해진다. 잠시 후 조그만 식탁이 마치 저절로 펼쳐지듯 차려지고, 그 위에 유리잔과 은그릇과 작은 접시 깔개와 빨간 과일 무늬의 접시가 놓인다. 고동색 크림이 얇은 막처럼 덮인 가자

---

31 런던에서 가장 귀족적인 가문들이 사는 동네.

미 요리와, 국물에 잠긴 닭 찜 요리가 보이고, 색깔 있는 외제 난로에서 불이 타오른다. 그런 후 (역시 돈을 지불하지 않아도 되는) 와인과 커피도 마치 즐거운 환상처럼 차려진다. 그런 것들을 바라보면 인생은 음악적이고 신비하게 보인다. 이제 시선은 브루턴 부인이(그녀의 동작은 언제나 딱딱했다) 자신의 접시 옆에 놓아둔 빨간 카네이션의 아름다움에 가닿고, 그러자 휴 횟브레드는 온 세상과 평화를 이룬 듯한 느낌에, 동시에 자신의 지위도 안전함을 확신하며, 포크를 멈추고 이렇게 말했다.

"부인 레이스에 그 꽃들을 달면 매혹적으로 보이지 않을까요?"

브러시 양은 그의 이런 친근함이 극도로 싫었다. 그녀는 그가 본데없이 자란 사람이라고 생각했다. 그 모습이 브루턴 부인을 웃게 만들었다.

브루턴 부인은 자기 뒤에 있는 초상화 속 장군이 두루마리를 뻣뻣하게 들고 있는 것처럼, 역시 뻣뻣한 자세로 카네이션을 집어 들었다. 그러고는 멈칫하며 무슨 생각에 빠져들었다. 댈러웨이는 속으로 생각했다. 부인이

저 장군의 증손녀라고 했나 고손녀라고 했나? 로드릭
경, 마일스 경, 톨봇 경으로 이어진 집안이었다. 놀랍게
도 그들의 면모는 이 집안의 여자들에게 이어졌다. 댈러
웨이는 브루턴 부인이 영국 육군 기병 장군이 되었다면,
그 밑에서 기분 좋게 근무했을 거라고 생각했다. 그는 그
녀를 대단히 존경했다. 그는 명문가의 지체 높은 노부인
들에게 그런 낭만적인 감정을 품고 있었다. 그래서 자기
가 아는 열혈 청년들을 기분 좋게 그녀가 베푼 오찬에
데려오고 싶었다. 그러면 그녀와 같은 뻣뻣한 타입도 쾌
활하게 차를 마시는 유형으로 변할 거라 생각했다! 리처
드는 부인의 고향도 가족도 알고 있었다. 그녀의 고향집
에는 아직도 열매가 열리는 포도나무가 있다. 옛날에 러
블레이스인가 헤릭[32]이 그 포도나무 밑에 앉았었다고 한
다. 부인 자신은 시는 한 줄도 안 읽는 사람이었지만 전
해지는 이야기가 그랬다. 부인은 생각했다. 좀 이따가 말
하는 게 좋겠어, 커피를 마실 시간이 될 때까지 기다렸다

---

32   각각 영국의 서정시인인 리처드 러블레이스와 로버트 헤릭.

가. 그러면서 카네이션을 다시 접시 옆에 내려놓았다.

"클라리사는 잘 지내요?" 그녀는 불쑥 물었다.

클라리사는 늘 브루턴 부인이 자신을 좋아하지 않는다고 말했다. 브루턴 부인은 사람보다는 정치에 더 관심이 많다는 소문도 있었다. 말도 남자처럼 하고, 요즘 나오는 회고록들에 언급되는 1880년대의 어떤 음모와 관련이 있다는 소문도 있었다. 부인의 거실 구석에는 벽감이 있었고, 그 벽감 안에는 테이블이, 그 테이블 위에는 타계한 톨봇 무어 장군의 사진이 있었다. 그는 (1880년대의 어느 저녁) 브루턴 부인의 승인을, 조언을 받아가며 부인 앞에서 영국 군대에게 진격하라는 전보를 썼다고 한다. (부인은 아직도 그때의 펜을 간직하고 있었고, 가끔씩 그때 얘기를 했다.) 그런 부인이 '클라리사는 잘 지내요?' 같은 아내의 안부를 묻는 질문을 하면, 남편들은 자신의 아내들에게 이 말을 믿도록 하는 데 어려움을 겪었고, 사실 그들 자신조차도, 아무리 자신들이 떠받드는 부인이라 해도, 어딘가 의심스러웠다. 종종 남편의 길을 가로막고, 해외에서 직책을 맡는 것도 방해하고,

의회 회기 중에 독감이라도 걸리면 바닷가 휴양지로 데려가야 하는 아내들에게, 부인은 정말 관심이 있는 걸까? 그럼에도 불구하고 '클라리사는 잘 지내요?'라는 부인의 물음은 거의 말이 없는 친구가 행복을 빌어주는 신호임을, 여자들은 어김없이 알아들었다. 그런 인사말은 (그녀 평생을 통틀어 여섯 번 정도밖에 하지 않았지만) 남자들과의 오찬 파티 기저에도 여자들끼리의 동지애가 흐르고 있음을 인식시켰다. 물론 브루턴 부인과 댈러웨이 부인은 좀처럼 만나지도 않고, 만난다 해도 서로 무관심하거나 심지어 적대적인 것처럼 보이긴 하지만.

"오늘 아침에 공원에서 클라리사를 만났어요." 휴 휫브레드가 나이프와 포크로 냄비 속 찜을 열심히 먹으며 말했다. 자신이 런던에 오기만 하면 아는 사람들을 모두 다 만나게 된다는 걸 자랑하고 싶어서 꺼낸 말이었다. 하지만 밀리 브러시는 그런 그를 보며 참 게걸스럽게도 먹는다고, 저런 먹보는 처음 본다고 생각했다. 그녀는 남자들은 흔들리지 않는 엄정한 태도로 관찰했으나, 같은 여자에게는 변함없는 애정을 바칠 수 있는 사람이었다. 마디지고 거칠게 깎은 듯한 그녀의 얼굴은 여성적인 매력은 전혀 없었다.

"런던에 누가 왔는지 알아요?" 브루턴 부인이 갑자기 생각났다는 듯이 말했다. "우리의 오랜 친구, 피터 월시가 왔어요."

모두가 미소를 지었다. 피터 월시라니! 밀리 브러시의 눈에, 댈러웨이 씨는 그 소식을 정말 기뻐하는 듯 보였다. 휫브레드 씨는 여전히 닭 요리에만 빠져 있는 듯했고.

피터 월시라! 브루턴 부인, 휴 휫브레드, 리처드 댈러웨이 세 사람은 모두 똑같은 일을 회상했다. 피터가 클라리사를 정열적으로 사랑했으나, 거절당하고 인도로 가버린 일. 그렇게 넘겨져 인생을 몽땅 망쳐버렸던 일을. 리처드 댈러웨이가 그 옛 친구를 진심으로 반가워한다는 걸 밀리 브러시는 알 수 있었다. 하지만 그의 갈색 눈은 깊어지며 잠시 어떤 생각에 잠겼다. 그 모습이 그녀의 관심을 끌었다. 아니, 댈러웨이 씨는 늘 그녀의 관심 대상이었다. 그녀는 궁금했다. 그가 피터 월시에 대해 무슨 생각을 하는 걸까?

그는 피터 월시가 클라리사를 사랑했다는 걸 떠올리며, 점심 식사가 끝나자마자 바로 그녀에게 돌아가겠다고, 돌아가 사랑한다고 몇 번이나 말하겠다고, 꼭 그러겠다고 생각하고 있었다.

밀리 브러시는 한때 댈러웨이 씨의 이런 침묵에 반할 뻔도 했다. 게다가 그는 늘 믿음직스럽고 신사다웠다. 정말로 훌륭한 신사였다. 이제 마흔이 된 밀리 브러시는 브루턴 부인이 고개를 까딱하거나 조금만 돌려도 그 신호를 바로 알아차렸다. 그는 사심 없는 정신과 남을 속이지 않는 깨끗한 영혼을 가졌어, 라며 깊은 생각에 잠긴 지금도 그녀는 부인의 그런 신호를 알아차렸다. 왜냐하면 인생은 그녀에게 가장 값싼 아름다움—곱슬머리, 미소, 예쁘장한 입술이나 뺨이나 코, 어느 하나—도 주지 않았기 때문이다. 브루턴 부인이 고개를 까딱하는 것은, 퍼킨스에게 서둘러 커피를 가져오라는 신호였다.

"그래요, 피터 월시가 돌아왔어요." 브루턴 부인이 말했다. 그 말에 두 남자는 모두 막연한 우월감을 느꼈다. 그가 망가지고 실패한 자가 되어, 조국 영국의 안전한 해안으로 돌아왔다는 사실에. 하지만 그를 도와주는 건 불가능하다고 그들은 생각했다. 그는 성격상의 결함이 있기 때문이었다. 휴 휫브레드는 물론 말로는 몇몇 사람들에게 그의 이름을 언급하겠다고 했다. 하지만 관청의 우두머리들에게 '나의 옛 친구 피터 월시' 운운하며 편지를 쓸 것을 생각하니 우울해져 얼굴을 찌푸렸다. 그러나 그의 성격상 그런 기분은 오래가지 않을 것이다.

"여자 문제가 있다나." 브루턴 부인이 말했다. 두 남자 모두 밑바닥에 여자 문제가 있을 거라고 짐작하고 있던 터였다.

"하지만," 부인은 이제 여기서 그 문제는 그만 언급하겠다는 뜻을 내비치며 말했다. "피터에게서 직접 모든 이야기를 들어봐야겠죠."

(커피는 아직도 나오지 않고 있었다.)

"주소는요?" 휴 휫브레드가 작은 소리로 물었다. 그러자 즉시 브루턴 부인 주변으로 봉사라는 잿빛 조수潮水가 밀려왔다. 그 조수는 날이면 날마다 그녀를 고운 비단처럼 에워싸 재난으로부터 차단시켜주었다. 그 섬세한

조직은 충격을 분쇄하고 방해를 완화시키는 고운 그물이 되어 브룩 거리의 그 집을 둘러싸고 있었다. 30년 동안 브루턴 부인과 함께한 머리가 허연 퍼킨스는, 그 그물에 걸린 일들을 즉시 정확하게 처리했다. 지금도 그는 주소를 적어 횟브레드 씨에게 건네주었다. 횟브레드 씨는 눈썹을 치켜세우며 수첩을 꺼내 그것을 가장 중요한 서류 사이에 끼워 넣고, 에벌린에게 피터를 점심 식사에 초대하라고 하겠다고 말했다.

(하녀들은 횟브레드 씨가 그 일을 마치면 커피를 내오려고 기다리고 있었다.)

휴는 정말 굼뜨다고, 브루턴 부인은 생각했다. 살도 찌고 있는 게 보였다. 리처드는 아직도 보기 좋은 체격을 유지하고 있는데. 부인은 점점 초조해졌다. 쓸데없는 사소한 일들(피터 월시와 그의 사랑 문제)은 빨리 털어버리고, 자신이 진짜 관심을 기울이고 있는 문제에 들어가야 했기 때문이다. 그 문제는 단지 부인의 관심거리 정도가 아니라, 그녀 영혼의 뼈대를 이루고 있는 기질, 그것이 없다면 더 이상 밀리선트 브루턴일 수 없는 그녀의 본질을 사로잡은 문제였다. 점잖은 부모들에게서 태어나 전도유망한 청춘 남녀들을 캐나다로 이주시키려는 계획에 관한 것이었다. 그녀는 그 계획을 너무 과장해서 말하고 있었다. 균형 감각을 잃어버린 듯했다. 다른 사람들은 그 계획을 정확한 해결책이라고도, 절대 우위의 구상이라고도 생각하지 않았다. 그들(휴, 리처드, 심지어 헌신적인 브러시 양마저)이 보기에 그건, 자기중심적인 부인의 사고방식에서 생겨난 계획이었다. 좋은 집안에서 잘 자란, 충동적이고 솔직하고 내적 성찰은 거의 하지 않는(대범하고 단순한—그녀는 왜 모든 사람이 자기처럼 대범하고 단순하지 못할까 의아해했다), 강하고 호전적인 이 여인의 자기중심적 사고가 만들어낸 계획. 젊음을 다 떠나보낸 그녀는 자신의 전부를 쏟아부을 무언가가—이민이든 이탈이든—필요했다. 매일 그녀가 영혼의 진수를 쏟아붓는 그 계획은 필연적으로 변화무쌍했으며, 반은 그녀를 비추는 거울이자 반은 귀중한 보석이었다. 그녀는 사람들이 비웃을 것 같으면 그 계획을 조심스럽게 숨겼지만, 어떤 때는 자랑스럽게 내보였다. 간단히 말해, 이 이민 문제는 브루턴 부인 자신이었다.

그러나 그녀는 편지를 써야 했다. 브러시 양에게 종종 말했듯《타임스》에 보낼 편지 한 통을 쓰는 것은, 남아프리카로 가는 원정대를 조직하는 일보다(실제로 부인은 전쟁 중에 원정대를 편성해 보냈었다) 더 힘들었다. 아침부터 쓰기 시작해서 찢고 다시 쓰는 싸움을 치르는 과정을 통해, 그녀는 처음으로 자기가 여자라서 쓸모없다고 느꼈다. 그래서 휴 휫브레드를 떠올리며 의지할 생각을 한 것이다. 그는《타임스》에 멋진 편지를 쓰는 재주만큼은 가지고 있기 때문이었다. 아무도 그 점은 의심할 수 없었다.

남자들은 자신과 달리 탁월한 언어 능력을 구사해 편집자들의 마음에 드는 글을 쓸 수 있었고, 또한 단순히 탐욕이라 부를 수 없는 정열을 가지고 있었다. 그리하여 신비스러울 정도로 우주의 법칙과 조화를 이루는 글을 썼고, 그런 면이 존경스러워 종종 브루턴 부인은 남자에 관한 판단을 보류하곤 했다. 남자들은 문제를 어떻게 표현해야 할지를 잘 알았다. 그래서 리처드가 조언을 해주고 휴가 편지를 대신 써준다면, 일이 잘될 거라고 확신했다. 그녀는 수플레를 먹는 휴를 가만 바라보며 가엾은 에벌린의 안부를 묻고, 그들이 담배를 다 피울 때까지 기다린 후 다음과 같이 말했다.

"밀리, 종이 좀 가져다주겠어?"

브러시 양은 나가서 종이를 들고 돌아와 탁자 위에 놓았다. 휴는 만년필을 꺼냈다. 그는 은색 만년필의 뚜껑을 돌리면서, 이걸 20년이나 사용했는데 아직도 잘 써진다고, 만년필 제조업자들에게 보였더니 아직도 닳지 않았다고 말하더라고 했다. 이 말은 왠지 휴에게 자신감을 주었고, 그 펜이 표현하는 견해도 신뢰가 가는 것 같았다(고 리처드 댈러웨이는 느꼈다). 휴가 둥글게 멋 부린 대문자로 조심스럽게 편지를 써 내려가자, 경이롭게도 자신의 혼란스러운 생각이 의미 있고 문법에 맞게 변형되어가고 있다고, 분명《타임스》편집자는 이 편지를 존중하게 될 거라고, 브루턴 부인은 생각했다. 휴는 천천히 쓰기를 고집했다. 리처드의 감수가 필요하다며. 또한 휴는 읽는 사람들의 감정을 고려해 조금 수정해야겠

225

다고도 했다. 그 말에 리처드가 웃자, 그는 다소 신랄하게 "그건 꼭 고려해야 할 사항"이라고 말했다. 그러고는 소리 내어 읽었다. "그러므로 때가 무르익었다고 생각하는바…… 인구가 계속 증가해 젊은이들이 넘치고 있으니…… 죽은 자에게 빚진 것을……" 리처드에게 그런 말은 그저 빈 종이를 메우는 장광설이라고 생각되었으나, 그렇다고 나쁠 것도 없었다. 휴는 가장 고귀한 귀족적인 감정을 철자 순으로 나열하며 초고를 계속 써나갔다. 조끼에서 담뱃재를 털어내면서, 때때로 쓴 부분까지 다시 읽어보면서. 마침내 그는 다 쓴 초고를 큰 소리로 읽었고, 브루턴 부인은 걸작이라고 생각했다. 내 의견이 이렇게 훌륭하게 들릴 수가!

휴는 편집자가 이걸 실어줄지는 보장할 수 없다고, 하지만 오찬에서 《타임스》 관계자를 만날 수도 있을 거라고 했다.

그러자 좀처럼 호의를 표시하지 않는 브루턴 부인이, 휴가 가져다준 카네이션 전부를 옷에다 꽂고 손을 내밀며 "나의 수상!"이라고 외쳤다. 이 둘이 없었다면 어땠겠는가. 그들은 일어섰다. 그리고 리처드 댈러웨이는 여느 때처럼 장군의 초상화 쪽으로 걸어갔다. 그는 언제든 시간이 나면 브루턴 가문의 역사를 쓸 계획이었다.

밀리선트 브루턴은 자기 가문을 매우 자랑스러워했다. 하지만 그녀는 초상화를 쳐다보며, 그들은 기다릴 수 있다고 말했다. 군인들, 행정관들, 해군 제독들로 즐비한 자기 집안사람들은 진취적인 기상을 가진 사람들이며, 주어진 의무를 다할 줄 아는 사람들이라는 의미였다. 그러면서 말을 이었다. 리처드 당신의 첫 번째 의무도 조국에 대한 의무겠죠? 그런데 저 초상화 속 얼굴, 참 잘생겼죠? 앨드믹스턴에는 이미 리처드가 필요로 하는 모든 서류가 다 준비되어 있었다. 그러니 때가 되면, 즉 노동당 정부가 들어서면 그는 곧바로 그녀의 가문에 대한 글을 쓰기 시작할 수 있을 것이다. "아, 인도 소식 좀 들었으면!" 그녀가 외쳤다.

이윽고 그들은 현관에 섰다. 휴는 공작석 테이블에 놓인 그릇에서 노란 장갑을 집어 든 후, 브러시 양에게 남는 티켓을 주고 찬사를 늘어놓는 등 불필요한 예의를 차렸다. 브러시 양은 너무도 싫어 얼굴이 벽돌처럼 붉어졌다. 그동안 리처드는 모자를 들고 브루턴 부인에게 말했다.

"오늘 저녁 저희 집 파티에서 만날 수 있겠지요?" 그 말에 브루턴 부인은 편지 쓰는 일 때문에 흐트러졌던 위엄을 정돈했다. 그녀는 갈 수도 있고, 가지 못할 수도 있었다. 클라리사는 기운도 좋아. 나는 파티에 초대되는 게 무서워요. 점점 늙어가고 있잖아. 그녀는 문간에 서서 당당하고 곧은 자세로 그렇게 말했다. 그러는 동안 그녀의 차우차우 개는 뒤에서 기지개를 켰고, 브러시 양은 두 손에 서류를 가득 안고 안으로 사라졌다.

그들을 배웅하고 나서, 브루턴 부인은 육중한 걸음걸이로 당당하게 방으로 올라가서 팔을 뻗고 소파에 누웠다. 그녀는 길게 한숨을 쉬고 코 고는 소리를 냈다. 잠든 것은 아니었다. 단지 나른하고 몸이 무거웠다. 이 더운 6월에 이렇게 누워 있자니, 벌들이 날아다니고 노란 나비가 나풀대는 햇빛 가득한 클로버 벌판에 누워 있는 것 같았다. 그녀의 마음은 남동생 모티머, 톰과 함께 조랑말 패티를 타고 시냇물을 뛰어넘던 데번셔 들판으로 되돌아갔다. 개들도 있고 쥐들도 있었다. 아버지와 어머니는 나무 아래 잔디밭에 앉아 차를 마셨고, 화단에는 달리아, 접시꽃, 팜파스 억새풀이 한창이었다. 남동생들과 그녀 모두 장난꾸러기들이었다! 그래서 장난을 치다가 흙투성이가 된 옷을 부모님께 들키지 않으려고 관목 숲을 빙 둘러 집 뒷문으로 들어가곤 했다. 늙은 유모는 옷이 더러워졌다며 잔소리를 해댔었지!

아 참, 그녀는 여기는 브룩 거리고 오늘은 수요일이라는 걸 떠올렸다. 그 친절하고 마음씨 좋은 리처드 댈러웨이와 휴 휫브레드는 이 무더운 날 바깥에 나간 거구나. 바깥 소음이 소파에 누워 있는 그녀에게까지 들려왔다. 그녀는 권력도, 지위도, 부도 가졌다. 늘 시대의 선두에 서서 살아왔다. 좋은 친구들도 많았다. 당대의 가장 능력 있는 사람들과도 알고 지냈다. 런던의 웅성거림이 들려왔다. 소파 등받이에 놓인 그녀의 손은 상상 속에서 선조들이 잡았을 지휘봉을 거머쥐었다. 몸이 나른하고 무거웠지만, 그녀는 그것을 잡고 캐나다로 진군하는 대대를 지휘했다. 또한 런던의 작은 카펫 조각 같은 메이 페어를 가로질러 걸어가고 있는 그 좋은 친구들, 리처드 와 휴를 지휘하고 있는 듯도 했다.

그들은 (그녀와 점심 식사를 한 이후로) 그녀와 가느 다란 실로 연결된 채 그녀에게서 멀어져갔다. 그 실은 점 점 더 길게 뻗으며 점점 더 가늘어졌다. 그 실은 시간을 알리는, 혹은 하인을 부르는 종소리와 함께 흐릿해져갔 다. 마치 거미줄이 빗방울에 젖어 축 늘어지듯, 그렇게 부인은 잠이 들었다.

소파에 누운 밀리선트 브루턴이 그들과 연결된 실이 끊긴 것도 모르고 코를 골고 잠에 빠진 바로 그 순간, 리 처드 댈러웨이와 휴 휫브레드는 콘디트 거리 모퉁이에서 잠시 멈춰 있었다. 그 모퉁이로 맞바람이 몰아쳤고, 그 들은 상점 진열장을 들여다보고 있었다. 딱히 물건을 사 고 싶어서도, 대화를 나누고 싶어서도 아니었다. 불어오 는 맞바람과 조수처럼 밀려오는 피곤 때문이었다. 오전 과 오후가 바람에 서로 부딪히며 작별하고 있었다. 신문 을 광고하는 현수막이 아름답게 공중으로 솟구치며 연처럼 떠돌더니, 펄럭이며 급강하했다. 노란 차양이 흔들렸다. 교통의 흐름은 아침보다 느려져 있었다. 짐마차들은 반쯤 텅 빈 거리를 덜커덕거리며 내려갔다. 리처드 댈러웨이는 저도 모르게 노퍽을 생각하고 있었다. 따뜻한 산들바람이 꽃이 핀 잔디밭을 물결치게 하던 풍경을, 오전 내내 건초를 만들던 사람들이 낮잠으로 피곤을 풀려고 울타리 아래 커튼처럼 드리워진 초록색 풀잎들을 헤치던 장면을, 그들이 바닥에 누워 하늘을 보려고 바람에 흔들리는 둥그런 야생화들을 손으로 젖히던 일을, 태양으로 붉타던 그 푸르른 여름 하늘을.

그는 손잡이가 달린 제임스 1세 시대의 은제 잔을 생각 없이 바라보고 있었고, 휴 횟브레드는 짐짓 감식가의 태도로 몸을 낮추고 스페인산 목걸이에 감탄하며 에벌린이 이걸 갖고 싶어 할지 모르니 값을 물어봐야겠다고 생각했다. 여전히 리처드는 무기력했다. 생각하기도 움직이기도 싫었다. 문득 인생이 난파선에서 건진 잔해들 같았다. 색색가지 인조 보석들로 가득 찬 상점 진열장을, 그는 노년의 무기력감으로 경직된 채 우두커니 들여다보고 있었다. 에벌린 횟브레드는 이 스페인산 목걸이를 사고 싶어 할 것이다. 아마도 그럴 것이다. 그는 하품이 나오는 걸 참을 수 없었다. 휴는 상점으로 들어가고 있었다.

"당연히 그래야지!" 리처드는 따라 들어가며 이렇게 말했다.

그는 목걸이를 사러 들어가는 휴를 따라갈 생각은 조금도 없었다. 하지만 몸속에서 밀물과 썰물이, 오전과 오후가 교차되고 있었다. 깊고 깊은 바다 저편으로 연약한 배가 떠내려가듯 브루턴 부인의 증조부와, 회고록과, 북아메리카 원정 문제가 저 멀리로 떠내려갔다. 밀리선트 브루턴 부인도. 사실 이민 문제는 처음부터 리처드의 관심 밖이었다. 편집자가 그 편지를 신문에 싣든 말든 그에겐 상관없었다. 휴의 미끈한 손가락에 목걸이가 걸려 있었다. 꼭 그걸 사야 한다면 아무 여자에게나, 거리의 소녀에게나 줘버렸으면. 삶이 너무 무가치하다는 생각이 강렬하게 리처드에게 밀려왔다. 에벌린을 위해 목걸이를 사는 일도 다 허무한 일이야. 만약 그에게 아들이

232

있었으면, 일하고 또 일하라고 말했을 것이다. 하지만 그에게는 딸 엘리자베스뿐이었다. 그는 엘리자베스를 무척이나 사랑했다.

"난 듀보네 씨와 얘기하고 싶소만." 휴는 야박하게 점원의 말을 끊어버렸다. 그 듀보네라는 사람이 휫브레드 부인의 목 치수를 알고 있는 듯했다. 그리고 이상하게도 스페인 보석에 관한 그녀의 취향은 물론 (휴도 기억하지 못하는) 그런 보석을 얼마나 갖고 있는지도 아는 듯했다. 이 모든 것이 리처드 댈러웨이에게는 대단히 이상해 보였다. 그는 2, 3년 전에 클라리사에게 팔찌를 선물한 것 말곤 그녀에게 선물한 적이 없었다. 그것마저도 실패작이어서, 그녀는 한 번도 그것을 끼지 않았다. 그 생각을 하니 속이 상했다. 한 오라기의 거미줄이 이리저리 흔들리다가 나뭇잎 끝에 매달리듯, 리처드의 마음은 무력감에서 벗어나 아내 클라리사에게로 향했다. 피터 월시는 그녀를 너무도 정열적으로 사랑했었다. 아까 오찬 자리에서 그녀 모습이 갑자기 선명하게 떠올랐었다. 그들이 함께한 결혼 생활도. 그 생각이 나자 그는 구식 보석들이 담긴 쟁반을 자기 쪽으로 당겨, 처음에는 브로치를 다음에는 반지를 집어 들며 "얼마입니까?" 하고 물었지만, 자신의 취향에 자신이 없었다. 그는 거실 문을 열고 들어가면서 클라리사에게 무언가를, 선물을 하나 내밀고 싶었다. 뭘로 하지? 하지만 휴는 너무도 거만한 자세로, 이 상점과 35년이나 거래한 자기는 보석에 관해 아무것도 모르는 점원과는 말하기 싫다고 했다. 듀보네 씨는 외출 중인 것 같았고, 그가 돌아오기 전에는 휴는 아무것도 사지 않을 태세였다. 젊은 점원은 얼굴을 붉히며 공손하게 머리를 숙였다. 휴는 어떻게 저런 식으로 말할 수 있을까. 자신이라면 입에 담지 못할 말이었다! 왜 상인들은 저런 건방진 태도를 견디는 걸까. 휴는 점점 더 참을 수 없는 멍청한 고집쟁이가 돼가고 있었다. 리처드는 그와는 한 시간 이상은 더 못 있겠다고 생각하며 인사의 뜻으로 중산모를 살짝 들어 올리고는, 가게를 나와 콘디트 거리 모퉁이를 돌아섰다. 그는 자신과 클라리사를 연결하고 있는 사랑의 거미줄을 따라가기를 간절히 바랐다. 정말로 간절히 바랐다. 그렇다. 웨스트민스터에 있는 그녀에게로 곧바로 가고 싶었다.

하지만 역시나 무언가를 들고 집으로 들어가고 싶었다. 꽃은 어떨까? 그래 꽃이야. 귀금속을 고르는 자신의 취향은 믿을 수 없었다. 생각해보니까 오늘의 이벤트인 파티를 축하하기 위해서도, 오늘 오찬에서 피터 월시 얘기가 나왔을 때 그녀에게 느꼈던 사랑이라는 감정을 축하하기 위해서도, 장미든 난초든 들고 가야 할 것 같았다. 그는 수년간이나 아내에게 사랑한다는 말을 해본 적이 없었다. 그는 빨간 장미와 흰 장미가 섞인 꽃다발(얇은 종이에 싼 커다란 꽃다발)을 움켜쥐면서, 사랑한다고 말하지 않은 건 인생에서 가장 큰 실수였다고 생각했다. 언젠간 그런 말을 할 수 없을 때가 올 텐데. 그런 말을 하는 게 부끄러운 사람도 있는 거라고 생각하며, 그는 6펜스인지 12펜스인지의 거스름돈을 주머니에 넣고 커다란 꽃다발을 끌어안은 채 웨스트민스터로 향했다. 꽃을 곧장 내밀면서 (그녀가 그런 그를 뭐라고 생각하든) "당신을 사랑하오"라고 몇 번이나 말해줘야지. 왜 못 하겠어? 전쟁을 생각하면, 이렇게 살아 있다는 것은 기적이었다.

수천 명의 불쌍한 친구들이 한꺼번에 땅에 묻혀 이미 반쯤은 잊힌 상태였다. 그러니 살아 있다는 것은 기적이었다. 클라리사에게 꼭 사랑한다고 말하겠다며, 그는 런던의 거리를 걸어갔다. 그런 말을 한 적이 한 번도 없었지, 그는 생각했다. 한편으론 게을러서였고, 다른 한편으로는 쑥스러워서. 그리고 클라리사, 그녀의 존재를 따로 생각할 기회도 별로 없었다. 방금 오찬 때처럼 문득 그녀를, 그들의 삶 전부를 선명하게 되돌아보는 건 아주 드문 기회였다. 그는 건널목에서 걸음을 멈추고는 그녀를, 그들 삶을 다시 생각해봤다. 그는 천성이 단순하고 방탕이라고는 모르는 남자였다. 그래서 여기저기 쏘다니며 사냥이나 했다. 끈질기고 완강해서 탄압받는 자들을 위해 끝까지 싸웠고, 하원에서도 자신의 타고난 기질에 따라 행동했다. 단순했지만 동시에 말이 없고 경직된 사람이었다. 이런 내가 클라리사와 결혼한 건 기적이야, 기적. 그는 같은 말을 반복했다. 내 삶은 기적이야. 그가 건널목을 건널까 망설이고 있을 때 대여섯 명의 어린애들이 자기들끼리 피커딜리 거리를 건너가는 것이 보였다.

그는 피가 끓듯 화가 났다. 경찰이 당장 차들을 멈추게 해야 해. 그는 런던 경찰에 대해 어떠한 환상도 갖고 있지 않았고, 사실 그들 비행의 증거를 모으고 있었다. 수레를 길에 불법으로 세우고 있는 행상인들도 보였고, 매춘부들도 눈에 띄었다. 맙소사, 하지만 잘못은 저 여자들이나 저 여자들을 사는 젊은 청년들에게 있는 게 아니야. 사회제도에 문제가 있는 거야. 머리가 허옇게 세고 고집 있게 깔끔한 모습의 그는, 그런 생각을 하며 공원을 가로지르면서도, 한편으로는 아내에게 꼭 사랑한다 말하겠다고 결심했다.

집에 들어가자마자 그렇게 말할 거야. 감정을 말로 표현하지 않는 건 정말로 슬픈 일이니까. 그는 그린 공원을 건너가며 나무 그늘 아래 가난한 가족들이 모두 누워 있는 것을 기쁜 마음으로 바라봤다. 아기들은 발길질을 하며 젖을 빨고 있었다. 주변에는 종이 봉지들이 널려 있었다. (공원에 온 사람들이 그걸 줍기 싫어하면) 제복을 입은 뚱뚱한 공원지기가 저걸 주우면 되련만. 그는 여름 동안에는 모든 공원, 모든 광장을 아이들에게 개

방해야 한다는 의견을 가지고 있었다. (공원의 잔디밭에 있는 웨스트민스터 구區의 가난한 엄마들과 기어 다니는 아기들의 얼굴은, 마치 노란 램프가 깜빡이듯 밝아졌다 어두워졌다 했다.) 하지만 한쪽 팔을 베고 누워 있는 저 불쌍한 여자는 어찌해야 할까? (모든 인연의 끈을 끊은 듯 땅 위에 벌렁 누워 있는 저 여자는 호기심 어린 눈으로 세상을 관찰하고 대담하게도 세상을 우스꽝스럽게 생각하며 되는대로 지껄이고 있는 듯했다.) 저런 여성 부랑자 문제는 어떻게 처리해야 할까? 그는 알 수 없었다. 꽃을 무기처럼 끌어안은 리처드 댈러웨이는 생각에 잠긴 채 그 여성 부랑자 쪽으로 가까워졌다가 곧 그녀를 지나쳐 갔다. 그래도 두 사람의 눈길이 마주친 순간은 있어, 그녀는 그를 향해 소리 내어 웃었고, 그 역시 여성 부랑자 문제를 생각하면서 기분 좋게 싱긋이 웃어 주었다. 그렇다고 피차 서로에게 말을 걸려 하지는 않았다. 하지만 클라리사에게는 말할 것이다. 사랑한다고. 그도 한때는 피터 월시를 질투한 적이 있었다. 그와 클라리사의 관계를 질투한 적이. 그러나 클라리사는 여러 번 자신이 피터 월시와 결혼하지 않은 건 잘한 일이라고 했었다 클라리사라는 사람을 알고 보면 그건 분명한 사실이었다. 그녀는 의지하기를 원했다. 그녀가 약하기 때문은 아니었지만, 의지하기를 원했다.

버킹엄 궁전은 (온통 하얗게 차려입고 청중을 마주하는 나이 든 프리마돈나처럼) 아무도 부인할 수 없는 확실한 위엄을 갖추고 있었다. 수백만의 사람들에게 확실히 하나의 상징이 되고 있었다. (약간의 군중이 왕이 차로 행차하는 것을 보려고 정문 앞에서 기다리고 있었다.) 그것을 상징으로 생각하는 건 어리석은 일이지만 그렇다고 경멸할 수는 없다고 그는 생각했다. 빅토리아 여왕의 동상과(그는 뿔테 안경을 쓴 그녀가 마차를 타고 켄싱턴을 지나가던 것을 기억할 수 있었다) 그 동상의 하얀 받침대, 그리고 여왕의 자애를 나타내는 여인들의 조각을 바라보며, 아이가 장난감으로 쌓아 올렸어도 저것보다는 더 잘 만들었겠다고 생각했다. 하지만 그는 그 호사[33]의 후예에게 통치를 받는 게 좋았다. 그는 연속성, 과거의 전통이 전해지는 느낌을 좋아했다. 그는 정말 위대한 시대를 살아왔다. 그 자신의 삶은, 정말로 기적이었다. 그건 확실히 되새기자. 이제 삶의 전성기를 맞은 그는 웨스트민스터의 자기 집으로 걸어가고 있었다. 클라리사에게 사랑한다고 말하려고. 바로 이게 행복이야, 그는 생각했다.

바로 이거야, 딘스 야드에 들어서면서 그는 중얼거렸다. 그때 빅벤 종이 울렸다. 처음에는 예고하는 음악 소리가 들리고, 다음에는 돌이킬 수 없는 시간을 알리는 종소리가 울렸다. 그는 오찬은 늘 한나절을 다 잡아먹는다고 생각하며 자기 집 대문으로 향했다.

빅벤 종소리는 클라리사가 있는 거실로도 밀려 들어왔다. 그녀는 대단히 화가 나서 거실 책상에 앉아 있었다. 애가 타고 화가 났다. 그녀는 일부러 엘리 헨더슨을 파티에 초대하지 않았다. 그런데 마셤 부인이 '엘리가 너무도 오고 싶어 해서 자기가 클라리사에게 물어보겠다

---

33   켄트 왕국을 창건한 주트족의 족장. 빅토리아 여왕은 켄트 공의 딸이었기에 이렇게 표현한 것이다.

고 했다'는 편지를 보내온 것이다.

하지만 왜 런던에 있는 모든 재미없는 여인네들까지 자신의 파티에 초대해야 한단 말인가? 왜 마섬 부인이 끼어든 걸까? 게다가 엘리자베스는 지금까지 내내 도리스 킬먼과 자기 방에만 틀어박혀 있다. 이보다 더 불쾌한 일이 있을까. 이 시간에 그런 여자와 함께 기도나 드리고 있다니. 빅벤 종소리가 우울한 물결처럼 거실 안으로 밀려 들어왔다. 그렇게 들어온 종소리는 한데 모여 다시 한번 더 부서져 내렸다. 그래서 더욱 마음이 산란해진 그녀의 귀에 문을 더듬는 듯한, 긁는 듯한 소리가 들려왔다. 이 시간에 누굴까? 3시, 벌써 3시라니! 큰일 났다! 힘차고 위엄 있는 종소리가 3시를 치고 있었다. 그래서 다른 소리는 그 종소리에 묻혀버렸는데, 문손잡이가 가만히 돌아가더니 리처드가 들어왔다! 그런데 이게 무슨 일일까! 리처드가 꽃을 내미는 것이다. 그러자 자신이 과거에 콘스탄티노플에서 그를 실망시켰던 기억이, 또한 브루턴 부인이 특별히 재미있다고 알려진 오찬 파티에 자기를 초대하지 않았다는 사실이 떠올랐다. 그는 계속 꽃을 내밀고 있었다, 빨갛고 흰 장미를. (하지만 그는 차마 그녀에게 사랑한다는 말은 꺼낼 수가 없었다.)

그녀는 꽃을 받으며 정말 아름답다고 말했다. 그녀는 이해했다. 그가 말하지 않아도 이해했다, 그의 클라리사는. 그녀는 벽난로 위의 꽃병에 꽃을 꽂으며 말했다. 너무나 아름다워요! 파티는 재밌었고요? 브루턴 부인이 내 안부도 묻던가요? 피터 월시가 돌아왔어요. 마섬 부인이 엘리 헨더슨도 파티에 불러도 되냐고 편지를 보내왔어요. 꼭 그래야 할까요? 킬먼 양이 2층에 있어요.

"우리 잠시만 앉읍시다." 리처드가 말했다.

리처드의 눈에 이상하게 거실이 텅 비어 보였다. 의자들이 모두 벽 쪽으로 바짝 붙어 있었기 때문이다. 무엇 때문에 저렇게 됐지? 아, 파티를 위해서군. 물론 그는 파티를 잊지 않았다. 피터 월시가 돌아왔어요, 오늘 아침에 찾아왔더라고요, 이혼을 준비 중이래요, 인도에서 어떤 여자와 사랑에 빠졌대요, 그는 조금도 변하지 않았더군요. 그녀는 드레스를 수선하며 말했다.

"부어턴을 생각하고 있었어요."

242

"휴가 오찬에 왔었어요." 리처드가 말했다. 당신도 그를 만났다니! 그는 점점 더 봐주기 힘들어지고 있더군. 에벌린의 목걸이를 살 때도 그랬고, 점점 살이 붙는 모습도 그렇고, 참아주기 힘든 바보가 돼가고 있어.

"내가 그 사람하고 결혼할 수도 있었다는 생각이 문득 들었어요." 그녀는 작은 나비넥타이를 매고 거기 앉아 주머니칼을 접었다 폈다 하던 피터를 생각하며 말했다. "옛날 그대로였어요."

리처드는 오찬에서 피터 얘기가 나왔다고 말했다. (하지만 그는 여전히 사랑한다고는 말할 수가 없었다. 대신 그녀의 손을 잡았다. 행복은 이런 거라고 생각하며.) 그는 휴가 밀리선트 브루턴 대신 《타임스》에 보낼 편지를 썼다고, 휴가 하기에 딱 알맞은 유일한 일은 그것뿐일 거라고 말했다.

"그런데 킬먼 양은?" 그가 물었다. 클라리사는 장미가 정말 아름답다고 생각했다. 처음에는 한데 모여 있다가 지금은 제각각 떨어져 있었다.

"우리가 점심 식사를 마치자마자 왔어요. 엘리자베

스 얼굴에 화색이 돌더군요. 함께 방에 틀어박혀 있어요. 기도를 하고 있는 듯해요."

저런! 그도 그건 마음에 들지 않았다. 하지만 이런 일은 가만 놔두면 지나가기 마련이다.

"또 방수 코트를 입고 우산을 들고 왔더라고요." 클라리사가 말했다.

그는 "사랑해"라고 말하지 않았다. 하지만 클라리사의 손을 잡았다. 행복이란 이런 거야, 바로 이런 거야, 라고 생각하며.

"그런데 왜 내가 런던의 모든 재미없는 여인네들을 파티에 초대해야만 하는 거죠?" 클라리사가 말했다. 마섬 부인이 파티를 열었다면, 그녀가 내가 원하는 손님들까지 초대했겠어요?

"불쌍한 엘리 헨더슨." 리처드가 말했다. 그러면서 클라리사가 파티에 저렇게까지 신경을 쓰는 게 이상하다고 생각했다.

클라리사는 리처드가 방이 달라진 걸 전혀 모른다고 생각했다. 그나저나 그는 무슨 할 말이 있어 보였다.

한편 리처드는, 그녀가 파티를 저렇게까지 걱정할 줄 알았다면 파티를 열지 못하게 할걸 싶었다. 그나저나 아까 그 말은, 피터와 결혼하기를 바랐었다는 뜻일까? 어쨌거나 그는 다시 나가봐야 했다.

그는 나가봐야 한다고 말하며 일어섰다. 하지만 뭔가 할 말이 있는 듯 잠시 서 있었다. 무슨 말을 하려는 거지? 그녀는 의아했다. 장미까지 사 오고, 왜 이러는 걸까.

"무슨 위원회라도?" 그가 거실 문을 열고 나가려 하자 그녀가 물었다.

"아르메니아 사람들 말이오." 그가 말했다. 아니, '알바니아' 사람들이라고 했나.

사람에게는 존엄이란 게 있다. 고독이라는 존엄이. 심지어는 남편과 아내 사이에도 심연과 같은 큰 간격이 있다. 외출했다가 돌아와 문을 열고 들어오는 남편을 볼 때면, 클라리사는 그걸 있는 그대로 존중해주어야 한다고 생각했다. 왜냐하면 클라리사 자신도 그것을 포기할 수 없기 때문이었다. 남편의 의지를 거슬러 그에게서 그것을 뺏을 수는 없다. 그러면 자신의 귀중한 독립성과

245

자존심도 잃게 될 테니까.

그는 베개와 담요를 들고 다시 거실로 들어왔다.

"점심 식사 후 한 시간은 푹 쉬어야지요." 그는 말했다. 그러고는 다시 나가버렸다.

얼마나 그다운가! 그는 '점심 식사 후 한 시간은 푹 쉬라'는 말을 앞으로도 계속할 것이다. 의사가 그렇게 지시했기 때문이다. 의사의 말을 곧이곧대로 받아들이는 것도 퍽 그다웠다. 그것은 그가 사랑스럽고 신성할 정도로 순진하다는 것을 말해준다. 다른 누구도 그 정도로 순진하지는 않았다. 바로 그런 면을 가지고 있기에 그녀가 피터와 입씨름을 하며 시간을 보내는 동안에도 그는 제 할 일을 했던 것이다. 클라리사가 소파에 앉아 그가 사다 준 장미를 바라보는 동안에도, 그는 아르메니아인지 알바니아인지 하는 나라 사람들 일을 도우러 열심히 하원으로 가고 있을 것이다. 사람들이야 '클라리사 댈러웨이는 복에 겨웠다'고 말하겠지. 물론 그녀는 아르메니아 사람들보다는 장미를 훨씬 더 사랑했다. 그들은 조국을 빼앗기고, 불구가 된, 추위에 떠는, 잔인함과 부당

함의 희생자들이라고 리처드는 몇 번이고 되풀이해 말했지만, 그녀는 알바니아 사람들에 대해 아무런 감정도 일지 않았다. 아니, 아르메니아 사람들이라고 했나. 하지만 장미는 사랑했다. (이 꽃이 아르메니아 사람들을 도울 수 있을까?) 장미는 잘라서 화병에 꽂아도 보기 좋은 유일한 꽃이었다. 리처드는 벌써 하원에 도착했겠지. 그녀의 모든 어려움을 해결해주고는, 하원 위원회에 들어갔겠지. 하지만 그가 정말로 모든 어려움을 해결해준 건 아니었다. 그는 엘리 헨더슨을 초대하지 않을 이유가 없다고 했다. 물론 그녀는 그가 원하는 대로 할 것이다. 또 그가 베개를 가져왔으니 그녀는 누워서 쉴 것이다……하지만, 하지만, 왜 갑자기 견딜 수 없을 정도로 심하게 자신이 불행하게 느껴지는 걸까? 풀숲에 떨어뜨린 진주나 다이아몬드를 찾으려고 키 큰 풀잎들 사이를 아주 조심스럽게 이리저리 헤치며 돌아다니다가 마침내 뿌리 부분까지 샅샅이 뒤져보는 사람처럼, 그녀는 이 일 저 일을 하나씩 생각해보았다. 아니야, 이런 기분은 리처드의 뇌가 이류라서 결코 내각에는 들어가지 못할 거라 말한 샐리 시턴의 말 때문은 아니야(그 말이 생각나다니). 엘리자베스와 도리스 킬먼의 관계 때문도 아니야. 그건 이미 알고 있던 사실이니까. 아마도 오늘 아침나절에 느꼈던 어떤 감정, 어떤 기분 나쁜 느낌 때문일 것이다. 침실에서 모자를 벗을 때 느낀 우울함이 피터의 말과 합쳐지고, 다시 리처드의 말까지 더해져서. 그런데 리처드가 뭐라고 했더라? 그때 그가 가져다준 장미가 눈에 들어왔다. 파티! 그래 맞아, 파티 때문이었어! 파티! 피터와 리처드 둘 다 파티는 왜 여냐며 부당하게 그녀를 비판했었다. 부당하게 그녀를 비웃었다. 바로 그거였어! 파티 때문이었어!

그럼, 이에 대해 어떻게 변명을 해야 할까? 일단 무엇 때문인지 알고 나니 속이 후련했다. 그들 둘 다, 아니 적어도 피터는 그녀가 스스로를 뽐내며 위엄을 부린다고 생각했다. 유명한 사람들, 거창한 명사들을 주변에 두는 걸 좋아한다고, 한마디로 속물이라고 여긴 것이다. 뭐 피터야 그렇게 생각할 수도 있겠지. 리처드는 그녀가 심장이 좋지 않음에도 불구하고 파티 문제로 심장을 자극하는 것이 어리석다고, 어린애 같다고 생각했다. 하지만 두 사람 다 잘못 알고 있었다. 그녀가 사랑하는 것은 그저 삶이었다.

"그 때문에 내가 파티를 여는 거야." 그녀는 큰 소리로 삶을 향해 말했다.

격리되고 소외된 기분으로 소파에 누워 있자니, 이토록 명확하게 느껴지는 삶이라는 것이 육체적인 존재처럼 느껴졌다. 삶이 햇빛 찬란한 거리의 소음을 옷처럼 휘감고, 뜨거운 입김으로 속삭이기도 하고, 블라인드를 펄럭이게 하는 것도 같았다. 하지만 만약 피터가 그녀에게 '그래요, 그래요, 하지만 당신의 파티, 그 파티의 의미가 뭐요?'라고 물으면, 그녀는 (아무도 이해해주지 않겠지만) 이렇게 말할 수밖에 없다. 베풂이라고. 모호하기 짝이 없는 표현이긴 하지만. 하지만 피터 자신은 골치 아픈 문제에서 벗어나 인생을 단순하게만 살지 않았던가. 늘 사랑에 빠진 채, 잘못된 여인과 사랑에 빠진 채. 때문에, 그럼 당신의 사랑이란 뭐죠? 하고 그녀 쪽에서 반격을 가하며 물어볼 수도 있었다. 그는 이렇게 말하겠지.

그게 세상에서 가장 중요한 거라고, 여자는 도저히 그걸 이해할 수 없다고. 그래 좋다. 하지만 마찬가지로 그녀의 인생에 대한 생각을 이해할 남자는 누가 있겠는가? 피터가? 리처드가? 어떤 남자가 아무런 이유 없이 파티를 여는 수고를 자처하겠는가?

그러나 사람들의 판단(이런 판단은 얼마나 피상적이고, 얼마나 단편적인지!) 아래에 있는 자신의 마음속을 직접 파고들면, 그것, 삶이라고 부르는 것은 자신에게 무엇을 의미할까? 아, 그것은 참으로 말로 표현하기엔 기묘한 것이었다. 이렇게 표현할 수 있을까? 사우스켄싱턴에 이러이러한 사람이 있고, 위쪽 베이스워터에도 누군가가 있다. 메이페어에는 또 다른 사람이 있다. 그녀는 끊임없이 그들의 존재를 의식하며, 그들이 그렇게 따로 있는 것이 헛되고 안타깝게 느껴졌다. 그들을 서로 알게 할 수만 있다면? 그래서 파티를 여는 것이었다. 그것은 베풂이었다. 그들을 서로 결합시켜 새로운 관계를 만들어내는. 하지만 그 베풂은 누구에게 바치는 것일까?

아마도 베풂 자체를 위한 베풂이리라. 어쨌든, 그것은

그녀의 재능이었다. 다른 일은 할 줄 아는 게 없었다. 사색을 하거나 글을 쓸 줄도 몰랐고, 심지어 피아노도 칠 줄 몰랐다. 그녀는 아르메니아 사람들과 터키 사람들을 혼동했고, 성공을 좋아했으며, 불편한 것을 싫어했고, 사랑받아야만 했고, 엄청난 양의 무의미한 말을 쏟아내야만 했다. 아직도 '적도'가 무슨 뜻인지도 모르면서.

언제나 똑같았다. 하루가 지나면 다른 하루가 찾아왔다. 수요일, 목요일, 금요일, 토요일. 오늘 아침에도 일어나야만 했고, 하늘을 쳐다봤고, 공원을 거닐었고, 휴힛브레드를 만났고, 그러고 집에 돌아오니 갑자기 피터가 찾아왔다. 또 리처드가 저 장미를 가져왔다. 그것으로 충분했다. 이러다가 죽음이 온다니, 언젠가는 끝이 오고야 만다니, 믿을 수가 없었다. 이 세상 어느 누구도 그녀가 인생을 얼마나 사랑하는지 알지 못한다. 이 모든 순간들을 얼마나 사랑하는지를……

문이 열렸다. 엘리자베스는 어머니가 쉬고 있다는 것을 알고 있었다. 그래서 아주 조용히 들어왔다. 그녀는 조금도 움직이지 않고 가만히 서 있었다. 백 년 전 어떤 몽고인이 조난을 당해 노퍽 해안으로 떠내려온 후, 댈러웨이 집안 여인과 결합했다는 말이 사실일까? (힐버리 부인이 그렇게 말했었다.) 댈러웨이 집안사람들은 대체로 금발에 푸른 눈인데 엘리자베스는 검은 머리에 창백한 얼굴, 중국인의 눈매를 가졌기 때문이다. 동양적인 신비스러움을 지닌 그녀는 온순하고 사려 깊었으며 차분했다. 어렸을 때에는 뛰어난 유머 감각이 있었다. 그런데 열일곱 살이 되면서 왜 이렇게 심각해져버렸는지, 클라리사는 이해할 수가 없었다. 엘리자베스는 윤기 나는 푸른 잎에 싸여 있는, 봉오리에 막 꽃물이 들었으나 햇볕을 쬐지 못한 히아신스 같았다.

그녀는 아주 가만히 서서 어머니를 내려다봤다. 하지만 반쯤 열린 문밖에 틀림없이 킬먼 양이 서 있을 거라고 클라리사는 확신했다. 늘 방수 코트 차림인 킬먼 양은 이 모녀가 나누는 대화라면 죄다 엿들었기에.

아니나 다를까, 방수 코트 차림의 킬먼 양이 층계참에 서 있었다. 그녀가 그 옷만 입고 다니는 것은 나름의 이유가 있었다. 첫째 그 코트가 쌌기 때문이고, 둘째 이제 마흔이 넘은 나이였기 때문이고, 마지막으로 남들 마음에 들려고 옷을 차려입지는 않기 때문이다. 더군다나 그녀는 가난했다. 체면을 손상시킬 정도로 가난했다. 그렇지 않았다면 댈러웨이 집에서, 이 부잣집에서 일하지 않았을 것이다. 공평하게 말하면, 댈러웨이 씨는 친절했다. 그러나 댈러웨이 부인은 그렇지 않았다. 그녀는 은혜를 베푸는 듯 굴었다. 그녀는 모든 계급들 중에서 가장 하잘것없는 계급, 즉 피상적인 교양만 가지고 있는 부잣집 출신이다. 이 집에는 어디에나 그림, 카펫 등 값비싼 것들이 널려 있었다. 수많은 하인들도 거느리고 있었다. 그녀는 댈러웨이 집안사람들이 자신을 위해 해주는 그어떤 일도 받을 자격이 있다고 생각했다.

킬먼 양은 삶으로부터 기만당했다. 과장이 아니었다. 여자라면 분명 조금은 행복을 누릴 권리가 있지 않은가? 하지만 그녀는 너무나 못생기고 너무도 가난해서 행복해본 적이 없었다. 돌비 양이 운영하는 학교에서 드디어 행복의 기회를 잡으려나 싶었는데, 전쟁이 일어났다. 그녀는 결코 독일인에 대해 거짓말을 할 수 없었다.

학교 측은 그녀에게, 독일인에 대해 비슷한 견해를 가진 사람들과 지내는 게 더 행복할 거라고 했다. 그래서 그 학교를 그만둘 수밖에 없었다. 킬먼 가문의 뿌리가 독일인 것은 사실이었다. 18세기에는 킬먼이라는 성姓을 독일식 철자로 썼었다. 하지만 그녀의 남동생은 (영국을 위해) 전사했다. 독일 사람들은 모두 악한이라고 말하지 않는다고 그녀를 내쫓다니. 그녀에겐 독일 친구도 있었고, 독일에서 보낸 어린 시절이 평생 유일하게 행복한 시절이었으니, 독일 사람에 대해 호감을 가지는 건 당연한 게 아닌가! 어쨌거나 그녀는 학교에서 쫓겨나고도 역사를 가르칠 수 있었다. 그 밖에도 무슨 일이든 닥치는 대로 했다. 그녀는 퀘이커교도들을 위해 일하다가 우연히 댈러웨이 씨를 만났다. 그는 (참으로 관대하게도) 그녀에게 자기 딸에게 역사를 가르쳐달라고 했다. 또한 그녀는 문화 강좌도 좀 했다. 바로 그 무렵 주께서 그녀에게 계시의 빛을 보여주셨다(이 대목을 말할 때면 그녀는 언제나 머리를 숙였다). 2년 3개월 전에 계시의 빛을 보았던 것이다. 이제 그녀는 클라리사 댈러웨이 같은 여인을 부러워

하지 않았다. 그런 사람들에게 연민을 느낄 뿐이다.

그녀는 부드러운 카펫 위에 서서, 손에 토시를 낀 어린 소녀를 새긴 오래된 판화를 쳐다보며, 가슴 저 밑바닥에서부터 그들은 불쌍한 사람들일 뿐이라고 경멸했다. 이렇게 사치한 환경 속에서, 어떻게 좀 더 나은 세상을 위한 일을 할 수 있겠는가? 소파에 누워 있는 대신—"어머니가 쉬고 계세요"라고 엘리자베스는 말했다—공장이나 카운터 뒤에서 일을 해야만 한다. 댈러웨이 부인을 포함해 다른 귀부인들도!

킬먼 양은 원한에 맺혀 타들어가는 심정으로 2년 3개월 전 어느 교회에 들어섰다. 그리고 에드워드 휘터커 목사의 설교를 들었다. 소년들의 노랫소리와 함께, 엄숙한 계시의 빛이 내려오고 있었다. 찬송가 때문인지 찬송가를 부르는 목소리 때문인지(그녀는 저녁에 혼자 있을 때면 바이올린 소리에서 위안을 찾으려 했지만, 그 소리는 고통스러울 뿐이었다. 그녀는 음악에 대한 귀가 없었다), 그렇게 교회에 앉아 있으니 마음속에서 들끓는 파도 같던 뜨겁고 거친 감정들이 가라앉았다. 그녀는 소리 내어 마음껏 울었다. 그 후 켄싱턴에 있는 휘터커 목사의 집으로 갔다. 그는 주님의 인도하심이라고 말했다. 주께서 그녀에게 갈 길을 보여주신 거라고. 그녀는 지금도 뜨겁고 고통스러운 감정이 끓어오를 때나, 댈러웨이 부인에 대한 증오와 세상에 대한 원한이 끓어오를 때마다, 주님을, 휘터커 목사를 생각했다. 그럼 분노가 가라앉고 마음에 평온이 찾아왔다. 달콤한 감미로움이 그녀의 혈관을 채워, 황홀한 나머지 입을 벌리곤 했다. 그녀는 방수 코트를 입고 층계참에 서서는, 침착하지만 어쩐지 무서운 평온을 유지하며, 딸과 함께 나오는 댈러웨이 부인을 쳐다봤다.

엘리자베스는 장갑 챙기는 걸 잊었다고 말했다. 킬먼 양과 어머니는 서로를 증오했기 때문에, 그녀는 그 둘이 함께 서 있는 걸 보기가 힘들었다. 그녀는 장갑을 찾는다며 위층으로 뛰어 올라갔다.

하지만 킬먼 양은 댈러웨이 부인을 증오하지는 않았다. 녹색 빛이 도는 그 큰 눈을 클라리사에게 돌려 그녀의 자그마한 분홍빛 얼굴, 가냘픈 몸매, 유행을 따라 산

뜻하게 치장한 외양을 바라보며, 바보! 멍청이! 라고 속
으로 말할 뿐이었다. 당신은 슬픔도 즐거움도 모르며 삶
을 허송하고 있을 뿐이야! 그러자 내면에서 댈러웨이 부
인을 제압하여 가면을 벗기고 싶은 제어하기 힘든 욕망
이 치솟았다. 그녀를 넘어뜨릴 수만 있다면 마음이 좀
편안해질 텐데. 하지만 그녀가 진정 제압하고 싶은 건 댈
러웨이 부인의 육체가 아니라 마음, 그 마음이 빚어내는
냉소적인 태도였다. 그녀에게 자신이 더 우월하다는 걸
느끼게 만들고 싶었다. 그녀를 울릴 수만 있다면, 그녀를
허물어뜨리고 망신 줄 수만 있다면, 무릎 꿇고 '당신이
옳아요!' 하고 외치게 할 수만 있다면. 하지만 주님의 뜻
대로 되어야지, 내 뜻대로 되어서는 안 돼. 신앙의 승리
가 되어야 해. 그렇게 생각하며 그녀는 부인을 무섭게 노
려보고 또 노려봤다.

　　클라리사는 그 눈빛에 심한 충격을 받았다. 이런 여
자가 그리스도교도라니! 이런 여자가 내 딸을 빼앗아
갔다니! 이런 여자가 보이지 않는 초월적인 존재와 접촉
한다니, 말도 안 돼! 뚱뚱하고 추하고 평범하며, 친절하

지도 우아하지도 않은 그녀가 인생의 의미를 아는 척하다니!

"엘리자베스와 함께 백화점에 간다고요?" 댈러웨이 부인이 말했다.

킬먼 양은 그렇다고 말했다. 그렇게 그들은 마주 보고 서 있었다. 킬먼 양은 결코 그녀 앞에서 상냥하게 보이려 하지 않았다. 어쨌거나 그녀는 지금까지 자신의 생활비는 벌며 살 수 있었다. 게다가 근대사에 대한 지식은 뛰어나다는 말로도 부족했다. 또한 얼마 안 되는 수입 중 상당액을 자신이 옳다고 생각하는 사업에 기부했다. 반면 클라리사는 아무것도 하지 않았고, 아무것도 믿지 않았으며, 딸만 키우고 있었다. 그때 어여쁜 엘리자베스가 숨을 헐떡이며 돌아왔다.

그들은 백화점에 가려 하고 있었다. 이상하게도, 거기 그렇게 서 있는 킬먼 양을(무거운 침묵을 지키고 있는, 괴물 같은 힘을 가진 무장한 원시시대의 전사처럼 보이는 그녀를) 계속 바라보자니, 차츰 증오가, 악의가 맥없이 무너지는 것을 느꼈다. (그녀가 증오한 건 킬먼 양

자체가 아니라 킬먼 양에 대한 자신의 관념이었다.) 그러면서 아무도 모르게, 그녀를 도와주고 싶기까지 했다.

괴물이 그렇게 작아지는 것을 보며, 클라리사는 웃었다. 작별 인사를 하며, 그녀는 웃었다.

킬먼 양과 엘리자베스는 함께, 대문을 향해 내려갔다.

문득 다시 저 여인이 딸을 빼앗아 갔다는 생각이 들며 심한 고통을 느꼈다. 그녀는 난간에 기대 아래를 향해 외쳤다.

"파티 잊지 마! 오늘 저녁 파티 잊지 마!"

하지만 엘리자베스는 벌써 대문을 나서고 있었다. 화물차가 지나가고 있었다. 엘리자베스는 아무런 대답도 하지 않았다.

사랑과 종교라니! 온몸이 얼얼해진 기분으로 거실로 돌아가며, 클라리사는 생각했다. 얼마나 지겹고 혐오스러운지! 킬먼 양의 실체가 눈앞에서 사라지자, 다시 그여자에 대한 관념으로 머리가 짓눌리는 것 같았다. 늘 방수 코트만 입고 다니는 그 여자, 층계참에서 꼴사나운 시선을 보내고, 거만을 떨고, 위선에 가득 차고, 남의 말이나 엿듣고, 질투하고, 끊임없이 잔인하고 파렴치한 행동을 하는 그 여자가 사랑과 종교의 화신이라니. 클라리사 자신은 한 번도 그녀처럼 누구를 전향시키려 한 적이 없었다. 단지 모든 사람이 본연의 모습으로 돌아가길 바랐다. 창문 너머로 건넛집에 사는 노부인이 계단을 올라가는 모습이 보였다. 노부인이 계단을 오르기를 원한다면 그렇게 내버려두고, 멈추고 싶어 하면 멈추게 내버려둬야 한다. 종종 그랬듯 노부인은 침실로 들어가 창문의 커튼을 걷고 사라졌다. 그러다 누군가가 쳐다본다는 건 전혀 모른 채 다시 창문 앞으로 와서 밖을 내다보는 저 여인은 진정 존경스러웠다. 무언가 엄숙한 면이 있었다. 하지만 사랑과 종교라는 것은, 영혼의 비밀이든 뭐든 간에, 파괴하고 말 것이다. 그 불쾌한 킬먼 양은 저런 여인의 영혼의 자유를 파괴하고 말 것이다. 그런 광경을 보면 클라리사는 울고 싶어졌다.

사랑 또한 파괴적이었다. 모든 훌륭하고 진실된 것이 사랑 때문에 사라졌다. 피터 월시도 그 한 예이다. 그는 매력적이고 영리하며 매사에 자기만의 의견이 있던 남자였다. 포프나 애디슨[34]에 관해 알고 싶다든가 세상 사가 부질없다고 털어놓고 싶을 때, 피터만큼 좋은 친구는 없었다. 그럴 때마다 피터는 그녀를 도와줬고, 책을 빌려주기도 했다. 그러나 그 후 그가 사랑했던 여자들을 보라. 저속하고 하찮고 평범하기 짝이 없었다. 또 이렇게 많은 세월이 흐른 뒤에 클라리사를 보러 와선 무슨 얘기를 했지? 자기 자신에 관한 얘기, 그 끔찍한 정열적인 사랑 얘기만 했다! 그녀는 생각했다. 품위를 손상시키는 건 정열이야! 그러면서 딸 엘리자베스와 함께 육해군 백화점[35]으로 걸어가고 있을 킬먼 양을 생각했다.

빅벤이 30분을 쳤다.

이웃집 노부인(그들은 아주 오랜 세월 이웃이었다)은 그 종소리와 연관되어 있는 듯 종이 울리자 창가에서 물러났다. 그 모습이 이상하게도 감동적이었다. 분명 저 엄청난 시계 종소리는 그녀와 관계가 있으리라. 종소

---

34   영국의 시인 알렉산더 포프와 수필가 조지프 애디슨.

35   과거 육해군용품을 판매하던, 빅토리아 거리에 있는 백화점.

리의 여운이 아래로 아래로, 일상적인 것들 한가운데로 스며들어 그 순간을 엄숙하게 만들었다. 저 소리 때문에 노부인이 움직였을 거야. 하지만 어디로? 클라리사는 창가에서 물러난 노부인의 모습을 눈으로 좇았다. 노파의 하얀 모자가 침실 뒤편에서 움직이는 게 보였다. 그 방 끝에서 그녀는 아직도 움직이고 있었다. 왜 종교와 기도와 방수 코트가 필요할까? 저것이 바로 기적이고 신비인데, 저 노부인의 존재 자체가 기적인데. 그녀가 서랍장에서 화장대로 가는 게 보였다. 킬먼 양은, 혹은 피터는 저 신비를 풀었다고 생각하겠지. 하지만 클라리사는 그렇게 생각지 않았다. 그들 중 누구도 그걸 풀 가능성은 없었다. 그 궁극적인 신비는 아주 단순한 사실 안에 담겨 있었다. 여기에 방 하나가 있고, 저기에는 또 다른 방이 있다는 것. 종교가, 또는 사랑이 그 문제를 푼다고?

사랑이라는 건, 하고 생각을 이어가려는데 늘 빅벤보다 2분 늦게 치는 다른 시계 종소리가 방 안으로 흘러들었다. 그 종소리는 발을 끌며 들어와 앞치마에 챙겨 온 잡동사니들을 털썩 내려놓는 듯했다. 마치 대단히 엄숙하고 위엄 있는 빅벤 종소리는 법을 제정하지만, 자신은 온갖 사소한 일들을 그녀에게 일깨우는 임무를 맡았다는 듯이, 그러니까 마섬 부인, 엘리 헨더슨, 아이스크림을 담을 컵들 같은. 엄숙한 빅벤 종소리가 바다 위의 금궤처럼 지나간 자국을 따라, 자질구레한 것들이 춤추며 몰려왔다. 마섬 부인, 엘리 헨더슨, 아이스크림을 담을 컵들. 그녀는 당장 전화를 해야만 했다.

그 늦은 시계 종은, 수다스럽고 불안하게 울렸다. 달려드는 마차, 거칠게 지나가는 화물차, 경직된 남자들과 허영에 들뜬 여인네들, 사무실과 병원들의 돔과 탑들, 그런 잡동사니들의 마지막 잔재들이 지친 파도의 물보라처럼 킬먼 양의 육체에 부서져 내리는 것 같았다. 킬먼 양은 거리에 잠시 가만히 서서 그 물보라를 맞으며 중얼거렸다. "육체 때문이야."

그녀가 통제해야 할 것은 육체였다. 클라리사 댈러웨이는 자신을 모욕했다. 예상한 바였는데도, 그런 그녀를 제압하지 못했다. 자신이 아직 육체를 정복하지 못했기 때문이다. 클라리사 댈러웨이가 못생기고 세련되지 못한 자신을 비웃는 시선을 의식하자, 육체의 욕망이 되살아났다. 자신은 클라리사 댈러웨이처럼 생기지도 못했고, 그녀처럼 말할 줄도 몰랐다. 하지만 왜 그녀를 닮기를 원하지? 왜? 나는 댈러웨이 부인을 가슴 밑바닥에서부터 경멸하는데? 그녀는 진지하지 않았다. 그녀는 쓸모없는 존재였다. 그녀의 삶은 허영과 기만 덩어리였다. 하지만 도리스 킬먼은 그녀에게 압도당했다. 그녀가 자신을 비웃었을 때 거의 울음을 터뜨릴 뻔했다. "육체 때문이야. 육체 때문이야." 그녀는 중얼거렸다(소리 내어 말하는 것은 그녀의 습관이었다). 빅토리아 거리를 걸어내려가면서 그런 혼란스럽고 고통스러운 감정을 누르려고, 신에게 기도했다. 자신이 못생긴 것은 어쩔 수 없는 일이었다. 예쁜 옷을 살 여유도 없었다. 그래서 클라리사 댈러웨이가 자신을 비웃은 것이다. 하지만 우체통에 도착할 때까지 다른 일에 마음을 집중해보자. 게다가 그녀는 엘리자베스의 어머니이기도 해. 아니야, 다른 일을 생각해보자. 러시아를 생각해보자. 적어도 우체통에 다다를 때까지는.

시골은 얼마나 멋있을까, 그녀는 그렇게 혼잣말을 했다. 휘터커 씨의 말대로 격렬한 원한을, 사람들이 쳐다보기도 싫어하는 사랑스럽지 못한 육체라는 형벌을 내린 것을 시작으로 자신을 경멸하고 비웃고 저버린 세상에 대한 원한을 극복해보려 하면서. 어떻게 머리를 매만져도, 그녀의 이마는 하얗게 벗어진 달걀처럼 보였다. 어떤 옷도 그녀에겐 어울리지 않았다. 물론 한 여인에게 그것은 이성을 만나지 못함을 의미했다. 누구에게도 첫째가는 사랑을 받지 못했다. 최근 들어 때때로, 엘리자베스를 제외하고는 음식이 자신이 사는 목적의 전부인 것 같았다. 그녀에게 위로가 되는 건 저녁 식사와 차, 밤에 침대를 데워주는 뜨거운 물병뿐이었다. 하지만 인간은 싸워야 하고, 물리쳐야 하고, 신을 믿어야만 한다. 휘터커 씨는 그녀가 이유가 있어서 세상에 태어났다고 말했다. 하지만 아무도 내가 당하는 고통은 알지 못할 거예요! 그러자 그는 십자가를 가리키며, 신은 아신다고 말했다. 하지만 클라리사 댈레웨이 같은 다른 여인들은 고통 받지 않는데, 자신은 왜 고통 받아야만 하는 걸까? 휘터커 씨는 깨달음은 고통을 통해서 온다고 말했다.

그녀는 우체통을 지났고, 앞서가는 엘리자베스는 육
해군 백화점의 서늘한 갈색 담배 매장으로 꺾어 들어가
고 있었다. 그녀는 깨달음은 고통을 통해 온다는 휘터
커 씨의 말과, 육체라는 말을 계속해서 중얼거렸다. "육
체야."

엘리자베스가 그녀를 가로막으며 어떤 매장으로 가
고 싶으냐고 물었다.

"페티코트 매장으로." 그녀는 불쑥 그렇게 말하며,
곧바로 승강기가 있는 곳으로 무거운 걸음을 옮겼다.

그들은 위로 올라갔다. 딴 데 정신이 팔려 마치 몸집
큰 어린애나 조종하기 힘든 전함 같은 그녀를, 엘리자베
스가 이쪽저쪽으로 안내했다. 갈색이 나는 것, 단정한
것, 줄무늬가 있는 것, 경박한 것, 튼튼한 것, 얇은 것 등
등의 페티코트들이 있었다. 그녀는 멍한 상태에서 터무
니없는 것을 선택했다. 점원 소녀는 그녀가 미쳤다고 생
각했다.

점원들이 물건을 포장하고 있는 동안, 엘리자베스는

킬먼 양이 대체 무슨 생각을 하고 있는지 궁금했다. 킬먼 양은 기운을 차리고 마음을 가라앉히려면 차를 마셔야 한다고 했다. 그래서 그들은 차를 마셨다.

킬먼 양이 배가 고픈가, 엘리자베스는 생각했다. 그녀가 열심히 먹고 또 먹었기 때문이다. 그러고도 그녀는 옆 테이블에 놓인 설탕 친 케이크가 담긴 접시를 바라보고 또 바라보았다. 한 부인과 아이가 그 테이블에 앉았고, 아이가 케이크에 손을 뻗자 킬먼 양은 정말로 그걸 먹고 싶어 하는 것 같았다. 그랬다, 그녀는 정말로 그게 먹고 싶었다. 그 케이크, 그 분홍색 케이크를. 먹는 즐거움은 그녀에게 남아 있는 거의 유일한 즐거움이니, 그것조차 빼앗기긴 싫었다!

사람들이 행복할 때는 여유가 있을 때라고, 그녀는 엘리자베스에게 말했었다. 반면 자신은 타이어가 없는 차바퀴와 같아서(그녀는 이런 은유들을 좋아했다), 조약돌 하나에도 흔들린다고 했었다. 어느 화요일 아침 수업이 끝난 후, 그녀는 자신이 학생 가방이라고 부르는 책가방을 들고서, 벽난로 곁에 서서 그렇게 말했었다. 그녀는 또한 전쟁에 대해서도 얘기했다. 다 들어보니 결국 영국인이 항상 옳은 것은 아니라는, 다른 견해를 가진 사람도 있다는 뜻이었다. 그런 사람들이 모이는 모임도 있고, 그런 사람이 쓴 책도 있다면서. 그러면서 엘리자베스에게 자기와 함께 누군가의 말씀을 들으러 가지 않겠느냐고 했다. 그러더니 정말로 엘리자베스를 켄싱턴에 있는 어느 교회로 데려갔고, 그들은 목사(정말 이상하게 생긴 나이 든 남자였다)와 함께 차를 마셨다. 그녀는 책을 빌려주기도 했다. 법, 의학, 정치, 모든 직업이 당신 세대 여자들에게는 열려 있다고, 킬먼 양은 말했다. 하지만 내 경력은 엉망이 됐죠, 내 잘못일까요? 그럴 리가요, 아니에요, 라고 엘리자베스는 말했었다.

한번은 어머니가 부어턴에서 큰 꽃바구니가 왔다며, 킬먼 양에게 당신에게도 좀 드릴까요, 하고 물은 적이 있었다. 언제나처럼 친절하게. 하지만 킬먼 양은 그 꽃들을 한꺼번에 으스러지게 쥐고는 한마디도 하지 않았다. 사실 어머니는 킬먼 양의 관심사를 지루해했으며, 그들은 함께 있으면 서로를 끔찍해했다. 킬먼 양은 얼굴이 불룩해지며 매우 고통스러워 보일 지경이었다. 그렇지만 킬먼 양은 놀라우리만치 영리했다. 엘리자베스는 가난한 사람들에 대해서 한 번도 생각해본 적이 없었다. 자기 가족은 원하는 모든 것을 누리며 살았기 때문이다. 어머니는 매일 아침 침대에서 식사를 했다. 루시가 아침을 올려다 줬다. 또한 어머니는 노부인들을 좋아했다. 그들이 귀족의 후손들인 공작부인이기 때문이다. 반면 킬먼 양은 (수업이 끝난 어느 화요일 아침에) "내 할아버지는 켄싱턴에서 유화 물감을 파는 장사꾼이었어요"라고 말했다. 이렇듯 킬먼 양은 엘리자베스가 아는 다른 사람들과는 아주 달랐고, 그런 그녀 앞에 서면 작아지는 기분이 들었다.

킬먼 양은 차 한 잔을 더 마셨다. 동양적인 신비감을 지닌 엘리자베스는, 똑바른 자세로 앉아 있다가 이렇게 말했다. 전 그만 마실래요. 그러고는 자신의 하얀 장갑을 찾는 듯했다. 장갑은 테이블 밑에 떨어져 있었다. 아, 그녀를 가게 내버려둬선 안 돼! 이 젊고 아름다운, 내가 너무나도 사랑하는 소녀를! 킬먼 양은 그녀를 보내기 싫었다. 그런 생각을 하며 자신의 커다란 손을 테이블 위에서 쥐었다 폈다 했다.

하지만 엘리자베스는 약간 지루함을 느꼈다. 정말로 가고 싶었다.

그러나 킬먼 양은 "난 아직 다 마시지 않았어요"라고 말했다.

물론, 엘리자베스는 기다릴 것이다. 하지만 여기 실내 공기는 너무 탁했다.

"오늘 저녁 파티에 갈 거예요?" 킬먼 양이 물었다. 엘리자베스는 참석해야 한다고, 어머니가 그러길 원한다고 말했다. 하지만 킬먼 양은 파티 따위에 마음을 빼앗겨서는 안 된다고 말하며 초콜릿 에클레어의 마지막 남은 조각을 만지작거렸다.

나도 파티를 별로 좋아하지 않아요, 엘리자베스가 말했다. 킬먼 양은 입을 벌리고 턱을 내밀더니, 마지막 남은 꽤 큰 에클레어 조각을 입에 넣고 삼켰다. 그러고는 손가락을 닦고, 남은 찻물로 컵을 헹구듯 찻잔을 빙빙 돌렸다.

킬먼 양은 온몸이 산산이 찢기는 기분이었다. 너무도 고통스러웠다. 이 소녀를 붙잡을 수만 있다면, 꼭 껴안을 수만 있다면, 이 소녀를 완전히, 영원히 가질 수만 있다면 죽어도 여한이 없을 텐데. 하지만 엘리자베스가 자신에게 등을 돌리고 떠나는 걸 여기 앉아 말 한마디 못 하고 그저 바라볼 수밖에 없으리라. 그녀에게조차 혐오스러운 존재가 되는 건 견딜 수 없기에. 그녀는 자신의 굵은 손가락들을 꽉 움켜잡았다.

"나는 절대 파티에 가지 않아요." 킬먼 양이 엘리자베스가 떠나는 걸 막으려고 내뱉은 말이었다. "사람들이 나를 파티에 초대하지도 않고요." 그녀도 알고 있었다. 이런 자기중심적인 말이 제 무덤을 판다는 걸. 휘터커 씨도 그 점을 경고했었지만 어쩔 수가 없었다. 너무도 심한 고통을 겪어왔기 때문이다. "왜 그들이 나를 초대하겠어요? 나처럼 평범하고 불행한 사람을." 너무도 바보 같은 말임을 뻔히 알면서도 그렇게 말할 수밖에 없었다. 꾸러미를 들고 지나가는 저 사람들, 나를 경멸했던 모든 사람들이 날 이렇게 만든 거야. 하지만 난 도리스 킬먼이야. 학위도 있고 내 힘으로 세상을 살아나가고 있어. 근대사에 대한 내 지식은 뛰어나다는 말로도 부족하지.

"그렇다고 내가 스스로를 동정하는 건 아니에요. 내가 동정하는 건⋯⋯" '당신 어머니'라고 말하고 싶었지만 차마 그럴 수는 없었다. 엘리자베스에게 그럴 수는 없었다. "다른 사람들이에요."

영문도 모른 채 문까지 끌려왔다가 달아날 때만 기다리는 말 못 하는 짐승처럼, 엘리자베스 댈러웨이는 그저 조용히 앉아 있었다. 킬먼 양은 무슨 말을 더 하려는 걸까?

"나를 완전히 잊지는 말아요." 도리스 킬먼이 말했다. 목소리가 떨렸다. 마치 말 못 하는 짐승이 공포에 질려 들판 끝까지 달아나는 걸 보고 있는 듯.

킬먼 양의 커다란 손이 펴졌다 닫혔다.

엘리자베스가 머리를 돌렸다. 그들의 자리로 다가오는 웨이트리스가 보였다. 돈은 계산대에서 내야 한대요, 하며 엘리자베스가 자리에서 일어났다. 그녀가 다방을 가로지르며 저쪽으로 가자 킬먼 양의 몸속 내장도 질질 끌려가는 듯한 기분이었다. 그리고 엘리자베스는 고개를 숙여 정중히 인사하더니, 밖으로 나갔다.

그녀는 가버렸다. 킬먼 양은 사방에 에클레어 부스러기가 떨어진 대리석 테이블에 앉아 있었다. 한 번, 두 번, 세 번, 고통이 부딪쳐 왔다. 그녀는 가버렸다. 댈러웨이 부인이 이긴 것이다. 엘리자베스는 가버렸다. 아름다움이, 그 젊음이 가버렸다.

그렇게 그녀는 앉아 있었다. 그러다가 일어서서 작은 테이블들 사이를 비틀거리며 빠져나오다가 테이블에 부딪히기도 했다. 누군가가 그녀가 산 페티코트 꾸러미를 들고 쫓아왔다. 인도 여행용으로 특별히 제작된 트렁크들 사이에 갇혔다가 빠져나와 분만용품 세트와 유아용 리넨들이 있는 곳으로 갔고, 썩는 것과 안 썩는 것들, 햄, 약, 꽃, 문구용품 등 세상의 모든 소모품들 사이를 지나갔다. 냄새도 각양각색이었다. 어떤 것은 달콤하고 어떤 것은 시큼했다. 그것들 속에서 그녀는 여전히 비틀거렸다. 비스듬히 모자를 쓰고 새빨개진 얼굴로 비틀거리며 걷는 자신의 모습이 거울에 비치고 있었다. 마침내 그녀

273

는 거리로 나왔다.

웨스트민스터 대성당의 탑이, 그 신의 거처가 그녀 앞에, 교통의 흐름 한가운데 솟아 있었다. 하지만 그녀는 꾸러미를 들고 또 다른 성역인 웨스트민스터 사원[36]까지 꾸역꾸역 나아갔다. 그러고는 그 안으로 들어가 세상사를 피해 그곳을 찾은 다른 사람들 곁에 무릎 꿇고 앉아, 얼굴 앞에 두 손을 텐트 모양으로 세우고 기도했다. 그 안에 있는 모든 참배자들은 계급도 성性도 없어 보였다. 하지만 기도하는 손을 내리면, 바로 정중한 중산층 영국 남녀가 되었다. 그중 몇몇은 밀랍으로 만든 작품들을 보러 갔다.

그러나 킬먼 양은 계속 얼굴 앞에 손을 모으고 그대로 앉아 있었다. 혼자 남아 있던 그녀 주변으로, 또 다른 사람들이 몰려왔다. 거리에서 들어온 새로운 참배자들이었다. 기도를 끝낸 사람들이 무명용사의 무덤을 지

36   웨스트민스터 대성당 근처에 있는 성공회 사원으로, 영국 왕실과 인연이 깊어 대부분의 영국 역대 왕의 묘소가 있고 그들의 조각상도 세워져 있다.

나갈 때도, 그녀는 여전히 모은 손 안의 어둠과 사원의 어둠, 그 이중의 어둠 속에서 허영과 욕망, 그리고 물질을 넘어 높이 솟아오르려고 노력했다. 자신에게서 증오와 사랑의 감정을 없애려고 했다. 그녀의 손이 경련을 일으켰다. 온몸이 몸부림치는 듯했다. 하지만 다른 이들은 쉽게 신에게 접근했다. 그들에게 신으로 가는 길은 평탄했다. 재무성에서 은퇴한 플레처 씨, 유명한 왕실 고문 변호사의 미망인인 고럼 부인은 신에게 쉽게 다가갈 수 있었다. 그들은 기도를 드린 후 몸을 뒤로 기댄 채 음악을—감미로운 오르간 소리를—즐겼다. 그러고는 줄 끝에 앉아서 여전히 기도를 올리고 있는, 저승 문간에 서 있는 듯한 킬먼 양을 바라보며 불쌍히 여겼다. 그녀를 한 사람이 아니라 하나의 영혼으로 여기며.

플레처 씨는 그곳을 빠져나가야 했다. 그래서 그녀를 지나가야만 했는데, 대단히 말쑥한 차림의 그로서는, 그 가난한 여인의 지저분한 옷차림이 신경 쓰일 수밖에 없었다. 머리는 엉클어져 있었고, 꾸러미는 바닥에 내팽개쳐져 있었다. 그녀는 그가 지나가도록 바로 비켜주지 않앉다. 그래서 선 채로 주변을, 하얀 대리석과 회색빛 유리창들과 온갖 보물들을—그는 이 사원이 너무나도 자랑스러웠다—바라보자니, 이따금 무릎을 바꿔가며 기도하는 그녀의 큰 몸집과 강인한 모습이 너무나도 인상적으로 다가왔다. 그녀가 얼마나 힘들게 신께 다가가려 하는지, 그 욕망이 얼마나 격렬한지를 알 수 있었다. 그리하여 그도 댈러웨이 부인과(그녀는 그날 오후 내내 킬먼 양에 대한 생각을 마음에서 지울 수가 없었다), 에드워드 휘터커 목사와, 엘리자베스처럼 그녀를 자기 마음속에 각인할 수밖에 없었다.

한편 엘리자베스는 빅토리아 거리에서 버스를 기다리고 있었다. 밖으로 나오니 기분이 너무나도 좋았다. 아직은 집에 돌아가지 않아도 될 것 같았다. 그래서 바깥 공기도 더 쐴 겸 버스를 타고 싶었다. 하지만 그녀가 그 멋진 옷차림으로 버스 정류장에 서기도 전에, 또 사람들이 그녀를 주목하기 시작했다. 사람들은 그녀를 포플러나무에, 이른 새벽에, 히아신스에, 새끼 사슴에, 흐르는 시냇물에, 정원의 백합에 비유하기 시작했다. 그런 시선은 그녀의 삶을 짐스럽게 만들었다. 시골에서 자유롭게 지내는 게 훨씬 더 좋았다. 런던 사람들은 그녀를 백합에 비유했고, 그래서 파티에 가야만 했다. 런던 생활은, 시골에서 아버지와 개와 함께 지내는 생활에 비하면 지루하기 짝이 없었다.

버스들이 휙 달려와 멈추었다가 다시 떠났다. 야단스럽게 장식한, 번쩍이는 빨간색과 노란색의 대형 버스들이. 하지만 어떤 버스를 타야 하지? 마음에 드는 것이 없었다. 사람들을 밀치며 버스를 타고 싶지도 않았다. 수동적인 성격이었기 때문이다. 그녀의 표정은 다소 단조로웠지만, 동양적인 눈매는 아름답기 그지없었다. 어머니는, 그녀가 고운 어깨선과 곧은 자세를 가지고 있기에 언제나 매력적으로 보인다고 했다. 그녀도 저녁 모임에서 다소 흥분할 때가 있었지만, 사람들의 눈엔 지극히 침착하고 위엄 있게만 보였다. 그래서 사람들은 그녀가 무슨 생각을 할까 늘 궁금해했고, 남자들은 그녀를 보면 첫눈에 반해버렸다. 그녀는 그 모든 것이 정말이지 지겨웠다. 그녀의 어머니 클라리사도 사람들이 딸의 아름다움을 칭찬한다는 걸 알고 있었다. 하지만 딸은 그런 반응에 너무도 무신경해 옷차림조차 신경 쓰지 않았다. 걱정이 될 정도였다. 하지만 강아지나 기니피그들에게만 신경을 쓰는 게 더 나은지도 몰라. 그래서 엘리자베스가 더 매력적으로 보이는지도 모르고. 그런데 신기하기도 하지. 킬먼 양과는 우정을 맺고 있다니. 하지만 그건 개가 정이 있다는 증거이기도 해. 새벽 3시까지 잠 못 이루고 마르보 남작의 회고록을 읽던 클라리사는, 그런 생각에 빠지기도 했었다.

갑자기 엘리자베스가 앞으로 나아가 다른 사람들보다 먼저 버스에 올라탔다. 그녀는 2층으로 올라가 앉았다. 버스는 마치 해적선처럼 격렬하게 시동을 걸고는 날아갈 듯 출발했다. 똑바로 앉아 있으려면 난간을 꼭 잡아야 했다. 그야말로 해적선처럼 무모하고 조심성 없이 달렸고, 위험하게 우회전을 했으며, 승객을 태우기도 하고 대담하게 그들을 그냥 지나치기도 했다. 버스는 꿈틀거리는 뱀장어처럼 차들 사이를 통과했다. 모든 돛을 다펴고 거만하게 질주하는 해적선처럼, 그렇게 화이트홀로 달려갔다. 그동안 엘리자베스는 사심 없이 자신을 사랑하는 킬먼 양을, 자신을 넓은 들판을 달리는 새끼 사슴이자 숲속의 빈터를 비추는 달이라고 생각하는 불쌍한 킬먼 양을, 한 번도 생각하지 않았다. 오로지 그녀의 구속에서 벗어난 것만을 기뻐했다. 신선한 공기는 너무나도 상쾌했다. 육해군 백화점 안에서는 질식할 것만 같았다. 화이트홀로 달려가는 지금은, 마치 말을 타는 기분이었다. 버스가 움직일 때마다 새끼 사슴 빛깔의 코트를 입은 그녀의 아름다운 몸은 말 탄 기수처럼, 뱃머리의 조각상처럼 출렁거렸다. 미풍에 머리칼이 흩날렸다. 열기 때문에 볼은 하얀 나무처럼 창백했고, 아름다운 눈은 그 누구의 눈도 보지 않고 앞만 응시했다. 텅 빈 듯한 그녀의 빛나는 눈은 조각상의 그것처럼 믿기지 않을 정도로 앞만 뚫어지게 보고 있었다.

킬먼 양을 대하기가 힘든 건 그녀가 늘 자신의 고통을 토로하기 때문이었다. 그리고 그녀의 의견은 옳은 걸까? 만약 가난한 사람들을 돕는 것이 매일매일 위원회에 참석해 오랜 시간을 쓰는 것이라면, 아버지야말로 그렇게 살고 있다(런던에 있을 때는 아버지를 한 번 보기도 힘들었다). 그것이 킬먼 양이 말하는 그리스도교도의 삶일까? 신은 아시겠지. 하지만 그것은 말하기 힘든 문제였다. 아, 그녀는 조금 더 가고 싶었다. 스트랜드까지 가려면 1페니를 더 내야 한다고요? 여기 1페니 있어요. 그녀는 스트랜드까지 가보고 싶었다.

그녀는 아픈 사람들을 좋아했다. 킬먼 양이 지금 세대 여성에게는 모든 직업이 열려 있다고 했으니, 의사가 될 수도 있을 것이다. 농장주가 되어도 좋을 것이다. 동물들도 종종 아프니까, 1천 에이커쯤 되는 땅을 가지고 사람을 부리는 농장주가 되어도 좋을 것이다. 그럼 자신이 부리는 사람들이 사는 오두막에도 찾아가볼 것이다. 이게 서머싯 하우스[37]구나. 나는 아주 훌륭한 농장주가 될 거야. 이런 생각이 든 것은 킬먼 양 때문이기도 했지만, 이상하게도 거의 전적으로 서머싯 하우스 때문이었다. 그 커다란 회색 건물은 너무나도 화려하고 장중했다.

---

[37]   런던 템스강변에 자리한 역사적 건물.

그리고 부지런히 일하는 사람들을 보는 것도 좋았다. 스트랜드 거리의 인파에 맞서 서 있는, 회색 종이로 오린 듯 보이는 교회들도 좋았다. 챈서리 레인에서 내리면서, 여기는 웨스트민스터와는 아주 다르다고 생각했다. 이 부근 사람들은 너무도 진지하고 너무도 바빠 보였다. 간단하게 말해서, 그녀도 그들처럼 직업을 갖고 싶었다. 의사도 되고 싶고 농장주도 되고 싶었으며, 필요하다면 의회로 진출하고도 싶었다. 그 모든 게 스트랜드 거리 때문이었다.

바쁜 사람들의 발걸음과 일을 차곡차곡 진행하는 손길들이, 사소한 잡담들(여자를 포플러에 비유하는 잡담은, 물론 약간의 호기심을 불러일으키기는 하지만, 터무니없는 말이었다)이 아니라 선박이나 사업, 법, 행정 등을 생각하는 정신들이 좋았다. 너무나도 위엄 있고(그녀는 사원 구역에 있었다) 즐겁고(강이 흐르고 있었다) 신성한(교회가 있었다) 그 모든 것들에 마음을 뺏겨, 그녀는 어머니가 뭐라 하든 농장주나 의사가 되기로 단호히 결심했다. 물론 좀 게으른 편이기는 하지만.

그런 생각은 입 밖으로 꺼내지 않는 편이 좋다. 사람이 혼자 있다 보면 종종 하게 되는 그런 생각을 발설하면 어리석어 보이니까. 건축한 사람의 이름조차 명시되지 않은 건물들이나 시티[38]에서 돌아오는 사람들의 무리가, 켄싱턴의 성직자나 킬먼 양이 빌려준 책보다도 더 크게, 그녀 마음의 모랫바닥에 어설프고 수줍게 놓여 있던 생각들을 자극한 것은 사실이었다. 마치 어린아이가 갑자기 기지개를 켜기라도 하듯이 말이다. 그 한 번의 한숨, 한 번의 기지개, 그 한 번의 충동과 계시가, 영원한 영향을 끼치고는 다시 모랫바닥으로 가라앉는 듯했다. 이제는 집으로 가야만 했다. 파티를 위해 옷을 갈아입어야 했다. 한데 몇 시지? 시계는 어디 있지?

그녀는 플리트 거리를 바라다보고는, 세인트폴 성당 방향으로 조심스럽게 걸음을 옮겼다. 마치 밤에 촛불을 들고 발끝으로 소리 없이 낯선 집으로 들어가 집 안을 탐색하는 사람처럼, 주인이 갑자기 침실 문을 열고 나와

---

38   런던 금융의 중심가 시티 오브 런던을 가리키는 말.

왜 왔느냐고 물을까 봐 신경이 곤두선 사람처럼, 그 낯선 집 안에 보이는 문이 침실 문인지 거실 문인지 식료품 저장실로 연결되는 문인지를 몰라 감히 열어보지 못하는 사람처럼. 호기심을 끄는 골목길이나 뒷길로는 차마 들어갈 엄두가 나지 않았다. 스트랜드 거리는 댈러웨이 가문 사람들이 일상적으로 오는 곳이 아니기 때문이었다. 여기까지 온 것만 해도 의심할 줄 모르는 개척자이자 방랑자처럼 위험을 무릅쓴 행동이었다.

어머니는 그녀가 여러 가지 면에서 아직 미숙하다고 생각했다. 아직도 인형과 낡은 슬리퍼에 집착하는 어린애라고 생각했다. 하지만 바로 그 점이 그녀의 매력이었다. 물론 댈러웨이 가문은 대중을 위해 봉사하는 전통이 있었다. 여자들도 수녀원 원장, 교장, 여자대학 학장, 고위 성직자 등을 지냈다. 그들 중 누구도 뛰어나지는 않았지만, 그렇게 봉사했다. 그녀는 세인트폴 성당 쪽으로 조금 더 가까이 걸어갔다. 이 거리의 소란함이 전해주는 다정함, 어머니 같고 자매 같고 형제 같은 분위기가 좋았다. 그녀에게는 좋아 보였다. 소음은 대단했는데, 갑자기 (실업자들이 부는) 트럼펫 소리가 요란하게 울리더니 금속성 소리가 났다. 군악이었다. 사람들은 마치 행진을 하는 듯했다. 하지만 그들은 죽어가고 있었다. 위엄 있게 마지막 숨을 몰아쉬고 있는 어느 여인의 죽음을 지켜보던 누군가가 방 창문을 열고 그 소란한 플리트 거리를 내려다본다면, 그 무심한 듯 의기양양한 군악 소리가 그에게 위안을 줄 것이다.

그 소리에는 의식이 없었다. 거기에는 어떤 운이나 운명에 대한 인식이 없었다. 바로 그 때문에 죽어가는 사람의 마지막 부들거림을 멍하니 지켜보는 이들에게조차, 위안이 되는 것이다.

사람들의 망각은, 그 배은망덕함은 상처를 주기도 하겠지만, 이 쏟아지는 소리는 오가는 세월 속에서도 맹세를, 화물차를, 삶을, 그 행렬을 모두 싣고 갈 것이다. 빙하의 거친 흐름이 뼛조각이나 푸른 꽃잎, 떡갈나무들을 싣고 떠내려가듯.

하지만 생각보다 시간이 늦었다. 어머니는 그녀가 이처럼 혼자 헤매고 돌아다니는 걸 좋아하지 않으리라. 그녀는 스트랜드 거리를 되돌아 내려갔다.

바람이 한바탕 불어와(열기에도 불구하고 바람이 꽤 있었다) 태양과 스트랜드 거리 위로 얇은 검은 베일이 덮였다. 사람들의 얼굴도 희미해졌고, 버스들도 번쩍이는 빛을 잃었다. 구름은 크고 높은 하얀 빙산처럼 보여, 도끼로 찍어낼 수도 있을 것 같았다. 그 구름 옆에는 잔디를 깐 천상의 정원 같은, 황금색 비탈이 넓게 펼쳐져 있었다. 마치 천상의 신들을 위한 안식처 같았다. 하지만 그 가운데에도 끊임없는 움직임이 있었다. 신호가 오갔다. 이미 정해진 계획이었던 듯, 그 빙산 같은 구름이 점점 줄어들더니 피라미드 모양으로 변해 새로운 정박지를 향해 장엄하게 움직이기 시작했다. 구름들은 언뜻 보면 제자리에 고정된 듯, 합의하에 모두 쉬고 있는 듯 보여도, 눈처럼 희기도 하고 금빛으로 빛나기도 하는 그 구름 표면은 더없이 신선하고 자유롭고 민감해 보였다. 장중하게 고정되어 있고 켜켜이 쌓여 있어 견고해 보이는 그 구름의 엄숙한 집합체는, 언제라도 순식간에 해체될 수 있었다. 그것들은 땅에 빛을 던졌다 어두운 그림자를 던졌다 했다.

그 구름 아래에서 엘리자베스 댈러웨이는 침착하고 당당하게 웨스트민스터행 버스에 올라탔다.

벽을 회색으로 그늘지게 했다가, 바나나를 선명한 노란색으로 밝게 비추었다가, 스트랜드 거리를 잿빛으로 어둑하게 했다가, 버스들을 밝은 노란빛으로 만드는 그 빛과 그림자는, 방 안의 긴 소파에 누워 있는 셉티머스 스미스에겐 사라졌다 다시 나타나는 신호처럼 보였다. 그 엷은 금빛의 생물 같은 것이 벽지 위에, 장미 위에서 빛을 발하다가 사라졌다가 했다. 바깥의 나무들은 대기의 심연 속에서 잎들을 그물처럼 펼쳤다. 방 안의 파도 소리 사이로, 새들이 부르는 노랫소리가 들렸다. 신들이 그의 머리 위에 보배를 쏟아부었고, 의자 등받이에 놓인 그의 손은 마치 헤엄치는 손처럼 파도 위에 떠 있는 듯했다. 그러는 동안 멀리 해안에서는 개가 짖고 또 짖고 있었다. 더 이상 두려워 마라, 육체 안의 마음이 말했다, 더 이상 두려워 마라.

그는 두렵지 않았다. 매 순간 자연은 벽을 따라 도는

저 어룽대는 금색 얼룩으로—저기, 저기, 저기—즐겁게 힌트를 보여주었다. 깃털 장식을 휘두르며, 치렁치렁한 머리를 흔들며, 망토를 이리저리 아름답게 흔들면서, 입가에 두 손을 오므리고 셰익스피어의 말을 속삭여주었다.

레치아는 테이블에 앉아 손으로 모자를 돌리며 그런 그를 바라봤다. 미소 짓는 그의 얼굴은 행복해 보였다. 하지만 그녀는 그의 미소를 참을 수가 없었다. 이건 결혼 생활이 아니었다. 놀라다가 웃기도 하고, 몇 시간이고 가만 앉아 있다가 그녀를 꼭 움켜잡기도 하고, 뭔가를 받아쓰라고 말하기도 하는 저 이상한 남자는 더 이상 남편이 아니었다. 책상 서랍은 그렇게 받아쓴 글들로 가득 차 있었다. 전쟁, 셰익스피어, 위대한 발견, 죽음은 존재하지 않는다는 것에 관한 글들로. 최근에 그는 갑자기 이유도 없이 흥분해서는(홈스 의사와 윌리엄 브래드쇼 경 둘 다 흥분은 그에게 가장 나쁜 것이라고 했다), 손을 흔들며 소리쳤다. 나는 진실을 안다! 나는 모든 것을 안다! 전사한 내 친구 에번스가 왔다! 그가 장막 뒤에서 노래하고 있다! 그녀는 그 모든 말들을 받아썼다.

어떤 말들은 아주 아름다웠지만, 대부분의 말들은 순전히 헛소리였다. 그는 말하다 말고 다른 말을 끼워 넣자고 하기도 했다. 새로운 말들이 들리는지, 두 손을 들어 귀에다 대고는. 하지만 그녀에게는 아무 소리도 들리지 않았다.

한번은 방을 청소하던 하녀가 그런 종이들 중 하나를 읽고는 웃음을 터뜨렸다. 아주 유감스러운 일이었다. 그 때문에 화가 난 셉티머스는 인간의 잔인성에 대해 큰 소리로 떠들었다. 타락한 그들이 서로를 갈기갈기 찢어 죽인다며. 또한 그는 '홈스가 우리를 공격한다'고 말하며 홈스에 대한 얘기를 만들어내기도 했다. 홈스는 죽을 먹어, 홈스는 셰익스피어를 읽어, 하다가 갑작스럽게 웃음을 터뜨리기도 하고 분노로 소리를 지르기도 했다. 홈스 의사는 그에게는 무엇인가 끔찍한 것을 나타내는 것 같았다. 그는 홈스를 '인간 본성'이라고 불렀다. 그리고 환상을 보기도 했다. 자신이 익사해서 절벽 위에 누워 있는데, 갈매기들이 위에서 비명을 지른다면서. 그는 소파 너머를 바라보며 바다가 보인다고 했다. 음악 소리가 들린다고도 했는데, 사실 그건 거리에서 들려오는 손 풍금 소리나 누가 외치는 소리였다. 하지만 그는 "아름 다워!"라고 말하며 눈물을 흘렸다. 전쟁터에서 용감하 게 싸웠던 남자가 우는 것을 지켜보는 일은 끔찍했다. 누워서 가만있다가 자신이 불 속으로, 불 속으로 떨어지 고 있다고 울부짖기도 했다. 그녀는 정말로 그 불을 찾 고 싶었다. 그가 너무도 진짜처럼 말하기 때문이었다. 하 지만 아무것도 없었다. 방에는 그들 둘밖에 없었다. 그녀 는 꿈이라고 말하며, 가까스로 그를 진정시켰다. 하지만 때때로 그녀 또한 두려웠다. 그녀는 바느질을 하며 한숨 을 지었다.

그녀의 한숨 소리는 저녁 무렵 숲속을 스치는 바람 처럼 부드럽고 매혹적이었다. 그녀는 가위를 내려놓고, 테이블에서 무언가를 집으려고 몸을 돌렸다. 그러고는 다시 모자를 들고 바느질을 하기도 하고 툭툭 치기도 하 고 바스락거리는 소리를 내기도 했다. 그는 속눈썹 사이 로 그녀의 흐릿한 윤곽을 볼 수 있었다. 그녀의 작고 까 만 몸을, 그녀의 얼굴을, 그녀의 양손을, 실타래를 집어

들거나 실크 실을 찾는(그녀는 물건들을 어디 두었는지 잘 잊어버렸다) 그녀의 모습을. 그녀는 필머 부인의 결혼한 딸을 위해 모자를 꾸미고 있었다. 딸 이름이 뭐더라? 기억이 나지 않았다.

"필머 부인의 결혼한 딸 이름이 뭐지?" 그가 물었다.

"피터스 부인요." 레치아가 대답했다. 그러고는 모자를 들어 올리며 너무 작을까 봐 걱정이라고 했다. 레치아는 몸집 큰 그 피터스 부인을 싫어했지만, 필머 부인의 친절에 보답하고 싶어서 딸의 모자를 꾸미고 있는 것이었다. "오늘 아침엔 포도를 주셨다니까." 그러더니, 며칠 전 피터스 부인이 어떻게 우리가 밖에 나간 줄 알았는지, 우리 방에 들어와 축음기를 틀어놓고 있더라고 했다.

"정말이오?" 그가 물었다. 그녀가 축음기를 틀고 있었다고? 그래요, 그때 말했잖아요. 피터스 부인이 축음기를 틀고 있는 걸 봤다고.

그는 정말로 방에 축음기가 있는지 조심스레 눈을 떴다. 하지만 실제 사물들은 너무도 자극적이어서 조심해야만 했다. 미치고 싶지 않았으니까. 우선 그는 아래

선반에 놓여 있는 패션 잡지들을 바라봤다. 그러고는 초록빛 나팔이 달린 축음기로 서서히 눈길을 돌렸다. 모든 것이 틀림없었다. 그래서 용기를 내어 찬장을 쳐다봤다. 그리고 바나나가 담긴 접시를, 빅토리아 여왕과 부군을 새긴 판화를, 장미가 담긴 항아리가 놓여 있는 벽난로 선반을 쳐다봤다. 그 어느 것도 움직이지 않았다. 모든 것이 정지 상태였다. 모든 것이 실재하고 있었다.

"피터스 부인은 험담을 잘해요." 레치아가 말했다.

"피터스 씨는 직업이?" 셉티머스가 물었다.

"아." 레치아는 기억을 더듬었다. 필머 부인이 그가 어떤 회사의 외무 사원이라고 말했던 것이 생각났다. "지금은 헐에 있대요." 그녀가 말했다.

"지금은!" 이 말을 할 때는 이탈리아 억양이었다. 그녀는 그렇게 말했다. 그는 한 번에 조금씩만 그녀의 얼굴을 볼 수 있도록, 자신의 눈을 가렸다. 처음에는 턱, 다음에는 코, 그리고 이마를 봤다. 얼굴이 기형으로 일그러져 있지나 않을까 해서. 하지만 아니었다. 그녀는 아무 일 없이, 바느질하는 여인들이 흔히 그러듯 입술을 오므리고 차분하고 우울한 표정으로 앉아 있었다. 그는 아무것도 무서워할 것 없다고 스스로를 안심시키며 두 번, 세 번 그녀의 얼굴과 손을 다시 쳐다봤다. 환한 대낮에 바느질을 하며 앉아 있는 그녀에게 도대체 무슨 소름 끼치고 혐오스러운 것이 있겠는가? 피터스 부인은 험담을 잘한다. 피터스 씨는 헐에 있다. 그런데 왜 나는 화를 내고 예언을 하는가? 왜 매를 맞고 도망을 가는가? 왜 구름에 떨며 흐느끼는가? 레치아는 옷 앞섶에 바늘을 꽂고 앉아 있고 피터스 씨는 헐에 있는데, 왜 나는 진리를 찾고 메시지를 전하려 하는 거지? 기적, 계시, 고통, 외로움은 바닷속으로 깊이깊이 떨어져 불길 속으로 들어가 타버리고 말았다. 레치아가 피터스 부인이 쓸 밀짚모자를 다듬는 것을 바라보니, 꽃무늬가 있는 침대보 생각이 났다.

"피터스 부인에게는 너무 작아 보이는걸." 셉티머스가 말했다.

그렇게 예전처럼 말하는 것은 며칠 만에 처음이었다! 물론 그렇다고, 터무니없이 작다고 그녀는 말했다.

하지만 피터스 부인이 직접 고른 것이었다.

그는 그녀의 손에서 모자를 받아 들고는, 거리에서 손풍금을 연주하는 사람이 데리고 다니는 원숭이나 쓸 모자 같다고 말했다.

그 말이 그녀를 너무나도 즐겁게 했다! 다른 부부처럼 이렇게 내밀한 농담을 나누며 함께 웃는 게 몇 주 만인가. 필머 부인이나 피터스 부인이, 혹은 누가 들어오더라도 그들이 무엇 때문에 이렇게 웃는지 이해하지 못하리라.

"이렇게 하면 어때요?" 그녀는 모자 한쪽 옆에 장미를 달면서 말했다. 이렇게 행복한 적은 난생처음이었다! 난생처음이었다!

그러니까 더 우스꽝스러워 보이는데. 셉티머스가 말했다. 이제 그 부인이 그걸 쓰면 장터 품평회장에 나온 돼지처럼 보일걸. (누구도 셉티머스처럼 그녀를 웃기지 못했다.)

그가 바느질 상자에 무엇이 들어 있는지 들여다봤다. 리본, 구슬, 장식 술, 인조 꽃 들이 들어 있었다. 그녀는 그것들을 모두 테이블 위에 쏟아부었다. 그는 언뜻 보기엔 색이 어울려 보이지 않는 것들을 조합해봤다. 비록 손재주가 없어 꾸러미도 잘 싸지 못하지만, 색감만큼은 훌륭했다. 물론 때때로 터무니없는 색을 조합하기도 했지만, 대체로 그의 판단은 놀라울 정도로 옳았다.

"부인에게 아름다운 모자를 만들어드려야지!" 그는 중얼거리며 이것저것을 집어 들었다. 레치아는 그의 옆에 무릎을 꿇고 앉아 어깨너머로 지켜봤다. 그가 말했다. 이제 디자인은 끝났어. 이제 당신이 이것들을 꿰매기만 하면 돼. 하지만 내가 만든 그대로 꿰매려면 아주 조심해야 해.

그녀는 그가 디자인한 대로 꿰맸다. 그녀가 바느질을 할 때면 난로 위에 놓인 주전자처럼 보글보글 소리가 났다. 그녀가 작고 가느다랗지만 힘이 넘치는 손가락으로 천을 움켜잡고 재빠르게 쿡쿡 찌르자, 바늘은 반짝하며 곧바로 천으로 들어갔다. 술 장식 위로, 벽지 위로, 아까처럼 햇빛이 들락거려도 그는 신경 쓰이지 않았다. 그는 발을 쭉 뻗고, 소파 끝에 놓인 고리 무늬 양말을 신은 자신의 발을 바라보며, 그녀가 작업을 끝내길 기다렸다. 이 따뜻한 장소에서, 이 조용하고 아늑한 곳에서 기다릴 거야. 때때로 어느 저녁 숲에서 이렇게 아늑한 곳을 만나곤 했다. 땅이 경사지거나 나무가 알맞게 우거져(무엇보다도 과학적이어야 해) 온기가 남아 있고, 새의 날개깃 같은 공기가 뺨을 스치는 곳을.

"됐다." 레치아가 피터스 부인의 모자를 손끝으로 빙글빙글 돌리며 말했다. "지금은 이 정도면 됐어. 나중에……" 그녀의 말끝이 꽉 잠그지 않은 수도꼭지에서 새는 물처럼 똑, 똑, 똑, 하며 사라졌다.

모자는 정말 대단했다. 레치아는 자신이 그렇게 자랑스러울 수가 없었다. 피터스 부인의 모자는 정말로 멋지고 튼튼하게 꾸며져 있었다.

"정말로 멋진걸." 그가 말했다.

그렇다, 그녀는 이 모자를 보면 늘 행복할 것 같았다. 이 모자를 만들 때 그는 제정신이었고 함께 웃었으니까. 둘이 함께 있었으니까. 언제라도 이 모자를 좋아하게 될 것 같았다.

그는 그녀에게 모자를 써보라고 말했다.

"하지만 내가 쓰면 너무 이상해 보일 텐데!" 그녀는 그렇게 말하며 거울로 달려가 모자를 쓰고 이쪽저쪽으로 바라봤다. 그러고는 얼른 모자를 벗었다. 똑똑 문 두드리는 소리가 들렸기 때문이었다. 윌리엄 브래드쇼 경일까? 그가 벌써 사람을 보냈을까?

아니었다! 조그마한 여자아이가 저녁 신문을 가져왔을 뿐이었다.

항상 있는 일, 매일 저녁 있는 일이었다. 아이는 문간에서 엄지손가락을 빨고 있었다. 레치아는 그 아이 앞에 무릎을 꿇고는 정답게 말을 하고 입을 맞추었다. 그러고는 테이블 서랍에서 사탕 봉지를 꺼냈다. 이 역시 항상 있는 일이었다. 처음은 이렇게, 그다음은 이렇게. 그래서 그녀는 그렇게 했다. 처음은 이렇게 그다음은 이렇게. 아이와 함께 춤을 추고, 폴짝폴짝 뛰고, 방을 빙빙 돌았다. 그는 신문을 집어 들었다. 서리 팀 완패, 하고 그는 기사 제목을 읽었다. 더위 엄습. 레치아가 그 말을 따라 했다. 서리 팀 완패. 더위 엄습. 그 말을 필머 부인의 손녀딸과

하는 놀이로 만들어 둘은 함께 웃고 노래하며 놀았다. 그는 몹시 피곤했다. 몹시 행복하기도 했다. 그는 자고 싶었다. 눈을 감았다. 하지만 아무것도 보이지 않게 되자 놀이 소리는 점점 희미해지고 낯설어져, 멀리멀리 떠나가버린, 찾으려 해도 찾지 못할 사람들의 외침처럼 들렸다. 그들은 그를 잃었다!

그는 공포에 질려 놀라 일어났다. 무엇을 본 거지? 찬장엔 여전히 바나나 접시가 놓여 있었다. 사람은 아무도 없었다. (레치아는 아이를 아이 어머니에게 데리고 간 상태였다. 잠잘 시간이었기 때문에.) 바로 그것이었다. 영원히 혼자라는 것. 밀라노의 그 방으로 들어가 풀 먹인 아마포를 가위로 자르는 자매를 보았을 때, 그에게 선고된 운명이었다. 영원히 혼자라는 것.

찬장과 바나나와 함께 그는 혼자였다. 이 황량한 고지에 몸을 뻗고 홀로 누워 있었다. 하지만 실제로 그가 있는 곳은 산꼭대기도, 우뚝 솟은 바위 위도 아니고, 필머 부인의 거실 소파 위였다. 환상의 얼굴들, 죽은 자들의 목소리들. 그들은 어디에 있는 거지? 그의 앞엔 까만 갈대와 푸른 제비들이 그려진 칸막이가 있었다. 한때 산들과 사람들의 얼굴이 보이던 곳에, 아름다운 것들이 보이던 곳에, 칸막이가 놓여 있었다.

"에번스!" 그가 소리쳤다. 아무런 대답이 없었다. 쥐가 찍찍거렸다. 아니면 커튼이 바스락거리는 소린가. 저 소리가 죽은 자들의 목소린가. 하지만 칸막이와 석탄 그릇, 찬장만 보일 뿐이었다. 그럼 저것들과 맞서보자…… 하지만 바로 그때 레치아가 재잘거리며 방으로 뛰어 들어왔다.

편지가 왔다고. 모든 사람들의 계획이 변경되었다고. 필머 부인은 결국 브라이턴에 갈 수 없게 됐고, 윌리엄스 부인에게 알릴 시간도 없었다고. 레치아는 이 모든 일이 매우 짜증스럽다고 생각했다. 그때 그녀의 눈에 모자가 들어왔고 어쩌면…… 저 모자 모양을 조금은 더 바꿀 수 있을 거라고…… 조금은…… 그녀의 목소리는 만족하는 억양으로 끝을 맺었다.

"아, 젠장!" 그녀가 소리쳤다(그녀가 욕하는 것은 그들만의 농담이었다). 바늘이 부러졌다. 모자, 아이, 브라이턴, 바늘. 그녀는 다시 바느질을 하며 문제들을 정리했다. 처음에는 이것, 그다음은 이것.

그녀는 장미를 떼어버리면 모자가 나아 보이지 않겠느냐고 그에게 묻고 싶었다. 그래서 소파 끝으로 가서 앉았다.

우린 지금 완벽하게 행복해요. 그녀는 모자를 내려놓으며 갑자기 그렇게 말했다. 지금은 무엇이든 남편에게 말할 수 있기 때문이었다. 생각나는 건 무엇이든 말할 수 있었다. 셉티머스를 처음 봤을 때도 바로 그런 기분, 무엇이든 털어놓고 싶은 기분이었다. 그날 밤 그는 영국인 동료들과 어울려 카페로 들어왔다. 다소 수줍어하며 주위를 두리번거렸고, 모자가 떨어지자 주워서 다시 걸었었다. 비록 언니가 숭배하는 몸집이 큰 영국인은 아니었지만, 그가 영국인이라는 걸 알 수 있었다. 그는 늘 말랐었다. 하지만 아름답고 윤기 흐르는 피부였고, 큰 코와 밝은 눈, 약간 구부리고 앉는 자세는, 그에게 자주 말했듯이 어린 매를 연상시켰다. 도미노 게임을 하고 있던 그녀가 그를 처음으로 봤던 그날 저녁에도, 그의 모습은 어린 매 같았다. 그녀에겐 늘 아주 친절했었다. 그녀는 그가 거칠게 행동하거나 술에 취한 것을 한 번도 본 적이 없었다. 때때로 비참한 전쟁을 괴로워할 뿐이었다. 하지만 그럴 때조차 그녀가 나타나면 그러기를 멈추었다. 그녀는 세상의 이런저런 일들, 사소하게 짜증나는 일이나 문득 드는 생각들도 그에게 말하고 싶었고, 그는 어떤 말이든 당장 이해했다. 가족들조차 그처럼 그녀의 말을 이해해주진 않았었다. 그는 그녀보다 나이도 많고 경험도 풍부하고 아주 똑똑해서—그녀가 영어로 아이들 동화를 읽을 수 있기도 전에 셰익스피어를 읽어보라고 얼마나 진지하게 권했던가!—그녀를 도울 수 있었다. 그녀 또한 그를 도울 수 있었다.

하지만 지금 이 모자는. 그리고(시간이 지체되고 있었다) 윌리엄 브래드쇼 경은.

그녀는 손을 머리로 가져가며, 그 모자가 좋아 보이는지 그렇지 않은지 그의 말을 기다리고 있었다. 그녀가 대답을 기다리며 그를 내려다보고 있을 때, 그는 그녀의 마음을 느낄 수 있었다. 늘 가지에서 가지로 곧바로 내려앉는 한 마리 새 같은 그녀의 마음을. 그녀는 자신에게 어울리는 긴장을 푼 편안한 자세로 거기 앉아 있었고, 그는 그녀의 마음을 능히 알 수 있었다. 그가 어떤 말을 해도, 구부러진 발톱으로 가지에 단단히 내려앉은 새처럼 바로 웃을 것이란 걸.

하지만 그는 브래드쇼가 말한 걸 기억했다. "아플 때는 좋아하는 사람들과 같이 있는 건 좋지 않아요." 그러면서 브래드쇼는 그에게 쉬는 법을 배워야 한다고 말했다. 브래드쇼는 그들이 헤어져 있어야 한다고 말했다.

'그래야 한다', '그래야 한다', 왜 그래야 하는 거지? 브래드쇼가 무슨 자격으로 날 좌지우지하려는 거지? "무슨 권리로 브래드쇼가 나에게 '그래야 한다'고 말하는 거요?" 그는 레치아에게 요구했다.

"당신이 자살 얘기를 꺼냈기 때문이에요." 레치아가 말했다. (고맙게도, 그녀는 이제 셉티머스에게 무엇이든 말할 수 있었다.)

그러니까 그는 그들의 손아귀 안에 있었다! 홈스와 브래드쇼가 그를 덮치고 있었다. 빨간 콧구멍을 가진 그

짐승들이 비밀스러운 모든 곳을 킁킁거리며 냄새 맡고 다녔다! '그래야 한다'고 말하겠지! 그나저나 내 종이들은 어디 있지? 내가 글을 써놓은 종이들이?

그녀는 그가 직접 쓴 것이나 자신이 그의 말을 받아 쓴 종이들을 가져와 그것들을 소파 위에 쏟았다. 그들은 그것들을 함께 살펴보았다. 도표, 설계도, 막대기를 무기처럼 휘두르는 작은 남자와 여자(그들 등에 돋은 것은 날개일까?), 1실링짜리 동전과 6펜스짜리 동전을 대고 그린 태양과 별. 등산가들이 함께 로프를 타고 기어오르는, 정확히 칼과 포크처럼 보이는 벼랑들. 파도처럼 보이는 작은 웃는 얼굴들. 세계 지도도 있었다. 태워버려! 그가 외쳤다. 이제는 그가 쓴 글들. 철쭉 숲 뒤에서 죽은 자들이 어떻게 노래 부르고 있는지에 관한 것, 시간에 부친 송가, 셰익스피어와의 대화, 그리고 에번스, 에번스, 에번스. 모두가 그 죽은 자가 보낸 메시지들이었다. 나무들을 베지 마, 수상에게 우주적인 사랑과 세상의 의미를 얘기해줘, 등등. 태워버려! 그가 외쳤다.

하지만 레치아는 그 종이들 위에 가만히 손을 얹었

다. 어떤 것들은 아주 아름답게 보였다. 그녀는 그것들을 (봉투가 없었기 때문에) 실크 천 조각으로 묶으려 했다.

만약에 그들이 당신을 데려간다면 나도 함께 가겠어요, 우리 뜻을 무시하고 우리를 떼어놓을 순 없어요, 그녀가 말했다.

그녀는 그의 옆에 앉아 종이들의 가장자리를 가지런히 맞추고 한 뭉치로 묶으려 했다. 꽃잎들이 그런 그녀를 에워싸 보호하는 것 같았다. 그녀는 그 자체로 하나의 꽃나무였다. 그녀의 가지 사이로 얼굴을 내밀고 있는 입법자들도 그녀 자신이었다. 그녀는 아무도 두려워하지 않았다. 홈스도 브래드쇼도 두려워하지 않는 성역에 이르러 있었다. 그것은 최후에 이룬 가장 위대한 기적이요 승리였다. 그녀는 무게가 적어도 72킬로그램은 되는 홈스와 브래드쇼라는 무거운 짐을 지고 간담이 서늘해지는 가파른 계단을 비틀거리며 올라갔다. 그들은 자기 아내를 궁중으로 들여보낼 수 있는 지체 높은 자들, 1년에 1만 파운드나 버는 자들, 균형에 대해 얘기하는 자들, 평결은 다르지만(홈스는 이렇게 이야기하고 브래드쇼는 저렇게 이야기했다) 둘 다 심판관인 자들, 환상과 현실을 혼동해 아무것도 명확하게 보지 못하면서도 남을 지배하고 벌을 가하는 자들이었다. '그래야 한다'고 말하는 자들이었다. 그런 자들을 루크레치아가 이긴 것이다.

"됐다!" 그녀가 말했다. 드디어 종이들이 한 뭉치로 묶인 것이다. 그녀는 이 종이 뭉치를 아무도 손대지 못하게 어딘가로 치워둘 작정이었다.

그리고 그녀는, 그 어떤 일도 우리를 갈라놓을 수 없다고 말했다. 남편을 매라고, 까마귀라고 부르면서, 심술궂게 곡식을 망가뜨리는 것이 꼭 당신 같다면서, 아무도 우리를 갈라놓을 수 없다고 말했다.

그리고 그녀는 자신들의 짐을 싸려고 일어섰다. 그때 아래층에서 목소리가 들렸다. 홈스 의사 같았다. 그녀는 그가 올라오지 못하게 하려고 아래층으로 달려 내려갔다.

셉티머스는 그녀와 홈스가 계단에서 나누는 대화를 들을 수 있었다.

"부인, 나는 친구로 왔습니다." 홈스가 말하고 있었다.

"안 돼요. 당신이 남편을 만나도록 내버려두지 않겠어요." 그녀가 말했다.

그는 그녀의 모습이 보이는 듯했다. 마치 작은 암탉처럼 날개를 펴고 그가 올라오는 것을 막고 있으리라. 하지만 홈스는 포기하지 않았다.

"부인, 허락해주세요……" 홈스는 그녀를 옆으로 밀치면서 그렇게 말했다(홈스는 체격이 건장한 남자였다).

홈스가 2층으로 올라오고 있었다. 문을 왈칵 열어젖힐 것이다. 홈스는 '겁먹었나?' 하며 그를 붙잡을 것이다. 안 돼, 홈스는 싫어, 브래드쇼도 싫어. 그는 다소 불안정하게 일어서서 껑충껑충 걸으며 손잡이에 '빵'이라고 새겨진 필머 부인의 날카롭고 깨끗한 빵 칼을 찾으려 했다. 하지만 그 칼을 더럽혀선 안 돼. 가스 불은 어떨까? 그러기엔 이미 너무 늦었어. 홈스가 올라오고 있어. 면도 칼이 있을지도 몰라. 하지만 레치아는 그걸 어딘가에 숨겨뒀겠지. 단지 창문, 이 블룸즈버리 하숙집의 커다란 창문만이 남아 있었다. 창문을 열고 투신하는 건 귀찮고 피곤하고 지나치게 신파적이었다. 홈스나 브래드쇼 같은 사람들은 그런 걸 비극적이라고 생각하겠지만, 그나 (그와 같은 편인) 레치아는 아니었다. (그는 창문턱에 걸터앉았다.) 그는 맨 마지막 순간까지 기다렸다. 죽고 싶지 않았다. 삶은 좋은 것이었다. 태양도 따사로웠다. 단지 인간이 성가실 뿐이었다. 대체 그들이 원하는 건 뭘까? 맞은편 건물에서 계단을 내려오던 어떤 노인이 걸음을 멈추고 그를 빤히 쳐다봤다. 홈스는 문간에 도착해 있었다. "당신을 혼내줄 거야!" 셉티머스는 그렇게 외치며, 필머 부인 집 철책 아래로 힘껏 몸을 던졌다.

"겁쟁이!" 홈스 의사는 문을 벌컥 열어젖히며 외쳤다. 레치아는 창문으로 달려가 아래를 내려다보곤 사태를 파악했다. 필머 부인도 홈스 의사와 몸을 부딪히며 들어왔다. 그러고는 앞치마를 들어 올려 레치아의 눈을 가리고, 그녀를 데리고 침실로 갔다. 사람들이 계속 층계를 오르내리는 소리가 들리더니, 홈스 의사가 그녀가 누워 있는 침실로 들어왔다. 시트 자락처럼 하얗게 질려 벌벌 떨고 있는 그는 손에 컵을 들고 있었다. 그러면서 말했다. 용감해져야 해요, 이것 좀 마셔요(이게 뭐지? 무

306

언가 달콤한 것이었다), 남편 되시는 분이 끔찍하게 다쳐서 의식을 회복하지 못할 것 같아요. 그를 봐선 안 돼요, 가능한 한 멀찍이 떨어져 있어요. 하지만 속으로는 이렇게 생각했다. 이 여인은 검시檢屍에 입회하는 고통을 겪어야 할 거야, 젊은 여인이 불쌍하게도. 그는 아무도 이런 일은 예견할 수 없었다고, 갑작스러운 충동적인 행위였다고, 그러니 누구를 탓할 일이 아니라고 필머 부인에게 말했다. 도대체 왜 그가 그런 짓을 했는지, 홈스 의사는 상상조차 하지 못했다.

그 달콤한 물을 마시자, 레치아는 긴 창문을 열고 어떤 정원으로 걸어 나온 것 같았다. 하지만 대체 어디지? 시계가 울리고 있었다. 한 번, 두 번, 세 번. 계단을 쿵쿵거리는 발소리와 수군거리는 소리에 비하면, 이 소리는 얼마나 뚜렷하게 느껴지는가. 마치 셉티머스처럼. 그녀는 잠이 들려 했다. 하지만 시계는 계속 울렸다. 네 번, 다섯 번, 여섯 번. 앞치마를 펄럭거리며, 설마 시체를 이 안으로 들여오진 않겠죠? 하고 말하는 필머 부인은, 그 정원의 일부 같기도 하고 깃발 같기도 했다. 레치아는 고모와 함께 베네치아에 머물고 있을 때, 어느 배의 돛대에서 깃발이 물결치듯 펄럭이는 것을 본 적이 있다. 전쟁에서 전사한 사람들에게 그렇게 경의를 표하는 것이었다. 하지만 셉티머스는 전쟁에서 무사히 돌아왔었다. 그리고 그와의 기억은 대부분 행복했다.

그녀는 모자를 쓰고 옥수수밭 사이를 달려갔다. 바다 가까이에 있는 어떤 언덕에 도착하자 배들이, 갈매기들이, 나비들이 보였다. 그것들은 절벽 위에 앉아 있었다. 반쯤은 꿈을 꾸는 듯한 상태에서 침실 문을 통해 빗방울 떨어지는 소리, 속삭이는 말소리가 들려왔고, 한편으론 마른 옥수수밭 사이에서 일어나는 바람 소리, 부드러운 파도 소리가 들려왔다. 마치 아치형의 조개껍데기 속에서 들리는 소리처럼 웅웅거리면서. 루크레치아는 무덤 위에 뿌려진 꽃처럼 해변에 힘없이 누워 있는 자신을 의식했다.

"그이는 죽었어요." 루크레치아는 자기를 지키고 있는 불쌍한 늙은 부인에게 그렇게 웃으며 말했다. 필머 부인은 숨김없는 연푸른 눈으로 닫힌 문을 바라보고 있었다. (그들이 시체를 이 안으로 데려오진 않겠지? 그렇겠지?) 부인은 고개를 저었다. 그럴 리 없지! 지금 시체는 멀리 실려 가고 있잖아. 레치아에게 그 사실을 알려줘야 하지 않을까? 부부는 무조건 함께 있어야 한다고 여기는 필머 부인이 생각했다. 하지만 의사가 시키는 대로 해야지.

"좀 자게 두세요." 루크레치아의 맥박을 짚으며 홈스 의사가 말했다. 그녀의 눈에, 창문을 등지고 서 있는 거대한 몸집의 검은 윤곽이 보였다. 그래, 저게 홈스 의사였다.

앰뷸런스가 가볍고 높은 사이렌을 울리며 지나가자, 피터 월시는 저것이야말로 문명의 위대한 승리 중 하나라고 생각했다. 앰뷸런스는 불쌍하고 가엾은 이를 즉시 태우고 곧장 병원으로 빠르게 달려가고 있었다. 어떤 이는 머리가 깨지고, 어떤 이는 병으로 쓰러진다. 또 어떤 이는 건널목에서 차에 치이기도 한다. 흔하게 일어나는 그런 교통사고 역시 문명이었다. 동양에서 돌아온 뒤 그는 런던의 효율성, 조직성 그리고 상호 협조 정신에 깊은 인상을 받았다. 모든 짐수레와 차들이 옆으로 비켜주며 앰뷸런스를 지나가게 했다. 희생자를 싣고 가는 앰뷸런스에게 보이는 저런 경의는 병적인 것일까 아니면 감동적인 것일까. 집으로 서둘러 가는 남자들은 저 앰뷸런스를 보고 즉각 자기 아내를 떠올리겠지. 또한 자기도 들것에 실려 의사와 간호사와 함께 저 속에 탈 수도 있다고 생각하겠지…… 아, 하지만 의사와 죽은 신체에까지 생각이 미치자 곧 병적으로 예민해지고 감상적이 되었다. 그러자 마음이, 언뜻 스치는 것에서 일종의 쾌감이나 갈망을 느끼지 말라고 경고했다. 예술에도 우정에도 치명적이라고. 맞는 말이었다. 하지만 앰뷸런스가 모퉁이를 돌아 사라지자, 그런 느낌도 고독이 가져다주는 특권이라고 피터 월시는 생각했다. 가볍고 높은 사이렌 소리는 앰뷸런스가 저 멀리 토트넘 코트 로드로 달려갈 때까지 계속 그의 곁에 머물렀지만. 그는 혼자 있어야 자신의 감정대로 행동할 수 있었다. 아무도 보는 사람이 없어야 울 수도 있었다. 이런 묘한 감수성 때문에, 그는 인도의 영국인 사회에서 파멸했다. 적당한 때에 울거나 웃지 못했던 것이다. 이제 런던의 우체통 옆에 서 있는 그는, 지금도 자기 안에 울음이 있다고 생각했다. 이유는 알 수 없었다. 아마도 어떤 종류의 아름다움, 그리고 오늘 하루의 무게 때문일 것이다. 클라리사를 방문하는 것으로 시작된 오늘 하루의 무게가 강렬한 더위로 더욱 무거워졌고, 뒤이어 런던에서 받은 이런저런 인상이 한 방울, 한 방울, 아무도 모르는 그만의 지하실 바닥에 괴어 그를 피곤하게 하는지도 몰랐다. 그런 완전하고 침범할 수 없는 은밀함 때문에, 인생은 깜짝 놀랄 만한 구부러진 길과 후미진 곳으로 가득 찬 비밀의 정원인 것이라고 그는 생각했다. 바로 그런 순간들이 우리를 놀래키고 숨막히게 만드는 것이다. 대영박물관 건너편 우체통 곁에 서 있을 때도, 그는 바로 그런 순간을 맞은 것이었다. 즉 앰뷸런스로 인해 삶과 죽음이 하나가 되는 순간을. 그는 마치 감정의 세찬 흐름에 빨려 높은 지붕 위까지 올라간 것 같았다. 그리고 빨려가지 않은 남은 몸뚱이는, 하얀 조개들이 흩어져 있는 해안가에 벌거벗은 채 남아 있는 듯했다. 바로 그런 감수성이, 인도의 영국인 사회에서 그가 파멸하게 된 원인이었다.

한번은 클라리사와 함께 버스 2층에 탄 적이 있었다. 그 무렵 겉으로 보기에 클라리사는, 너무나 쉽게 감동했다가 절망에 잠기는가 하면 또 금세 최상의 기분이 되곤 했다. 그렇게 둘 다 감수성이 예민해 뜻이 잘 맞았던 그들은, 버스 2층에 탄 채 신기한 작은 풍경이나 이름, 사람들을 집어내곤 했다. 그들은 런던을 자주 돌아다녔고, 캘리도니언 시장에서 보물을 찾아내 가방 가득 채워 오곤 했다. 그 당시 클라리사는 하나의 이론을 갖고 있었다. 아니, 젊은 사람들이 으레 그렇듯 그들은 수많은 이론을, 오로지 이론만을 가지고 있었다. 클라리사의 그 이론은, 자기가 사람들을 잘 알지 못하고 사람들도 자기를 제대로 알지 못하는 것에 대한 불만족스러운 감정을 설명하기 위한 것이었다. 어떻게 서로를 제대로 알 수 있겠어? 매일 만나다가도, 6개월이나 심지어 수년간 만나지 않기도 하는데. 사람들은 서로를 제대로 알지 못한다는, 그것이 불만스럽다는 그녀의 의견에 그도 동의했었다. 또한 섀프츠버리 대로를 올라가는 그 버스에 앉아서, 그녀는 자신이 모든 곳에 있는 것처럼 느껴진다고 말했었다. 의자 등받이를 탁탁 치며 '여기, 여기, 여기'가 아니라 모든 장소에 있다고. 그녀는 섀프츠버리 대로를 올라가면서 그렇게 손을 흔들었다. 그녀는 그 모든 것이었다. 그래서 그녀를 알려면, 아니 누구라도 알려면, 그 사람을 완성시켜준 사람들이나 장소를 찾아내야 한다고 말했었다. 그녀는 자신이 한 번도 이야기해본 적 없는 사람들, 예를 들어 거리를 지나가는 여인이나 카운터 뒤에 서 있는 남자에게, 심지어는 나무들이나 헛간 같은 것에서도 이상한 친근감을 느낀다고 했었다. 그것은 결국은 초월적인 이론이 되었고, 거기에 죽음에 대한 공포까지 작용하여 그녀는 결국 다음과 같은 것을 (회의주의자였음에도) 믿게 되었다. 혹은 믿는다고 말하게 되었다. 우리의 외양, 즉 밖으로 드러나는 부분은 보이지 않는 부분과 비교하면 너무나도 덧없는 것이며, 보이지 않는 부분만이 널리 퍼져나가 계속 살아남아서, 죽음 뒤에도 이 사람 저 사람에게 달라붙거나 어떤 장소들에 출몰하게 될 것이라고. 아마도, 아마도.

거의 30년 동안 그녀와 우정을 유지했던 그에게, 그녀의 그런 이론은 큰 영향을 미쳤다. 그가 떠나 있기도 했고 여러 일들로 방해도 받았기에(예를 들면, 오늘 아침에도 그가 막 클라리사와 본격적인 대화를 시작했을 때, 다리가 긴 새끼 망아지 같은 날씬한 엘리자베스가 말없이 들어왔었다) 그들의 실제 만남은 짧고, 파편적이며, 때때로 고통스럽기도 했다. 하지만 그 만남들이 그의 삶에 미친 영향은 측정할 수 없을 만큼 컸다. 신기할 정도로. 그들의 실제 만남은 날카롭고 뾰족하고 불편한 씨앗과도 같아서 가끔 너무 아프기도 했다. 하지만 그녀와 멀리 떨어져 있으면 당치도 않는 곳에서, 그 씨앗이 꽃으로 피어나 향기를 풍겼다. 그래서 그것을 다시금 만지고 맛보고 주위를 둘러보며, 수년 동안 잃어버렸던 그녀의 모든 것을 새삼 느끼고 이해할 수 있었다. 그렇게 그녀는 그에게로 오곤 했다. 배를 타고 있을 때나 히말라야에 있을 때도, 아주 기이한 것들이 그녀를 생각나게 했다(샐리 시턴—그 너그럽고 열정적인 바보!—이 푸른 수국을 보면 피터가 생각난다고 하는 것과 마찬가지로).
클라리사는 그가 알고 있는 누구보다 그에게 많은 영향
을 끼쳤고, 언제나 바로 그런 식으로, 원하지도 않는데
그의 앞에 나타났다. 냉정하고, 귀부인 같고, 신랄하게
비판적인 모습으로. 혹은 황홀할 정도로 아름답게, 낭만
적으로, 어떤 들판이나 영국의 초가을을 상기시키며 나
타났다. 그가 그녀를 본 곳은 대체로 런던이 아니라 시
골이었기에, 그럴 때면 부어턴에서의 장면 하나하나가
떠오르곤 했었다……

　그는 호텔에 도착해 있었다. 붉은 의자와 소파들, 대
못처럼 뾰족한 시든 잎들을 달고 있는 식물들이 가득
놓여 있는 홀을 가로질러, 열쇠걸이에서 자신의 열쇠를
뽑아 들었다. 젊은 호텔 여주인이 그에게 몇 통의 편지를
건네주었다. 그는 2층으로 올라갔다. 대개 늦여름에 부
어턴으로 찾아가 클라리사를 만나곤 했는데, 당시 사람
들이 흔히 그랬듯, 거기서 한 주나 두 주까지도 머물렀
었다. 처음 그들이 산에 올랐을 때, 외투 자락을 휘날리
며 산꼭대기에 선 그녀는 한 손으로 머리카락을 움켜쥐

고 다른 손으로 아래를 가리키며 저 아래 세번 강이 보인다고 소리쳤었다. 한번은 그녀가 숲속에서 찻주전자에 물을 끓였는데(솜씨가 서툴렀다), 연기가 무릎을 굽히고 인사하듯 낮게 깔리는 바람에 그녀의 작은 분홍빛 얼굴이 연기 속에 잠긴 적도 있었다. 오두막집에서 늙은 여인에게 물을 얻어 마신 적도 있는데, 그 여인은 문가까지 나와 그들이 떠나는 모습을 지켜봤었다. 다른 사람들은 마차를 탔지만 그들은 언제나 걸어 다녔다. 그녀는 마차 타는 것을 지겨워했고, 자기 개를 빼고는 모든 동물을 싫어했다. 그들은 길을 따라 수 마일을 걸었다. 그녀는 가끔 방향을 확인하려고 멈춰 섰으며, 들판을 가로질러 그를 이끌고 집으로 돌아왔다. 그러는 동안 그들은 내내 논쟁을 벌였다. 시를 논하고, 정치를 논했다(그때 그녀는 급진주의자였다). 그녀는 어떤 풍경이나 나무를 보고 걸음을 멈추어 함께 보자고 말할 때를 제외하곤, 아무것에도 주의를 기울이지 않았다. 그러고는 고모에게 줄 꽃을 꺾어 들고 그루터기만 남은 들판을 다시 앞서 걸어갔다. 그녀는 몸이 약했지만 결코 걷다가 지치지 않았다. 그렇게 걸어 땅거미가 내릴 무렵에야 진이 빠진 상태로 부어턴에 도착했다. 저녁 식사 후에는 늙은 브라이트코프가 피아노 뚜껑을 열고 잘 나오지도 않는 목소리로 노래하는 것을 들었다. 안락의자에 깊숙이 파묻혀 있던 둘은, 언제나 웃음을 참다못해 터뜨리고야 말았다. 웃고, 또 웃었다. 그렇게까지 웃을 일은 아니었는데도. 브라이트코프 씨는 그런 그들을 못 본 척했다. 아침이면 집 앞의 할미새처럼 여기저기 장난을 치며 싸돌아다니기도 했고⋯⋯

아, 그녀에게서 편지가 와 있었다! 이 파란색 봉투, 그녀의 필체였다. 그는 꼭 읽어야 하리라. 이것은 또 다른 만남이었고, 고통스러울 게 뻔했다! 그녀의 편지를 읽는 데에는 엄청난 노력이 필요했다. '만나서 반가웠다는 말을 꼭 하고 싶었어요.' 그게 전부였다.

하지만 그는 화가 났다. 괴로웠다. 차라리 편지를 쓰지 않았더라면 싶었다. 새롭게 등장한 이 생각 때문에 그는 누군가 갈비뼈를 쿡쿡 찌르는 기분이었다. 왜 그녀는 그를 내버려두지 못하는가? 결국, 댈러웨이와 결혼해 오랜 세월 더없이 행복하게 잘 살고 있으면서.

이런 호텔은 위안이 되는 장소가 아니었다. 전혀 아니었다. 수많은 사람들이 저 못에 모자를 걸었을 것이다. 심지어 파리들조차, 생각해보면 다른 사람들의 콧등에 앉았을 것이다. 눈앞의 방은 청결하다기보다 공허함, 무감함에 가까웠다. 딱 그래야 하는 방식이었다. 무미건조한 하녀장은 새벽녘에 방방마다 돌아다니며 자세히 살피고 냄새도 맡아보고, 추위로 코가 파래진 하녀들에게 청소를 명령했을 것이다. 마치 손님이라는 고깃덩어리를 담을 접시를 깨끗이 닦으라는 듯이. 방에는 잠잘 침대 하나, 앉을 팔걸이의자 하나, 양치와 면도를 위한 컵 하나, 거울 하나가 있었다. 그리고 사람 냄새 나지 않는 말 털 매트리스 위에는 그 모든 단정한 모습들과 어울리지 않게 널브러져 있는 책과 편지들과 실내 가운이 있었다. 그의 눈에 이 모든 것이 들어온 건 바로 클라리사의 편지 때문이었다. 만나서 반가웠다는 말을 꼭 하고 싶었다고! 그는 그 편지를 접어서 한쪽으로 치워버렸다. 어떤 일이 있어도 다시는 읽지 않을 것이다!

편지가 6시에 도착한 걸 보면, 그가 떠나자마자 쓴 게 틀림없었다. 우표를 붙이고, 누군가를 우체국에 보냈으리라. 사람들 말처럼, 참 그녀다운 행동이었다. 그녀는 그의 방문에 당황했고, 많은 것을 느꼈다. 그의 손에 입을 맞췄을 때는, 후회도 하고, 심지어 그를 부러워하기까지 했다. 그러면서 아마도 그의 어떤 말—우리가 결혼한다면 얼마나 세상을 바꿀 수 있을까, 라고 했던 말—을 떠올렸으리라(그에게 그녀의 표정은 그렇게 보였다). 그런데 결과는 이랬다. 둘 다 중년이었고, 평범했다. 그래서 그녀는 불굴의 힘으로 그 모든 상념들을 밀쳐냈다. 그녀에게는 강인함과 인내력이, 장애물들을 극복해내는 활력이, 그는 가져보지도 못한 힘이 있으니까. 그렇다. 그러나 그가 방을 나가버리자 그녀는 즉각 반응이 왔다. 그에게 몹시 미안해진 것이다. 그녀는 어떻게 하면 그를 기쁘게 할 수 있을지 (언제나처럼 한 가지만 빼고) 생각했고, 눈물을 흘리며 책상으로 달려가, 그가 호텔에 도착하면 즉시 받아볼 수 있도록 그 한 줄을 급하게 썼을 것이다……

만나서 반가웠다는 말을 꼭 하고 싶었어요! 그 말은 진심이었으리라.

피터 월시는 이제 부츠 끈을 다 풀었다.

하지만 그들의 결혼이라는 게, 그다지 성공적이진 않았을 것이다. 결국엔 그러지 않은 편이 훨씬 더 자연스러웠다.

이상했지만, 사실이었다. 다른 많은 사람들도 그렇게 생각했을 것이다. 그런대로 사회적인 품격을 갖추고 있고 평범한 직책이라면 적절히 수행해내는 피터 월시에게 호감을 느끼는 사람도 있었지만, 그가 까다롭고 교만하다고 생각하는 사람도 있었다. 그런 그가, 반백의 나이에도 불구하고 이렇게 만족스러운 표정, 뭔가 여유 있는 표정을 지녔다는 걸 어떤 사람들은 이상하게 여길 것이다. 바로 그게 그가 여자들의 호감을 사는 이유였다. 여자들은 남성적이지 않은 그의 모습을 좋아했다. 그의 배후에는 뭔가 범상치 않은 것이 있었다. 그가 독서를 좋아하기 때문일 수도 있었다. 사람들을 만나러 가면 그는 언제나 테이블 위에서 책을 집어 들었으니까(지금도 부츠 끈을 바닥에 질질 끌면서 책을 읽고 있었다). 혹은 그가 신사이기 때문일 수도 있었다. 그 사실은 그가 파이프 재를 터는 모습에서도, 여성들을 대하는 몸가짐에서도 분명히 나타났다. 한편으로 그는 철없는 여자라도 마음대로 다룰 수 있을 것처럼 보였다. 그만큼 어리석어 보였지만 그게 매력이기도 했다. 하지만 결국 위험을 감수하는 건 여자 쪽이었다. 다시 말하면, 그는 아주 쉬운 사람처럼 보였고 쾌활하며 교양도 있고 매력도 있었지만, 딱 거기까지였다. 여자가 무슨 말인가를—아니, 아니—하면, 그는 그것의 의미를 꿰뚫어 보았다. 그는 그런 말을 참지 못했다. 그는 남자들과 농담을 하며 소리 지르고, 몸을 흔들며 웃어젖히기도 했다. 인도에서는 최고의 요리 감식가로서의 재능을 나타내기도 했다. 물론 그는 남자였다. 하지만 다행히도, 존경할 만한 유의 남자는 아니었다. 예를 들면, 시몬스 소령 같지는 않았다. 시몬스 소령과 결혼해 애가 둘씩이나 있는 데이지는, 남편과 그를 비교하며 서로 전혀 다르다고 했었다.

그는 부츠를 벗고, 윗옷 주머니에 들어 있는 것을 전

부 꺼냈다. 주머니칼과 함께 베란다에서 찍은 데이지의 스냅 사진이 나왔다. 데이지는 흰옷을 입고 무릎 위에 폭스테리어 개를 안고 있었다. 사진 속의 그녀는 새까만 머리칼에 아주 매력적이었다. 그가 제일 좋아하는 사진이었다. 데이지와의 관계는 자연스럽게 시작되었다. 클라리사와의 관계보다 훨씬 더 자연스럽게. 야단법석도 귀찮은 일도 없었고, 애를 태우거나 조바심 낼 필요도 없었다. 모든 것이 순풍에 돛 단 듯 쉽게 이루어졌다. 새까만 머리칼에 경탄할 만큼 아름다운 그녀는 베란다에서 외쳤다(아직도 그녀의 말이 들리는 듯하다). 당신에게 모든 걸 바치겠어요! 당신이 원하는 모든 것을! 그렇게 크게 외치며 그에게 달려왔다(그녀에게는 신중함이 없었다). 누가 보든 상관없다는 듯. 그녀는 겨우 스물넷에 애도 둘이나 있었다. 이런, 이런!

사실 그는 그 나이에 자신을 궁지로 몰아넣었다. 밤중에 깨면 그 생각이 몰려왔다. 만약에 그들이 결혼한다면? 그야 별문제 없지만, 그녀는 어떨까? 사람 좋고 입이 무거운 버제스 부인에게 모든 걸 털어놓자, 그녀는 일단 변호사를 만나러 간다는 이유를 대고 영국으로 떠나고 했다. 그렇게 떨어져 있으면 데이지가 이 관계가 무엇을 의미하는지 다시 한번 깊이 생각하게 될 거라면서. 문제는 그녀라고, 그녀의 사회적 지위가 무너져 이마저 포기해야 할 상황에 몰릴 거라고 했다. 그렇게 되면 결국 교외 근방이나 더 심한 곳에서(알죠? 여인들이 화장을 진하게 하는 그런 곳) 아무렇게나 사는, 과거가 있는 과부로 늙을 거라고 했다. 피터 월시는 그런 부인의 말을 터무니없는 소리라고 생각했다. 자신은 아직 죽을 생각이 없기 때문이었다. 어쨌거나 결정은 그녀 스스로 해야만 했다. 스스로 판단해야만 해, 그렇게 생각하며 그는 양말만 신은 채 방을 이리저리 돌아다니다가 셔츠 주름을 펴기도 했다. 그는 클라리사의 파티에 갈 수도 있었고, 뮤직홀에 갈 수도 있었고, 그냥 호텔 방에 틀어박혀 옥스퍼드 대학 시절 알았던 남자가 쓴 아주 재미있는 책을 읽을 수도 있었다. 은퇴하면 그도 책을 쓰고 싶었다. 옥스퍼드 대학 보들리언 도서관에 가서 책을 샅샅이 뒤지면서. 그런 생각을 하니 머리카락이 새까만,

그 사랑스럽고 아름다운 여자가 자신을 맞으려고 테라스 끝까지 달려온 것도, 손을 흔든 것도, 사람들이 뭐라 하건 상관없다고 외친 것도 다 부질없이 느껴졌다. 그 여자가 자신의 모든 것이라고, 완벽한 신사이자 매력적이고 품위 있는 사람이라고 생각하는(그녀는 그의 나이는 전혀 개의치 않았다) 그 남자는, 그런 생각을 하며 블룸즈버리의 호텔 방에 있었다. 그 방을 이리저리 돌아다니며 면도를 하고, 세수를 하고, 컵을 들기도 하고, 면도기를 내려놓기도 하면서. 보들리언 도서관에 푹 처박혀 관심 있는 한두 가지 주제를 파다 보면 누군가와 만나 잡담을 나누게 될 테고, 그러다 보면 점심 약속도, 그 밖의 약속도 계속 어기게 될 테고, 데이지가 요구하는 키스나 사랑의 표시도 못 해주게 될 것이다(그가 진실로 그녀를 아낀다 해도). 이 모든 걸 생각하면, 버제스 부인 말대로 그녀가 자신을 잊는 편이, 혹은 1922년 8월의 자신만을 기억하는 편이 훨씬 더 좋을 듯했다. 황혼의 갈림길에 선 그는, 이륜마차 뒷좌석에 꽁꽁 묶인 그녀가 아무리 팔을 뻗어도, 점점 멀어지며 작아질 뿐이다. 그래도 그녀는 여전히 외치고 있다. 당신을 위해서라면 무슨 일이든 하겠어요……

그는 남들이 생각하는 것을 전혀 알지 못했다. 사람들에게 집중하기가 점점 더 어려워졌고, 외곬이 되어갔다. 자신의 관심사만으로도 바빴다. 금방 화가 났다 금방 쾌활해졌고, 여자들에게 의지하다 멍하게 문득 시무룩해지기도 했고, 점점 더 알 수 없었다. (면도를 하며 생각하니) 클라리사는 왜 우리 하숙집을 찾아주겠다고, 데이지에게 친절하게 대해주고 우리를 사교계에 소개시켜주겠다고 말하지 않았나? 그러면 나도 잘할 수 있을 텐데. 아니, 무엇을 잘할 수 있다는 거지? 사실 그는 가끔 나타나서 맴돌다가 쏜살같이 먹이를 낚아채 가는 매나 솔개처럼, 즉 스스로 자족하는 고독한 인생을 살고 싶었다(여러 개의 열쇠들과 서류들을 분류하며 그렇게 생각했다). 하지만 물론 그는 어느 누구보다 다른 사람에게 의존하고 있었다(그는 조끼 단추를 채웠다). 그것이 그의 파멸의 원인이었다. 그는 흡연실에 가지 않을 수가 없었고, 대령들과 어울리길 좋아했고, 골프와 브리지

게임을 좋아했고, 무엇보다 여자들과 사귀는 것을 좋아했다. 그들과의 교제는 아름다웠고, 그들의 사랑은 성실하고 대담하고 위대했다. 비록 장애물들이 있었지만(봉투들 위에는 머리카락이 까만, 반할 정도로 아름다운 여인의 사진이 놓여 있었다), 그들과의 만남은 삶의 절정에서 피어나는 귀하고도 눈부신 꽃이었다. 하지만 그는 그들에게조차 전적으로 만족할 수 없었고, 언제나 상황을 살폈다(클라리사가 그에게서 무언가를 영원히 앗아갔기 때문이었다). 물론 데이지가 다른 사람을 사랑하게 된다면 기질상 그는 질투심으로 크게 화를 낼 것이다. 그럼에도 불구하고 그는 묵묵한 헌신에 아주 쉽게 싫증을 냈고, 다양한 사랑을 원했다. 그런데 칼은 어디 있지? 시계는? 도장은? 지갑은? 다시 읽지는 않겠지만 되씹어 보고 싶은 클라리사의 편지는? 그리고 데이지의 사진은? 이제 저녁 식사 시간이었다.

사람들이 식사를 하고 있었다.

도자기 꽃병들이 놓인 작은 테이블에 앉은 그들은, 정장을 한 사람이나 그렇지 않은 사람이나 숄과 핸드백을 곁에 내려둔 채 침착한 척하고 있었다. 그들은 여러 코스의 만찬에 익숙지 않았다. 그래도 음식 값은 지불할 수 있다는 자신감과, 하루 종일 런던을 돌아다니며 쇼핑을 하고 관광을 하느라 쌓인 피곤함을 드러내고 있었다. 호기심으로 주변을 둘러보다가 뿔테 안경을 쓴 잘생긴 신사가 들어오면 그를 올려다보기도 했다. 또한 천성이 좋은 그들은 차 시간표나 관광 정보 같은 작은 도움을 남과 함께 나누기를 바라는 듯도 했다. 출생지나(예를 들면 리버풀이라든지) 이름이 같은 사람을 발견하면 당장 그들과 연을 맺어 정보를 알려주겠다는 욕망이 내면에서 고동치고 있었다. 그래서 서로를 훔쳐보듯 힐끔거리다가, 이상하게 침묵을 지키기도 하다가, 갑자기 자기 가족에게로 관심을 돌려 즐거운 농담을 나누며 저녁을 먹고 있었다. 바로 그때 피터 월시가 들어와 커튼 옆의 작은 테이블에 자리를 잡은 것이었다.

그는 무슨 특별한 말을 하지도 않았다. 혼자였기에 웨이터에게만 말을 걸었다. 하지만 사람들은 그를 존경스러운 눈빛으로 바라봤다. 그가 메뉴를 바라보는 방식, 집게손가락으로 특정한 와인을 가리키는 몸짓, 허둥대지 않고 정중하게 식사를 하는 태도 때문이었다. 피터 월시가 식사를 끝내고 "바틀릿 배를 주십시오"라고 하자, 모리스 집안 사람들이 앉은 식탁에 존경의 열기가 불꽃처럼 타올랐다. 어쩌면 저토록 겸손하고도 확고하게, 자신의 권리 안에서 능숙한 태도로 말할 수 있을까? 젊은 찰스 모리스도 아버지 찰스도 일레인 양도 모리스 부인도 알 수가 없었다. 하지만 홀로 앉은 그가 "바틀릿 배"라고 말하자마자, 그들은 그의 정당한 요구에 지지를 표해야 한다고 생각했다. 당장에 그의 옹호자가 된 것이었다. 그래서 그들의 공감하는 눈은 피터의 눈과 마주칠 수밖에 없었고, 흡연실에서 같이 대화를 나누게 된 것도 필연적인 결과였다.

그리 심오한 이야기는 아니었다. 단지 런던이 복잡하다, 30년 동안 많이 변했다, 그런 말이었다. 모리스 씨는 리버풀이 더 좋다고 했고, 모리스 부인은 웨스트민스터의 꽃 전시회에 갔다 왔다고 했다. 또한 그 가족 모두는 웨일스 황태자를 보았다고도 했다. 피터 월시는 생각했다. 이 세상 어느 가족도 이 모리스 가족 같진 않을 거야. 이들의 상호관계는 완벽해. 또 상류 계급이 어떻게 살든 개의치 않고 자신들이 좋아하는 것을 추구해. 딸 일레인은 가업을 물려받으려고 교육받고 있었고, 아들 찰스는 리즈 대학에서 장학금을 받고 공부하고 있었다. 그리고 (그의 나이쯤 된) 부인은 이들 말고도 아이 셋을 더 키우고 있다고 했다. 그들은 차를 두 대 가지고 있었고, 모리스 씨는 일요일이면 부츠를 수선한다고 했다. 굉장히 훌륭해, 정말 훌륭한 가족이야. 피터는 그렇게 생각하며 술잔을 든 채 붉은 털이 덮인 의자와 재떨이 사이에서 몸을 흔들고 있었다. 자신도 썩 괜찮게 느껴졌다. 모리스 씨가 자신을 좋아해주기 때문이었다. 그랬다, 그들은 "바틀릿 배"라고 말한 사람을 좋아했다. 그들이 자신을 좋아한다는 것을 실감할 수 있었다.

그는 클라리사의 파티에 가고 싶었다. (모리스 가족은 떠났다. 하지만 또 곧 만나게 되겠지.) 그 파티에 꼭 가고 싶었다. 리처드에게 보수당 바보들이 인도에서 무슨 짓을 저지르고 있는지 아느냐고 묻고 싶었던 것이다.

그리고 무슨 연극이 상연되는지도, 음악도…… 그렇지, 그저 잡담이라도.

이것이야말로 우리 영혼의 솔직한 모습이라고, 그는 생각했다. 우리의 자아는 깊은 바닷속 물고기처럼 거대한 수초 사이를 누비며 지나다가, 햇살이 어른거리는 공간을 넘어 계속 나아가 차갑고 깊고 앞을 볼 수조차 없는 어둠 속으로 들어간다. 그러다가 갑자기 표면 위로 솟구쳐 올라 바람을 일으키며 물결 위에서 장난을 치기도 한다. 즉, 영혼도 가끔씩은 잡담을 하며 자신을 솔질하여 활기를 되찾을 필요가 있는 것이다. 대체 정부는 인도를 어떻게 할 생각인지, 리처드 댈러웨이는 알 수 있을지도 모른다.

대단히 무더운 밤이었다. 신문 배달 소년들이 붉은색으로 커다랗게 "폭염 엄습"이라고 쓰인 전단을 들고 지나갔으며, 호텔 현관에는 버들가지로 만든 의자가 놓여 있었다. 신사들이 거기 앉아 음료수를 마시고 담배를 피우고 있었다. 피터 월시도 거기 앉았다. 어쩌면 런던의 하루는, 이제 막 시작되고 있는지도 몰랐다. 마치 프린트 무늬 가정복과 하얀 앞치마를 둘렀던 여자가 푸른 색 드레스와 진주로 치장하듯, 런던은 저녁을 맞아 완전히 변하고 있었다. 페티코트와 모직 옷을 벗어버리고 얇은 망사로 된 옷을 차려입은 여인처럼. 차량은 뜸해졌고 화물차 대신 승용차들만 금속음을 내며 질주하고 있었다. 광장의 울창한 나무 사이로 여기저기 가로등이 환하게 켜졌다. 하늘을 배경으로 성벽처럼 삐죽삐죽 튀어나온 호텔과 아파트, 상가 건물이 보였다. 그 위로 저녁 빛이 스러져가며 '나는 물러가오'라고 말하는 것 같았다. '나는 사라지오', '나는 자취를 감추오'라고. 하지만 런던은 그 어느 인사말도 받아들이지 않고 총검을 들이대며 저녁을 단단히 붙잡고는 향연을 함께 즐기라고 강요하고 있었다.

서머타임으로 연장된 이 저녁 시간은, 피터 월시에겐 새로울 수밖에 없었다. 윌레트 씨[39]가 제안한 이 제도는, 피터 월시가 지난번에 영국을 방문했다 떠난 뒤에야

---

39   서머타임 제도의 도입을 주장한 영국의 건축업자.

시행된 획기적인 제도였기 때문이다. 그것은 퍽 고무적
으로 보였다. 서류 가방을 든 젊은이들은 말은 하지 않
았지만, 연장된 밤의 자유를 기뻐하며 이 유명한 거리
를 자랑스럽게 거니는 듯했다. 천하고 값싸고 허울만 좋
은 기쁨일지언정, 어쨌든 그들의 얼굴은 황홀감으로 붉
게 물들어 있었다. 모두들 옷을 멋들어지게 차려입었다.
분홍빛 스타킹에, 예쁜 구두. 두 시간짜리 영화라도 보러
가는 것이리라. 노란빛이 도는 푸른 가로등이 그들의 세
련된 모습을 선명하게 비추는가 하면, 광장의 나뭇잎들
위에 창백한 납빛을 던지기도 했다. 마치 바닷물에 잠겼
다 나온 것처럼, 나뭇잎들은 탈색되어 보였다. 수중 도시
의 무성한 잎들 같았다. 그는 그 아름다움에 놀랐고, 또
한 고무되기도 했다. 인도에 있다가 돌아온 영국인들은
오리엔탈 클럽에 앉아(그는 그런 무리들을 많이 알았
다) 무슨 당연한 권리처럼 세상이 망해간다고 화를 냈
지만, 이 호텔 앞에 앉아 거리를 바라보니 런던은 전과
마찬가지로 여전히 활기에 차 있었다. 젊은이들의 활기
와 그들이 누리는 즐거움이 부러웠다. 또한 소녀들의 말

에서, 하녀들의 웃음 속에서, 그가 젊었을 땐 피라미드처럼 꿈쩍도 안 할 것처럼 보였던 사회구조가 변화하기 시작했다는 것을 확실히 감지할 수 있었다. 예전에는 사회구조가 사람들을 압박했었다. 클라리사의 고모 헬레나가 저녁 식사 후에 램프 아래 앉아 리트레 사전 속에 꽃들을 넣고 꾹 누르는 것처럼. 특히 여자들이 그런 압박을 당했었다. 이제 헬레나는 죽었을 것이다. 한쪽 눈이 시력을 잃어 의안을 해 넣었다고 한 것이, 클라리사가 그녀에 대해 전해준 마지막 소식이었다. 의안이라, 그녀에게 너무도 어울려 마치 자연이 내려준 걸작처럼 보였으리라. 아마도 그녀는 서리 속에서도 횃대를 단단히 딛고 있는 새처럼 그렇게 꼿꼿한 자세로 죽었을 것이다. 다른 세대에 속한 사람이긴 했지만, 흠 없고 완전한 그녀가 아직도 이 길고도 위험한 인생이라는 항해를 밝혀주는 등대처럼 지평선 위에 서 있는 듯했다. 깎아 세운 돌처럼 하얗고 눈부시게, 우뚝. 그는 서리 주와 요크셔 주의 크리켓 게임 결과를 알고 싶어, 수없이 그랬듯 신문을 살 동전을 찾았다. 신문은 서리 팀이 패배했음을 알렸다. 또 졌군. 이 반복되는 인생처럼. 크리켓은 단순한 게임이 아니었다. 아주 중요했다. 그래서 그는 신문을 사면 최신 뉴스란에 있는 크리켓 게임 득점표부터 살폈다. 그러고는 날씨를, 그다음에는 살인 사건을 살폈다. 어떤 일을 수없이 반복하면 새로운 맛은 없어지지만, 축적된 경험에서 배울 수 있는 것이 있다. 즉 그는 한두 사람을 사랑한 경험을 통해 젊은이들은 갖지 못한 힘을 얻었다. 적당한 곳에서 중단할 줄 알고, 다른 사람들이 뭐라든 상관 않고 자신이 원하는 일을 하고, 큰 기대 없이 그날그날 살아가는 힘을 얻은 것이다(그는 신문을 테이블 위에 놓고 일어났다). 하지만(그리고 모자와 코트를 찾았다) 적어도 오늘 밤은 기대가 없지 않았다. 이 나이에 파티에 가려 하는 건, 어떤 경험을 얻고 싶어서였다. 과연 어떤 경험을 하게 될까?

어쨌든 아름다움. 눈에 보이는 빤한 아름다움은 아니다. 베드퍼드 광장에서 러셀 광장까지 뻗은 이 길처럼, 조야하고 단순한 아름다움은 아니다. 이 똑바로 뻗은 텅 빈 길도 나름 대칭적인 균형미를 갖고 있었다. 하지

만 그런 아름다움은 불 켜진 창 속에서 들리는 피아노
와 축음기 소리의 아름다움과는 비교할 바가 못 됐다.
커튼이 걷힌 열린 창문 사이로 식탁에 앉은 사람들, 원
을 그리며 천천히 춤을 추는 젊은이들, 대화를 나누는
남녀들, 멍하니 밖을 내다보는 하녀들(일이 끝나면 무슨
생각을 하는 걸까), 선반 꼭대기에 널려 마르고 있는 스
타킹, 앵무새와 몇 그루의 화초들을 보노라면, 이따금씩
행복감이 스쳤다. 어쨌거나 인생은 재미있고 신비롭고
한없이 풍요롭다. 택시들이 총알처럼 달리며 방향을 획
획 바꾸기도 하는 커다란 광장에는, 몇몇 커플들이 서성
대며 장난을 치기도 하고 포옹을 하기도 했다. 그러다가
우거진 나무 아래로 몸을 웅크리고 들어가는 커플도 있
었다. 너무도 조용하게 서로에게 열중해 있는 그들의 모
습은 감동적이기까지 해서, 사람들은 그 신성한 예식을
중단시키는 건 불경한 행동이라는 듯 그들 앞을 조심스
럽게 지나갔다. 그 모습도 흥미로웠다. 자, 이제는 번쩍이
는 빛 속으로 나가보자.

　　그의 가벼운 외투가 바람에 나부꼈다. 그는 뭐라고

표현할 수 없는 특이한 자세로 걸음을 옮겼다. 몸을 약간 앞으로 숙이고 등 뒤로 뒷짐을 진 자세로. 눈은 여전히 매처럼 날카로웠다. 그는 거리를 주의 깊게 살피며 웨스트민스터를 향해 가볍게 발걸음을 옮겼다.

그런데 모두들 밖으로 나가 식사를 하는 걸까? 어느 집 대문을 열고 나오는 하인이 보였다. 그 뒤로 버클 달린 구두에, 머리에는 보라색 타조 깃털 세 개를 꽂은 나이 든 부인이 위엄 있게 밖으로 걸어 나왔다. 또 다른 대문이 열리자 꽃무늬 숄로 미라처럼 몸을 감싼 숙녀들, 머리에 아무것도 안 쓴 숙녀들이 나왔다. 조그마한 앞뜰에 회벽 기둥이 서 있는 고급 주택가의 대문들에선, 가벼운 옷차림에 머리에 장식 빗을 꽂은 여인들이 나왔다(아이들을 보려고 2층에 올라갔다가 내려온 참이었다). 바람에 코트 자락을 날리며 기다리고 있던 남자들은, 여자들이 나오자 차를 출발시켰다. 모두가 이렇게 데이트를 하러 나가고 있었다. 대문이 열리면 사람들이 나오고, 자동차가 출발했다. 마치 런던 전체가, 물결에 흔들리며 방죽에 정박해 있던 작은 보트들을 타고 출항하는 것 같았다. 사방이 온통 축제 분위기로 법석대며 떠내려가는 듯했다. 화이트홀은 은빛으로 반짝거렸고, 마치 거미들처럼 차들이 미끄러지며 지나갔다. 아크등에는 하루살이들이 몰려들고 있었다. 더위서인지 사람들은 밖으로 나와 서성대며 이야기하고 있었다. 그리고 웨스트민스터에 이르자, 은퇴한 판사인 듯한 이가 온통 하얗게 차려입고는 자기 집 문간에 똑바른 자세로 앉아 있었다. 인도에서 근무하다가 은퇴한 관리일지도.

크게 소리를 지르는 술 취한 여인네들도 있었다. 경찰관은 한 명밖에 없었다. 어렴풋이 건물들이 보였다. 높은 건물들, 돔 지붕의 건물들, 교회들, 그리고 국회의사당까지. 강에 떠 있는 증기선의 기적 소리는, 공허하고 몽롱한 외침처럼 들렸다. 마침내 그녀의 거리, 클라리사가 사는 거리에 도착했다. 마치 강물이 다리의 교각 주변으로 몰려들듯, 택시들이 코너를 돌아 이쪽으로 달려왔다. 모두 클라리사의 파티로 가는 손님들을 실어 나르는 것 같았다. 그의 눈에는 그렇게 보였다.

그의 눈에 보이는 모든 것이 다 서늘한 인상을 남겼

지만, 마치 물이 넘쳐흐르는 컵처럼, 그의 의식은 그 모든 것들을 다 담아내지는 못했다. 이제 정신을 차리고, 몸가짐도 가다듬어야 했다. 이 집으로, 환하게 불 켜진 이 집에 들어가려면. 대문은 열려 있었고, 차들이 서 있었으며, 막 도착한 차들에선 화려하게 잘 차려입은 여인들이 내리고 있었다. 그의 영혼은 이 상황에 용감하게 맞서야 한다. 그는 주머니칼의 커다란 칼날을 폈다.

　　루시가 아래층으로 곧장 달려 내려왔다. 잠시 전까지만 해도 그녀는 거실에서 급하게 의자 커버의 구김살을 펴고 의자의 위치도 바로잡고는, 거실 안을 둘러봤었다. 누구의 눈에도 모든 것이 깨끗하고 밝고 아름답게 보여야 했다. 은그릇들과 새 의자 커버들과, 노란색 사라사 천으로 된 커튼까지. 그녀는 그것들의 값어치를 하나하나 헤아려봤다. 그때 왁자지껄한 목소리가 들려왔다. 먼저 식사를 끝낸 사람들이 2층으로 올라오고 있었다. 그녀는 재빨리 아래층으로 내려와야 했다!

　　애그니스가 말하길, 수상이 올 거라고 했다. 잔이 가

득 담긴 쟁반을 들고 와서는, 식당에서 사람들이 그렇게 말하는 걸 들었다고. 무슨 상관인가. 수상 한 사람이 더 오든 말든. 이날 저녁, 요리사인 워커 부인에게 그런 건 아무 상관이 없었다. 그녀는 접시들, 소스 팬들, 여과기, 프라이팬, 육수에 잠긴 닭, 아이스크림 냉동기, 잘라낸 딱딱한 빵 껍질, 레몬, 수프 접시, 푸딩 그릇들 사이에 파묻혀 있었다. 어린 하녀들이 싱크대에서 그릇들을 아무리 씻어대도 여전히 부엌 식탁과 의자 위에 널려 있는 설거지거리들이 그녀를 짓누르는 듯했다. 화덕 불은 타닥타닥 소리를 내며 타고 있었고, 전깃불은 눈부시게 밝았고, 여전히 계속 정찬 코스를 내가야 했다. 이 마당에 수상이 오건 말건, 워커 부인에겐 상관없었다.

부인들은 이미 2층으로 올라가고 있다고 루시가 말했다. 한 명씩 한 명씩 올라가는 부인들의 행렬을 맨 뒤에서 따라갈 때마다, 댈러웨이 부인은 부엌으로 몇 번이고 메시지를 내려보냈다. "워커 부인에게 내 사랑을 전해 줘요"라고. 내일 아침이면 수프나 연어 요리 등 오늘 내온 음식들을 하나하나 품평할 것이다. 워커 부인은 연어가 덜 익었다는 걸 알고 있었다. 푸딩에 신경을 쓰느라 연어 요리는 늘 제니에게 맡기기 때문이었다. 그래서 언제나 연어가 덜 익는 사태가 발생했다. 하지만 금발 머리에 은장식을 단 어떤 부인이 앙트[40]를 먹으며, 정말로 집에서 만들었냐고 칭찬하더라고 루시가 전해줬다. 그래도 워커 부인은 여전히 연어가 마음에 걸렸다. 그녀는 접시를 빙빙 돌리며 화덕의 통풍구를 열었다 닫았다 했다. 정찬이 차려진 방에선 웃음소리가 터져 나왔다. 누군가가 말하면 누군가가 웃음을 터뜨렸다. 부인들은 2층으로 올라가고 신사들끼리 정찬을 즐기고 있었다. 루시가 달려 들어오며 토케이, 하고 외쳤다. 댈러웨이 씨가 왕으로부터 하사받은, 아주 질 좋은 토케이 와인을 내가야 한다는 뜻이었다.

루시는 토케이를 꺼내 들고 부엌을 빠져나가면서, 엘리자베스 아가씨가 아주 아름다워 보이더라고, 눈을 뗄 수가 없었다고 말했다. 분홍색 드레스에 댈러웨이 부인

---

40   정찬 코스 중 생선 다음으로 나오는 주요리.

이 준 목걸이를 걸고 있었다면서. 제니는 엘리자베스의 폭스테리어를 챙겨야 했다. 손님들을 물까 봐 개를 가둬 놨는데, 그 개의 음식을 챙겨줘야 했다. 하지만 벌써 사람들로 가득 찬 2층으로 올라가기가 꺼려졌다. 또 대문 앞에 차가 도착했다! 벨이 울렸다. 신사들은 여전히 식당에서 토케이를 마시고 있었다!

먼저 와서 식사를 마친 사람들은 2층으로 올라가고 있었다. 새 손님들은 더 빠른 속도로 몰려올 것이다. 그래서 (파티 때문에 고용된) 파킨스 부인은 복도 문을 반쯤 열어놨다. 복도는 기다리는 신사들로 북적거렸다(그들은 머리를 매만지거나 하며 기다렸다). 그러는 동안 숙녀들은 복도 중간에 있는 방에서 외투를 벗었다. 바넷 부인이 그녀들의 시중을 들고 있었다. 40년 동안이나 클라리사 가문의 집안일을 거들어온 늙은 바넷 부인은, 여름마다 이 집으로 숙녀들의 시중을 들러 왔다. 그러다가 소녀 시절부터 알아온, 이제는 애 엄마가 된 몇몇 부인들을 만나면, 아주 정중하게 "마님"이라고 부르며 겸손하게 악수를 청했다. 하지만 익살스러운 구석도 있었다. 그녀는 숙녀들을 살펴보다가, 속옷에 문제가 생긴 러브조이 부인을 발견하곤 눈치 빠르게 도와주었다. 러브조이 부인과 그녀의 딸 앨리스 양이 브러시와 빗을 빌려 쓸 수 있었던 건 바넷 부인을 오래전부터 알아왔기 때문이었다. "30년 전부터죠, 마님" 하며 바넷 부인은 러브조이 부인에게 빗을 건넸다. 예전 부어턴에선 젊은 아가씨들은 루주를 잘 안 발랐는데, 러브조이 부인이 그렇게 말하자 바넷 부인이 앨리스 양을 사랑스럽게 바라보더니, 앨리스 양에게 루주는 필요 없어요, 라고 말했다. 외투를 벗어놓는 그 방에서 바넷 부인은 모피를 툭툭 두드려 모양을 바로잡고, 스페인식 숄의 주름을 펴고, 화장대를 치우면서도, 모피를 걸쳤든 자수가 놓인 숄을 걸쳤든 누가 정말로 훌륭한 부인인지 한눈에 알아챘다. 사랑스럽고 정겨운 부인이야, 클라리사의 유모였지, 러브조이 부인은 층계를 올라가며 말했다.

잠시 후 러브조이 부인은 몸을 꼿꼿이 세우고 (파티를 위해서 고용된) 윌킨스 씨에게 말했다. "러브조이 부인과 러브조이 양이에요." 그는 뛰어난 매너로 몸을 굽혀 인사하며 일정한 어조로 "러브조이 부인과 러브조이 양…… 존 경과 니덤 부인…… 웰드 양…… 윌시 씨" 하며 손님들을 알렸다. 그의 매너는 정말 훌륭했다. 틀림없이 그의 가정도 흠잡을 데 없을 것이다. 저렇게 수염을 깔끔하게 깎은 사람이 자식이라는 골칫거리를 낳을 것 같지는 않지만.

"와주셔서 너무나도 기뻐요!" 클라리사는 모두에게 그렇게 말하고 있었다. 와주셔서 너무나도 기쁘다고! 겉만 번지르르한, 진심이 담기지 않은 말이라고, 피터 윌시는 생각했다. 호텔 방에서 책을 읽거나 뮤직홀에나 가야 했는데. 초대된 손님 중에 그가 아는 사람은 아무도 눈에 띄지 않았다.

맙소사, 이번 파티는 완전히 실패인가 봐. 렉섬 경이 아내가 버킹엄 궁전 정원 파티에 갔다가 감기에 걸려 못 왔다고 사과를 하자, 클라리사는 뼛속 깊이 그런 느낌이 들었다. 저쪽 구석에서 자신을 비난하는 눈초리로 서 있는 피터도 눈에 들어왔다. 도대체 난 왜 이런 일을 벌이는 거지? 왜 이런 일을 벌여 스스로 고통의 불길을 받는 거지? 아냐, 어쨌거나 이 불길이 나를 소멸시킬 거야, 날 태워 재로 만들 거야! 엘리 헨더슨처럼 차츰 꺼져버리느니, 횃불처럼 활활 타오르다가 내동댕이쳐지는 게 나아. 피터가 구석에 저렇게 서 있는 것만으로도 이런 기분에 빠지다니, 정말 이상한 일이야. 그녀는 어리석게도, 피터로 인해 자신을 과장되게 되돌아보았다. 하지만 그는 왜 여기 왔지? 단지 날 비난하려고? 왜 항상 나에게서 무언가를 가져가기만 하고 주지는 않는 거지? 어째서 자신의 하찮은 견해를 과감하게 포기할 줄을 모를까? 저기, 그가 어슬렁거리며 돌아다니고 있었다. 그와 얘기를 하긴 해야 했다. 하지만 좀처럼 그럴 시간을 내기가 어려웠다. 인생이 그렇지 뭐, 굴욕을 당해도 그저 단념하고 살아가야 하지. 렉섬 경은, 아내가 감기에 걸린 건 파티가 정원에서 열렸는데도 모피를 두르지 않았기 때문이라고 했다. "숙녀분들은 왜 다들 그러는지." 그가 숙녀라고 말하는 렉섬 부인은 적어도 일흔다섯은 될 것이다! 그 노부부가 서로를 아끼는 모습은 정말이지 정겨웠다. 클라리사는 나이 든 그 렉섬 경이 진심으로 좋았다. 그녀는 자신의 파티를 정말로 중요하게 여겼다. 그래서 파티가 잘못되어가고 있다고, 무미건조해져가고 있다고 느끼자 아주 괴로웠다. 목적 없이 돌아다니는 손님들도 보였고, 엘리 헨더슨처럼 구석에 서서 자신에겐 눈길도 안 주는 사람들도 보였다. 이러느니 차라리, 어떤 무시무시한 일이 일어났으면 싶었다.

극락조들이 그려진 노란색 커튼이 부드러운 바람에 조용히 부풀었다가 다시 홀쭉해졌다(창문이 열려 있었기 때문이다). 마치 새들이 방 안으로 날아들었다가 다시 날아가버리는 것 같았다. 어디에서 바람이 들어오는 걸까? 엘리 헨더슨은 추위를 느꼈다. 하지만 자기가 내일 재채기를 하며 몸져눕는 것은 문제가 아니었다. 그녀가 바람에 신경을 쓰는 것은, 아가씨들이 어깨를 다 드러내놓고 있어서였다. 부어턴의 부목사였던 그녀의 늙은 아버지는 병을 앓다가 돌아가셨는데, 항상 다른 사람들을 배려하라고 가르쳤다. 엘리 헨더슨은 한 번도 남에게 폐를 끼칠 정도로 감기를 앓은 적이 없었다. 그녀가 걱정하는 건 오로지 어깨를 드러낸 아가씨들이었다.

그녀는 머리숱이 적고 가냘픈 여자였다. 나이 쉰이 넘은 그녀에겐 무언가 온화한 빛이, 오랜 세월 자기희생을 감내한 사람이 내면에서 뿜는 고귀한 빛이 흐르고 있었다. 하지만 300파운드밖에 안 되는 수입으로(그녀가 직접 버는 돈은 한 푼도 없었다) 체면을 차리며 살아야 하는 괴로움과, 보호자도 없이 혼자 살아야 하는 공포가 그 빛을 희미하게 만들었다. 그녀는 점점 더 겁이 많아졌고, 사교 시즌이 되어 매일 밤 하녀에게 이런저런 옷을 대령하라고 말할 수 있는 사람들을 만날 자격도 해가 갈수록 점점 줄어들었다. 뒤늦게 클라리사의 파티에 초대된 엘리 헨더슨은 불안한 마음으로 허겁지겁 밖으로 달려나가 값싼 분홍색 꽃들을 여섯 송이쯤 사 들고 와서, 낡은 까만 드레스에 숄만 두르고 이곳으로 와야 했다. 기분이 좋지 않았다. 클라리사가 올해는 자신을 초대할 마음이 없었다는 생각이 강하게 들었기 때문이다.

그녀가 왜 그래야 하겠는가? 서로 오래 알아왔다는 점을 제외하면 꼭 초대할 이유는 없었다. 사실 그들은 친척 간이었다. 하지만 클라리사가 인기가 많아지면서 그들은 자연스럽게 점점 사이가 멀어졌다. 파티에 온 것만으로도 엘리에겐 대단한 사건이었다. 이렇게 아름다운 옷들을 보는 것은 그 자체로도 즐거운 일이었다. 설마, 저 아가씨가 엘리자베스라고? 저렇게 다 자라서, 유행하는 스타일로 머리를 꾸미고 분홍색 드레스를 입고 있는 저 애가? 아직 열일곱은 안 넘었을 텐데. 아주, 아주 예쁘네. 요즘엔 옛날과 달리 사교계에 처음 데뷔하는 아가씨들이 하얀 옷을 입지 않나 봐. (이디스에게 이야기하려면 이 모든 걸 기억해야만 했다.) 대부분의 아가씨들은 몸에 꽉 끼는 가운에다 발목 위로 껑충 올라온 그리스식 스커트를 입고 있었다. 별로 어울려 보이지 않았다.

엘리 헨더슨은 시력이 나빠 목을 쭉 빼고 손님들을 바라봤다. 대화할 사람은 없었지만(아는 사람이 아무도 없었다) 크게 신경 쓰지 않았다. 저쪽에 있는 사람들은, 바라만 봐도 아주 흥미로운 사람들 같았다. 아마도 정치인들, 리처드 댈러웨이의 친구들이겠지. 하지만 리처드 자신은 엘리를 발견하고, 저 가엾은 여인을 저녁 내내 혼자 내버려둘 순 없다고 생각했다.

"아, 엘리, 그래 어떻게 지내셨나요?" 그는 언제나처럼 온화한 어조로 말했다. 엘리 헨더슨은 긴장하여 얼굴이 붉어졌고, 자기 같은 여자에게 와서 말을 걸다니 보기 드물게 좋은 남자라고 느꼈다. 그녀는 많은 사람들이 추위보다는 더위를 더 느끼는 것 같다고 말했다.

"그래요, 그런 것 같아요." 리처드 댈러웨이가 말했다. "맞아요."

더 무슨 할 말이 있겠는가?

그때 누군가가 리처드의 팔꿈치를 잡았다. "안녕하신가, 리처드." 맙소사, 피터였다. 옛 친구 피터 월시였다. 그를 이렇게 만나다니, 너무도 기쁘고 즐거웠다! 피터는 조금도 변한 것 같지 않았다. 그들은 서로를 가볍게 툭툭 치며, 방을 가로질러 함께 걸어갔다. 엘리 헨더슨은 그들이 같이 걸어가는 걸 보며, 오랜만에 만난 사이 같다고 생각했다. 리처드 옆에 있는 남자는 분명히 낯이 익었다. 키가 크고 눈이 꽤 아름답고 피부색이 검은, 안경을 쓴 그 중년 남자는 존 버로스를 닮은 듯도 했다. 이디스는 분명 그 남자를 알 것이다.

극락조들이 그려진 커튼이 다시 바람에 날렸다. 그리고 바로 그때, 클라리사는 랠프 라이언이 휘날리는 커튼 자락을 한쪽으로 밀치며 이야기를 이어가는 모습을 발견했다. 파티가 완전히 실패한 건 아니었다! 이제 그녀의 파티가 제대로 되어가고 있었다. 이제 시작이야. 이제 출발이야. 하지만 여전히 위태로웠다. 그녀는 아직 여기에 서 있어야 했다. 손님들이 계속 도착하고 있었다.

"개로드 대령 부부…… 휴 휫브레드 씨…… 볼리 씨…… 힐버리 부인…… 메리 매덕스 부인…… 퀸 씨……" 단조로운 목소리로 윌킨스가 손님들을 호명했다. 그녀는 그들 모두와 각각 예닐곱 마디 정도의 말을 나누었다. 그들은 차례차례 안으로 들어왔다. 랠프 라이언이 커튼을 밀친 후 더 이상 무의미하지 않게 된 공간 속으로.

하지만 그녀로서는 그렇게 손님들과 인사를 나누는 일을 전혀 즐기고 있지 않았다. 거기에 서 있는 것이 자신이 아닌 딴사람 같았다. 파티 안주인 역할은 누구라도 할 수 있지만, 그녀는 그런 일을 훌륭하게 해내는 사람들을 적지 않게 경탄해왔다. 그리고 이 파티는 분명 그녀가 만든 것이었고, 그녀를 중심으로 돌아가고 있었다. 그럼에도 불구하고 자신의 본모습은 없어진 채 층계 꼭대기에 박힌 말뚝이 된 기분이었다. 파티를 열 때마다 매번 그런 느낌이었다. 자신이 아니라 딴 존재가 된 듯했다. 또한 손님들도 비현실적으로 보였다. 하지만 어찌 보면 파티에서는 비현실적으로 보이는 것이 오히려 현실적일 수도 있다. 일상이 아닌 파티이기 때문에, 그렇게 차려입고 오는 것은 오히려 당연하다. 분위기도 비현실적인 게 당연하다. 그리고 그런 비현실성 때문에, 사람들이 파티에서는 다른 곳에선 말할 수 없었던 것들이나 힘들게 말해야 하는 것들을 스스럼없이 털어놓을 수 있는지도 모른다. 하지만 그녀는 아직 그럴 수 없었다. 적어도 지금까지는.

"와주셔서 얼마나 기쁜지!" 그녀가 말했다. 오랜 벗 해리 경! 그는 이 파티에 초대된 모든 사람들을 알고 있을 것이다.

손님들이 한 사람씩 층계를 올라갈 때마다 이상한

느낌이 들었다. 마운트 부인, 셀리아, 허버트 에인스티, 데이커스 부인이 한 명씩 올라갈 때마다. 아, 저게 누군가. 브루턴 부인도 오신 것이 아닌가!

"친절하게도 와주셨군요!" 그녀는 진심으로 그렇게 말했다. 거기 서서 손님들이 계속 몰려오는 걸 보니 기분이 아주 이상했다. 어떤 이는 아주 늙었고, 어떤 이는……

이름이 뭐라고? 로시터 부인? 하지만 로시터 부인이 대체 누구지?

"클라리사!" 그 목소리! 샐리 시턴이었다! 샐리 시턴! 이게 얼마 만인가! 그녀는 마치 안개 속에서 나타난 듯 어렴풋하게 보였다. 그 시절, 그 옛날의 샐리 시턴처럼 보이지 않았던 것이다. 뜨거운 물병을 든 채 샐리 시턴이 내 집에, 나와 같은 지붕 아래 있다니, 하며 감탄하던 시절과는! 전혀 다른 모습이었다!

서로 포옹하고 웃으며 말들을 쏟아냈다. 런던에 들렀는데, 클라라 헤이든이 네가 파티를 연다고 하잖아! 널 만날 수 있는 기회를 놓칠 수가 없었어! 그래서 초대도

안 받은 주제에 이렇게 뻔뻔하게 왔지······

이제는 샐리 때문에 들떴던 과거와는 달리, 뜨거운 물병을 차분하고 침착하게 내려놓을 수 있을 것 같았다. 샐리의 얼굴에서 그 옛날의 빛은 사라지고 없었다. 나이 들어 그 사랑스러움이 덜해진 것이었다. 하지만 행복해 보이는 그녀를 다시 만나게 된 것은 너무나도 기뻤다. 거실 문 옆에서 서로 이 뺨 저 뺨에 키스를 했다. 그런 후 클라리사는 샐리의 손을 잡고 실내 쪽으로 돌아섰다. 손님으로 가득 찬 방이 보였다. 왁자지껄한 목소리가 들렸고, 촛불과 펄럭이는 커튼이 보였다. 리처드가 사다 준 장미도 눈에 들어왔다.

"나는 다 큰 아들이 다섯이나 있어." 샐리가 말했다.

그녀는 아주 단순한 이기주의자가 되어 있었다. 언제나 자기를 우선으로 배려해주기를 대놓고 원하고 있었다. 그래도 클라리사는 그녀가 사랑스러웠다. "이렇게 다시 만나다니, 믿을 수가 없어!" 옛 생각에 온통 기쁨으로 타오르며 외쳤다.

그러나 아, 그때 윌킨스가 어떤 방문객의 이름을 크

게 호명했다. 아주 위압적이고 권위적인 목소리로. 손님들은 물론, 안주인도 경망스러운 언행을 멈추고 자기 목소리에 귀 기울여야 한다는 듯.

"수상이시군." 피터 월시가 말했다.

수상이라고? 정말? 엘리 헨더슨은 깜짝 놀랐다. 이디스에게 들려줄 얼마나 근사한 얘깃거린가!

수상을 비웃을 마음은 없었다. 하지만 그는 너무나도 평범해 보였다. 카운터 뒤에서 비스킷을 파는 사람처럼 보였다. 온몸에 황금 레이스를 두른 차림새로도 그렇게 보이다니, 가엾게 여겨질 정도였다. 하지만 공정하게 말하자면 그의 태도는 아주 훌륭했다. 그는 처음에는 클라리사의, 다음에는 리처드의 안내를 받으며 아주 훌륭한 태도로 파티장을 한 바퀴 돌았다. 그렇게 중요한 사람처럼 보이려는 것이 흥미로웠다. 하지만 아무도 그를 쳐다보지 않고 그저 자기들 대화를 계속했다. 그래도 속으로는 다들 자기 앞을 지나는 사람이 수상임을, 자신들 모두가 지지하는 영국 사회의 상징임을 뼛속 깊이 알고 떨고 있는 눈치였다. 술 장식이 달린 옷을 입은 풍

채 좋은 브루턴 부인이 수상에게로 다가가더니, 함께 작은 방으로 들어갔다. 그제야 모든 사람들이 그 방을 주목하며, 수상이 왔다고 수군거렸다!

저런, 저런, 영국인들의 속물근성이란 참! 피터 월시는 구석에 서서 그 소란을 지켜보며 생각했다. 황금색 레이스로 장식한 옷을 차려입은 수상에게 경의를 표할 기회를 기다리고 있는 저 꼴이란! 하, 저건 누구야. 고위층들 주변을 서성거리는 저 사람은 휴 휫브레드가 아닌가. 살이 찌고 머리가 하얘지긴 했지만, 분명 존경스러운 휴였다!

피터의 눈엔, 그는 언제나 근무 중인 사람처럼 보였다. 특권층이라도 되는 양 비밀을 많이 가진 듯 행동했지만, 사실 그가 목숨을 걸고 지키려 하는 비밀은 다음 날이면 온 신문이 다 떠들, 궁정 심부름꾼들의 사소한 객담에 지나지 않았다. 그는 그런 시시한 이야기들을 갖고 놀면서 머리가 하얗게 세어 어느새 늙어 있었다. 영국 공립학교 출신들과 친분을 쌓는 것을 영광으로 여기는 사람들의 사랑과 존경을 누리면서. 휴는 그렇게 살 수밖에 없는 인간이었다. 바다 건너 수천 마일 떨어진 곳에서 읽은, 《타임스》에 실린 그 친구의 뛰어난 편지에서도, 딱 그런 면모가 느껴졌었다. 그래서 피터는 인도에서 거칠고 난폭한 사람들의 잡담이나 노동자들이 아내를 때리는 소리를 들으며 사는 것이, 그 지저분하고 혼돈스러운 잡담을 듣는 것보다는 낫다며 신께 감사하곤 했었다. 지금 휴 곁에는, 갓 대학을 졸업한 듯 보이는 올리브색 피부의 젊은이가 아부하듯 들러붙어 있었다. 아마도 저 젊은이를 후원해주고, 출세의 비법도 알려주겠지. 휴가 가장 좋아하는 일이 친절을 베푸는 일이니까. 그의 친절은 늙고 병들어 자기가 세상에서 완전히 잊혔다고 생각하는 노파들에게서 절정을 이루지. 그들에게 다정하게 다가가 사소한 것까지 상기시켜주며, 집에서 만든 케이크도 칭찬해주니까. 그런 그에게 어떻게 감격하지 않을 수 있겠어. 다른 늙은 공작부인들의 집을 돌아다니며 똑같은 칭찬을 늘어놓는 걸 안다 해도. 모든 것을 심판하시고 한없이 자비로우신 신은 그런 휴를 용서하실지 몰라도, 피터 월시에게는 그런 꼴을 용서할 자비심이 없었다. 세상에는 악당들이 많지만, 싸구려 친절을 베푸는 횟브레드보다는 기차에서 소녀의 두개골을 난타해 교수형을 당한 인간쓰레기가 이 사회에 해를 덜 끼친다고, 신도 사실은 그렇게 생각하실 거라고, 피터는 생각했다. 저 꼴을 좀 보라지. 발끝으로 춤추듯 걸어 나가 수상과 브루턴 부인 앞에서 한 발을 뒤로 빼고 절하고 있네. 브루턴 부인에게 사적인 말을 할 수 있다는 특권을 과시하는 듯한 몸짓으로. 브루턴 부인은 걸음을 멈추고 그 인사에 답하듯 점잖게 머리를 끄덕였다. 아마도 아첨쟁이 그가 무슨 일을 도와주어 저렇게 응대해주는 거겠지. 그녀 주변에는 횟브레드 말고도 아첨꾼들이 많았다. 주로 정부의 하급 관리들로, 그녀를 위해서 사소한 일들을 바쁘게 수행했고, 그 대가로 그녀는 그들에게 점심을 베풀었다. 어쨌거나 18세기부터 내려온 명문가 출신의 그녀 자체는, 썩 괜찮은 사람이었다.

수상의 뒤를 따라가는 클라리사의 모습이 보였다. 반백의 그녀는 의기양양한 위엄의 빛을 풍기며 방을 가로질렀다. 귀고리를 달고, 은빛 나는 녹색 드레스를 입은 그녀는, 파도 위로 넘실거리며 치렁치렁한 머리를 땋은 인어처럼 보였다. 예전처럼 여전히 그 재능을 가지고 있었다. 지나가는 순간 모든 이의 시선을 끌어당기는 재능을. 돌아서다가 자신의 스카프가 다른 여인의 드레스에 걸리자, 그것을 풀며 웃었다. 물에 떠 있는 인어와 같은 표정으로. 하지만 그런 그녀도 나이는 이찔 수가 없었다. 맑게 갠 어느 저녁 거울 속에서 파도 너머로 지는 태양 같은 자신의 모습을 보았으리라. 나이 든 그녀 속에 깃든 한 자락의 부드러운 숨결이, 그녀의 엄격함과 고상한 체하는 태도와 무표정함 속에, 원숙한 인간미를 더해주고 있었다. 두꺼운 금술로 장식한, 중요한 사람으로 보이기 위해 최선을 다하는 수상에게(잘해보시지) 작별 인사를 고하는 그녀의 모습에선, 말로 표현할 수 없는 품위와 우아한 온정이 풍기고 있었다. 마치 온 세상에 행복을 빌며 안녕을 고하는 듯했다. 그녀의 모습에서 그런 생각을 떠올리지 않을 수 없었다(그렇다고 그가 다시 클라리사를 사랑하게 된 건 아니었다).

한편 클라리사는 다음과 같은 생각을 하며 수상과

함께 방을 건너갔다. 수상이 내 파티에 오시다니, 친절하기도 하시지. 샐리가, 피터가, 기뻐하는 리처드가 보였다. 또 질투하는 사람들도 보였다. 순간 심장이 부풀어 오르는 듯했다. 술에 취해 파르르 떨면서도 흐트러지지 않으려고 긴장을 유지하려 할 때 느껴지는 일종의 도취감 같은 것에 순간적으로 휩싸였던 것이다. 하지만 그런 설레고 흥분되는 감정은 다른 사람들도 다들 한 번쯤은 느꼈던 감정이리라. 지금 자신은 겉으로는 화려해 보이겠지만(저기 서 있는 오랜 친구 피터도 그녀의 그런 모습을 아주 훌륭하다고 생각하는 듯했다) 속으로는 여전히 공허했기 때문이다. 친구들은 팔만 뻗으면 닿는 곳에 있었지만, 가슴속에 있지는 않았다. 나이를 먹어서인지 몰라도 예전처럼 친구들에게서 만족을 느끼지 못했다. 층계 아래로 내려가는 수상을 바라보다가, 문득 손에 털토시를 낀 작은 소녀가 찍힌, 금빛 액자에 담긴 조슈아 경의 판화가 눈에 들어왔다. 그러자 킬먼 양이 떠올랐다. 킬먼이 자신의 적인 것은 분명한 사실이었다. 그 과격하고 위선적이고 불쾌한 여자를, 클라리사는 너무나도 증오하고 있었다. 온갖 술수를 부려 자신의 딸 엘리자베스를 현혹시켜 마음을 빼앗고 더럽힌 그 여자를(물론 리처드는 말도 안 되는 생각이라고 하겠지만!), 클라리사는 분명 증오하고 있었다. 그러나 또한 사랑하기도 했다. 그녀에게 필요한 것은 적이지 친구가 아니었기 때문이다. 그녀에게 필요한 것은 자신에게 호의적인 듀랜트 부인도, 클라라도, 윌리엄 브래드쇼 경도, 그의 아내인 브래드쇼 부인도, 트루록 양도, 엘리노 깁슨도 아니었다(그들이 2층으로 올라가는 게 보였다). 그들이 그녀를 원한다면, 제 발로 직접 찾아와야 하리라! 그녀에게 중요한 것은 파티였다!

그녀의 오랜 친구 해리 경이 보였다.

"반가워요, 해리 경!" 그녀는 풍채 좋은 그 노인에게로 다가갔다. 그는 세인트존스우드[41]에 사는 두 명의 예술원 회원이 그린 작품을 다 합친 것보다 더 많은 졸작을 그려낸 화가였다. (그는 소만 그렸다. 해 질 녘 웅덩이

---

41   리젠트 공원 서쪽에 있는, 화가들이 많이 사는 주택지.

에서 물을 마시고 있거나, 앞다리 하나를 들고 뿔을 흔들며 '낯선 자의 접근'을 경고하는 소의 그림을. 그는 언제나 그런 일정한 동작만 그렸다. 그가 밖에서 외식을 즐길 수 있는 것도, 경마장에 갈 수 있는 것도, 모두 해질 녘 웅덩이에서 물을 마시는 소가 그려진 그림들 덕분이었다.)

"무슨 일로 그리들 웃으세요?" 그녀가 물었다. 윌리 티트컴과 해리 경, 허버트 에인스티 모두가 웃고 있었기 때문이다. 하지만 해리 경은 아무 일도 아니라고 했다. 클라리사 댈러웨이에게(비록 그녀를 많이 좋아하고, 그녀와 같은 부류 중 그녀가 가장 완벽하다고 여겨 그녀를 그리겠다고 한 적까지 있지만) 뮤직홀 무대에서 있었던 일을 얘기해줄 순 없었기 때문이다. 그래서 화제를 돌려 파티에 관해 불평을 늘어놓으며 그녀를 놀렸다. 자신의 브랜디가 그립다면서, 여기 초대된 사람들은 자신에 비해 너무 격이 높은 사람들이라면서. 하지만 그녀를 좋아하고 존경하는 마음은 변함없었다. 자기 무릎에 앉아 보라는 말도 건넬 수 없는, 그녀의 몸에 밴 상류층 교양은 싫어했지만. 그때 방랑하는 환영 같은, 떠다니는 인광 같은 늙은 힐버리 부인이 다가와, (공작과 숙녀에 관해 떠들며) 환하고 호탕하게 웃고 있는 그에게 두 손을 내밀었다. 방 건너편에서 처음 그의 웃음소리를 들었을 때, 부인은 어쩐지 안심이 되는 기분이었다. 부인은 때때로 불안에 시달리며 살고 있었다. 아침에 깨어났을 때 하녀에게 차를 갖다달라고 말할 기운조차 없을 만큼. 우리 모두는 결국 죽는다는 사실을 상기하며 느끼는 불안이었다.

"우리에게는 이야기를 못 하시겠대요." 클라리사가 말했다.

"아, 클라리사!" 힐버리 부인이 감탄했다. 오늘 밤 당신 모습은 꼭 당신 어머니 같아요. 오래전 당신 어머니를 처음 봤을 때와 똑같아요. 그때 어머니는 회색 모자를 쓰고 정원을 거닐고 있었죠.

클라리사의 눈에 진심으로 눈물이 고였다. 어머니가 정원을 거닐고 있었다고! 하지만 아아, 저쪽으로 가봐야 했다.

밀턴을 강의하는 브라이얼리 교수와 (이런 파티에 나올 때도 넥타이와 조끼 하나 제대로 챙겨 입지 못하는, 머리도 매끈하게 빗을 줄 모르는) 짐 허턴이 얘기를 나누고 있는 곳으로 가봐야 했다. 멀리 떨어져서 봐도, 그들이 말다툼하고 있음을 알 수 있었기 때문이다. 브라이얼리 교수는 아주 괴짜였다. 그는 자신이 학위나 명성이나 교수직 등 모든 면에서 삼류 문인들과는 격이 다름에도 불구하고, 여러 가지 모순된 요소들로 결합된 기묘한 성격 때문에 사람들의 호의를 사지 못하고 있음을 즉각 알아차렸다. 그는 학식이 많았지만 겁도 많았고, 차가운 매력은 있었지만 인정미가 없었으며, 순진하면서도 속물근성이 있었다. 그래서 헝클어진 머리의 숙녀들이나 부츠를 신은 젊은이들을 보면 저 반항아들, 저 열정적인 젊은이들, 자칭 천재들도 나름 훌륭한 면이 있긴 하겠지만 그저 하층 계급일 뿐이라는 걸 의식하며 몸을 떨었다. 그러면서 고개를 약간 쳐들고는 "흥" 하고 콧방귀를 뀌었다. 중용의 가치를 알라고, 밀턴에 대해 제대로 알려면 먼저 고전 공부를 하라는 뜻을 넌지시 내비치면서. 이렇듯 브라이얼리 교수와 키 작은 짐 허턴은 (까만 양말은 세탁소에 맡겼는지 빨간 양말을 신고 있는) 밀턴을 놓고 충돌하고 있었다. (그것을 알아채고) 클라리사가 끼어들었다.

그녀는 바흐를 좋아한다고 말했다. 허턴도 그렇다고 했다. 그것이 그들 사이를 결속시켜주는 기초가 되었다. (아주 저질 시인인) 허턴은 예술에 관심이 많은 지체 높은 가문의 부인들 중에 댈러웨이 부인이 최고라고 늘 생각해왔었다. 그녀는 이상할 정도로 매사에 엄격한 사람이었지만, 음악에 관해서는 그렇지 않았다. 약간 도덕군자처럼 굴어노 어쩌면 저렇게 매력적일까! 집도 얼마나 멋지게 꾸며놓았는지. 그녀가 교수들만 초대하지 않았더라면 정말 좋았을 텐데. 클라리사는 그를 붙잡고 뒷방으로 끌고 가서 피아노 앞에 앉힐까 하는 마음도 있었다. 피아노 연주는 멋지게 하기 때문이었다.

"하지만 연주를 하기엔 시끄럽네요!" 그녀가 말했다. "너무 시끄러워요!"

"파티가 성공했다는 뜻 아니겠어요?" 브라이얼리 교

363

수는 그렇게 점잖게 말하고는, 고개를 끄덕이며 품위 있게 자리를 떴다.

"저분은 밀턴에 관해선 무엇이든 다 알아요." 클라리사가 말했다.

"정말 그래요?" 허턴은 그렇게 말하며, 햄스테드로 돌아가면 그 교수를 흉내 내며 다녀봐야겠다고 생각했다. 밀턴을 강의하는 교수, 중용에 관해 논하는 교수, 슬그머니 물러나는 그 교수를.

저 커플과도 얘기를 좀 해야겠네요, 클라리사가 말했다. 게이턴 경과 낸시 블로였다.

두 사람은 이 파티를 더욱 시끄럽게 만들 만큼 크게 떠들고 있지는 않았다. 노란색 커튼 곁에 나란히 서서, 그저 몇 마디만 할 뿐이었다. 그리고 곧 함께 이곳을 떠나 다른 곳으로 가리라. 어디에 가든 그리 많은 말을 나누지는 않으리라. 서로 쳐다보는 것만으로도 충분할 테니까. 그들은 너무나도 단정하고 건전해 보였다. 블로 양은 살구꽃 빛깔의 분을 바르고 있었고, 게이턴 경도 아주 깨끗하게 씻고 온 얼굴이었다. 그는 새처럼 날카로운 눈을 가져 크리켓을 할 때면 어떤 공도 놓치지 않았고 어떤 타격에도 놀라지 않았다. 폴로 경기에도 뛰어나서 그가 고삐를 쥐면 말이 그의 말을 모두 알아듣는 듯했다. 고향의 교회 묘지에 조상의 기념비와 가문의 문장이 그려진 깃발이 달려 있을 정도로 명문가 출신이기도 했다. 그는 여러 가지 직책도 맡고 있었다. 소작인들도 거느리며, 어머니와 누이와 함께 살고 있었다. 그는 하루 종일 로즈 크리켓 경기장에서 시간을 보냈는데, 블로 양과 바로 그 크리켓 경기에 대해 얘기를 나누고 있었다. 중간중간 친척들 얘기와 영화 얘기도 하며. 바로 그때 댈러웨이 부인이 다가온 것이었다. 게이턴 경은 그녀를 몹시도 좋아했고 블로 양도 그랬다. 부인의 매너가 매력적이기 때문이었다.

"어쩜 이리들 천사 같으실까, 와주셔서 참으로 기뻐요!" 그녀가 말했다. 그녀는 귀족들을, 젊음을, 그리고 낸시를 좋아했다. 파리에서 가장 유명한 디자이너가 만든 아주 비싼 낸시의 드레스는 몸에 잘 맞아 마치 그 초록빛 주름이 몸에서 저절로 자라난 듯 보였다.

"사실은 무도회를 열려고 했었어요." 클라리사가 그렇게 말했다.

젊은이들은 대화에 서투르기 때문이었다. 하긴 그들에게 무슨 말이 필요하겠는가? 함께 소리 지르고, 껴안고, 흔들다가, 새벽녘에 같이 일어나면 충분할 텐데. 조랑말들에게 설탕을 먹이고, 예쁜 차우차우 개의 콧잔등에 키스를 하고 어루만져주고는, 가슴 설레며 여기저기 쏘다니다가 물에 뛰어들어 수영을 하면 될 텐데. 하지만 영어라는 언어가 지닌 그 엄청난 자원, 감정을 전달할 수 있는 그 엄청난 힘은(그들 정도의 나이에 피터와 그녀는 저녁 내내 논쟁을 벌였었다) 영원히 가지지 못하리라. 미숙한 채로 어른이 되리라. 자신의 소작농들에게 크나큰 친절을 베풀 줄은 알지만, 개인으로서는 그저 그런 재미없는 어른이 되리라.

"유감이에요!" 그녀가 말했다. "무도회를 열려고 했었는데 말이에요."

아, 이렇게 친절하게 와준 그들에게 무도회 얘기나 하고 있다니! 방마다 사람들로 가득 차 있는 걸 보니, 무도회를 열었다 해도 춤출 자리도 없어 보였다.

바로 그때 솔을 두른 늙은 헬레나 고모가 눈에 들어왔다. 그래서 안타깝게도 클라리사는 게이턴 경과 낸시 블로 양을 떠나야 했다. 늙은 패리 양, 그녀의 고모 곁으로 가야만 했다.

헬레나 패리 양은 아직 죽지 않고 살아 있었다. 여든이 넘은 나이에도. 그녀는 지팡이를 짚고 천천히 층계를 올라와 의자에 앉았다(리처드가 도와주었다). 클라리사는 1870년대의 버마를 아는 사람들을 고모에게 데려와 인사를 시켰다. 피터는 어디에 있담? 예전에 고모와 아주 친했었는데. 고모는 사람들이 인도니 실론이니 하는 말만 꺼내도 눈빛이 파랗게 깊어졌다(한쪽만 의안이었다). 그 시절 알았던 총독들이나 장군들을 떠올리는 게 아니었다. 그들에 대해선 어떠한 정겨운 기억도 환상도 가지고 있지 않았다. 그때 거기서 본 난초들을, 당시의 자신을 떠올리고 있었다. 인부의 등에 업혀 외롭게 그 좁고 험한 산길을 통과해 산봉우리를 넘었던 일을, 도중에 그의 등에서 내려 난초(전에는 한 번도 본 적 없었던

굉장한 꽃들이었다)를 뿌리째 뽑았던 일을. 그녀는 그 난초들을 수채화로 그렸었다. 불굴의 영국 여인이었다. 문 앞에 폭탄이 떨어진다 해도, 난초들과 그 1860년대부터 1870년대 사이의 인도 여행을 기억하는 자신을 방해하면 화를 낼 여인이었다. 마침 그때 피터가 다가왔다.

"헬레나 고모에게 버마 얘기를 좀 해줘요."[42] 클라리사가 말했다.

하지만 그날 저녁 내내 그는 그녀와 한마디도 나누지 못했는데!

"우린 나중에 얘기해요." 클라리사는 그렇게 말하며 하얀 숄을 두르고 지팡이를 짚고 있는 헬레나 고모에게로 그를 데려갔다.

"피터 월시예요." 클라리사가 말했다.

아무런 반응이 없었다.

헬레나는 클라리사의 초대로 억지로 온 것이었다. 파

---

42   버마(현 미얀마)는 1866년부터 1937년까지 영국령 인도에 속해 있었기 때문에 이런 말을 하는 것이다.

티는 피곤하고 시끄러워 싫었지만, 클라리사의 초대를 거절할 순 없었다. 리처드와 클라리사가 런던에 사는 게 참으로 유감이었다. 클라리사의 건강을 위해서라도 시골에 사는 게 좋을 텐데. 하지만 클라리사는 언제나 사교계를 좋아했지.

"이 사람 버마에 간 적이 있어요." 클라리사가 말했다.

아! 그 말을 듣자 헬레나는 자신이 버마의 난초에 대해 쓴 소책자를 보고 찰스 다윈이 한 말이 떠올랐다.

(클라리사는 브루턴 부인과 이야기하기 위해 자리를 떠났다.)

헬레나가 피터에게 말했다. 내가 버마의 난초에 관해 쓴 책이 있지, 지금은 아무도 기억하지 못하겠지만 어쨌거나 1870년 이전까지 3판이나 찍었었지. 그 말을 하고 나서야 피터가 기억났다. 아, 부어턴에 놀러 오던 사람이구나. (피터는, 클라리사가 다시 돌아와 배를 타러 가자고 하자, 헬레나를 거실에 내버려두고 떠났던 그날 밤을 떠올리고 있었다.)

"리처드가 오찬이 아주 즐거웠다고 말하더군요." 클

라리사가 브루턴 부인에게 말했다.

"리처드가 내게 큰 도움이 됐어요." 브루턴 부인이 대답했다. "내가 편지를 쓰는 걸 도와줬거든요. 그나저나 몸은 어때요?"

"아, 다 나았어요!" 클라리사가 말했다. (브루턴 부인은 정치가들의 아내가 아픈 것을 싫어했다.)

"저기 피터 월시가 왔군요!" 브루턴 부인이 말했다. (클라리사를 좋아하긴 했지만 더 이상 할 말은 없었다. 그녀의 자질은 높이 샀으나 자신과는 공통점이 없다고 생각해왔다. 리처드가 클라리사보다 덜 매력적이지만 내조를 잘하는 여인과 결혼했더라면 어땠을까. 그가 내각에 들어가지 못한 게 안타까웠다.) "피터 월시!" 그녀는 자신이 좋아하는 악동과 악수를 했다. 이 유능한 친구는 이름을 날릴 수도 있었는데 그러지 못했다(언제나 여자 문제로 어려움을 겪었기 때문이다). 아, 저기 늙은 패리 양도 보이는군. 놀라운 여자야!

브루턴 부인이 패리 양이 앉은 의자로 다가가 검은 옷을 입은 유령 척탄병처럼 서더니, 피터 월시에게 점심을 들러 오라고 초대했다. 간곡한 초대였다. 인도의 식물이나 동물에 대해서는 기억나는 게 없어서, 피터와 패리 양이 나누는 대화에는 끼지 못했다. 물론 브루턴 부인도 인도에 간 적이 있었다. 세 명의 총독들 집에 머물렀었고, 몇몇 인도 시민들은 보기 드물게 훌륭해 보였었다. 그런데 지금 인도는 얼마나 비극적인가![43] 수상도 막 인도 얘기를 했었지만(숄을 두른 패리 양도 웅크리고 앉아 수상의 말을 들었는데, 전혀 신경 쓰지 않는 눈치였다), 브루턴 부인은 방금 인도에서 돌아온 피터 월시의 의견을 듣고 싶었다. 그를 샘슨 경에게 소개하고도 싶었다. 군인의 딸인 그녀로서는, 그 어리석고 사악한 일 때문에 잠을 못 이룰 지경이었다. 그녀는 이제 늙어 쓸모없어졌지만 자신의 집, 자신의 하인들, 좋은 친구 밀리 브러시─피터가 밀리를 기억할까?─를 동원해서라도 영국을 돕고 싶었다. 내놓고 얘기한 적은 없었지만 이 섬,

---

43   제1차 세계대전 후 간디가 주도한, 영국에 대한 인도의 비폭력 불복종 운동을 브루턴 부인의 입장에서는 '비극'으로 표현한 것이다.

이 너무나도 사랑스러운 영국 땅은 (셰익스피어를 읽지는 않아도) 그녀의 피 속에 녹아 있었다. 여자도 투구를 쓰고 화살을 쏠 수 있다면, 군대를 이끌고 적을 공격할 수 있다면, 불굴의 정의로운 정신으로 그 야만적인 적을 무찌르다 죽어 방패에 덮여 교회에 묻히거나, 태고의 푸른 풀이 덮인 언덕에 묻힐 수만 있다면, 제일 먼저 그렇게 할 여자는 바로 밀리선트 브루턴이었다. 여자라서 논리적인 면에 문제가 있긴 했지만(《타임스》에 보낼 편지를 쓸 때 자신이 그런 문제가 있다는 걸 알았다), 밤낮으로 대영제국만 생각하며 갑옷을 입은 여신[44]에게서 곧은 자세와 강건한 태도를 배웠다. 죽어서 영혼이 된다 해도, 자신은 영국 국기가 펄럭이는 곳 아래 있을 거라고 생각했다. 죽은 자들 사이에 있다 하더라도, 그녀가 영국인이길 그만두는 일은 절대로 없을 것이다! 그건 불가능한 일이었다!

---

[44] 영국을 상징하는 여신 브리태니어. 투구를 쓰고 방패와 삼지창을 들고 있다.

저 여인이 (자신이 전에 알았던) 브루턴 부인인가? 저 머리가 허연 남자가 피터 월시인가? (전에 샐리 시턴이었던) 로시터 부인이 스스로에게 물었다. 저 노파는 분명 패리 양이야. 내가 부어턴에서 머물 때 그렇게나 내게 자주 화를 내던 클라리사의 고모님. 복도를 발가벗고 뛰어갔던 일로 패리 양에게 불려 갔던 일은 결코 잊을 수 없었다! 그리고 클라리사! 아 클라리사! 샐리가 그녀의 팔을 붙잡으며 말했다.

클라리사는 그들 곁에 잠시 멈춰 섰다.

"지금은 같이 못 있어. 나중에 올게. 기다려." 그녀는 피터와 샐리를 쳐다보며 말했다. 손님들이 다 갈 때까지 기다리라는 뜻이었다.

"갔다 올게." 클라리사는 다시 한번 그렇게 말하며, 서로 악수를 나누는 자신의 오랜 벗 샐리와 피터를 바라봤다. 샐리는 옛날 일이 생각났는지 빙긋 웃고 있었다.

샐리의 목소리는 그 옛날처럼 황홀한 울림이 없었고, 눈빛도 더 이상 빛나지 않았다. 그래도 클라리사의 눈엔 시가를 피우던 샐리가, 스펀지가 들어 있는 가방을 가지러 실오라기 하나 걸치지 않고 복도를 가로지르던 샐리가 눈에 선했다. 늙은 하녀 엘런 앳킨스가 말했었지. 신사분이 보면 어쩌려고요? 하지만 모두가 그녀를 용서했었다. 밤에 배가 고프다며 식품 저장소에서 닭을 훔치기도 했고, 침실에서 담배를 피우기도 했고, 값으로 따질 수도 없는 책을 나룻배에다 두고 내리기도 했지만, (아빠만 빼면) 모두가 그녀를 좋아했었다. 그녀의 따뜻함, 그녀의 생명력 때문이었을 것이다. 그림도 잘 그리고 글 솜씨도 뛰어났지. 마을의 늙은 여인네들은 아직도 그녀를 기억하며 '빨간 코트를 입고 다니던 그 활발한 친구'의 안부를 묻곤 했다. 그녀는 여성들도 참정권을 가져야 한다는 자신의 발언에 대해, (지금 저쪽에서 포르투갈 대사와 얘기하고 있는) 휴 휫브레드가 벌을 주려고 흡연실에서 자신에게 강제로 키스했다고 비난했었다. 가족 기도회 때도 그런 그를 폭로하려고 해서 말린 적이 있었다. 대담하고 무모해서 모두를 집중시키기 좋아하는 그녀로서는 충분히 그런 일을 할 수 있었다. 그래서 결국은 그녀가 죽을 거라고, 순교자처럼 죽을 거라고,

끔찍한 비극으로 인생의 막을 내릴 거라고 생각한 적도 있었다. 그랬던 그녀가, 놀랍게도 결혼식 때 상의에 커다란 꽃 장식을 달았던, 맨체스터에 큰 방직 공장을 가진 대머리 남자의 부인이 되어 나타난 것이었다. 게다가 아들을 다섯이나 낳았다니!

샐리와 피터가 함께 앉아 이야기를 나누는 모습은, 클라리사에겐 너무나도 익숙했다. 저 두 사람과의 추억이 떠올랐다(리처드와의 추억보다 더 많았다). 그들과 함께했던 부어턴 고향집의 정원과 나무들, 브람스 노래를 엉터리로 부르던 늙은 조지프 브라이트코프, 거실의 벽지, 매트에서 나던 냄새까지. 하지만 샐리는 이제 추억의 일부일 뿐이었다. 피터도 그렇고. 클라리사는 그 둘 곁을 떠나야 했다. 지긋지긋한 브래드쇼 부부가 왔기 때문이었다.

그녀는 브래드쇼 부인에게 가야 했다. (회색과 은색으로 차려입은 브래드쇼 부인은, 공작부인들의 초대를 바라며 수조 바깥으로 손을 내밀고 있는 물개와도 같은 여자, 자수성가한 남편을 둔 여자의 전형이었다.) 브래드쇼 부인에게 가서 무슨 말을 해야 할까……

하지만 브래드쇼 부인이 먼저 말을 걸었다.

"우리가 너무 늦었지요, 댈러웨이 부인. 늦게 와서 감히 들어올 엄두가 안 났답니다."

머리가 하얗게 센, 푸른 눈의 점잖은 윌리엄 경도 아내의 말에 맞장구를 쳤다. 늦었지만 이 파티에 오고 싶은 유혹을 뿌리칠 수 없었다면서. 하지만 그는 하원에서 무슨 법안이 통과되기를 바라며 리처드를 만나러 온 것 같았다. 그가 리처드에게 말을 거는 것을 보자 클라리사의 마음은 움츠러들었다. 최고의 권위를 가진 의사가 파티에 와서 왜 저런 말이나 하는 걸까? 그는 다소 지쳐 보였다. 그가 상대하는 환자를 생각하면 지치는 게 당연했다. 불행의 나락에서 헤매는, 미치기 직전의 남편과 아내들일 테니까. 그는 그런 환자들을 대하며 엄청나게 어려운 문제들을 결정해야만 할 것이다. 하지만 이상하게도, 클라리사는 저 윌리엄 경에게는 자신의 불행을 보이고 싶지 않았다. 저 남자에게는 그래선 안 될 것 같았다.

"이튼 학교에 다니는 아드님은 잘 있어요?" 그녀가

브래드쇼 부인에게 물었다.

아이가 유행성 이하선염에 걸려 크리켓 팀에서 탈락했다면서, 그 일로 애 아버지가 아이보다 더 마음을 썼다고 했다. "저이도 몸만 컸지 소년이나 마찬가지예요."

남편 리처드에게 말을 걸고 있는 윌리엄 경의 모습을 보니, 조금도 소년 같지 않았다. 적어도 소년은 아니었다.

그녀는 누군가가 윌리엄 경의 조언을 구하러 갈 때 따라간 적이 있었다. 그는 너무나도 옳은, 대단히 현명한 말을 해주었다. 하지만 그의 병원을 나와 거리로 나서자 해방된 기분이었다! 병원 대기실에서 흐느껴 울던 한 불쌍한 남자도 떠오르면서. 하지만 그녀는 윌리엄 경에 대해 정확히 어떤 점이 싫은 건지 알 수 없었다. 리처드만이 그녀와 같은 생각으로, "그 사람 취향이 싫어요, 냄새도 싫고"라고 말했다. 하지만 다들 그가 대단히 유능하다고 했다. 지금 그는 남편 옆에서 어느 법안에 대해 얘기하고 있었다. 목소리를 낮춰 한 환자의 사례를 들면서. 폭탄 쇼크 후유증이라고 하는 것 같았다. 그러면서 그 법안에는 약간의 단서 조항이 필요하다고 했다.

브래드쇼 부인도 목소리를 낮춰, 우리 남편들은 걸출한 자질을 갖추고 있고 또 딱하게도 늘 과로를 하려 하지 않느냐면서, 댈러웨이 부인을 남편 자랑하는 여자들만의 세계로 끌어들이려 했다. 그러면서 귓속말로 속삭였다. (참으로 딱하지만, 미워할 수는 없는 여자였다.) "막 이곳으로 오려는데 남편에게 전화가 왔어요. 아주 슬픈 사건이었어요. 젊은 남자가 자살을 했다는 거예요."(바로 윌리엄 경이 댈러웨이 씨에게 이야기한 환자였다.) "군에 갔다 왔다더군요." 아, 내 파티 도중에 죽음이라니! 클라리사는 생각했다.

클라리사는 자리를 옮겨 아까 수상과 브루턴 부인이 들어갔던 작은 방으로 갔다. 아마 누가 있을 거야. 하지만 아무도 없었다. 수상과 브루턴 부인이 앉았던 흔적이 의자에 아직 남아 있었다. 브루턴 부인은 수상에게 경의를 표하면서 몸을 굽혔을 테고, 수상은 부동의 자세로 권위 있게 그 인사를 받았겠지. 그러고는 인도에 대해 얘기했겠지. 지금은 아무도 없었다. 파티의 광휘가 땅에 떨어져버린 지금, 화려한 옷을 입고 홀로 이 방에 들어와 있으니 너무나도 묘한 기분이 들었다.

브래드쇼 부부는 대체 왜 내 파티에 와서 죽음에 관한 얘기를 꺼낸 걸까? 젊은 남자가 자살을 했단다. 그들이, 그 브래드쇼 부부가 그녀의 파티에 와서 자살을, 죽음을 언급한 것이다. 그런데 어떻게 죽었을까? 그녀는 갑작스럽게 무슨 사고 얘기를 들으면, 우선 몸으로 먼저 그 일을 체험하곤 했다. 가령 드레스에 불이 붙어 몸이 불타는 듯한 느낌을 받은 적이 있었다. 그 젊은 남자는 창문으로 몸을 던졌다고 했다. 땅이 위로 솟구치는 듯하더니, 그의 몸이 이리저리 부딪히며 멍들다가 결국 담장에 박힌 녹슨 못에 꿰뚫린다. 바닥에 떨어진 그의 머릿속이 쾅, 쾅, 쾅, 울린다. 그러고 나서 의식이 까맣게 되며 숨이 멎는다. 그녀는 그 모든 걸 느낄 수 있었다. 그는 왜 그런 행동을 한 것일까? 그리고 브래드쇼 부부는 왜 그녀의 파티에 와서 그 얘기를 한 것일까!

그녀는 언젠가 서펀타인 연못에 1실링짜리 동전을 던진 적이 있다. 그 외에는 어떤 것도 던진 것이 없었다. 하지만 그 젊은 남자는 자기 몸을 던졌다. 우리는 계속 살아가겠지. (그녀는 다시 손님들에게 돌아가야 했다. 방들은 여전히 붐볐고, 새로운 손님도 계속 오고 있었다.) 우리는(그녀는 하루 종일 부어턴을, 피터를, 샐리를 생각했었다) 계속 늙어가겠지. 그녀에게도 지켜내고 싶은 중심의 무엇인가가 있었지만, 그것은 쓸데없이 복잡한 일상 속에서, 잡담에 파묻히고 거짓말에 더럽혀지기도 하면서 녹아 없어졌다. 하지만 그 남자는 그 중심을 지켜냈다. 죽음은 그것을 지켜내려는 저항이었다. 죽음은 그 중심을 사람들에게 알리고자 하는 소통의 시도였다. 하지만 사람들은 그 신비하고도 자꾸만 손에서 빠져나가는 삶의 중심에 도달하는 건 불가능하다고 여기며, 그 중심에서 멀어지고, 황홀감도 잊어버리고, 혼자가 된다. 그렇게 황폐해져가다가 죽음을 맞이하게 되는 것이다.

하지만 자살한 그 젊은 남자는, 자신의 보물을 끝까지 껴안고 뛰어들었겠지. "만약 죽어야 한다면 지금이 가장 행복한 때"라고, 언젠가 그녀도 혼잣말을 하며 흰옷을 입고 계단을 내려온 적이 있었다.

시인이나 사상가인 사람들이 있다. 만약 그가 그런 열정을 가진 사람이었다면, 그런 남자가 브래드쇼 경을 찾아갔던 거라면? 브래드쇼는 훌륭한 의사였지만, 어딘지 사악해 보였고, 성적인 태도 없이 여자들을 극도로 정중하게 대했지만, 뭐라 표현할 수 없는—영혼을 질식시키는, 바로 그거였다—잔인성을 가진 남자이기도 했다. 만약 그 젊은 남자가 그렇게 고압적인 의사를 만난 것이라면, 윌리엄 경이 그런 식으로, 그의 권위를 내세워 그런 인상을 주었다면, 그는 말하지 않았을까(클라리사 자신이라도 그랬을 것 같다), 인생이 너무 참을 수 없다고, 저런 사람들 때문에 인생을 참아낼 수가 없다고.

그러자 (바로 오늘 아침 그녀는 그렇게 느꼈는데) 공포가 다가왔다. 부모님이 물려준 이 삶을 끝까지 조용히 유지하며 살아가야 한다는, 마음을 뒤덮는 무력감이자 그녀 마음 깊숙한 곳에 자리한 지독한 공포였다. 만약 리처드가,《타임스》를 읽으며 그녀 곁을 지키지 않았더라면, 그녀는 겁먹은 한 마리 새처럼 웅크리고만 있었을 것이다. 그가 있었기에, 웅크리고 있던 새가 서서히 생기를 되찾고 나뭇가지들이 서로 부비며 활활 타오르는 즐거움을 목격할 수 있었다. 그렇게 그 두려움에서 벗어났다. 그래서 자살하지 않을 수 있었다. 하지만 그 젊은 남자는 자살했다.

어찌 보면 그것은 그녀 자신의 재앙이었고, 수치였다. 이브닝드레스를 입은 채 이곳의 남자, 저곳의 여자가 깊이를 알 수 없는 어둠 속으로 가라앉는 것을 지켜보아야 한다는 것은 그녀에게 내려진 형벌이었다. 책략을 꾸민 적도, 부정을 저지른 적도 있었다. 한 점 부끄럼 없는 삶은 아니었다. 성공을 위해, 벡스버러 부인 같은 사람이 되기 위해 나아갔기 때문이었다. 한때 부어턴 테라스를 거닐던, 그토록 순진했던 소녀가.

그럼에도, 묘하고, 믿을 수 없이, 그녀는 요즘처럼 행복해본 적이 없었다. 이 모든 것을 천천히 즐기고 싶었다. 의자들을 바로 놓고 책꽂이에 책을 꽂으며, 그녀는 그렇게 생각했다. 젊은 시절의 즐거움을 상실한 채, 일상에 파묻혀 자기 자신을 잃으며 살아가다가, 문득 해가 뜨고 지는 것을 보면 너무나도 큰 희열에 휩싸였다. 부어턴에서도 사람들이 모두 떠들고 있을 때, 하늘을 보기 위해 밖으로 나갔다. 저녁 식사를 하던 중 사람들 어깨 사이로도 하늘을 보았다. 런던으로 삶의 터전을 옮긴 후에도, 잠을 이루지 못할 때면 하늘을 보려고 창가로 걸어나갔었다.

어리석은 생각인지 몰라도, 이 나라의 하늘에는, 웨스트민스터의 하늘에는, 그녀의 일부가 포함돼 있는 것 같았다. 그녀는 커튼을 열고는 앞을 바라다봤다. 아, 얼마나 놀랐는지! 건넛집 노부인이 창가에서 그녀 쪽을 똑바로 뚫어지게 쳐다보고 있는 것이 아닌가! 잠들 준비를 하는 것 같았다. 그리고 하늘. 엄숙한 하늘이 될 거야, 그녀는 생각했다. 아름다운 한쪽 뺨을 돌리면서 어둑한 하늘이 될 거야. 하지만 거대한 구름은 점점 가늘어지면서 창백한 잿빛 하늘을 빠르게 지나갔다. 그녀로서는 뜻밖이었다. 바람 때문이리라. 건넛집 노부인은 잠자리에 들려 하고 있었다. 저 노부인이 방을 가로질러 움직이는 모습을 보고 있자니, 몹시 경이로웠다. 그녀도 나를 봤을까? 자기 집 손님들은 여전히 거실에서 웃고 떠들고 있는데, 홀로 조용히 침대로 가는 노부인을 보자니, 몹시 놀라운 순간을 목격하고 있는 기분이었다. 이제 그녀는 블라인드를 내렸다. 시계 종이 치기 시작했다. 젊은 남자가 자살을 했다지. 하지만 그가 불쌍하게 느껴지지는 않았다. 한 번, 두 번, 세 번, 종이 울렸다. 그가 불쌍하게 느껴지지는 않았다. 그래도 이 모든 것은 계속되리라. 아, 노부인이 불을 껐다! 그 집 전체가 캄캄해졌다. 하지만 이 모든 것은 계속될 거야, 그녀는 되풀이해서 말했다. "더 이상 두려워 마라, 태양의 뜨거움을"이라는 구절도 생각났다. 그녀는 다시 손님들에게 돌아가야 했다. 하지만 너무도 이상한 밤이었다! 어찌 된 일인지 자신이 그 자살한 젊은 남자처럼 느껴졌다. 그가 그 일을 감행한 것이, 몸을 던져버린 것이 오히려 만족스럽게 느껴졌다. 시계 종이 계속 울리고 있었다. 납으로 된 시계추가 만들어내는 소리의 둥근 원들이 하늘에서 부서져 내렸다. 그 청년은 그녀에게, 아름다움을 느끼게 해주었다. 즐거움을 느끼게 해주었다. 하지만 그녀는 돌아가야 했다. 손님들을 서로 소개해주어야 했다. 샐리와 피터도 찾아야 했다. 그래서 그녀는 그 작은 방에서 나왔다.

"그런데 클라리사는 어디 있죠?" 피터가 물었다. 그
는 샐리와 소파에 앉아 있었다. (이렇게 세월이 흘렀지만
그는 그녀를 '로시터 부인'이라 부를 수 없었다.) "어디로
간 거지? 클라리사는 어디에 있을까요?"

샐리는 추측해봤다. 피터도 생각해봤다. 아마도 그
두 사람은 잘 모르는, 신문에서 사진으로만 본 중요한
사람들, 정치가들을 만나고 있겠지. 그들을 친절하게 맞
이하고 그들과 얘기를 나누고 있겠지. 그들과 함께 있겠
지. 하지만 리처드 댈러웨이는 내각에 들어가지 못했다.
분명 그랬던 것 같아, 하고 샐리는 생각했다. 그녀는 거
의 신문을 읽지 않았지만, 때때로 신문에서 그의 이름을
보기는 했었다. 하긴 클라리사는 나를, 큰 장사꾼이나
제조업자들 틈에서 살고 있는 촌사람이라고 생각하겠
지. 하지만 그들이야말로 결국 무언가를 해내는 사람들
이었다. 그녀 자신 또한 일을 해냈다!

"나는 아들이 다섯이나 있어요!" 그녀가 피터에게

말했다.

이런, 이런, 얼마나 변한 거야! 부드러운 모성애에다가 어머니로서의 자부심까지 갖췄네. 피터는 그들이 마지막으로 만났을 때를 떠올렸다. 달빛 아래 꽃양배추 사이에서였지. 샐리는 그 잎들이 "거친 청동 조각 같다"고 문학적으로 표현했었다. 그러고는 장미를 꺾었었지. 그 날 밤은, 분수 옆에서 클라리사와 최악의 만남을 가진 후에 맞은 밤이기도 했었다. 그런 나를, 샐리가 이리저리로 끌고 다녔었지. 난 마지막 밤 기차를 타고 떠나려 했었고. 원 참, 흐느껴 울기까지 했었어!

주머니칼을 펴는 건 그의 오래된 습관이지, 샐리는 생각했다. 흥분할 때면 언제나 그는 주머니칼을 폈다 접었다 했었다. 그가 클라리사를 사랑했던 시절에, 그녀와 피터 월시는 매우 가까웠었다. 그리고 어느 날 점심 식사 때 리처드 댈러웨이 때문에 끔찍하고 우스꽝스러운 사건이 일어났었다. 자신이 리처드를 '위컴'이라고 부르자, 클라리사가 발끈 화를 낸 것이었다! 그 후 그들은 서로 만나지 않았다. 그녀와 클라리사는 10년 전부터 다시 보긴 했지만, 고작 대여섯 번 정도 만났던가. 피터 월시는 인도로 떠났고, 그가 불행한 결혼을 했다는 소식을 어렴풋이 들었었다. 그녀는 그가 아이가 있는지 없는지 몰랐고, 대놓고 물어볼 수는 없었다. 그는 많이 변해 있었다. 옛날보다 약간은 기가 빠진 듯했지만, 친절해진 것 같았다. 그녀는 그에게서 진심 어린 애정을 느꼈다. 그가 젊은 시절을 떠올리게 해주기 때문이었다. 그가 준 에밀리 브론테의 작은 책을 아직도 갖고 있었다. 그는 분명 글을 쓰고 있겠지? 그 시절 글을 쓰겠다고 했는데.

"글은 썼어요?" 그녀는 그렇게 말하며, 단단하고 보기 좋게 움켜쥔 손을 무릎 위에 놓았다. 피터도 알고 있는, 예전부터의 버릇이었다.

"한 줄도 못 썼어요!" 피터 월시가 말했고, 그녀는 소리 내어 웃었다.

그녀, 샐리 시턴은 여전히 매력적이었고, 특별했다. 그런데 로시터는 어떤 사람이에요? 결혼식 날 동백꽃 두 송이를 상의에 달았다는 것이, 피터가 그에 대해 아는 전부였다. "하인이 수만 명이고, 몇 마일이나 되는 온

실도 있대요"라는 그 비슷한 말을 클라리사가 편지에 썼던 것 같은데. 샐리가 웃음을 터뜨리며 고백했다.

"맞아요, 내 명의의 수입만 1년에 1만 파운드쯤 돼요." 세전인지 세후인지는 모른다고 했다. 그런 문제는 남편이 다 알아서 처리한다면서. "그 사람 꼭 만나봐야 하는데. 당신도 좋아할 거예요." 그녀가 한 말은 이게 다였다.

옛 시절 샐리는 다 해진 옷 같은 걸 입곤 했다. 부어턴에 오려고 마리 앙투아네트가 증조할아버지에게 준 반지를 저당 잡혀야 했다고 한 것도 같은데.

아, 맞아요, 샐리도 기억했다. 그녀는 마리 앙투아네트가 증조할아버지에게 준 그 루비 반지를 여전히 갖고 있었다. 당시 그녀는 자신의 명의로 된 재산이 한 푼도 없었기에, 부어턴으로 간다는 건 매우 쪼들리는 삶을 감당해야 한다는 것을 의미했다. 하지만 꼭 부어턴으로 가야 했다. 집에 있으면 너무나도 불행했기 때문이었다. 집을 떠나야 미치지 않을 것 같았다. 하지만 이제는 다 지나간 일, 과거일 뿐이죠, 샐리가 말했다. 클라리사의 아버지 패리 씨는 벌써 오래전에 돌아가셨고, 패리 양은 아직 살아 있었다. 내 평생 그렇게 놀란 건 처음이에요! 피터가 말했다. 당연히 패리 양이 죽었을 거라고 생각했던 것이다. 한편 샐리는 이런 생각을 하고 있었다. 클라리사의 결혼 생활은 괜찮은 걸까? 저기 커튼 옆에 붉은색 드레스를 입고 있는, 저 아주 잘생기고 침착한 젊은 여성이 아마도 그녀의 딸 엘리자베스이리라.

(그녀는 포플러나무 같고, 강물 같고, 히아신스 같아. 윌리 티트컴은 엘리자베스를 보며 그렇게 생각하고 있었다. 한편 엘리자베스는, 시골에서 하고 싶은 것을 하고 살면 얼마나 멋질까! 하고, 자신의 가엾은 개가 우는 소리를 들으면서 확신했다.) 엘리자베스는 클라리사를 전혀 닮지 않았어요, 피터 월시가 말했다.

"아, 클라리사!" 샐리가 말했다.

이 말은 샐리가 느끼는 것을 가장 단순하게 표현한 것이었다. 그녀는 클라리사에게 엄청난 신세를 졌다. 둘은 친구였다, 그냥 아는 사이가 아닌 친구. 클라리사가 온통 하얗게 치장하고 양손에는 꽃을 한 아름 안고 집

안을 돌아다니던 모습을, 그녀는 아직도 기억하고 있었다. 지금도 연초를 보면 부어턴이 생각났다. 하지만—피터는 이해할까?—그녀에겐 뭔가가 부족했다. 그게 뭘까? 그녀는 충분히 매력적이었다. 보기 드문 매력이 있었다. 하지만 솔직히 말하자면(그녀는 피터를 오랜 친구, 진정한 친구라고 느꼈다. 서로 오랫동안 보지 않은 것이, 멀리 떨어져 산 것이 무슨 문제가 되겠는가? 때때로 그녀는 그에게 편지를 보내고 싶었지만, 썼다가 찢어버렸다. 하지만 말 안 해도 그는 이해하리라. 굳이 이야기하지 않아도 다 이해할 수 있는 것들이 있다. 가령 늙어간다는 것은 누구나 깨닫는다. 오늘 오후에 유행성 이하선염을 앓고 있는 아들들을 보려고 이튼 학교에 갔을 때도, 그녀는 자신이 나이가 들었음을 깨달을 수 있었다), 아주 솔직히 말하자면, 어떻게 클라리사는 리처드 댈러웨이와 결혼할 수 있었을까? 오로지 스포츠와 개만 좋아하는 그 남자와. 그가 방으로 들어오면, 문자 그대로 마구간 냄새가 났다. 그런데 지금 이렇게 같이 살고 있다니. 샐리는 손을 내저었다.

저기 하얀 조끼를 입고 어슬렁거리며 지나가는 사람은 휴 횟브레드가 아닌가. 살이 쪄 둔해 보이는 그는, 자만심과 안락함 외에는 아무것도 눈에 보이지 않는 듯했다.

"우리를 모르는 체하고 지나가려고 하네요." 샐리가 말했다. 그렇게 말하는 샐리도 그에게 말을 걸 용기는 없었다. 그래, 저 사람은 분명 휴, 그 존경스러운 휴였다!

"그런데 저 사람은 무슨 일을 해요?" 그녀가 피터에게 물었다.

윈저 궁에서 왕의 부츠를 닦고 술병을 세죠, 피터가 말했다. 피터 당신은 여전히 신랄하게 말하는군요! 샐리 당신도 이젠 좀 솔직해져요, 그 키스 사건 말이에요, 휴가 했다는.

입술에 했어요, 어느 저녁 흡연실에서. 그녀는 단언했다. 너무 화가 나서 곧장 클라리사에게 갔죠. 그랬더니 클라리사는, 그 존경스러운 휴가 그런 짓을 할 리 없잖아! 그랬어요. 휴가 신은 양말은 자신이 한 번도 본 적 없는 최고로 아름다운 거라면서. 물론 지금 그가 입은 야회복도 그랬다. 완벽했다! 그런데 휴도 아이들이 있나요?

"이 방에 있는 사람들은 다들 이튼 학교에 다니는 아들들이 여섯 명은 있어요." 피터는 자신만 빼고 다들 그렇다고 말했다. 하느님 감사하게도 자신은 한 명도 없다면서. 아들도, 딸도, 이제는 아내도 없다고 말했다. 그래도 전혀 언짢지 않은 것 같네요, 샐리가 말했다. 그녀는 여기 있는 사람들 중 그가 누구보다 젊어 보인다고 생각했다.

하지만 여러 면에서 그런 결혼을 한 건 어리석은 짓이었어요, 피터는 말했다. "그 여자는 완전 바보였거든요." 하지만 이렇게 말하기도 했다. "같이 멋진 시간을 보내기는 했죠." 어떻게 그럴 수가 있지? 샐리는 의아했다. 무슨 의미일까? 그를 알기는 하나 그에게 일어났던 일은 하나도 이해하지 못하는 건, 얼마나 이상한 일인가. 자존심 때문에 그렇게 말한 걸까? 아무래도 그런 것 같았다. 아무튼 그에게 그런 결혼은 분명 울화통 치미는 일이었을 테니까(아무리 그가 괴짜라고 해도, 도깨비 같은 구석이 있는 평범하지 않은 남자라고 해도). 그의 나이에 집도, 갈 곳도 없다니 외로울 것이 틀림없었다. 우

392

리 집에 와서 몇 주일 묵고 가요, 샐리가 말하자 그는 그러겠다고, 기꺼이 그러고 싶다고 말했다. 그러다 이야기가 나왔다. 그동안 댈러웨이 부부는 자기 집에 한 번도 온 적이 없다고. 몇 번이나 초대했지만 클라리사가(리처드가 아니라 클라리사가) 오려 하지 않았다고 했다. 왜냐하면, 클라리사는 알고 보면 사실 속물이거든요. 샐리가 말했다. 그건 인정해야 해요, 속물이에요. 샐리는 바로 그 점이 그들 사이를 가로막고 있다고 확신했다. 클라리사는 내가 나보다 신분이 낮은 사람과 결혼한 걸 못마땅하게 생각해요. 내 남편은 광부의 아들이거든요. 난 그 점이 자랑스러워요. 우리 재산은 동전 한 닢조차도 그가 직접 번 것이에요. 남편은 아이였을 때도(목소리가 떨렸다) 커다란 부대를 들고 날라야 했대요.

(피터는 생각했다. 샐리는 놔두면 이렇게 계속 몇 시간이고 떠들 것 같아. 지금까지 무슨 말을 했지? 남편이 광부의 아들이라느니, 사람들이 자신이 신분이 낮은 사람과 결혼했다고 수군거린다느니, 다섯 아들을 두었다느니 했지. 또 무슨 얘기를 했더라? 아, 식물 얘기를 했었

지. 수국과 정향나무를 키운다고. 수에즈 운하 북쪽에서는 자라지 않는 아주 희귀한 히비스커스 난초도 기른다고 했고. 자기 집은 맨체스터 근교지만, 자신이 거느린 정원사가 그 난초의 묘판을 가지고 있다면서! 모두 모성적이지 않은 클라리사가 탈출한 것들이군.)

그녀가 속물이라고? 그렇지, 여러 면에서 그렇지. 그나저나 지금까지 그녀는 어디서 뭘 하고 있는 거지? 시간이 많이 늦었는데.

"하지만, 클라리사가 파티를 연다는 소식을 듣자 오지 않을 수가 없었어요. 꼭 다시 만나고 싶었거든요. (게다가 나는 빅토리아 거리에 묵고 있었으니, 지척이잖아요.) 그래서 초대도 안 받았지만 그냥 왔죠. 그런데," 샐리가 속삭였다. "저 사람은 누구죠?"

나가는 문을 찾고 있는 힐버리 부인이었다. 시간이 이렇게나 늦었다니! 그녀는 중얼거렸다. 밤이 깊어지고 손님들이 떠날수록 조용하고 구석진 모퉁이를, 그 오래된 친구를 발견하게 되지. 거기서 가장 아름다운 경치를 보게 되지. 사람들은 알까? 자신들이 황홀하기 그지없는 정원에 둘러싸여 있다는 것을. 불빛들과 나무들과 일렁이는 아름다운 호수와 하늘. 클라리사 댈러웨이는 뒷마당에 단지 몇 개의 램프가 켜져 있을 뿐이라고 말했지만! 그녀는 마법사야! 꼭 공원 같잖아…… 그런데 저기 있는 두 사람은 누구더라? 이름은 몰랐지만, 분명 아는 사람들이었다. 저들이 서로 친구라는 것도 알고 있었다. 이름 없는 친구들, 가사 없는 노래들, 그런 게 최고지. 그런데 문들이 너무 많았다. 예상치 못한 장소에서 문들이 계속 나타났다. 어느 문이 밖으로 나가는 문인지 알수가 없었다.

"힐버리 노부인이죠." 피터가 말했다. 한데 저 사람은 누구죠? 오늘 밤 내내 말도 하지 않고 커튼 옆에 서 있는 저 부인은? 얼굴은 아는 사람이었다. 어쩐지 부어턴에서 본 것 같았다. 창문가에 있는 큰 테이블에서 속옷을 재단하던 사람 같은데? 이름이 데이비드슨이었던가?

"아, 엘리 헨더슨이에요." 샐리가 말했다. 클라리사는 그녀한테 냉정해요. 친척인데, 아주 가난하거든요. 하기야 클라리사는 모든 사람들에게 냉정하죠.

좀 그렇죠, 피터가 말했다. 하지만, 샐리가 특유의 열정적인 어투로 말했다. 피터는 그녀의 그런 감정적인 면 때문에 샐리를 좋아했었지만, 지금은 약간 두려웠다. 너무 과해진 것 같았다. 클라리사는 친구들에겐 너무나도 아낌없이 베풀었죠! 그게 얼마나 보기 드문 장점이라고요. 때때로 한밤중에, 혹은 크리스마스 때 내가 살면서 받은 축복을 떠올려보면, 그중 최고는 클라리사와의 우정이었어요. 그때 우린 젊었어요, 그랬잖아요. 클라리사는 아주 순수했죠, 그랬잖아요. 당신은 내가 감상적이라고 생각하겠죠. 정말 난 그래요. 오로지 내가 느끼는 감정만 말할 가치가 있다고 생각하거든요. 영리한 거, 그거 다 소용없어요. 사람은 그저 자기가 느낀 감정만 말하면 돼요.

"그런데 난 내가 뭘 느끼는지 잘 모르겠어요." 피터 월시가 말했다.

가엾은 피터, 샐리는 생각했다. 왜 클라리사는 우리에게 오지 않는 것일까? 그게 바로 피터가 갈망하는 것일 텐데. 그가 오늘 밤 내내 오로지 클라리사만 생각하며 초조하게 칼을 만지작거리고 있었다는 걸, 샐리는 알고 있었다.

인생은 그리 단순한 게 아니라는 걸 알았다고, 피터가 말했다. 클라리사와의 관계 역시 단순한 게 아니었어요. 그걸 몰라 내 인생을 망친 거예요. (그들—그와 샐리 시턴—은 너무나 가까운 사이라 그런 말을 털어놓지 않는 게 오히려 어리석은 짓이었다.) 사람은 두 번 사랑에 빠질 수는 없다잖아요. 저 말에 뭐라고 반응해야 할까? 샐리가 생각했다. 그래도 사랑해본 게 낫다고 해야 하나 (하지만 그러면 내가 감상적이라고 생각할 거야, 그는 신랄한 사람이니까). 맨체스터 우리 집에 와서 지내요. 그러자 그가 말했다. 당연히 그래야죠, 런던에서 해야 할 일을 마치면 곧장 당신 집으로 가서 묵을게요.

그녀는 클라리사가 리처드보다 피터 당신을 훨씬 더 좋아했다고, 그건 확실하다고 말했다.

"아니에요, 아니, 아니에요!" 피터가 말했다. (샐리는 그 말은 하지 말았어야 했다. 지나친 말이었다.) 저 잘생긴 친구, 언제나 변함없이 정겨운 옛 친구 리처드는 방구

석에서 계속 장황하게 무슨 이야기를 하고 있었다. 리처
드와 얘기하고 있는 저 사람은 누구죠? 저 기품 있게 생
긴 남자요, 저처럼 촌구석에 살면 누구나 알고 싶어지거
든요, 샐리가 그렇게 말했다. 하지만 피터도 그 사람이
누군지 몰랐다. 누군지는 나도 모르겠지만, 인상이 마음
에 안 드네요. 아마도 장관들 중 하나겠죠. 저 정치인들
중에선 리처드가 제일 나아 보여요. 사리사욕이 없는 사
람이니까. 피터는 그렇게 말했다.

　"하지만 리처드가 무슨 일을 했죠?" 샐리가 물었다.
아마 공적인 일에 기여했겠지만, 그와 클라리사는 과연
행복할까요? (샐리 자신은 아주 행복했다.) 물론 난 저
부부에 관해 아무것도 몰라요. 그저 사람들이 흔히 그
러듯 속단을 하고 있는 거죠. 하기야, 매일 같이 사는 사
람에 대해서도 우리는 아무것도 모르잖아요. 우리 모두
는 그저 자기 감옥에 갇힌 죄수일 뿐이고요. 자기가 갇힌
감방 벽을 손톱으로 긁어대는 한 남자에 관한 훌륭한
희곡을 읽은 적이 있어요. 그게 인생이죠. 자기가 갇힌
감옥 벽에다 손톱자국을 내며 사는 것, 그게 인생이죠.

나는 인간관계 때문에 절망하면(그녀는 늘 사람들 때문에 힘들었었다) 종종 정원으로 갔어요. 거기 핀 꽃들에게서 평화를 얻곤 했죠. 사람들에게선 결코 얻지 못하는 평화를. 하지만 피터는 그렇지 않았다. 양배추보다는 사람이 더 좋았다. 샐리가, 방을 가로지르는 엘리자베스를 바라보며 말했다. 젊은이들은 정말로 아름답죠? 저 나이 때의 클라리사와는 참 다르지만. 엘리자베스가 어떤 아이 같아요? 거의 말을 안 해서 어떤 아이인지 전혀 모르겠어요. 저 아인 난초, 물가의 난초 같아요. 샐리의 말에, 피터는 자신도 엘리자베스에 대해선 잘 모르겠다고 했다. 하지만 인간은 타인에 대해 아무것도 모른다는 샐리의 말엔 동의할 수 없었다. 우리는 모든 걸 알아요, 피터는 그렇게 말했다. 적어도 말은 그렇게 했다.

그럼 저 두 사람, 지금 우리 쪽으로 다가오고 있는 저 두 사람에 대해선 뭘 알고 있죠? 샐리가 속삭였다(클라리사가 빨리 오지 않으면, 그녀는 이제 정말로 가야 했다). 방금까지 리처드와 얘기하고 있었던 위엄 있게 생긴 남자와, 평범하게 생긴 그의 아내를 가리키면서.

"고약한 사기꾼이라는 걸 알 수 있죠." 피터는 그들을 무심히 바라보며 말했다. 그 말에 샐리는 웃음을 터뜨렸다.

하지만 윌리엄 브래드쇼 경은 판화를 보려고 문간에서 잠시 멈췄다. 판화가의 이름을 보려고 그림 귀퉁이를 들여다봤다. 그의 아내도 그림을 들여다봤다. 윌리엄 브래드쇼 경은 그렇게나 미술에 관심이 많았다.

젊었을 때는 너무나 흥분해 있어서 타인들을 이해하지 못하죠, 피터가 말했다. 하지만 이제 나이가 들었잖아요. 정확히 말하면 쉰둘이죠. (샐리는 자기는 쉰다섯이라고 말했다. 아직 마음은 스무 살 소녀라고 하면서.) 피터가 말을 이었다. 이제 이렇게 나이를 먹고 보니, 사람을 관찰할 수도 있고 이해할 수도 있어요. 그렇다고 울컥하는 내 감정의 힘이 덜해진 건 아니지만. 맞아요, 샐리가 맞장구를 쳤다. 해마다 감정은 더 깊어지고, 더 열정적이 되어가요. 피터도 그렇다고 했다. 점점 더 그렇게 되죠. 내 경험도 그래요. 하지만 그 사실에 기뻐해야 해요. 그러면서 그는 말했다. 인도에 내가 아는 어떤 여자가 있어요. 당신이 그녀를 알았으면 해요. 이미 결혼한, 아이가 둘이나 있는 여자죠. 샐리는 그들 모두를 데리고 자신의 맨체스터 집으로 오라고 했다. 그는 꼭 그러겠다고 약속했다.

"저기 있는 엘리자베스는, 우리가 느끼는 감정의 절반도 못 느끼죠, 아직은요." 피터가 말했다. "하지만," 샐리는 엘리자베스가 아버지에게 가는 모습을 보며 말했다. "누구라도 저 부녀가 서로에게 헌신한다는 건 알 수 있을걸요." 그녀는 엘리자베스가 자기 아버지에게 가는 모습을 보면서 그렇게 느꼈다.

그녀의 아버지는, 브래드쇼 부부과 얘기하면서도 내내 딸을 지켜보고 있었다. 처음엔 이렇게 생각했었다. 저 아름다운 처녀가 누구지? 그러다가 문득 그녀가 자기 딸 엘리자베스라는 걸 깨달았다. 분홍색 드레스를 입은 그녀를 처음엔 누군지 알아보지 못하다가 나중에야 알아본 것이다. 딸은 너무나도 아름다웠다! 엘리자베스는 윌리 티트컴과 이야기하는 동안, 자신을 바라보는 아버지의 시선을 느꼈다. 그래서 아버지에게로 다가간 것이

401

다. 이제 부녀는 함께 파티가 거의 끝나가는 것을, 사람들이 돌아가는 것을 바라보고 있었다. 방들은 점점 비어갔고, 바닥에는 물건들이 흩어져 있었다. 가장 마지막까지 남아 있던 손님 중 한 사람인 엘리 헨더슨도 돌아가고 있었다. 엘리 헨더슨은 자신에게 말을 거는 사람이 아무도 없었음에도 불구하고, 파티의 마지막까지 모두 지켜봤다. 이디스에게 이 모든 걸 얘기해주고 싶었기 때문이다. 드디어 파티가 끝나자, 리처드와 엘리자베스는 기뻐했다. 그리고 리처드는 자신의 딸이 너무도 자랑스러워, 참으려 했던 말을 털어놓고야 말았다. 너무나도 아름다운 소녀가 보이기에 누굴까 궁금했는데, 바로 내 딸이었구나! 엘리자베스는 그 말이 너무나도 기뻤다. 그러나 그녀의 개가 울고 있었다.

"리처드가 많이 나아졌네요. 당신이 맞아요." 샐리가 말했다. "가서 말을 걸어야겠어요. 작별 인사를 해야죠. 머리가 뭐 그리 대수겠어요." 로시터 부인은 말하며 일어섰다. "마음과 비교하면요."

"나도 가야겠어요." 피터가 말했다. 하지만 그는 잠깐 동안 그대로 앉아 있었다. 이 두려움은 뭐지? 이 황홀감은 또 무얼까? 그는 곰곰이 생각했다. 나를 이상한 흥분으로 가득 채우는 이것은 무엇일까?

클라리사야.

클라리사가 거기 있기 때문이었다.

억압으로부터 해방된 삶

이태동(서강대학교 명예교수)

1

문학 텍스트를 분석하고 평가하는 비평적 시각은 시대와 시대정신에 따라 변한다. 조이스와 예이츠 그리고 T. S. 엘리엇은 물론 월리스 스티븐스와 같이 정전正典의 반열에 오른 작가와 시인들은 한 시대, 즉 모더니즘 시대를 풍미했으나 포스트모더니즘 시대에 와서는 그 이전과 다르게 평가되어 젊은 세대의 진보적인 비평가들로부터 외면을 당하는 경우가 없지 않다. 그러나 버지니아 울프는 위에서 언급한 기념비적인 작가나 시인들처럼 모더니즘 시대에 작품을 썼으나, 우리 시대에도 여전히 살아남아 주목

할 만한 비평적 관심의 대상이 되고 있다.

모더니즘 시대의 울프의 명성은 산문시와 같이 아름답고 투명한 문체와 존재 문제에 대한 남다른 주제 의식을 가지고 예술적인 성취도가 높은 작품을 썼다는 데 있었다. 그래서 전통적인 견해에 의하면, 버지니아 울프는 정치와 사회 문제에 대해서는 관심이 없는 작가로 알려져왔다. 실제로 E. M. 포스터는 "울프는 세상을 발전시키려는 일을 생각하지 않았다"고 말했는가 하면, 장 기게는 "계급과 부의 개념에 지배되고, 사회적인 구조에 의해 억압받는 것과 같은, 개인과 개인 간의 기계적인 관계는 [······] 울프의 문제가 아니다"라고 주장했다.[1] 그러나 1980년대의 재평가 과정에서 울프의 작품이 사회적이고 정치적인 문제에 해당되는 페미니즘적 요소를 적지 않게 지니고 있다는 점이 주목되었다. 더욱이 그 작중 인물들이 뒤늦게 출간된 그녀의 편지와 일기에 나오는 실제 인물들과

---

1   알렉스 즈위들링, 《댈러웨이 부인과 사회제도Mrs. Dalloway and The Social System》. 해럴드 블룸 편, 《버지니아 울프의 댈러웨이 부인》(Chelsea House Publishers, 1988), 145쪽에서 재인용.

일치되기 때문에, 이는 울프가 살았던 시대의 사회적이고 정치적인 삶을 적지 않게 비판하고 있는 것으로 이해된다. 이러한 사실은 울프의 대표작 가운데 하나인 《댈러웨이 부인》의 경우에도 예외가 아니다. 울프가 이 작품을 구상할 때, 그의 일기장에 "나는 사회제도를 비판하고, 또 그것이 치열하게 작용하는 것을 보여주기를 원한다"[2]라고 쓴 것이 이러한 사실을 뒷받침해주고 있다. 그래서 포스트모더니즘이 무성하던 1980년대에 들어와서 울프의 작품이 재평가되었을 때, 알렉스 즈워들링은 《댈러웨이 부인》을 두고, "당시의 영국 사회를 지배하는 계급의 실체를 탐색하기 위한 작품"이라고까지 주장했다.

그러나 우리가 이 작품을 자세히 살펴보면 위에서 언급한 울프에 대한 두 가지 견해가 별개의 것이 아니라 주제적인 측면에서 구조적으로 서로 밀접하게 연계되어 있다는 것을 발견할 수 있다. 다시 말하면, 당시의 사회제도에 대한 울프의 비판 의식은 삶을 즐기고 사랑하는 문제

2   레너드 울프 편, 《작가의 일기A Writer's Diary》(Harcourt, Inc., 1953), 61쪽.

와 아무런 관련 없이 외부적인 사회 현실에만 국한된 것이 아니라, 존재론적인 문제 혹은 묻혀 있는 실존적인 삶과 깊은 관계를 맺은 하나의 통합적인 결과를 마련하고 있다. 우리가 풍요로운 삶을 느끼고 미학적인 성취를 이룩할 수 있을 만큼 자유롭게 살 수 있도록 하기 위해 보다 나은 사회를 만들기 위함이었다. 사실, 인간은 정치적이고 사회적인 억압에서 벗어나지 않으면 실존적인 내면적 삶의 자유를 누릴 수 없다.

2

일찍이 울프는 《현대 소설Modern Fiction》이라는 에세이에서 "삶이 없으면, 다른 어떤 것도 가치가 없다"라고 주장했고, 그것이 반영된 작품 《댈러웨이 부인》에 지배적으로 나타나는 주제는 순수한 삶을 즐기며 경험하는 문제에 관한 것이다. 물론 문학 작품이라면 거의 모두가 다 삶의 문제와 관련이 있을 것이다. 그러나 울프가 이 작품에서 다루고 있는 주제는 데이비드 데이치스가 지적한 "삶을 세련되게 만드는 것"[3]과 깊은 관련이 있는 의식적이고 능동적인 자유로운 삶이다. 여기서 의식적이고 능동적인 삶을 자유롭게 산다는 것은 경직된 사회적인 억압에서 벗어난 "사심 없는 삶"을 경험하고 즐기는 것을 의미한다. 다시 말해, 이 작품은 주인공인 댈러웨이 부인이 자신을 억압하고 있는 정치적이고 사회적인 요인을 찾아서 그 실체를 밝히고 그것으로부터 벗어나서 자유로운 삶을 실존적인 차원에서 획득하는 과정을 다루고 있다. 이것은 전통적인 존재론적 시각과 근자의 사회 비평적인 정치적 시각이 서로 연계되어 있음을 나타낸다.

이러한 측면에서 볼 때, 전통적인 소설의 모범이라고 할 수 있는 제인 오스틴의 작품《오만과 편견》은 매너 문제에 있어서 개인적인 결함이 사회 속의 도덕적인 규범에 의해서 수정되는 과정을 묘사하고 있지만, 울프의 이 작품은 시대적인 변화에서 오는 삶에 대한 인식의 차이 때문에 위에서 언급한 작품과 상반되는 열린 패러다임을 제

---

3   데이비드 데이치스,《소설과 현대 세계The Novel and the Modern World》(The University of Chicago Press, 1960), 194~195쪽.

시하고 있다고 할 수 있다. 그래서 이 작품은 투명하지만 깊이를 가늠할 수 없는 시적인 문체에서뿐만 아니라, "뛰어내림과 솟아오름(하강과 상승)" 그리고 파티 등과 같은 구조적인 장치를 마련하여 억압적인 사회의 질곡에서 벗어나 실존적인 삶을 획득하는 과정을 구체화하고 있다. 왜냐하면 '뛰어내림과 솟아오름'의 모티프는 억압적인 사회 상황에 대한 실존적인 저항의 몸짓의 상징적 표현이고, 파티의 모티프는 누구도 억압을 받지 않고 삶을 즐길 수 있는 무대인 동시에 열려 있는 공간을 나타내기 때문이다. 처절한 저항적인 의미를 지닌 '뛰어내림'은 소설의 시작 부분처럼 무서움을 느끼게 하는 물리적인 움직임이지만, 역설적으로 거기에는 완전한 실존적 자유를 느끼게 하는 '솟아오름'과 같은 기쁨이 있다.

    어쩜 이렇게 화창하지! 바깥으로 뛰어들고 싶어! 부어턴에서 살던 시절에도 지금처럼 삐걱대는 돌쩌귀 소리가 나는 프랑스식 창문을 활짝 열어젖히고 바깥 공기 속으로 뛰어들면, 항상 그렇게 상쾌한 기분을 느꼈었다. 얼마나 상쾌하고 고요했나. 지금보다 더 조용했던 그때의 아침 공기는 철썩이는 파도처럼, 파도가 입 맞추는 물결처럼 서늘하고 차가웠지민 (혈녀넓 청춘이던 그녀에게는) 엄숙하게 느껴졌었다. 그 열린 창가에 서 있으면 무언가 대단한 일이 일어날 것만 같았다. 꽃들이며, 나무를 휘감고 조용히 피어오르는 연기, 하늘 높이 솟아올랐다가 뛰어내리는 까마귀를 보고 서 있는데〔……〕

소설이 진행됨에 따라 위에서 언급한 구조적인 모티프는 이 작품의 주인공인 클라리사와 셉티머스가 직면한 현실에 대한 저항 의식을 직접 혹은 간접적으로 보다 구체화시키고 있다. 이를테면 클라리사가 속물적인 캐릭터로 그려지고 있는, 밀리선트 브루턴 부인이 자기를 떼어놓고 남편인 리처드만을 그녀의 오찬 파티에 초대했다는 것을 알고 분노의 저항 의식을 느끼는 순간에도 이와 같은 전율적인 경험이 나타나게 된다.

그래서 들어가기 전 문턱에서 잠시 머뭇거릴 때면, 종종

황홀한 전율을 느끼곤 했다. 발아래 어두워졌다 밝아졌다
하는 바다로 뛰어들 준비를 하는 잠수부처럼, 무언가를 부
술 듯 위협하다 부드럽게 표면 위로 솟구치는, 진주빛 수초
를 뒤집었다 덮었다 하는 파도를 내다보는 심정으로.

여기서 클라리사가 브루턴 부인에 대해 느끼는 분노
의 서스펜스는 두려운 것이지만 그 가운데는 실존적인 저
항에서 느끼는 순수한 삶의 미학적인 희열이 함께하고 있
다. 이러한 현상은 억압적인 사회 상황에 저항하는 셉티머
스의 투신자살에서 보다 직접적으로 나타난다.

그런데 다른 한편으로, 위에서 언급한 모티프와 대조
가 되는 파티는 많은 사람들이 어느 누구에게도 억압을
받지 않고 서로 간의 삶을 자유로이 나눌 수 있는 화합의
장이다. 물론 경우에 따라 몇몇 허영심 많은 사람들이 자
기 과시나 혹은 개인적인 출세를 위한 정치적 의도가 담
긴 사교적인 목적으로 파티를 준비할 수 있다. 그러나 이
작품에서 댈러웨이 부인이 파티를 여는 것은 어느 누구의
특정한 목적을 위한 것이 아니다. 그녀의 파티는 모든 외

적인 압력에서 벗어나 순수한 삶 그 자체를 자유롭게 즐기면서도 사람과 사람 사이의 조화로운 삶을 '창조'하고 '조명'하기 위한 것이다.

파티! 그래 맞아, 파티 때문이었어! 파티! 피터와 리처드 둘 다 파티는 왜 여느냐며 부당하게 그녀를 비판했었다. 부당하게 그녀를 비웃었다. 바로 그거였어! 파티 때문이었어!

그럼, 이에 대해 어떻게 변명을 해야 할까? 일단 무엇 때문인지 알고 나니 속이 후련했다. 그들 둘 다, 아니 적어도 피터는 그녀가 스스로를 뽐내며 위엄을 부린다고 생각했다. 유명한 사람들, 거창한 명사들을 주변에 두는 걸 좋아한다고, 한마디로 속물이라고 여긴 것이다. 뭐 피터야 그렇게 생각할 수도 있겠지. 리처드는 그녀가 심장이 좋지 않음에도 불구하고 파티 문제로 심장을 자극하는 것이 어리석다고, 어린애 같다고 생각했다. 하지만 두 사람 다 잘못 알고 있었다. 그녀가 사랑하는 것은 그저 삶이었다.

"그 때문에 내가 파티를 여는 거야." 그녀는 큰 소리로 삶을 향해 말했다.

[……]

그러나 사람들의 판단(이런 판단은 얼마나 피상적이고, 얼마나 단편적인가!) 아래에 있는 자신의 마음속을 직접 파고들면, 그것, 삶이라고 부르는 것은 자신에게 무엇을 의미할까? 아, 그것은 참으로 말로 표현하기엔 기묘한 것이었다. 이렇게 표현할 수 있을까? 사우스켄싱턴에 이러러한 사람이 있고, 위쪽 베이스워터에도 누군가가 있다. 메이페어에는 또 다른 사람이 있다. 그녀는 끊임없이 그들의 존재를 의식하며, 그들이 그렇게 따로 있는 것이 헛되고 안타깝게 느껴졌다. 그들을 서로 알게 할 수만 있다면? 그래서 파티를 여는 것이었다. 그것은 베풂이었다. 그들을 서로 결합시켜 새로운 관계를 만들어내는. 하지만 그 베풂은 누구에게 바치는 것일까?

아마도 베풂 자체를 위한 베풂이리라. 어쨌든, 그것은 그녀의 재능이었다.

이러한 파티를 준비하는 클라리사의 모든 움직임은, 그녀가 남편으로부터의 어떠한 형태의 억압에서도 벗어나서 자유롭게 조화로운 삶을 창조해서 즐기려는 문제와 깊은 관계가 있다고 하겠다. 클라리사를 잘못 이해하는 사람들은 그녀가 '파티'에서 거창한 명사, 즉 정치적인 속물들을 옆에 두고 있는 것을 비판하지만, 그녀는 '유명한 사람들'을 계급적인 차원에서 보지 않고 순수한 삶을 자유로이 서로 나눌 수 있는 대상으로 보고 있다. 이러한 사실은 다른 지역에 사는 사람들이 그들 사이의 거리를 초월해서 순수한 인간적인 삶을 아무 부담 없이 나누고 사랑해야 한다는 생각으로 뒷받침된다. 루빈 브로워도 《댈러웨이 부인》을 논의하는 과정에서 능동적으로 사는 문제와 파티를 여는 문제를 결부 지어 설명하면서 클라리사의 파티는 결합과 창조를 위해 마련된 것이며, 그것은 다시 삶을 즐기고 살아가는 것을 의미한다고 말했다.[4]

그런데 클라리사가 삶을 즐기는 모습을 나타내는 곳은 파티에만 한정되어 있지 않다. 클라리사가 아프고 난

---

4   루빈 브로워, 《밑바닥에 스며 있는 중심적인 어떤 것: 댈러웨이 부인 Something Central Which Permeated: Mrs. Dalloway》, 해럴드 블룸 편, 《모던 크리티컬 뷰: 버지니아 울프》(Chelsea House Publishers, 1986), 11쪽.

후 파티를 준비하기 위해 6월의 창문을 열고 밖으로 나와 상쾌한 공기를 마시며, 꽃을 사기 위해 꽃집으로 향하며 활발하게 움직이는 도시의 풍경을 경험하는 장면들은 모두 다 일종의 객관적 상관물로서 그녀가 모든 속박에서 벗어나 삶의 움직임을 자유롭게 즐기거나 그것에 동참한 다는 상징적 의미를 지니고 있다.

그녀는 빅토리아 거리를 가로질러 건너며 인간이 너무도 어리석은 바보처럼 느껴졌다. 무엇 때문에 인생을 그렇게 사랑하고, 어떻게 그런 관점으로 인생을 보고, 여전히 꿈을 꾸는 걸까. 인생을 쌓아 올렸다가 허물어뜨리면서도 매 순간 왜 또다시 지으려는 걸까. 이유는 오직 하늘만이 알 것이다. 더할 나위 없이 누추한 여인들, (자신들의 몰락을 마시며) 문 앞 계단에 주저앉아 있는 가장 비참하고 절망적인 사람들도 마찬가지로 인생을 사랑한다. 그건 의회의 법령으로도 다스릴 수 없을 거라고 클라리사는 확신했다. 사람들의 저 눈빛 속에, 활기찬 몸놀림 속에, 터벅터벅 걷는 무거운 발걸음 속에, 고함과 아우성치는 소리 속에, 마차들, 자동차들, 버스들, 화물차들, 발을 끌고 몸을 흔들며 지나가는 샌드위치맨들, 취주 악대들, 손풍금 소리, 승리에 넘친 환호, 머리 위를 지나는 비행기가 내는 기이하고도 높은 소음 속에 그녀가 사랑하는 것이 있었다. 인생이, 런던이, 6월의 이 순간이 있었다.

그런데 이렇게 클라리사가 생동하는 삶이 넘쳐흐르는 런던의 거리 풍경을 즐기며 마음속에서 생각하는 것은 결코 정치적이고 사회적인 문제가 배제된 삶을 즐기고 사랑하기 위한 파티에 관한 것만은 아니다. 그래서 파티를 준비해서 개최하는 클라리사의 내면적인 움직임은 직선적으로 투명하지만은 않다. 보다 구체적으로 말하면, 원죄에서 시작된 역사의 그늘처럼 과거에 일어났던 사건에 대한 우울한 기억이 그녀에게 심리적인 부담으로 집요하게 작용하여 플롯의 전개에마저 영향을 끼친다. 그래서 이것을 밝히는 것은 정치적이고 사회적인 문제를 비판하는 일이지만, 그것은 곧 존재 문제와 무관하지 않은 자유로운 삶을 즐기는 문제와 깊이 연루되어 있다.

그렇다면 여기서 클라리사가 느끼고 생각하는 순수한 삶의 행복을 억압하는 요인은 무엇인가. 첫째, 그것은 그녀가 살고 있는 시대의 정치적이고 사회적인 현실이 구체화된 가부장제도에 의해 상처 입은 후유증이다. 앞에서도 언급했듯이 클라리사는 파티를 준비하기 위해 꽃집으로 향하는 동안 6월의 아름다운 거리에서 일어나는 생동하는 삶의 풍경을 즐긴다. 그러나 그것은 해변을 거니는 어린이들이 느끼는 행복감과는 일치될 수 없는 것이다. 왜냐하면 그녀의 마음은 자신이 버렸던 옛 애인 피터 월시와의 추억으로 인한 그리움과 자괴감으로 얼룩져 있기 때문이다. 클라리사는 고향인 부어턴에서 피터 월시를 사랑했지만, 사회적으로 안정된 위치에 있는 리처드와의 결혼을 위해 그를 버렸다. 그러나 불행히도 그녀는 자신이 선택한 안정된 결혼 생활 속에서 슬픔과 고뇌를 "가슴에 꽂힌 화살"처럼 지니고 살게 된다. 이처럼 그녀가 과거에 피터와 나누었던 슬프고 아름다웠던 일들을 회상하고 마음 아파하는 것은 그녀가 아직도 피터를 사랑하고 있기 때문이다. 이러한 사실은 클라리사가 꽃집에서 꽃을 사 가지고 집으로 돌아와서, 파티에서 입을 초록색 드레스를 수선하려고 바느질을 하고 있을 때, 5년 전에 인도로 갔던 피터가 뜻밖에도 그녀를 찾아와서 만나는 장면에서 뚜렷이 나타나고 있다. 몇 년 만에 만난 두 사람이 손을 맞잡고 아쉬워하며 울음을 터뜨린 것은 비록 이루어지지는 못했지만 서로가 과거에 얼마나 사랑했던가를 나타냄은 물론, 지금도 클라리사가 변함없이 그를 사랑하고 있다는 것을 말해주고 있다. 만일 과거에 클라리사가 남성처럼 사회적으로 차별을 받지 않고 경제적으로 독립할 수 있었다면 리처드와의 결혼을 선택하지는 않았을 것이다. 사실, 클리리사가 사랑하는 피터를 버리고 리처드와 결혼하지 않을 수 없었던 것은 가부장제도 아래서는 여성이 경제적으로 독립해서 살아갈 수 없었기 때문이다. 박희진 교수도 지적했듯이 "가부장제도가 그 시대에 여성에게 열어놓은 문은 결혼밖에 없었다."[5]

물론 클라리사가 피터를 이처럼 사랑하면서도 그와

5   박희진, 《버지니아 울프 연구》(솔, 1994), 318~319쪽.

결혼하지 못했던 것은 가부장사회에서 경제적으로나 혹은 계급적으로 여성이 받아들여야만 하는 차별대우 때문만은 아니다. 그것은 한때 이성으로 사랑했던 피터가 지니고 있는 성격적인 결함에서 기인한 결정이기도 했다. 피터는 옥스퍼드를 나온 이상주의자이지만, 사회적으로 불안정할 뿐만 아니라 여성의 자유로운 삶을 방해하는 파괴적인 인물이었다. 피터의 이러한 성격은 항상 주머니칼을 클라리사 앞에서 열었다 닫았다 하는 제국주의자적인 습관에서도 간접적으로 볼 수 있다. 클라리사가 고향에서 샐리 시턴을 사랑하는 것을 방해한 것은 차치하더라고, 불과 몇 년 전 인도로 향하던 도중 배에서 만난 여인과 결혼했다가 헤어지고 난 후, 얼마 되지 않아 또다시 아이가 둘 있는 인도 주둔군 소령의 부인인 데이지와 결혼하려고 하는 것은 그가 얼마나 자기중심적인가를 잘 나타내고 있다. 그래서 누구보다도 억압받기를 싫어하고 성적인 문제를 초월한 자유로운 삶을 살고자 하는 클라리사에게 피터는 이상적인 결혼 상대자가 될 수 없었다는 것은, 여기서 새삼스럽게 강조할 필요도 없겠다.

만일 가부장제도에서 나타나는 사회적인 억압이 없었다면, 클라리사는 그녀에게 주어진 사랑을 보다 자유롭게 느끼고 충분히 즐기며 정신적인 창조도 이루어낼 수 있었을 것이다.

3

이 작품에서 아름답고 자유로운 삶을 억압하는 또 하나의 사회 상황은 예상치 못한 비극적인 죽음으로 클라리사에게 심각한 정신적 충격을 가한 셉티머스 스미스를 중심으로 나타나고 있다. 셉티머스의 죽음은 자유로운 삶을 허용하는 변화의 가능성을 열어놓지 않아 석회석과 같이 굳어진 당시의 귀족 문화와, 그것과 깊은 관련이 있는 정치적 행위인 전쟁으로 인해 하나의 귀중한 삶이 완전히 파괴되는 비극적인 결과이다. 그는 비록 하층 계급에 속한 감수성 예민한 인물이었지만, 자신의 계급적 현실을 뛰어넘어 허위적이고 경직된 상류사회를 향한 사다리를 오르려고 했다. 그러나 그의 이러한 노력은, 스스로를 풍요로운 삶을 자유롭게 경험하지 못하는 무감각한 사람으

421

로 전락시켜버린다. 그가 집을 나와 런던에서 보낸 세월은 그에게 행복하고 풍요로운 삶을 경험하도록 하기보다는 피가 흐르지 않는 듯한 추상적인 삶을 살도록 만들었다. 그는 런던에서 소외된 하숙 생활을 하면서 워털루 로드에서 셰익스피어를 강의하는 이사벨 폴을 사랑하게 됐으나, 당시 상류사회를 지배하고 있던 관습적인 사회제도와 고착된 문화는 그로 하여금 그녀를 직접 만나 서로를 경험하면서 사랑하지 못하게 하고 추상적인 관념으로만 사랑하도록 만들었다.

그가 상류사회로 진입하려는 과정에서 교육받은 가치관은, 그가 이사벨 폴을 사랑하는 방법만큼이나 경직되고 단순해서 풍요로운 삶을 체험하는 것과는 거리가 멀었다. 셉티머스가 독학을 하며 사무원으로 일하던 부동산중개업소의 고용주인 브루어는, 그에게 책을 읽고 풍부한 지적 경험을 넓히거나 일의 즐거움을 맛보도록 하기보다는 세속적인 거간 역할을 하며 신체적인 건강에만 신경을 쓰도록 한다. 브루어가 셉티머스를 두고 약하게 보인다고 축구를 하도록 했던 것도 이러한 이유 때문이다. 부동산중개업자인 그의 고용주에 의해 시작된 남성다움을 위한 교육은 결과적으로 전쟁터에서 완성된다. 전쟁에 참전한 셉티머스는 참호에서 그의 상사들, 특히 그와 가장 가까웠던 친구인 에번스로부터 존경을 받을 정도의 남성다움을 보여 승진을 한다. 그러나 그는 참호 속에서 함께 뒹굴며 깊은 우정을 나누었던 에번스가 전쟁이 끝나기 바로 전에 포탄에 맞아 죽는 것을 보고도 포탄의 파편이 자기를 피해 갔다는 사실에만 만족하는 무감각한 사람이 된다. 전쟁이 끝난 후 그가 배운 것은 삶과 죽음과의 차이에 대한 인식과 사람이 죽지 않고 계속 살아가려면 무엇을 해야 하고 또 무엇을 하지 말아야만 하는가에 대한 단순하고 기본적인 상식뿐이었다. 전쟁이 끝난 후, 전쟁 신경증을 앓는 셉티머스가 이탈리아에서 레치아라는 여인을 만나 구혼을 했던 것도 자기 자신이 밝혔듯이 그녀에 대한 애정 때문이 아닌, 전쟁터에 무감각한 자신을 맡겼던 것처럼 안전한 피난처를 얻기 위해서였다. 보다 구체적으로 말하면, 셉티머스는 전쟁이 끝나고 에번스를 땅에 묻고 난 후 사람과의 단절로 인한 공허한 시간에 "갑작스러운 우레처럼" 찾아온 허무 의식에 대한 두려움을 잠재울 수 있는 길은, 레치아가 아름다운 조화를 상징하는 모자를 만드는 일에 열중하는 모습을 보며 그 일에 동참하는 것이라고 생각했다.

그러나 셉티머스는 레치아와의 연애를 통해 무감각한 병사, 즉 전쟁의 도구에서 실존적인 인간으로 변신하는 전환기를 맞게 되자 '아무것도 느낄 수 없다'는 사실을 발견하고 참을 수 없는 공포감에 빠진다. 그래서 셉티머스는 자기 자신이 '느낄 수 없다'는 무서운 사실에 대한 반응으로, 충격을 가져오는 어떠한 변화에도 저항적인 자세를 보이게 된다. 사실 이 작품에서 그가 등장하는 첫 장면에서, 그는 왕비가 탄 자동차를 보고 길을 건너가지 않으려는 소극적인 행동을 취한다. 그것은 셉티머스가 타협할 수 없는 시간의 흐름에 맞서기보다는, 충격을 피해 차라리 도피하려 함을 상징한다. 그래서 아내 레치아의 채근에도 불구하고 변화가 가져오는 충격을 피하려는 듯, 죽음을 피하려는 듯, 미래를 피하려고 한다. 이러한 맥락에서 볼 때, 아내가 미래에 아이를 갖겠다는 계획을 말했을 때, 셉티머스가 완전히 좌절하게 되는 것은 결코 우연이 아니다. 셉티머스는 변화의 충격이 가져오는 두려움을 처절하게 느낀 적이 있기에, 어떠한 미래의 계획도 그를 정상적인 사람으로 돌아오게 할 수 없다. 그래서 레치아의 요청으로 찾아온 홈스 박사와 전상자戰傷者 치료 전문의인 브래드쇼는 셉티머스에게 강압적인 '균형'과 '전향'이라는 이름으로 미래의 모든 충격으로부터 그를 완전히 격리시키는 처방을 제시한다. 물론 그들은 그가 아내 레치아로부터도 완전히 격리되어 있어야만 한다고 말한다.

그러나 셉티머스가 두려워하는 충격은 인간의 본능적인 이기심에서 상대방을 파괴하려는 정치적인 행위, 즉 전쟁과 같은 억압적인 충격이지 사랑의 힘으로 조화로운 풍요의 삶을 느끼게 하는 아내와의 단절이 아니다. 물론 그는 레치아와 결혼한 후, 자기 자신이 '느낄 수 없다'는 사실을 발견하고 그때까지 그의 의식을 지배해왔던 외부적인 억압에서 벗어나 내면의 소리에 귀를 기울이고 그것을 직접적으로 표현하려 하지만, 그 과정에서 마치 미친 것과 같은 모습을 보인다. 그러나 그는 레치아가 언니와 함

께 창조적인 아름다움을 상징하는 모자를 만드는 일에
열중하는 것을 보며, 비록 간접적이기는 하지만 그 일에
참여하며 정상적인 상태로 돌아와서 레치아와 다정하게
의사소통을 하며 삶의 아름다움을 누리는 모습을 보인
다. 또한 셉티머스는 브래드쇼의 요양원으로 끌려갈 시간
이 가까워졌음을 모르는 채 아무런 압박감 없이, 소파에
기대앉아 바느질로 모자를 꾸미는 아내를 바라보기도 한
다. 그 장면은 작가 버지니아 울프의 시적 감수성이 물씬
드러나며 묘사되고 있다.

　　그녀가 작고 가느다랗지만 힘이 넘치는 손가락으로 천
을 움켜잡고 재빠르게 쿡쿡 찌르자, 바늘은 반짝하며 곧바
로 천으로 들어갔다. 술 장식 위로, 벽지 위로, 아까처럼 햇
빛이 들락거려도 그는 신경 쓰이지 않았다. 그는 발을 쭉 뻗
고, 소파 끝에 놓인 고리 무늬 양말을 신은 자신의 발을 바
라보며, 그녀가 작업을 끝내길 기다렸다. 이 따뜻한 장소에
서, 이 조용하고 아늑한 곳에서 기다릴 거야. 때때로 어느
저녁 숲에서 이렇게 아늑한 곳을 만나곤 했다. 땅이 경사지

거나 나무가 알맞게 우거져(무엇보다도 과학적이어야 해)
온기가 남아 있고, 새의 날개깃 같은 공기가 뺨을 스치는
곳을.

레치아는 "그 어떤 일도 우리를 갈라놓을 수 없다"고
말한다. 그럼에도 홈스와 브래드쇼가 문명화라는 억압적
인 힘으로 그들을 갈라놓으려 할 때, 셉티머스는 자신의
"개인적인 영혼"을 지키기 위해 그들의 강요에 대한 저항
으로 창문 밖으로 몸을 던져 자살을 한다. 셉티머스는 실
로 전쟁과 당시의 사회를 지배하고 있던 귀족들의 가치관
이 가져온 죄의식의 희생물이자 속죄양이다.

주인공인 클라리사와 셉티머스가 위에서 언급한 바와
같이 정치, 사회적인 억압을 견디지 못하고 패배자로 전락
하게 될 것 같으면, 이 작품은 곧 도덕성을 상실하게 되어
센티멘털의 늪에 빠지게 될 것이다. 그러나 이들 주인공
들은 빅벤 종소리가 암시하는 돌이킬 수 없는 시간의 제
한을 받는 삶에 어두운 그림자를 드리우는 억압적 상황
에 저항해서 '뛰어내림과 솟아오름'의 변증법적 미학을 경

험하며, "개인적인 영혼"을 지키려는 처절한 노력을 집요하게 보인다. 그래서 여기에서 그들이 정치적인 문제, 즉 부조리한 사회에 대해 보이는 저항적인 움직임은 서두에서도 밝혔듯이, 존재론적인 자유의 문제와 깊은 관계를 맺고 있다. 왜냐하면 억압적인 사회제도에 대해 치열하게 저항하는 움직임은 정치적인 의미를 지니고 있지만, 역설적으로 그것은 환상적이지만 실존적인 완전한 자유를 전제로 한 초월적인 '중심'을 찾으려는 노력이 되기 때문이다.

클라리사의 경우, 앞에서도 지적한 것처럼 가부장적인 사회에서 피터를 사랑하면서도 그의 억압적인 태도 때문에 여유 있고 관대한 리처드와 결혼했으나, 그와 일정한 거리를 유지하면서 독립적인 삶을 견지한다.

그러자 (바로 오늘 아침 그녀는 그렇게 느꼈는데) 공포가 다가왔다. 부모님이 물려준 이 삶을 끝까지 조용히 유지하며 살아가야 한다는, 마음을 뒤덮는 무력감이자 그녀 마음 깊숙한 곳에 자리한 지독한 공포였다. 만약 리처드가, 《타임스》를 읽으며 그녀 곁을 지키지 않았더라면, 그녀는 겁먹

은 한 마리 새처럼 웅크리고만 있었을 것이다. 그가 있었기에, 웅크리고 있던 새가 서서히 생기를 되찾고 나무가지들이 서로 부비며 활활 타오르는 즐거움을 목격할 수 있었다. 그렇게 그 두려움에서 벗어났다. 그래서 자살하지 않을 수 있었다.

클라리사가 지키려고 하는 삶은 성性을 전제로 하지 않고 서로 관계를 맺고 있으면서도 타자로부터 아무런 억압을 받지 않는 자유로운 삶을 의미한다. 그래서 클라리사가 리처드와 결혼한 후 자신의 영혼을 지키면서 자신의 의식 세계를 확대하기 위해 고독을 즐기면서도 파티를 열어 많은 사람들을 만나는 즐거움을 가지려 했던 것은, 이율배반적인 현상으로 보이지만 이해할 수 있다. 실제로 클라리사는 혐오스러운 성적 행위나 혹은 다른 형태의 억압적인 힘을 전제로 하지 않는 다른 사람들과의 관계를 거부하지 않고 오히려 그것을 받아들여 수용하려고 했다. 이러한 사실은 클라리사가 유토피아로 느끼는 고향인 부어턴에서 샐리 시턴과 동성애에 가까운 깊은 정을 나누었던 것을 그리워하며, 파티를 열고 있는 현재의 상황과 그때 그 시절을 비교하는 것에서도 잘 뒷받침되고 있다. 또 그녀는 스스로 고독을 느끼며 자신의 내면세계로 깊이 침잠해 들어갈 때, 그곳에서 모든 사람들이 공유하는 '그 무엇'을 어렵지 않게 발견할 수 있었다. 이를테면, 리처드와 결혼한 클라리사가 밤이면 혼자 다락방에 올라가서 외부와의 접촉을 끊고 밤이 늦도록 책을 읽으며 혼자만의 시간을 즐겼던 것이 그것이다. 그러나 클라리사는 역설적으로 혼자만의 고독을 즐기면서도 자신의 생활을 되돌아보며 남편과 잠자리를 같이하지 못했다는 사실과 함께 무엇인가 '중심'적인 것이 자기에게 결핍되어 있음을 깨닫는다.

아름답던 젊은 시절, 갑자기 어느 순간엔가—가령 클리브덴 숲 강가에서—마음이 차갑게 수축되어 그녀는 리처드를 실망시켰다. 그런 일은 콘스탄티노플에서도, 그 후로도 반복됐다. 자신에게 무엇이 결핍되어 그러는지 알고 있었다. 그 행위가 아름답지 않다고 생각해서도 아니었고, 그걸 꺼리는 것도 아니었다. 단지 스며들 수가 없기 때문이었다. 남녀 간, 혹은 같은 여자 간의 차가운 접촉에 잔물결을 일으키는, 그 표면을 부드럽게 부술 수 있는 포근한 무언가가 그녀에겐 결핍되어 있었다. 그 사실을 어렴풋이 알고 있었지만, 그래도 그 행위는 싫었다.

그래서 클라리사는 삶을 파괴하는 킬먼 양을 제외하고는 좋아하는 사람 싫어하는 사람 할 것 없이 자신이 아는 모든 사람들을 파티에 초대해서 만남의 기쁨을 통해 순수한 자유로운 삶의 진폭을 창조적으로 넓히려고 한다. 이것은 근원적이고 초월적인 축과도 같은 '중심'적인 어떤 것과 깊은 관계가 있다. 다시 말해, 이것은 남성 중심의 가부장제도에 저항하는 그녀의 움직임이 그것 자체로 끝나는 것이 아니라, 존재론적인 의미를 함유한 자유로운 삶을 획득하고자 하는 실존적인 노력으로 나타남을 의미하는 것이다.

셉티머스 역시 억압적인 사회 상황에 복종하는 패배자의 모습을 보이지 않는다. 즉 그가 창밖으로 몸을 던져 자살한 것은 자신의 "개인적인 영혼"을 지키기 위해 "삶을 견딜 수 없게 만드는" 속물적인 지배 계급에 속하는 홈스와 브래드쇼의 억압적인 태도에 대한 저항이기 때문이다. 그의 죽음은 자신에게만 한정되지 않고 클라리사에게 충격을 주어 그녀로 하여금 세속적인 억압에서 벗어난 자유로운 삶과 죽음의 문제를 심각하게 생각하게 하는 하나의 계기를 제공한다. 클라리사는 셉티머스의 자살 소식을 듣고 파티의 손님들을 뒤로한 채 다른 사람들로부터 자신의 "개인적인 영혼"을 지키려고 하듯 작은 방으로 향한다. 그곳에서 이웃집 노파가 조용히 침실에 드는 것을 본 클라리사는 셉티머스의 죽음에 대해 생각한다. 힐리스 밀러는 클라리사가 셉티머스의 죽음에 대해 보인 반응을 두고 다음과 같이 썼다. "죽음이야말로 진정한 교감이 이루어지는 곳이다. 클라리사는 죽음의 장점을 햇빛 내려쬐는 삶의 세계로 가져오려는, 불가능한 시도를 하고 있었던 것이다. 셉티머스는 옳은 선택을 했다. 그는 자살을 통해 자신의 완결성을 지켰으며, '보물을 끝까지 껴안고 뛰어들었'다."[6]

그녀는 언젠가 서펀타인 연못에 1실링짜리 동전을 던진 적이 있다. 그 밖에는 어떤 것도 던진 것이 없었다. 하지만 그 젊은 남자는 자기 몸을 던졌다. 우리는 계속 살아가겠지. (그녀는 다시 손님들에게 돌아가야 했다. 방들은 여전히 붐볐고, 새로운 손님도 계속 오고 있었다.) 우리는(그녀는 하루 종일 부어턴을, 피터를, 샐리를 생각했다) 계속 늙어가겠지. 그녀에게도 지켜내고 싶은 중심의 무언가가 있었지만, 그것은 쓸데없이 복잡한 일상 속에서, 잡담에 파묻히고 거짓말에 더럽혀지기도 하며 녹아 없어졌다. 하지만 그 남자는 그 중심을 지켜냈다. 죽음은 그것을 지켜내려는 저항이었다. 죽음은 그 중심을 사람들에게 알리고자 하는 소통의 시도였다. 하지만 사람들은 그 신비하고도 자꾸만 손에서 빠져나가는 삶의 중심에 도달하는 건 불가능하다고 여기며, 그 중심에서 멀어지고, 황홀감도 잊어버리고, 혼자가 된다. 그렇게 황폐해져가다가 죽음을 맞이하게 되는 것이다.

6　　힐리스 밀러, 《댈러웨이 부인: 죽은 자의 부활로서의 반복Mrs. Dalloway: Repetition as the Raising of the Dead》. 해럴드 블룸 편, 《버지니아 울프의 댈러웨이 부인》(Chelsea House Publishers, 1988), 96~97쪽.

셉티머스의 자살에 대한 클라리사의 이러한 생각과 통찰은 그와 클라리사를 하나로 결합시켜, 파티에 참석한 다양한 계층에 속한 사람들 모두가 순간적이지만 상호 간에 조금이라도 억압적인 감정을 느끼지 않고 "사심 없는" 자유로운 삶을 즐길 수 있도록 만드는 데 중요한 촉매제의 역할을 하는 기회를 마련해준다. 다시 말해, 클라리사는 여기서 "더 이상 두려워 마라, 태양의 뜨거움을, 광폭한 겨울의 사나움을"이라는 셰익스피어의 구절을 수없이 독백한 것을 실천이라도 하듯이, 셉티머스를 자신의 상상과 일치시키면서 그의 죽음에 대해 깊은 공감을 느낀다. 이것은 셰익스피어의 또 다른 작품 《태풍》에서 볼 수 있는 상상력과 비유될 수 있는 것으로, 클라리사가 진주를 만들기 위해 바다에 던져진 상처 입은 조개처럼 상상적으로 그녀의 내면세계에서 죽음의 미학적 체험을 하는 것과도 같다. 이러한 사실은 클라리사가 셉티머스의 죽음을 명상하며(비록 화자의 의식을 통한 이야기이기는 하지만), 자신이 세속적인 성공을 위해 "책략을 꾸민 적도, 부정을 저지른 적도 있었다"고 반성한 사실에서도 드러난다. 그 결과 클라리사는 커튼을 젖히고 순수한 '개인의 영혼'을 지키는 초월적인 죽음의 세계를 상징하는 이웃집 노파와 황홀한 조우를 한 후, 가상적인 죽음에서 깨어난《심벨린》의 이모겐처럼 허위적인 자신을 버림으로써 자신의 영혼을 구하는 경험을 통해 사심 없는 사람으로 변신하게 된다. 그래서 클라리사는 다시 파티가 열리고 있는 방으로 돌아와서 샐리 시턴과 피터를 포함해서 자신이 초대한 모든 사람들이 아무런 억압을 느끼지 않고 삶을 자유롭게 즐기도록 하고 그들의 모습을 초연한 입장에서 바라보는 기쁨을 가진다.

클라리사를 사랑하지만, 그녀의 물질과 사회적 성공의 욕망 때문에 자기의 순수한 삶을 버린 여인이라 비판해왔던 피터마저도, 그녀가 파티를 통해 창조한 새로운 삶을 보며 황홀감을 느끼면서 다음과 같이 독백한다.

이 두려움은 뭐지? 이 황홀감은 또 무얼까? 그는 곰곰이 생각했다. 나를 이상한 흥분으로 가득 채우는 이것은 무엇일까?

클라리사야.

클라리사가 거기 있기 때문이었다.

이렇게 작품 마지막 장면에서 피터가 황홀하게 느끼는 흥분은, 곧 경직되고 억압된 사회 상황에 대한 클라리사와 셉티머스의 정치적 저항이 삶을 미학적으로 승화시켰음을 의미한다.

4

버지니아 울프는 이 작품에서 19세기 영국 사회를 지배한 상류 계급이 물질적인 욕망과 세속적인 출세를 위해 자유로운 삶을 의미하는 '개인의 영혼'을 버렸음을 적지 않게 풍자하고 있다. 이것은 속물적인 휴 횟브레드 같은 인물들을 묘사하는 방식에서 나타난다.

물론 이것은 개인적인 삶의 영혼을 지키면서 개인을 초월한 보편적 세계의 자유로운 삶을 느낄 수 있도록 사회를 발전시키고자 한 울프의 비판 의식에서 비롯된 것이다. 그럼에도 앞에서 언급한 모더니즘 시대의 비평가들은 사회제도를 비판하는 것은 울프의 문제가 아니라고 했다. 이것은 아마도 울프가 이 작품을 끝마치기 1년 전 자신의 일기에 독자들이 이해하기 어려울 것이라고 염려하며 적었듯이, 이 작품의 주제가 주인공인 댈러웨이 부인의 성격처럼 모호할 정도로 이중적이기 때문인 듯하다. 힐리스 밀러가 "이 소설이 부정적인 세태에 대한 풍자일 뿐이라고 일축하는 행위는 심각한 왜곡이다"[7]라고 말했던 것도 이와 같은 맥락에 있다 하겠다.

지금까지 살펴보았듯이 울프가 이 작품에서 개인의 자유로운 삶을 억압하는 당시의 경직된 사회제도를 풍자하고 비판한 것은, 외부적인 사회 현실에 대한 비판뿐 아니라 자유로운 삶, 즉 내면적이고 실존적인 삶을 구원하고자 했기 때문이다. 다시 말하면 울프는 이 작품을 통해, 인간에게 주어진 유일한 실존적인 삶을 자유롭게 누리려면, 사회적이고 물질적인 억압은 물론 기계적인 인간관계로부터도 해방되어야 한다고 말하고 있다. 울프에

---

7   힐리스 밀러, 앞의 책, 95쪽.

게 있어서는 정치 사회적인 속박으로부터 벗어난 자유로운 삶이 없으면 다른 어떤 것도 가치가 없기 때문이다. 논리적으로 볼 때 이러한 일련의 문제의식은 사회제도에 대한 비판과 인간의 내면적 삶의 미학적인 문제를 연계시키고 있다. 즉 울프가 당시의 사회제도를 비판한 것은, 모든 사람들이 가슴속에 묻어둔 내면적인 삶을 꺼내어 느끼려면, 보다 관대한 사회제도가 필요하다는 것을 말하기 위해서였다. 결론적으로 말해, 울프가 자신의 작중 인물들로 하여금 외부적인 압력으로부터 완전히 해방된 순수한 실존적인 삶을 꿈꾸게 한 것은, 산문시와도 같은 울프의 투명한 문체처럼 삶을 세련되게 만들려는 미학적인 노력과도 같은 것이었다고 말해도 될 것이다.

끝으로, 버지니아 울프의 투명한 의식세계와 지극히 소피스티케이트한 그의 소설 미학을 치밀한 구도 속에 담고 있는《댈러웨이 부인》을 미국 대학원에서 처음 접한 후 반세기 만에 우리말로 옮기게 되어 감개무량하다. 정전의 반열에 오른 이 작품은 소설이지만, 그 언어가 시적인 분위기를 적지 않게 품고 있기 때문에 번역하는 과정에서 수없이 많은 좌절을 겪어야만 했다. 그러나 끝없는 인내로써 울프 문제의 진수인 시적인 요소를 살리려고 최선을 다했다. 그 결과 적지 않은 성과를 거두었다고 생각하지만 부족하게만 느껴져 독자 여러분의 충고와 질책을 바란다.

1882   1월 25일, 런던 사우스켄싱턴에서 출생.
        역사가이자 문예비평가인 아버지 레슬
        리 스티븐과, 라파엘 전기 화가들의 모델
        이던 어머니 줄리아 프린셉 잭슨 사이에
        서 네 남매 중 셋째로 태어남. 레슬리와
        줄리아 모두 첫 배우자를 사별한 뒤의 재
        혼으로, 이전 결혼에서 레슬리는 딸 로라
        를, 줄리아는 조지, 스텔라, 제럴드 덕워
        스를 둠.

1891   2월, 버지니아의 언니 버네사를 중심으로
        가족 신문인 〈하이드파크 게이트 뉴스〉
        를 간행. 처음에는 버네사와 오빠인 토비
        가 주로 글을 썼지만 곧 버지니아가 주요
        필자가 됨. 어머니에게서 라틴어, 프랑스
        어, 역사를 배우고, 아버지에게서 수학을

배움. 발달장애가 있던 이복언니 로라가 가족을 떠나 시설에서 지내게 됨.

1895   어머니 줄리아가 유행성 감기에 걸려 사망. 13세의 버지니아는 '일생 최대의 불행'을 느낄 정도로 심한 충격을 받음. 그해 여름 처음으로 정신이상 증세가 나타남.

1897   7월, 어머니 대신 가정을 돌보던 이복언니 스텔라 덕워스가 사망하고 또다시 정신적인 충격을 받음. 런던 킹스 칼리지의 '여성들을 위한 교육기관'에서 고대 그리스어, 라틴어, 독일어, 역사를 수강함(1901년까지). 이 시기에 여성고등교육운동의 개척자이자 학자인 클라라 페이터와 역시 학자이자 여성권리운동가인 재닛 케이스, 릴리안 페이스풀 등과 알게 됨.

1899   오빠 토비가 케임브리지의 트리니티 칼리지에 입학, 그곳에서 클라이브 벨, 리턴 스트레이치, 색슨 시드니터너, 레너드 울프를 만나고, 버지니아와 버네사도 이들과 교유함. 매주 토요일 밤, 벨의 방에 모여서 문학과 정치를 논하는 '한밤중의 모임'이 시작됨.

1904   3월 22일, 아버지 레슬리 스티븐 사망. 이로 인해 두 번째 정신이상 증세를 보이고 5월 10일 최초 자살을 기도함. 네 남매가

켄싱턴에서 블룸즈버리의 고든 스퀘어로 이사, '한밤중의 모임'도 이곳으로 옮겨 오며 두 자매가 손님을 맞음. 〈가디언〉에 서평을 무명으로 실으면서 처음으로 글을 발표함.

1905 몰리 칼리지에서 노동자들을 위한 야간 수업 시작(1907년까지). 정기적으로 〈가디언〉과 〈타임스 리터러리 서플먼트〉에 논평을 기고함. 동생 에이드리언과 함께 스페인과 포르투갈 여행. 언니 버네사가 훗날 '블룸즈버리 그룹'의 전신이 되는 '금요일 모임' 시작.

1906 네 남매가 그리스 여행. 토비가 그리스 여행 중 걸린 장티푸스로 11월 사망.

1907 버네사와 클라이브 벨 결혼. 고든 스퀘어를 버네사 부부에게 남기고, 버지니아는 동생 에이드리언과 피츠로이 스퀘어로 이사. 화가 덩컨 그랜트, 경제학자 존 메이너드 케인스와 이웃으로 지내며 '금요일 모임'을 이은 '목요일 밤 모임' 시작, 이른바 '블룸즈버리 그룹'이 본격화됨. 《출항》의 초고인 〈멜림브로지아〉 집필 시작.

1908 버네사 부부와 함께 이탈리아 여행.

1909 2월 17일 리턴 스트레이치가 청혼했으나,

두 사람 다 그 결혼의 비현실성을 깨닫고 취소하기로 결정. 4월, 숙모인 캐럴라인 에밀리아 스티븐이 사망하면서 2,500파운드의 유산을 받음.

1910   화가이자 비평가인 로저 프라이가 블룸즈버리 그룹에 합류. 버지니아를 비롯한 블룸즈버리 그룹 멤버들이 에티오피아 황제 일행으로 변장하고 군함 드레드노트에 올랐던 사건이 기사화됨. 여성참정권 운동에 참여.

1911   터키 여행. 레너드 울프가 스리랑카에서 돌아옴. 11월, 동생과 함께 브런즈윅 스퀘어의 4층짜리 건물로 이사하고, 메이너드 케인스, 덩컨 그랜트, 레너드 울프와 함께 거주. 이 실험적인 거주 방식으로 논란이 되기도 함.

1912   레너드 울프가 버지니아에게 청혼하고, 처음엔 거절했으나 레너드의 계속된 구애에 8월 10일 결혼함.

1913   소비조합운동을 연구하는 레너드와 함께 리버풀, 맨체스터, 리즈, 요크 등 영국 북부 여행. 7월, 계속 건강이 악화되어 요양소에 입원. 9월, 수면제를 먹고 자살 시도.

1914   8월, 제1차 세계대전이 발발. 리치먼드의

호가스 하우스로 거처를 옮김.

1915	1월 1일, 다시 일기를 쓰기 시작해 죽기 나흘 전까지 계속함. 1월 25일, 서른세 번째 생일을 맞아 인쇄기를 구입. 첫 장편 《출항》이 이복오빠인 제럴드가 운영하는 덕워스 출판사에서 출간.	《출항》
1916	여성소비조합의 리치먼드 지부에서 연설.	
1917	남편 레너드와 함께 호가스 출판사를 설립, 여기서 남편과 함께 쓴 《두 편의 이야기》 출간.	《두 편의 이야기》
1919	호가스 출판사에서 캐서린 맨스필드의 《서곡》 출간에 이어 T. S. 엘리엇의 시들을 출간. 10월, 두 번째 장편 《밤과 낮》이 덕워스 출판사에서 출간.	《밤과 낮》
1920	옛 블룸즈버리 멤버들이 주축이 된 '회고록 모임' 시작. 세 번째 장편 《제이콥의 방》 집필.	
1921	호가스 출판사에서 단편집 《월요일이나 화요일》 출간, 이후 버지니아의 작품은 모두 호가스 출판사에서 출간됨. 《제이콥의 방》 집필 완료.	《월요일이나 화요일》
1922	《올랜도》의 모델이 된 여성 작가 비타 색	《제이콥의 방》

빌웨스트와 만남. 두 사람의 특별한 관계는 이후 평생 이어짐.《제이콥의 방》출간.

1923 후인《댈러웨이 부인》이 뇌는 〈시간들〉집필. 호가스 출판사에서 T. S. 엘리엇의《황무지》출간.

1924 태비스톡 스퀘어로 이사. 5월, 케임브리지 대학에서 현대 소설을 주제로 강연, 그 강연 원고를 정리해《베넷 씨와 브라운 부인》으로 출간. 10월,《댈러웨이 부인》집필 완료. 《베넷 씨와 브라운 부인》

1925 평론집《보통의 독자》와 네 번째 장편《댈러웨이 부인》출간. 《보통의 독자》《댈러웨이 부인》

1926 《등대로》집필 시작. 7월, 토미스 하니틀 방문.

1927 가족의 봄 여행지인 남프랑스 카시스 여행.《올랜도》를 쓰기 시작함. 다섯 번째 장편《등대로》출간. 《등대로》

1928 4월,《등대로》로 영국 작가를 대상으로 한 영어권 페미나상 수상. 10월, 케임브리지의 여성대학인 거턴과 뉴넘 칼리지에서 강연. 이때의 강연 원고를 고쳐 출간한 것이《자기만의 방》이 됨. 여섯 번째 장편《올랜도》출간. 《올랜도》

1929	《자기만의 방》 출간. 원래 제목은 〈여성과 픽션〉이었음.	**《자기만의 방》**
1930	여성 오르가니스트 에설 스미스와 만나 우정을 나눔. 5월, 《파도》의 초고 완성.	
1931	1월, 여성협회에서 〈여성의 전문직〉이란 제목으로 강연. 일곱 번째 장편 《파도》 출간.	**《파도》**
1932	산문집 《젊은 시인에게 보내는 편지》와 《보통의 독자 2》 출간. 11월 신작 〈파지터 가家〉 구상.	**《젊은 시인에게 보 내는 편지》** **《보통의 독자 2》**
1933	여성 시인 엘리자베스 브라우닝의 전기 《플러시》 출간.	**《플러시》**
1934	조지 덕워스 사망. 로저 프라이 사망. 〈파 지터 가〉 집필 난조로 우울증을 앓음.	
1935	〈파지터 가〉를 《세월》로 제목을 바꾸어 다시 씀.	
1936	2월 9일 반파시스트 집회에 참석.	
1937	여덟 번째 장편 《세월》 출간. 《로저 프라 이 전기》와 《3기니》 구상 시작. 10월, 《3기 니》 탈고.	**《세월》**

| 1938 | 《3기니》 출간. 스코틀랜드 여행. 〈포인츠 홀〉 집필 시작. | 《3기니》 |

1938 　《3기니》 출간. 스코틀랜드 여행. 〈포인츠　《3기니》
　　　홀〉 집필 시작.

1939 　1월, 런던으로 망명한 지그문트 프로이트
　　　를 방문, 그의 작품들을 읽기 시작함. 9월
　　　제2차 세계대전 발발로 런던 첫 공습.

1940 　《로저 프라이 전기》 원고를 마저리 프라　《로저 프라이 전기》
　　　이와 버네사에게 보냄. 5월 브라이튼의
　　　노동자교육연맹에서 강연. 런던 공습이
　　　계속되고, 10월 런던의 자택이 불탐.

1941 　2월 〈포인츠 홀〉을 《막간》으로 개명하여　《막간》
　　　완성. 우울증이 심해짐. 3월 28일 우즈 강
　　　가로 산책 나간 후 돌아오지 않음. 강가에
　　　지팡이와 신발 자국이 남아 있어 자살로
　　　추정. 이틀 후 시신으로 발견됨. 7월 유작
　　　《막간》 출간.

옮긴이 **이태동**

한국외국어대학교 영어과와 미국 노스캐롤라이나 대학원(채플힐)을 졸업하고, 서울대학교 인문대학 영어영문학과에서 박사학위를 취득했다. 하버드대학 엔칭 연구소 초빙연구원과 스탠퍼드대학 및 듀크대학 플브라이트 교환교수를 지냈다. 1972년부터 2004년까지 서강대학교 영문과 교수 및 문과대학장을 지냈으며, 현재 서강대 명예교수로 있다. 옮긴 책으로는 솔 벨로의 《허조그》 《오기 마치의 모험》, 도리스 레싱의 《풀잎은 노래한다》, 윌리엄 포크너의 《압살롬, 압살롬!》 등이 있다. 1976년 《문학사상》을 통해 평론가로 등단, 서울시문화상 문학부문, 김환태평론상, 조연현문학상, 이종구수필문학상 등을 수상했다. 평론집 《부조리와 인간의식》 《현실과 문학적 상상력》 《나목의 꿈》 《한국 현대시의 전통과 변혁》 등이 있으며, 수필집 《살아 있는 날의 축복》 《마음의 섬》 《묘지 위의 태양》 등을 썼다.

댈러웨이 부인 버지니아 울프 미니 선집 3

2020년 8월 31일 초판 1쇄 인쇄
2020년 9월 18일 초판 1쇄 발행

지은이 | 버지니아 울프
옮긴이 | 이태동
발행인 | 윤호권 박헌용
책임편집 | 황경하

발행처 | (주)시공사
출판등록 | 1989년 5월 10일(제3-248호)

주소 | 서울시 서초구 사임당로82(우편번호 06641)
전화 | 편집 (02)2046-2817·마케팅 (02)2046-2800
팩스 | 편집·마케팅 (02)585-1755
홈페이지 | www.sigongsa.com

ISBN 979-11-6579-193-3 04840
      979-11-6579-190-2 (set)

이 도서의 국립중앙도서관 출판예정도서목록(CIP)은 서지정보유통지원시스템 홈페이지(http://seoji.nl.go.kr)와 국가자료종합목록 구축시스템(http://kolis-net.nl.go.kr)에서 이용하실 수 있습니다. (CIP제어번호 : CIP2020035288)

우리 시대 가장 상징적인 이름이자
페미니즘과 모더니즘의 대표 작가

버지니아 울프 미니 선집